唐诗中的历史

战争、王朝与兴衰之歌

石云涛　著

四川人民出版社

图书在版编目（CIP）数据

唐诗中的历史：战争、王朝与兴衰之歌 / 石云涛著.
成都：四川人民出版社, 2025. 8. -- ISBN 978-7-220
-13551-4

Ⅰ. I207.227.42
中国国家版本馆CIP数据核字第2025AF9083号

TANGSHI ZHONG DE LISHI　ZHANZHENG WANGCHAO YU XINGSHUAI ZHI GE

唐诗中的历史：战争、王朝与兴衰之歌

石云涛　著

出 版 人	黄立新
项目统筹	邹　近
出版统筹	高连兴
编辑统筹	邓　超
责任编辑	唐　虎　王卓熙
封面设计	叶　茂
版式设计	李其飞
特约校对	圈圈点点
责任印制	周　奇
出版发行	四川人民出版社（成都三色路238号）
网　　址	http://www.scpph.com
E-mail	scrmcbs@sina.com
新浪微博	@四川人民出版社
微信公众号	四川人民出版社
发行部业务电话	（028）86361653　86361656
防盗版举报电话	（028）86361653
照　　排	四川胜翔数码印务设计有限公司
印　　刷	成都国图广告印务有限公司
成品尺寸	145mm×210mm
印　　张	12.75
字　　数	274千
版　　次	2025年8月第1版
印　　次	2025年8月第1次印刷
书　　号	ISBN 978-7-220-13551-4
定　　价	68.00元

目 录

引言

历史是一条永无尽头的河流，诗是这条奔腾不息的河流的浪花，它们是一体的。

欣赏水面上的浪花，要关注水下的静流渊深，才能透视其深厚的底蕴；观察河流的奔腾澎湃，不要放过那飞溅的浪花。

读史，也要读诗，历史才有美感和温度；读诗，也要读史，才知道其渊源所自。水有涓涓溪流，也有汹涌的大河大川。每一首诗都有写作的背景，它可能是天崩地裂般的天下兴亡，也可能是诗人漫步时眼前的落花，那就是历史。诗人的心灵和神经最为敏感，社会上的政治激荡和个人恩怨，天上的一片流云和地上的一株小草，都会激起其心灵的波澜，被他们形诸笔端。历史是一个逝去的世界，诗却为我们留下了那个逝去的时代的回响。历史著作为我们提供了一些可靠的或不可靠的客观的记录，诗却为我们保存了那个时代的真实的情感和心态。诗里就没有虚情假意吗？肯定是有的，每个人都戴着一层面纱，他们说的话写的诗也有装模作样的成分。不可靠的客观记录需要历史学家的分析，揭示其真相；诗里的虚情假意也可以通过艺术的分析，判定其虚假的程度。而且，虚情假意本身也是一种真实的情感。所以，无论研究历史还是文学，都需要分析的态度和洞察的能力，才不被历史的烟云迷惑。佩服那些老吏断狱般的史学大师，他们精准审慎的透视和富有逻辑的推断，常使我们有醍醐灌顶、茅塞顿开之感。

把历史和诗联系起来读，才能把握历史和文学的完整的生命。清朝编过《全唐诗》，据说很不全，现在经过学者们的补辑，唐诗已经达到五万多首。这还不是全部，只是保留下来的一部分，大量的作品由于各种原因湮没了，这是很可惜的。由于各种不同的需要，我曾经浅尝辄止地把这些诗都浏览过，甚至不止一遍；我也曾把有关唐史的历史文献、考古资料系统地阅读和梳理过，结果发现诗与史这两条线的确不是平行的关系，而是交织和交叉的密切相连，甚至就是重合的一条线。只有系统地研读了唐史资料和唐诗资料，对这种关系才能有深刻的感受和领会。于是，我就想揭示这种关系，我就开设了"唐诗与唐史"课，与同学们共同欣赏探讨唐诗中的历史。我所在的北京外国语大学，中文系学生文学素质很高，我们在共同的学习中互相启发处很多。本书的写作就是由这样一场教学活动引发的。

每一首诗都有其写作的背景，有一部分被称为"诗史"的作品，尤其受到我们的关注。我们都知道杜甫的诗被称为"诗史"，实际上，全部唐诗中具有"诗史"价值的作品不止杜甫的诗。唐朝历史290年，杜甫只活了59岁，他经历的唐代社会有很大的局限性，而几万首唐诗却是唐代历史完整的壮丽画卷。对于唐史研究来说，全部唐诗都是史料。那些具有诗史意义的作品往往与唐朝重大事件相关，往往揭示了唐朝兴盛衰败的轨迹。这类诗艺术水平参差不齐，有的史料价值重要但文学水平不高。我们选择了那些既具有较高史料价值，又为历代所传诵的艺术水平较高的作品进行分析，既了解历史，又感受唐诗的美，相信读者会喜欢与我们一起品读。好吧，出发，让我们走进唐史和唐诗的世界。

1

重游抚今夕，
开国征战的盛年记忆

——李世民《经破薛举战地》

　　贞观二十年（646）八月初十，唐太宗李世民从长安出发，赴灵州。灵州就是现在宁夏灵武。他九月十五日到灵州。从长安到灵州一千二百五十里，专程的话要二十天左右，他花了一个月零五天的时间赶到这里。这一年唐太宗49岁，但已经不是年富力强的岁数，因为他不过活了52岁，再有三年他就去世了。

　　据史书记载，去年从伐高丽回国途中，他就生病了，这一年从三月到七月，甚至不能上朝理事，令太子代理朝政。"三月庚午，不豫，皇太子听政"；"七月辛亥，疾愈"。所以这个时候，唐太宗已经可以说是年老多病了。

　　大病初愈，就不辞辛劳地远赴灵州，他来干什么呢？

　　北方草原民族薛延陀被唐军击败，附属于薛延陀的铁勒各部降附唐朝，唐太宗为了安抚新降附的铁勒诸部，亲自赶往灵州。他在灵州接见了铁勒诸部酋长数千人。就是这一次，铁勒诸部奉唐太宗为"天可汗"。

　　这次活动，唐太宗为我们留下了一首诗，就是《经破薛举战地》。从长安到灵州，经过他当年消灭薛举、薛仁杲割据势力的旧战场，他特别怀念当年浅水原之战中牺牲的唐军将士。浅水原是他与薛家军决战的地方，在赴灵州的路上他特意路经浅水原，凭吊旧战场，引起他对往事的回忆，写下这首诗。先读一下这首诗：

昔年怀壮气，提戈初仗节。

心随朗日高，志与秋霜洁。

移锋惊电起，转战长河决。

营碎落星沉，阵卷横云裂。

一挥氛沴静，再举鲸鲵灭。

于兹俯旧原，嘱目驻华轩。

沉沙无故迹，减灶有残痕。

浪霞穿水净，峰雾抱莲昏。

世途亟流易，人事殊今昔。

长想眺前踪，抚躬聊自适。

这是唐太宗故地重游写的诗，这个故地就是他消灭薛举割据势力的旧战场。故地重游，总是令人思绪万千。诗是抒情的，这首诗表达的情感，我们可以概括为两个方面：一是回忆往事时的自豪之情，二是故地重游时的愉悦和感慨。

一、抚今追昔时的自豪之情

读这首诗，我们首先感受到一种满满的自豪感和成就感。诗一上来，先刻画了一位青年将军的形象，这是唐太宗的自画像："昔年怀壮气，提戈初仗节。""壮气"就是壮烈的情怀、远大的志向。"戈"是古代的一种兵器，"提戈"就是手持兵器。

戈是一种古老的兵器，始见于商代，是商周时期常用的兵器之一，唐代时已经落后了，这里并不是实写，"戈"在诗里只是一般兵器的代名词。根据历史记载，唐朝时士兵经常用的常规兵器是一种长柄双刃大刀，这种刀叫陌刀。

李世民打仗时常用的兵器是步槊，也不是戈。步槊就是我们通常说的"八尺长矛"，这种武器枪杆比较长，在战场上他基本上都是用这款兵器。所以这里的戈不是写实。

节是符节，是朝廷颁发的领兵的符节。"仗节"就是持有领兵打仗的符节。古代将军出征，朝廷要颁发一个符节，在征途上他身边有一个士兵专门举着这个符节。有了这个符节，才有指挥权。这样写就表明了他的身份，他是领兵的将军，是统帅。

"仗节"是一个动作，但也不是实写，并不是说他一手提戈、一手仗节，这样他这个元帅就太累了，符节是士兵举的。"仗节"只是表明他的身份，李世民击薛举时为领兵主帅。这里用了一个"初"字，说明这是他第一次作为主帅领兵打仗。

三、四句用两个比喻，写自己早年的志向和抱负："心随朗日高，志与秋霜洁。"理想和抱负像天上的太阳那样高远，情感和志向像秋霜一样纯洁。诗的第一句说"昔年怀壮气"，这两句就是写这个"壮"字，那时候就是这样的壮志凌云。

诗一上来刻画出一位威风凛凛、英气勃发、年少气盛、志向崇高的青年将军形象，这个青年将军就是李世民自己。写自己，充满了自豪感。当年率军消灭薛举父子时，李世民才19岁。19岁就建立这样的功业，让他感到自豪。

更自豪的是当年战争的胜利，接下来回忆当年激战的场面和消灭薛举的胜利。来到旧战场，李世民沉浸在当年激烈战斗的回忆中，当年人喊马嘶、刀枪齐鸣、血肉横飞的阵势浮现在脑海里。

"移锋惊电起"，"锋"本来指兵器的尖端，刀尖儿、枪尖儿，这里指前锋部队，尖兵。前锋奋勇出击，像霹雳闪电。

"转战长河决"，转战，战场上左冲右突，大军左冲右突，像洪水冲破大河的堤岸，汹涌澎湃。这两句写唐军雷霆万钧，势不可挡。

接下来写敌方："营碎落星沉，阵卷横云裂。"敌人的营垒被唐军粉碎，像天上的星星散落；敌人的军阵被攻破，像风卷残云。这两句互文见义，都是通过比喻形容敌人土崩瓦解。最终唐军获胜，"一挥氛沴静，再举鲸鲵灭"。"氛沴"是凶气、灾殃、邪恶之气，形容敌人的邪恶；"鲸鲵"，大鲸鱼，雄曰鲸，雌曰鲵，比喻强大凶恶的敌人。

用鲸鱼比喻凶恶的敌人，古已有之。《左传·宣公十二年》："古者明王伐不敬，取其鲸鲵而封之，以为大戮。"杜预注："鲸鲵，大鱼名，以喻不义之人吞食小国。"《晋书·愍帝纪》有"扫除鲸鲵，奉迎梓宫"之句。《资治通鉴·晋愍帝建兴元年》引此文，胡三省注曰："鲸鲵，大鱼，钩网所不能制，以比敌人之魁桀者。"后来李白诗句"君王弃北海，扫地借长鲸"以鲸形容安禄山叛军，也是这个意思。

这两句写战争的结局。"氛沴静""鲸鲵灭"都是比喻，把薛举、薛仁杲的势力比喻成"氛沴""鲸鲵"，写出了他们的邪恶，也写出了他们的强大，衬托了唐军的军威。这样凶恶强大的敌人，唐军"一挥""再举"，就灰飞烟灭了。这是一种自豪之情。

因为那是一场胜利的战争，因为李世民是这场战争的最高统帅，写战争的胜利，也是在炫耀自己的功业。破薛举是他在建唐过程中辉煌的功业，也是他一生中主要的成就之一，所以回忆战争的胜利，还是在抒发自豪之情。

从破薛举之战，到此时李世民故地重游，二十八年过去了，他又能看到什么，又会有什么感受呢？

二、故地重游时的所见所感

接下来写重游故地的所见所感。"于兹俯旧原，瞩目驻华轩。""兹"，就是这里，就是浅水原。"俯"说明他是站在一个高处，俯视当年发生激战的浅水原。"瞩目"就是凝视，眼睛盯着一个地方，久久地不转移视线。"华轩"就是装饰华丽的车子，李世民的御辇。在这当年激战的地方，他停下了车子，俯视这旧战场，久久地凝视。

这两句是承上启下的句子，是过渡，一方面补充交代前面所写是故地重游时的回忆，一方面领起下文，写他来到旧战场的所见所感。他看到了什么呢？接下来四句写景，先写历史陈迹："沉沙无故迹，减灶有残痕。"

"沉沙"指战后被沙土埋没的兵器。晚唐杜牧的诗"折戟沉沙铁未销"，用的就是个词。战斗中留下的断枪、箭头都已经深埋沙地，看不到踪影了。当李世民放眼望去，只看到一片沙地，但他知道，这沙地里埋藏着当年的断枪残戟。

"灶"指当年战士们埋锅造饭的灶。"减灶"是用典。战国时，魏将庞涓攻打韩国，齐将田忌、孙膑率师攻魏救韩。孙膑以魏军一向恃勇轻敌，退军时故意逐日减少宿营地的灶数，表示士卒逃亡，军无斗志，引诱魏军来追，而于马陵道设伏兵以待。庞涓果然中计，追至马陵道遇伏，大败，庞涓阵亡（见《史记·孙子吴起列传》）。"减灶"是妙计。这里指当年唐军战胜薛举和薛仁杲，也是靠将军的妙计取胜。军队埋锅造饭的痕迹还有残留。这里的描写是符合实际的，多年过去了，当年战争的痕迹有的已经消失了，有的还依稀可辨。

以上两句写历史陈迹，接下来写自然环境："浪霞穿水净，峰雾抱莲昏。""浪"是水浪，"霞"是晚霞，晚霞照到水面上，照穿水底，因为水太清澈了。"峰雾"，傍晚时山间云雾缭绕。"莲"是比喻，形容山头，用莲花形容山色之美。"昏"指日落后光线暗淡。

李世民通过景物描写，写出了自己的心情。他向下看河水，晚霞照耀着水面，映照到水底，河水清澈明净；向上看山，山峰像莲花一样美，暮霭笼罩山头，朦朦胧胧。这是多么美的画面，透露出李世民心情的愉悦。

中国古代诗歌讲究情景交融，"一切景语皆情语也"，写优美的景物，其实是在写好心情。景物描写还透露出时间的推移，李世民在此流连忘返，直到傍晚时分。说明他在这里伫立良久，迟迟不肯离去。此时此刻，他的心情如何呢？这四句由缅怀过去回到现实，过渡到眼前的景象。当他从回忆中回到现实，战争早已结束，天下已经太平，江山已经坐稳。重游故地的他，现在是志得意满。诗歌讲究起承转合，诗是抒情的，从抒情的角度是转，由回忆过去转而写现在，由写自豪、激动转而写愉悦和轻松，这种心情是通过写景表现的。

但他的心情不全是愉悦，还有感慨："世途亟流易，人事殊今昔。""亟"，是快，快得让人感到有紧迫感。从当年激战，到今天故地重游，二十八年转眼过去了，时光流逝多快啊！真是弹指一挥间啊，而天下由乱到治，变化又多大啊。所以他感慨时光流逝太快了，这个世界变化太大了，转眼之间，人间万象，斗转星移，一切都今非昔比，这是感慨。这几句有愉悦，也有感慨。这种感慨中有今昔对比，通过今昔对比，他的心情很好，这个世界是变化了，但是是由大乱达到大治。

最后两句是对全诗的总结："长想眺前踪，抚躬聊自适。""长想"是沉浸在回忆中，"眺前踪"是眼望着当年的旧战场。这个句子的意思应该颠倒过来理解，由眼前的遗迹引起他对往事的回忆，他久久地沉浸在回忆中。"抚躬"，抚摸自己的身体，表示回到现实中来，是看现在。现在天下大定，他感到"自适"，感到心情舒畅。他为实现了当年的凌云壮志而满足，也是为天下大定而愉悦。这里用了一个"聊"字，表现出他对当前的情景并没有完全满足。"聊"是暂且的意思，暂时感到一点点安慰。为什么这样说呢？

国家治理还任重道远，他没有满足于眼前的成就，他还有更大的抱负，那就是让这个国家更加强盛。所以他只是"聊自适"。

太宗在灵州还写了一首诗，当时还刻成了石碑，但没有完整地保留下来，题目也没有保存下来，只留下两句："雪耻酬百王，除凶报千古。""雪耻""除凶"，都是指征服了北方草原民族薛延陀。

"百王"指历代帝王，"酬百王"即告慰历代君王。北方民族的侵扰，曾经给中原政权造成许多耻辱，多少年代了，我们的祖先一直想报仇雪恨，现在这种愿望终于实现了，终于可以告慰他们的在天之灵了。

"千古"指漫长的历史时期，"报千古"指给历史做了一个交代，给历史一个圆满的答案。这里表现出太宗的一种历史责任感，他觉得打败强敌，洗雪国耻，振兴祖国，就是祖先赋予他的责任，历史赋予他的责任。所以他要以胜利告慰祖先的英灵，给历史一个圆满的答案。自古以来，中国北方长期遭受北方游牧民族的侵扰，今天终于彻底打败了他们，这是多么伟大的功业！随行大臣请示，把这首诗刻成诗碑，以作纪念，唐太宗也同意了。两首诗表达的情感有相通之处，都是天下大定时的志得意满之情。

从破薛举到故地重游，二十八年了，唐太宗不辞辛苦地前来凭吊，破薛举之战还让他记忆犹新，还让他心情如此激动，写下这首诗。那么，"破薛举"是一场怎样的战役呢？

三、破薛举之战

我们得先知道薛举是什么人。薛举是隋朝末年的割据势力之一，他本来是山西人，从他父亲一代迁居金城，即现在的兰州。薛举这个人，史书说他"容貌瑰伟，凶悍善射，骁武绝伦，家产巨万，交结豪猾（强横狡诈不守法纪的人），雄于边朔"。

薛举做官做到金城府校尉。"金城府"是隋朝在兰州设置的一个军府，"校"是古代军事编制单位，就是一个支队。"尉"，军官，校尉就是支队长。古代一个校尉领多少兵马呢？多少不等，但一般也有数百人。薛举就是凭这样的家当起家的。这时天下已经大乱，北方出现许多割据势力，在江都的隋炀帝已经失去了统治天下的能力。

薛举发动兵变，自立为王，称西秦霸王。大业十三年（617）七月，自称秦帝，立长子薛仁杲为太子，拥众十三万。薛仁杲率兵打下秦州以后，他又把都城迁到秦州，就是现在的天水。他野心很大，当然不愿意偏居陇右，要进军关中，进军中原。

也是这一年，李渊父子从太原起兵，十一月打到长安，拥立杨侑为帝，即隋恭帝，李渊自称唐王。杨侑是炀帝的孙子，十三岁，年幼无知，只是一个傀儡。

薛举割据陇右，已经自立为帝，正要进军关中。他听说李渊兵入长安，又立了一个皇帝，便派薛仁杲率兵东进，要消灭李渊。李渊派儿子李世民率军迎敌。李世民破薛举，前后持续九个月，经历了三次战役。

薛仁杲进军到扶风，在这里他又收编了唐弼的十万兵马，薛家军发展到二十多万。

薛家军为什么进军扶风呢？扶风在今陕西省宝鸡市，地处关中西部，是通往长安的要道。从陇右到长安有两条路线，即北道和南道，经渭水河谷地进入关中和长安的道路是南道，扶风为南道要地。

薛仁杲外号"万人敌"，说明薛仁杲也非等闲之辈，古代名将关羽、张飞被称为"万人敌"，大家把他跟这两位名将相比，可见这人也是骁勇善战。这个人有个很大的缺点："性贪而好杀"，心狠手毒。

薛家军围攻扶风，李世民率军到了扶风。这是两个王子的对决。结果李世民一战获胜，把薛仁杲赶回了陇右，李世民追击到陇山，收军回长安。这就是扶风之战。《经破薛举战地》这首诗的题注"义宁元年（617）击举于扶风，败之"即指此。

薛举不甘心失败，他联络突厥和朔方的梁师都，一起进军长安，突厥和梁师都没有听他的。他只能选择亲自统兵出征，进军长安，进驻到折墌城。折墌城在今甘肃泾川县东北约十五里，泾河北岸现在有一个村叫蒋家坪村，俗称"薛举城"，就是当年的折墌城遗址。这次他走的是北道，是沿泾水河谷道路进入关中。

李世民再次统兵出征，驻兵高墌城，与之对抗。高墌城在今陕西省长武县北。当时，李世民卧病在床，前线的唐军受刘文静和殷开山指挥。

据说李世民曾下令不要急于与薛家军交战，但刘殷二人轻敌，被薛举打得大败，死者十分之五六，好几位大将都被薛举俘虏。薛举夺取了高墌城，这一仗被称为高墌之战。

李世民率领的唐军撤回长安。薛举要继续进军，想一举拿下长安，可是天不遂人愿，还没出发就生病了，而且病死了。薛仁杲在折墌城继位，为了乘胜进军，没有处理完薛举的丧事，就继续用兵，围攻宁州，进军长安。

面对薛仁杲的进攻，唐军不能不应战，李世民率领唐军卷土重来。薛仁杲派大将宗罗睺率军迎战唐军，便发生了浅水原之战。这场战役唐军取得胜利，彻底消灭了薛家军割据势力。

在这次战役中，李世民的表现非常出色，主要表现在四个方面。

（1）守壁不战，挫敌锐气。壁的本义是墙壁、围墙，引申为壁垒、营垒。当年项羽跟秦朝的大将章邯交战，诸侯兵皆作壁上观，这个壁就是壁垒。这种壁垒往往是临时营造的，不是城。

当时，高墌城已经被薛家军占据，唐军到此，只能营建壁垒与之对抗。两军相遇时，唐军刚吃了败仗，敌人士气正盛，唐军士气低落。李世民采取了拖的战术，将士们请战，关键时曾下令："敢言战者斩！"

发布这样的号令是因为他知道，薛家军越过陇山，进入关中地区，是客军，后方的粮草供应跟不上，利在速战。薛家军虽然士气高涨，却是暂时的。果然相持两个月，薛家军粮草不继，将士离心，有人投降唐军，李世民才决定与敌决战。

（2）诱敌进攻，敌疲我打。当他决定与敌人决战的时候，他派梁实率一支人马到浅水原安营扎寨，吸引敌人进攻。宗罗睺等了两个月，才看到交战的机会，所以集中大军进攻浅水原。可是梁实这支人马只是诱饵，目的不是消灭敌人，而是吸引敌人，只守不攻，等到敌人主力都被吸引到这里，待敌人连续发动进攻疲惫时才开始反攻。

（3）奇兵出击，出奇制胜。薛家军与唐军在浅水原打得都很艰苦，在两军激战打得难分难解时，李世民派将军庞玉率领一支人马从南攻其右，自己亲自率领一支人马从浅水原北出击，这样就对薛家军形成内外夹击、南北夹攻的局面。当薛家军回军抗击李世民的进攻时，李世民率领几十名精锐骑兵，直接杀入敌阵，唐军士气大振，呼声惊天动地，薛家军溃败。据说这是李世民作战时常用的战术。

（4）乘胜追击，不给敌人喘息的机会。当围攻浅水原的薛家军兵败时，李世民率二千骑兵急起直追。他的舅舅窦轨曾拉着马缰绳，劝他不要冒进，说敌人大军在前，薛仁杲尚守坚城，如果进攻失利，后果不堪设想。他不听，他说，势如破竹，不能错失战机。于是一直追到折墌城下，薛仁杲的部下纷纷投降，薛仁杲无计可施，出城投降，战争取得胜利。薛仁杲被押送长安斩首。

战役结束后，诸将皆贺，因问曰："大王一战而胜，遽舍步兵，又无攻具，轻骑直造城下，众皆以为不克，而卒取之，何也？"李世民说，宗罗睺率领的部队，都来自陇右，都非常骁勇善战，我是出奇制胜，敌人虽然溃败了，但并没有消灭他的有生力量。我如果放松追击，他们就会进入折墌城，那薛仁杲守城的力量就得到加强，折墌城就攻不下了。如果我们乘胜猛追，这些人就都翻越陇山，逃回老家去了，薛仁杲折墌城军力薄弱，我们就能拿下它。

"罗睺所将皆陇外之人，将骁卒悍；吾特出其不意而破之，斩获不多。若缓之，则皆入城，仁杲抚而用之，未易克也。急之，则散归陇外，折墌虚弱，仁杲破胆，不暇为谋，此吾所以克也。"

这次战役的结果正如李世民所料，所以克敌制胜。消灭薛仁杲，李世民表现出了杰出的军事指挥才能。

四、破薛举的重大意义

破薛举之战意义重大。从大局上看，这是唐王朝奠基之战。隋朝末年，天下大乱。当北方群雄割据时，隋炀帝南游江都，即现在的扬州。扬州很美丽，但这次他不是为了看风景，而是为了避风头。

担任太原留守的李渊看到了机会，他和儿子李建成、李世民在太原举兵，打进长安。当时李渊能管的地面很小，大致就是从太原到长安这一路，其他地方都是隋朝的天下，或一些割据势力。陇右有薛举，河西有李轨，朔方有梁师都，马邑有刘武周，冀北有高开道，河北南部有瓦岗军等农民起义军，洛阳有王世充，鲁南有徐圆朗，江陵有萧铣，江南有辅公祏，江西有林士弘等，这些都是大的割据势力，小的更不用说了，还有大大小小的农民起义军。

《说唐》里有"十八路反王""六十四处烟尘"，就是以他们为原型。大家都称帝称王，要取隋朝而代之，这真的是"不知几人称帝几人称王"的时代。李渊只是其中一家。当时群雄逐鹿，鹿死谁手尚不可知。

唐朝真正要建立起来，要生存下去，必须消灭这些割据势力，任重道远。而当时离唐朝最近，也是威胁最大的就是薛举。薛举是唐朝遇到的第一个对手，破薛举之战是唐王朝统一战争的第一仗，薛举割据的陇右也是唐朝与群雄逐鹿中原的后院，破薛举之战旗开得胜，为进兵中原解除了后顾之忧，为夺取统一战争胜利奠定了良好基础。也可以说，没有当年破薛举之战的胜利，就没有唐王朝的今天。

从个人层面说，此战是李世民的成名之战。李世民是一代战神，而破薛举之战正是李世民的封神之战，这一仗让他打出了威风，展现了他杰出的军事才能。强大的薛举、薛仁杲父子没有阻挡大唐王朝建立的步伐，却成为一代战神成长路上的垫脚石。正是有了这一场胜利，后来，李渊总是派李世民率兵出征，陆续消灭许多对手。

武德二年（619）李世民率兵击败刘武周，刘武周逃奔突厥，第二年被突厥杀死。

武德四年（621）李世民率军消灭王世充。窦建德率兵救援王世充，也被李世民击败，窦建德兵败被俘，被押送到长安斩首。

经过这几仗，陕西、甘肃、河南、河北和山西尽归于唐，唐朝成为当时力量最强的势力，从此天下无敌手。此后，唐朝完成统一战争，结束了隋朝末年的战乱。李世民功劳最大，这让他获得了无与伦比的声望，为他后来发动玄武门之变、夺取太子地位、夺取皇位创造了政治资本。

这首诗写了两件事，破薛举之战和李世民故地重游，我们把这两件事看作是唐史上有重要意义的标志性事件。之所以这样说，是因为破薛举之战是天下由大乱走向大治的转折点。

隋朝末年，由于炀帝的暴政造成天下动乱，国家已经四分五裂。这时出现了李渊父子，是他们结束了战乱，建立唐朝，恢复了统一安定的局面。回溯历史可以知道，破薛举之战就是从大乱走向大治的转折点，它标志着战乱即将结束。李世民故地重游也具有象征意义。当年的艰苦战争，赢来了和平和安定，经过多年的治理，国力强盛，社会安定，实现了"天下大治"。

现在，北方的强敌薛延陀也被征服，北方各草原民族降附唐朝，奉唐太宗为"天可汗"。于是"北荒悉平"，中原地区长期遭受北方游牧民族侵扰的历史结束了，大唐王朝骄傲地屹立在世界东方，唐朝走上了繁荣昌盛的康庄大道。太宗的灵州之行，是一段光荣的旅程，因为他是去安抚投降的铁勒各部，并接受铁勒各部拥戴他为"天可汗"，这是一次受降之旅，它标志着贞观之治达到辉煌的顶点。

说到唐太宗，我们要知道，他不仅是伟大的军事家和政治家，是一位有雄才大略的帝王，还是一位富有才情的诗人。他不光是一位诗人，在唐代诗歌史上还有重要地位。我们的文学史很少讲唐太宗的诗，这是一个遗憾。他在唐诗中的地位如何呢？

《全唐诗》诗人小传中说李世民："有唐三百年风雅之盛，帝实有以启之焉。""风雅"就是诗，《诗经》里的诗分三部分，分别称为"风""雅""颂"，所以人们用"风雅"代指诗。"启"就是开启、开端，就是拉开大幕的意思。这个意思就是说，唐朝诗歌的兴盛是唐太宗开其端！

唐朝是中国古典诗歌的黄金时代，这个时代诗歌的兴盛是从唐太宗开始的。唐太宗写诗，不像楚霸王项羽、汉高祖刘邦，一时激动，吟出一首诗。他是认真地写诗，他就是要当一个诗人。所以《全唐诗》第一卷收录了他89首诗，还有20首没有收进去。

《全唐诗》中存诗1卷以上的诗人有243位，他是其中之一。他不仅是大唐盛世的缔造者，也是唐诗大厦的奠基者。

《经破薛举战地》可以称得上是李世民的诗中最好的一首，慷慨激昂，气势雄伟。这首诗不仅是唐太宗的诗中最好的一首，也是当时整个诗坛上最好的一首。当时诗坛上流行的是齐梁诗风，都是皇帝和大臣在写诗，多写宫廷生活，大都缺乏真情实感，《经破薛举战地》则是情感真挚、个性鲜明。

《经破薛举战地》在形式上也很有特点，除开头两句和结尾两句为散句外，中间全是对句，加强了语气，读起来有排山倒海之势。清李因培《唐诗观澜集》评这首诗："沉郁顿挫，与汉高祖过沛歌风同一气象。"我们还要注意这首诗的韵脚，这首诗不是一韵到底，而是有换韵，但不是随意换的，是有意安排的，是服从抒情的需要的。

　　唐诗里有很多作品，像这首诗一样，反映了唐朝的重大历史事件，这样的诗都可以称为"诗史"。读这样的诗，让我们了解唐朝的重大历史事件，体会到唐人的心态和情感，既加深对唐朝重大历史事件的认识，也让我们领略到唐诗的辉煌。接下来，我们将跟大家一起欣赏更多这样的诗，既了解唐朝的历史，也欣赏唐诗之美。

2

怀才不遇的士子，
悲歌弦于天地

——陈子昂《登幽州台歌》

一、幽州城外的孤影

万岁通天二年（697）的一天，一位身披戎装却一脸文气的中年人，满怀悲愤地奔走于幽州城外的原野。他来到一座相传是战国时代燕国黄金台的宫殿遗址，他登上这座废墟，面对眼前一片荒芜景象，心中顿时翻卷起历史烟云，不禁仰天长叹，吟出一首传唱千年的诗篇：前不见古人，后不见来者。念天地之悠悠，独怆然而涕下！这就是陈子昂著名的《登幽州台歌》。一位七尺男子，在诗里表达孤独伤心之情，居然怆然涕下。他该有多大的委屈，让他如此痛苦！原来男人内心也有脆弱之处啊，所谓"男儿有泪不轻弹，只是未到伤心处"。幽州台是一个什么所在，陈子昂为什么登上幽州台，又为什么如此伤心流泪呢？

幽州台就是黄金台，起源于燕昭王为郭隗修建的"宫"。《战国策·燕策一》记载：燕国败于齐国，燕昭王一心想招揽人才，复兴燕国，很多人认为他是叶公好龙，不是真的求贤若渴。所以，他一直寻觅不到治国安邦的英才，闷闷不乐。

燕国名士郭隗给燕昭王讲了一个故事：有一国君愿意出千两黄金购买千里马，然而三年未得，又过去了三个月，发现了一匹千里马，国君派手下人带着大量黄金去购买，可是马已经死了。买马的人用五百两黄金购买了千里马的马骨。

国君很生气，说："我要的是活马，死马的骨头有什么用呢？"

买马的人说："天下人如果知道你花五百两黄金买死马骨，更何况活马呢？这样做必然会引来天下人为你提供活马。"

没过几天，就有人送来了三匹千里马。郭隗说："你要招揽人才，首先从招纳我郭隗开始吧，像我这样才疏学浅的人，都能被您任用，那些比我本事更强的人，必然会闻风而来。"

于是，燕昭王拜郭隗为师，为他建造了宫殿，果然引发了"士争凑燕"的局面。魏国的军事家乐毅、齐国阴阳家邹衍、赵国辩士剧辛等皆投奔而来。君臣相济，在他们统治下，落后的燕国一下子人才济济，一个内忧外患、满目疮痍的弱国日益富裕兴旺，国力大盛。

燕昭王兴兵报仇，连下齐城七十二座，把齐国打得只剩下两个小城。而"黄金台"就是燕昭王为郭隗所筑之"宫"。

《战国策·燕策一》记载："昭王为（郭）隗筑宫而师之。"东汉时孔融在《论盛孝章书》中称"昭王筑台以尊郭隗"，此后人们讲到燕昭王纳贤的故事时将"宫"改称为"台"，南北朝时开始称"黄金台"。

鲍照《代放歌行》诗用到燕昭王的典故云："夷世不可逢，贤君信爱才。明虑自天断，不受外嫌猜。一言分珪爵，片善辞草莱。岂伊白璧赐，将起黄金台。"世传燕昭王修建黄金台招纳贤才，因将黄金置于其上而得名。郭隗成为燕昭王用黄金台招纳而来的第一位贤才。

　　幽州台即相传战国时燕昭王所建的黄金台，故址在今北京市西南，其地古属幽州，故称幽州台。因在古冀州北部，又称冀北楼。但因为其楼或台久已不存在，其具体位置有争议，而且分歧很大，主要有燕上都蓟城说、河北定兴金台陈村说、北章村说、河北易县燕下都城址内说等四种说法。

　　（1）北章村说。见于清康熙十二年《定兴县志》、乾隆四十四年《定兴县志》和光绪十六年《定兴县志》。

　　（2）燕上都蓟城说。李文辉《千古金台安在哉》认为"燕自十八世主襄公至四十三世主燕王喜灭亡，一直都蓟，其间的三十九世主燕昭王都蓟自无疑义"。并以"昭王国都在蓟城"为出发点，认为黄金台位于上都蓟城。其文载所著《燕京八景等九则千古之谜探赜索隐》（中国铁道出版社，2014年）。

　　（3）金台陈村说。见《定兴县志》（方志出版社，1997年）和洛保生、孙进柱《黄金台与咏黄金台诗》（《河北大学学报（哲学社会科学版）》2004年第5期）。洛、孙的论文认同1997年《定兴县志》的观点，又进一步分析认为金台陈村的战国台地遗迹即为燕昭王所筑的黄金台。

　　（4）河北易县燕下都城址内说。艾虹、吕晓青《"黄金台"位置考辨》（《保定学院学报》2017年第5期）通过研究燕下都发掘材料，又对照郦道元《水经注》关于"金台"的记载，认为在燕下都遗址发现的地下夯土基址最有可能是黄金台旧址。《水经注》云：

　　其水之故渎南出，屈而东转，又分为二渎。一水径故安城西，侧城南注易水，夹塘崇峻，邃岸高深，左右百步，有二钓台。参差交峙，迢递相望，更为佳观矣。其一水东出注金台陂，陂东西六七里，南北五里。侧陂西北有钓台，高丈余，方可四十步，陂北十余步，有金台，台上东西八十许步，南北如减。北有小金台，台北有兰马台，并悉高数丈，秀峙相对，翼台左右，水流径通，长庑广宇，周旋被浦，栋堵咸沦，柱础尚存，是其基构可得而寻访。诸耆旧咸言，昭王礼宾，广延方士，至如郭隗、乐毅之徒，邹衍、剧辛之俦，宦游历说之民，自远而届者多矣。

　　文中有"一水径故安城西，侧城南注易水"一语，据此可知，故安城即武阳城东南小城，这是燕下都东城内的一部分。这是确定《水经注》文中易水范围的关键，按其所记，其描述内容与燕下都的考古发现基本一致："其水之故渎南出，屈而东转，又分为二渎。"其中"故渎南出"正是燕下都东西城间贯通北易水与中易水的"运粮河"，即发掘报告中的1号河渠遗迹。"屈而东转，又分为二渎"，则是1号河渠遗迹在东城隔墙附近向东分为南北两部分，即隔墙北侧的2号河渠遗迹与隔墙南侧的3号河渠遗迹并称为"二渎"。"其一水东出注金台陂"中所指为东城隔墙北侧的2号河渠遗迹。

　　《水经注》后文提到"金台"在陂北十余步。可以确定"金台陂"和"陂"的位置与范围。《水经注》引傅逮《述游赋》中有"出北蓟，历良乡，登金台，观武阳，两城辽廓，旧迹冥芒"
之句。①可知"金台"应在良乡之南，站在金台上能俯瞰下都全
景。《水经注》中记载的"金台"，可能即燕昭王所筑黄金台旧
址。张公台附近的地下夯土台基很可能就是历史上的黄金台。石
永士从事燕下都遗址考古工作六十余年，其《燕下都》一书倾向
于燕昭王最初选取的筑宫场所在燕下都城址内。艾虹、吕晓青认
为黄金台具体位置为燕下都东城张公台附近的XI夯土建筑遗迹。

二、旷野之上的感怀

由于年代久远，黄金台宫殿建筑在郦道元的时代已不复存
在，郦道元只能凭借其基构记述。但其具体位置，至少初唐时人
们尚有明确判断，甚至有台可登。陈子昂的《登幽州台歌》就是
明证。既然北魏时已无地面建筑，初唐时的"台"要么是一处遗
址废墟，要么是后人复原建筑。

黄金台太有纪念意义了，后人对其进行复原完全是有可能
的，但陈子昂的诗并没有明确交代。那么，陈子昂因何来到幽州
而独自登台呢？

陈子昂，字伯玉，梓州射洪（今属四川）人。因曾任右拾
遗，后世称为陈拾遗。他是初唐著名诗人，其诗风骨峥嵘，寓意
深远，苍劲有力，有《陈伯玉集》传世。他反对齐梁诗风，提倡

---

① 　（北魏）郦道元著，陈桥驿校证：《水经注校证》卷一一，中华书局2013年版，第
267页。

"汉魏风骨"，对唐代诗风起了重要的引领作用。陈子昂青少年时家庭富裕，轻财好施，慷慨任侠。成年后始发愤读书，长于写作。他关心国事，希望在政治上有所建树。为此，他千里迢迢奔往首都长安。宋人尤袤《全唐诗话》记载：

> 　陈子昂初入京，不为人知。有卖胡琴者，价百万。豪贵传视，无辨者。子昂突出，顾左右曰："辇千缗市之。"众惊问，答曰："余善此乐。"皆曰："可得闻乎？"曰："明日可集宣阳里。"如期偕往，则酒肴毕具，置胡琴于前。食毕，捧琴语曰："蜀人陈子昂，有文百轴，驰走京毂，碌碌尘土，不为人知。此乐贱工之役，岂宜留心。"举而碎之，以其文轴遍赠会者。一日之内，声华溢都。时武攸宜为建安王，辟为书记。

这个故事应该是一个传奇小说的情节，其中的细节并不符合历史事实，有很大的虚构成分。结尾说因碎琴而引起武攸宜的器重，被辟为书记，这是小说家附会之辞。

碎琴是一个传说，辟为书记则是后来的事。实际上，陈子昂到长安，像其他文士一样是通过科举考试踏上仕途的。他24岁时举进士，官麟台正字。麟台，官署名，武则天天授年间改秘书省为麟台，中宗神龙元年（705）恢复原名。秘书省中有正字四人，正九品下，职责是校对典籍、刊正文章。后升右拾遗，直言敢谏。拾遗是朝廷官员，级别不高，分左、右拾遗，其职责是咨询建议，专挑皇帝的毛病，位从八品上。因为要向皇帝提批评建议，这份工作需要一些才干和勇气。

这时武则天当政，任用酷吏，滥杀无辜。陈子昂不惧迫害，屡次上书谏诤。武则天计划开凿蜀山，经雅州道攻击生羌，他上书反对，主张与民休息。武则天崇信佛教，大建佛寺，劳民伤财，他上疏批评。他言论切直，不被采纳，一度因反对武则天的株连政策，被视为"逆党"而下狱。

垂拱二年（686），陈子昂随左补阙乔知之军到达西北居延海、张掖河一带。

万岁通天元年（696），东北地区契丹李尽忠、孙万荣叛乱，陈子昂随建安王武攸宜大军出征。上引《全唐诗话》中他被武攸宜辟为书记，指的就是这件事。两次从军使他对边塞形势和当地人民生活获得较为深刻的认识。

圣历元年（698），因父老而解官回乡。后父死，居丧期间，仇人武三思指使射洪县令段简罗织罪名，加以迫害，陈子昂冤死狱中。

陈子昂有机会来到幽州，登上黄金台（幽州台），便缘于随武攸宜东征契丹。契丹是古代中国东北地区的一个少数民族，自北魏开始就在辽河上游一带活动，唐时建立了强大的地方政权。跟契丹紧邻的还有一个库莫奚族，与契丹同是源出鲜卑宇文部的一支，简称奚，是个相对弱小的部落。

东晋建元二年（344），鲜卑慕容部北攻宇文部，俘其民五千余落，宇文部单于逸豆归走死漠北，残部分为契丹与奚。宇文部被击溃及东部鲜卑主力相继迁离故地后，奚逐渐壮大。奚与契丹是同族异部的兄弟关系，语言相通，文化和生活习俗相近。隋唐之际奚扩散到今山西、河北北部地区，臣服于突厥。

贞观四年（630）东突厥汗国瓦解，奚族内附于唐朝。唐在奚族五个部落设五个州，上置饶乐都督府管理，都督由奚族大酋长担任，赐姓李。

公元七世纪初至九世纪中叶是奚族的鼎盛时期，其军事实力与契丹旗鼓相当，有时还稍强于契丹。奚和契丹被唐并称为"两蕃"。

唐太宗奉行"四夷可使如一家"的民族政策，赢得了边疆各族的景仰和爱戴，北方草原民族奉太宗为"天可汗"。奚和契丹在这样背景下投依唐朝。为了加强对奚和契丹的管理，唐朝"复置东夷都护府于营州，兼统松漠、饶乐地，置东夷校尉"。东夷都护府代表朝廷管辖奚、契丹等族事务。

太宗死，契丹和奚同唐朝的关系一度出现反复。高宗显庆五年（660），契丹联盟长松漠都督阿卜固与奚族联合反唐。唐派定襄都督阿史那枢宾为行军总管，率军北伐。战端一开，奚即请降。唐朝大将薛仁贵、辛文陵等与契丹决战于黑山（今内蒙古巴林右旗北部罕山），大胜。

武则天统治时，对边疆民族问题措置不当，契丹与唐朝又出现了一场大冲突。负责管理契丹地区的营州都督赵文翙骄横暴虐，使得松漠都督李尽忠与归诚州刺史孙万荣于696年联合举兵反唐。

李尽忠本姓大贺氏，营州松漠人，契丹部落联盟首领、松漠都督大贺窟哥之孙。贞观二十二年（648），契丹内附于唐，唐朝在其地置松漠都督府，以大贺窟哥为使持节、都督十州诸军事、松漠都督，并赐姓李，改称"李窟哥"。

李窟哥死后，其孙阿卜固继任松漠都督，率契丹诸部与奚族连兵叛唐。不久就为唐军所败，阿卜固被擒送洛阳。高宗以李窟哥之孙李枯莫离为左卫将军、弹汗州刺史，封归顺郡王；另一个孙子李尽忠为武卫大将军、松漠都督，继统契丹八部。

高宗晚年武则天执政，继而称帝，改国号为周。武氏诛杀唐宗室，剪除异己，程务挺、王方翼、黑齿常之等一批名将被迫害致死，国家政局动荡。

万岁通天元年（696），契丹发生饥荒，百姓生活无着。营州都督赵文翙未予赈给，反而侵侮契丹部属，激起契丹人不满。李尽忠遂利用唐朝内忧外患之机，与归诚州刺史孙万荣举兵反唐。这年五月，李尽忠攻陷营州，杀赵文翙，自称"无上可汗"，以孙万荣为帅，纵兵掠地。契丹各部纷纷投附，众达数万。武则天听闻大怒，诏命左鹰扬卫将军曹仁师等二十八将率兵征讨。七月，又增派春官尚书、梁王武三思为榆关道安抚大使，纳言姚璹为副使，屯兵胜州（治今内蒙古托克托西南），以备策应。下诏改李尽忠之名为李尽灭，孙万荣为孙万斩。

李尽忠获得武周大军北讨的消息，在西硖石（今河北迁安东北）黄獐谷设伏，又设诱敌之计，把攻陷营州俘获的数百人囚入地牢，派看守欺骗他们："吾辈家属，饥寒不能自存，唯俟官军至即降耳。"把他们从地牢中放出说："吾养汝则无食，杀汝又不忍，今纵汝去。"这些战俘逃至幽州（在今北京城西南），与武周官军相遇，把契丹不能自存，待官军到来即投降的假情报告知官军统帅曹仁师。

曹仁师等人信以为真，争先开进。官军行至黄獐谷西，李尽忠将老牛、瘦马置于路旁，示以饥馑疲惫之状，又派老弱残兵佯装迎降。官军见状，放松戒备，骑兵先进，进入黄獐谷，埋伏在谷中的契丹军四面合围，官军仓促应战，大败。李尽忠又用缴获的官军军印诈做军牒，强迫被俘的官军将领在牒上署名，牒告官军后继部队："官军已破贼，若至营州，军将皆斩，兵不叙勋。"官军将领燕匪石和宗怀昌接到军牒，率步卒急进。契丹军以逸待劳，官军又遭突袭，被全歼。这年十月，李尽忠病死，孙万荣统领其众。

神功元年（697），孙万荣在柳城西北四百里的险要处构筑新城，把老弱病残和器仗资财留在新城，率军与武周大军决战。后突厥乘机攻破新城，将契丹老弱妇女器仗资财劫掠而去，孙万荣军人人汹惧，奚人反叛。武周军从前方进攻，奚人从后方进攻，孙万荣军败逃。又遭张九节伏击，孙万荣被手下杀死，残部降于张九节。

久视元年（700），武则天又派李楷固、骆务整讨伐契丹余部，叛乱得以平息。这次平息李尽忠、孙万荣之乱的战役，先败后胜。陈子昂登幽州台，赋诗咏怀，发生在前段战役失利的节点。武则天委派建安王武攸宜率军征讨，陈子昂随军出征，在武攸宜幕府担任参谋。"参谋"的意思是"参与谋划"，陈子昂是以朝官身份加入武攸宜的部队，参与幕府的决策。武攸宜无将略，只是因为他是武则天的内侄而滥膺统帅之名。

此时唐军先头部队被契丹所败，总管王孝杰坠崖而亡，几乎全军覆没。武攸宜十分惊骇，畏敌不前。陈子昂认为自己"不可见危而惜身苟容"，请分兵万人为前驱，以奇兵胜骄敌，但不被武攸宜采纳。后来又多次进谏，"言甚切至"，竟触怒了武攸宜，将他置于闲地。陈子昂接连受挫，眼看报国宏愿成了泡影。当他满怀幽愤地登上幽州台，纵望天地，思绪潮涌，感慨万端，于是写下了七首诗，即《蓟丘览古赠卢居士藏用七首》，缅怀古代求贤若渴、唯贤是用的燕昭王等贤明君主，抒发自己生不逢时、未能施展抱负的感慨。《登幽州台歌》是继《蓟丘览古》之后的又一感怀之作。《蓟丘览古》诗前有序云：

> 丁酉岁，吾北征。出自蓟门，乃观燕之旧都，其城池霸迹已芜没矣。乃慨然仰叹，忆昔乐生、邹子群贤之游盛矣。因登蓟丘，作七诗以志之。寄终南卢居士。亦有轩辕之遗迹也。

其中《轩辕台》一诗，主要表达物是人非之感："北登蓟丘望，求古轩辕台。应龙已不见，牧马空黄埃。尚想广成子，遗迹白云隈。"其余六首皆追忆战国历史人物之作。有一首《燕太子》咏燕太子丹："秦王日无道，太子怨亦深。一闻田光义，匕首赠千金。其事虽不立，千载为伤心。"有一首《田光先生》咏名士田光："自古皆有死，徇义良独稀。奈何燕太子，尚使田生疑。伏剑诚已矣，感我涕沾衣。"二诗表达了对名节义士的仰慕。其他四首咏燕昭王君臣：

> 南登碣石阪，遥望黄金台。
> 丘陵尽乔木，昭王安在哉。
> 霸图怅已矣，驱马复归来。
> ——《燕昭王》

> 王道已沦昧，战国竞贪兵。
> 乐生何感激，仗义下齐城。
> 雄图竟中夭，遗叹寄阿衡。
> ——《乐生》

> 大运沦三代，天人罕有窥。
> 邹子何寥廓，漫说九瀛垂。
> 兴亡已千载，今也则无推。
> ——《邹衍》

> 逢时独为贵，历代非无才。
> 隗君亦何幸，遂起黄金台。
> ——《郭隗》

古代这些明君贤臣、哲人义士都曾建功立业，青史留名，这是陈子昂最向往的。所以他在吟咏他们的事迹时不免流露出对自己身世遭遇的悲伤。他多么希望遇到一位像燕昭王那样的明君，受到重用，一展抱负，但"昭王安在哉"。他向往乐毅的辉煌战功，"仗义下齐城"，但自己却没有他的机会。他也向往邹衍那样的哲人，更向往郭隗得遇明时。郭隗好幸运啊，遇上了燕昭王那样重视人才的明君。对陈子昂来说，这才是最可宝贵的。

在《蓟丘览古》诗序中所流露出的怀古伤今之意，同样见于《登幽州台歌》之中。这首诗作于武则天万岁通天二年（697），当时陈子昂三十六岁。在这前一年契丹叛乱，武则天派她的族侄建安王武攸宜率兵征讨，以陈子昂为随军参谋。武攸宜轻率少谋，致使前锋军大败，全军震恐，不敢前进。陈子昂屡次出谋献策都未被采纳。陈子昂又请求分兵万人以为前驱，遭到武攸宜的拒绝。

卢藏用《陈氏别传》记载，陈子昂"自以官在近侍，又参预军谋，不可见危而惜身苟容。他日又进谏，言甚切至，建安谢绝之，乃署以军曹"。陈子昂的忠义之情反而触怒了武攸宜，受到了降职处分。他知道无法和武攸宜合作，只得缄默不语，但心中怀着巨大的悲愤。《登幽州台歌》就是在这种情况下写成的。

卢藏用记述了这首诗写作时的情况："子昂知不合，因箝默下列，但兼掌书记而已。因登蓟北楼，感昔乐生、燕昭之事，赋诗数首（《蓟丘览古》七首），乃泫然流涕而歌曰：'前不见古人，后不见来者。念天地之悠悠，独怆然而涕下！'时人莫不知也。"蓟北楼即幽州台。"乐生、燕昭之事"指战国时燕国中兴的故事。燕被齐打败，燕昭王即位，立志复仇，听从郭隗的意见，延请郭隗为师，筑黄金台以招天下贤才。结果乐毅、邹衍、剧辛等人纷纷投效。乐毅为将，下齐城七十二座，燕国中兴。这种君王礼贤下士、知人善任，英雄得遇明主乘时立功的故事就发生在蓟北楼的所在地，现在的河北一带。当陈子昂遭受排斥怀才不遇之际，登上蓟北楼，追想往事，便引起他的万千感慨，脱口吟出这首千古绝唱。"时人莫不知也"说明这首诗当时流传很广，武攸宜必然对他恨之入骨。

　　诗的前两句是写生不逢时的感叹。"古人"指前代的明君贤臣、才士英杰，具体地说就是燕昭王、郭隗、乐毅等人。古代像燕昭王、乐毅那样的明君贤臣已经见不到了，我生不逢时，没有遇上那个君臣遇合的时代。"来者"指未来的明君贤臣。今后必定还会有无数的卓越人物出现，还会出现战国时代像燕昭王那样礼贤下士的贤明君主，为他们的时代增添光彩，然而我生有限，也赶不上那样的时代了。当诗人怀着悲愤的心情，登上幽州台极目远望的时候，他就想起在这块古老的土地上发生过无数可歌可泣的英雄故事。

　　他首先想到的就是燕国中兴的故事，那时燕昭王有雄才大略，立志复仇，筑黄金台招揽人才，终于报仇雪耻，成就了轰轰烈烈的事业，那真是英雄用武的时代。但是，历史已经过去，自己没能赶上那个时代。那么未来呢？他说过："逢时独为贵，历代非无才。"（《蓟丘览古七首》其七）在今后还会出现明君贤臣，还会有英雄用武的时代，但自己的生命有限，也看不到他们了。现实呢？有的只是像武攸宜这样的昏庸妒忌之辈，天下之士只能空怀壮志、徒有奇才而无人赏识、无人重用，这就使他自然生发了生不逢时的慨叹。

诗的后两句写人生短暂、壮志难酬的悲哀。想到天地的悠久和人生的短暂，"我"独自悲伤地流下了眼泪。为什么如此悲伤呢？古人常把大自然的永恒和人生的短暂作对比而抒发内心的感慨，永恒的自然成了短暂人生的参照物。正像同时人张若虚《春江花月夜》中所云："江畔何人初见月，江月何年初照人？人生代代无穷已，江月年年只相似。"又如刘希夷《代悲白头翁》："年年岁岁花相似，岁岁年年人不同。"

当陈子昂登上幽州台，纵目远眺时，他看到天宇茫茫，大地辽阔，便由天地悠久而联想到人生的短暂，自己有理想、有才能，却得不到实现和施展，而时光却如流水一去不返。眼看就要像古人一样成为历史上的匆匆过客，心里便无比痛苦，一种不为人知、不为世容的孤独感，年华流逝而壮志难酬的焦虑感，英雄无用武之地又不甘寂寞无闻的愤激情绪交织在一起，形成巨大的痛苦压迫着、撞击着他那颗激动的心。他难以忍受这种痛苦的折磨，悲伤地流下了泪水。

陈子昂是一位志士，他感叹人生短暂，不是为不能及时享乐而悲哀，而是为不能及时有为而悲愤，所以他的眼泪不是感情脆弱的表现，所谓"丈夫有泪不轻弹，只因未到伤心处"正可形容陈子昂此时此地的心情。

这首诗通过登幽州台抚今追昔的感慨，深刻表达了封建社会一位有理想、有抱负的知识分子怀才不遇、壮志难酬的悲愤，表达了对统治者不能选贤任能、压制人才的痛恨。因为压制人才、埋没人才的现象在过去千百年的封建社会中普遍存在，也是无法避免的，所以这首诗所抒发的感情具有典型意义。此后的怀才不遇者每当读到它，便引起内心的强烈共鸣。

这种登高望远而生悲慨之事，我们还见于魏晋时的阮籍。清代宋长白注意到陈子昂和阮籍两人同属怀才不遇而登高兴慨，认为陈、阮可谓知音。其《柳亭诗话》云："阮步兵登广武城，叹曰：'时无英雄，遂使竖子成名。'眼界胸襟，令人捉摸不定。陈拾遗会得此意，登幽州台歌曰：'前不见古人，后不见来者。念天地之悠悠，独怆然而涕下。'假令陈、阮邂逅路岐，不知是哭是笑。"

哭，因为怀才不遇是无数志士的悲哀；笑，则是英雄歧路相逢，遇到了知音，而知音千载难遇。

这首诗在艺术上是十分成功的，六朝时期那种矫揉造作、雕凿词句的诗风一点儿也没有了，而代之以鲜明的形象、壮阔的境界和质朴劲健的语言，体现了陈子昂以复古为口号革新诗风的努力。

前三句通过作者的目光和思索，构成了一个无限广阔的背景，包括了古往今来、天地四方，从而创造了壮阔的境界。第四句则像一个特写镜头，突出了一个长身独立、慷慨悲歌的英雄形象，从而表现了对现实的强烈批判。这是一首抒情诗，抒情诗也是需要借助形象来表达其主题的。

在语言上四句诗都是脱口而出，诗人那埋藏在心中的巨大怨愤，当登上幽州台时，像火山找到了喷射口，一下子迸发出来，毫无雕凿润色的工夫，甚至句子长短、字数多少也不讲究了，显得非常质朴有力。

明代杨慎《升庵诗话》评此诗："其辞简质，有汉魏之风。"美国汉学家宇文所安《初唐诗》认为具有"自然朴素的美和忧伤"。有人评价这首诗："不愧是齐梁以来两百多年没有听到过的洪钟巨响。"（游国恩主编《中国文学史》）

从遣辞造句方面看，宇文所安发现此诗四句中有三句出自《楚辞》中的《远游》。屈原《远游》云："惟天地之无穷兮，哀人生之长勤。往者余弗及兮，来者吾不闻。"陈子昂此诗语句即从此化出，然而却赋予个人色彩，意境更苍茫壮阔。

正如宇文所安所言："尽管陈子昂这四句诗中有三句出自《远游》，诗的价值并未因此降低。与《远游》相比，这首诗已发生了质的变化，四句诗独立成篇，未采用现成的反应，又加上个人的经历和历史场合的背景。这就好比一位画家以一幅大型作品的细节为基础，形成了另一幅作品的风格。"

陈子昂利用了《远游》诗中的现成语料，完成了一篇抒发此时此地的个人情怀的作品，诗的形象和情感是有强烈个人色彩的，因此不能视为对《远游》的抄袭。

中国古典诗歌最突出的文本特征就是"互文性"。法国学者蒂费纳·萨莫瓦约《互文性研究》认为，所谓"互文性"即"每一篇文本都联系着若干篇文本，并且对这些文本起着复读、强调、浓缩、转移和深化的作用"。这种互文性不是简单抄袭，而体现着强调、深化、化腐朽为神奇或点石成金的艺术效果。

从陈子昂这首诗来看，它化用了前人的句子，显然比之《远游》的境界更壮阔，感情更强烈，更有动人的力量。明末清初的诗论家黄周星《唐诗快》卷二云："胸中自有万古，眼底更无一人。古今诗人多矣，从未有道及此者。此二十二字，真可以泣鬼神。"因此，这首诗成为传世名篇，千载而下，获得无数读者的同情和共鸣。

我们也不能把这首诗表达的情感归结为此次战役一时一事，这与陈子昂的整体人生和政治遭遇有关。陈子昂是一个具有政治见识和政治才能的文人，自踏上仕途以来直言敢谏，对武后朝的不少弊政，常常提出批评意见，却不为武则天采纳，甚至被贬下狱。他的政治抱负不能实现，反而遭受打击，这使他心情非常苦闷。这首诗的主旨甚至不能局限于陈子昂一人的遭遇，其实是历史上无数怀才不遇志士的共同心声，因此它才引起无数人的共鸣。

本篇以慷慨悲凉的调子，表现了诗人失意的境遇和寂寞苦闷的情怀。这种悲哀常常为旧社会许多怀才不遇的人士所共有，从这一点看，此诗是言"人人心中所有"，然而其独特的艺术表现又是空前绝后的，从这一点看，又可以说是道"人人笔下所无"。这并没有夸大其词。对宇宙时空的慨叹也许是中国古代文人笔下并不生疏的主题之一。《古诗十九首》中有"生年不满

百，常怀千岁忧。昼短苦夜长，何不秉烛游"的诗句；李白有
"今人不见古时月，今月曾经照古人。古人今人若流水，共看明
月皆如此"之句。他们都从不同角度揭示了一种深邃的时空意
识。

　　然而通过比较就会发现，陈子昂的诗确实具有超迈前人的感
染力量和艺术价值。《古诗十九首》的诗主要是慨叹人生短暂，
要人们及时行乐，立意平常；李白诗旷达有余而悲壮不足，最能
够撼人心魄的还是陈子昂用心血谱写的这二十二字。至于苏轼
"哀吾生之须臾，羡长江之无穷"的名句，显然是从陈子昂的诗
意中化用而来。

3

贤相与善政,
开元盛世的柱础

——颂扬姚崇的唐诗

　　唐玄宗即位后，治国以道家清静无为思想为宗，励精图治，选贤任能，开元年间政治清明，经济迅速发展，天下大治，唐朝进入全盛时期，史称"开元盛世"。

　　开元盛世的出现非一朝一夕之功，亦非一人之力，而是唐朝自建立以来一百多年持续繁荣的结果，是众多贤臣良将共同辅助之功。其中姚崇三度为宰相，为开元盛世出现奠定了良好基础，厥功甚伟。诗人们在不同场合用诗歌反映了这一伟大的时代，玄宗君臣的文治武功受到诗人的赞颂，姚崇也成为后世人们热情赞颂的政治家。

一、"开元盛世"的辉煌局面

　　唐至开元时期进入繁荣昌盛的顶点，辽阔的疆域、发达的经济、强盛的国力和高度文明，吸引着世界上各个国家和民族对中国的向往。生活在这个时代的诗人有亲身的体会，他们用诗歌唱这个伟大的时代。

　　开元十三年（725）为了"答厚德，告成功"，百官、儒生请求玄宗举行"封泰山，禅梁父"的盛典。封禅，封为"祭天"，指皇帝登泰山筑坛祭天；禅为"祭地"，指在泰山下的小丘祭地。封禅是古代帝王祭天地的大典，又称封祀、封峦、封岳，最早见于《管子·封禅》。《史记·封禅书》引用其中的内容，唐代张守节《史记正义》指出封禅的目的，即在泰山顶上筑圆坛以报天之功，在泰山脚下小丘之上筑方坛以报地之功。

封禅是古代帝王在太平盛世或天降祥瑞时祭祀天地的重大典礼，为封禅大典使用的乐章谱写的歌词，当然要极力渲染唐朝的文治武功，昭告天地。张说《唐封泰山乐章·豫和六首》其三："相百辟，贡八荒。九歌叙，万舞翔。"其六："华夷志同，笙镛礼盛。明灵降止，感此诚敬。"《唐封泰山乐章·肃和》云："奠祖配天，承天享帝。百灵咸秩，四海来祭。"在祭祀祖先的仪式中，要把文治武功告慰祖先。《唐享太庙乐章·永和三首》其三："信工祝，永颂声。来祖考，听和平。相百辟，贡九瀛。"九瀛，九州与环其外的瀛海，泛指海内外各国，"贡九瀛"即令九瀛入贡。四海万国入贡是皇威远被的典型表现，因此成为这些乐章的重要内容。

在各种节庆和重大活动中玄宗君臣往往赋诗唱和，在臣下奉和之作中，免不了称颂玄宗功德，其中包括国家昌明万国来朝的盛况。王维《奉和圣制天长节赐宰臣歌应制》诗云：

太阳升兮照万方，开阊阖兮临玉堂，俨冕旒兮垂衣裳。
金天净兮丽三光，彤庭曙兮延八荒。
德合天兮礼神遍，灵芝生兮庆云见。
唐尧后兮稷契臣，匦宇宙兮华胥人。
尽九服兮皆四邻，乾降瑞兮坤降珍。

玄宗生日八月五日先被称为千秋节，后改称天长节。

《旧唐书·玄宗纪》记载，开元十七年（729）"八月癸亥，上（玄宗）以降诞日，宴百僚于花萼楼下。百僚表请以每年八月五日为千秋节，王公已下献镜及承露囊"，而且"天下诸州咸令宴乐，休暇三日"，作为制度规定。

天宝七载（748）"秋八月己亥朔，改千秋节为天长节"。诗中有云："灵芝生兮庆云现"。

据《旧唐书·玄宗纪》记载，天宝七载三月乙酉"大同殿柱产玉芝"。可知王维此诗作于当年八月五日。诗称颂玄宗施政"彤庭曙兮延八荒""尽九服兮皆四邻"，八荒九服，包括国家内外。

又如张说《奉和圣制春中兴庆宫酺宴应制》云："千龄逢启圣，万域共来威。""春中"即仲春二月，朝廷举宴，君臣唱和。

又张说奉使巡边，玄宗赋诗送行，臣下奉和。贺知章《奉和圣制送张说巡边》云："荒憬尽怀忠，梯航已自通。""梯航"即梯山航海，指与域外的水陆交通，此句歌咏唐朝对外交往的扩大。

又地方朝集使入京述职，归郡时玄宗写诗送行，大臣奉和。王维《奉和圣制暮春送朝集使归郡应制》云："万国仰宗周，衣冠拜冕旒。"

玄宗时经营西域的巨大成就也受到诗人的热情歌颂。杜甫《遣怀》云："先帝正好武，寰海未凋枯。猛将收西域，长戟破

林胡。百万攻一城，献捷不云输。"此诗作于大历元年（766），
杜甫回忆年轻时与李白、高适同游宋中的时代，先帝指玄宗。杜
诗虽然批判了当时朝廷穷兵黩武，但客观上也反映了玄宗时国力
的强盛和对外积极进取的态势。敦煌文书斯〇二八九号存无名氏
诗二首，应该是产生在这一时代的作品：

> 当身勇猛无敌，自有□志皆从。
> 神兵开山拔海，横行振地威雄。
> 会陵腾空沙漠，终该永克西东。
> 一去由来北地，诸侯谁敢争功！

> 骤马先驱北地，扬鞭复押西戎。
> 南蛮摞如落叶，东夷卷似飞蓬。
> 塞上曾经提剑，河边几度弯弓。
> 是以名书竹帛，能令万国皆通。

　　这是一种时代精神，一方面国家国力强盛，一方面士人向往
立功边塞。赢得四夷的臣服，是举国上下共同的目标，似乎在唐
代只有开元盛世始能当之。

　　开元时对外交往扩大，与更多的国家建立了友好关系，"万
国皆通""万国来朝"的景象频频出现在诗人的吟咏中。

　　王维《和贾舍人早朝大明宫之作》云："绛帻鸡人送晓筹，
尚衣方进翠云裘。九天阊阖开宫殿，万国衣冠拜冕旒。"

卢象《驾幸温泉》诗云："千官扈从骊山北，万国来朝渭水东。"

杜甫《奉赠太常张卿垍二十韵》云："方丈三韩外，昆仑万国西。建标天地阔，诣绝古今迷。……能事闻重译，嘉谟及远黎。"这是在称颂张垍，也是在称颂大唐的声威。

李肱《省试霓裳羽衣曲》云："开元太平时，万国贺丰岁。"樊珣《忆长安·十月》："忆长安，十月时，华清士马相驰。万国来朝汉阙，五陵共猎秦祠。昼夜歌钟不歇，山河四塞京师。"

李岑《玄元皇帝应见贺圣祚无疆》云："皇纲归有道，帝系祖玄元。运表南山祚，神通北极尊。大同齐日月，兴废应乾坤。圣后趋庭礼，宗臣稽首言。千官欣肆觐，万国贺深恩。"

谢良辅《忆长安·正月》云："忆长安，正月时，和风喜气相随。献寿彤庭万国，烧灯青玉五枝。"

鲍防《杂感》写得最为具体："汉家海内承平久，万国戎王皆稽首。天马常衔苜蓿花，胡人岁献葡萄酒。五月荔枝初破颜，朝离象郡夕函关。雁飞不到桂阳岭，马走先过林邑山。"开头两句说天下承平日久，外夷臣服，接着历数万国戎王入贡物品，有良马、葡萄酒、荔枝等。唐诗中常以汉代唐，字面上写汉，实际指唐。诗当作于安史之乱之前，反映的是盛唐时万国称臣纳贡局面。晚唐诗人郑嵎《津阳门诗》回顾开元盛世：

千秋御节在八月，会同万国朝华夷。

花萼楼南大合乐，八音九奏鸾来仪。

都卢寻橦诚龌龊，公孙剑伎方神奇。

马知舞彻下床榻，人惜曲终更羽衣。

诗写唐玄宗生日宴会的盛况，不仅万国使节入华朝贺，而且举行盛大的乐舞表演，各种杂技都是来自域外的节目，如都卢寻橦、剑舞、马舞，还有《霓裳羽衣曲》的演奏。

流传在敦煌的无名氏《新合六字千文》，应是产生在玄宗时代的蒙学文本，其中有对当时政治和外交方面良好局面的歌颂："三郎坐朝问道，无为垂拱平章。爱育兆人黎首，臣服四夷戎羌。万国遐迩一体，八荒率宾归王。"玄宗名李隆基，睿宗李旦第三子，小名"三郎"，诗正是颂扬玄宗在位的时代。

二、唐后期诗人对"开元盛世"的追忆

唐玄宗前期励精图治，开元年间有几位贤相辅助他执政，唐朝走向繁荣昌盛的巅峰，"开元盛世"成为人们津津乐道的太平盛世。但他后期奢靡腐化，沉迷长生与美色，导致奸相弄权，政治腐败，社会黑暗，终于造成天下大乱。经历了安史之乱七八年的战乱，盛世不再，但当时的繁荣景象却令后人眷恋。开元盛世的国力强盛、盛世繁华和经济繁荣是他们最向往的。

李白《古诗》第四十六云："一百四十年，国容何赫然。隐隐五凤楼，峨峨横三川。王侯象星月，宾客如云烟。"

杜甫《忆昔》诗云："忆昔开元全盛日，小邑犹藏万家室。稻米流脂粟米白，公私仓廪俱丰实。九州道路无豺虎，远行不劳吉日出。齐纨鲁缟车班班，男耕女桑不相失。"表达的就是这种情感。开元盛世社会安定万国来朝的局面，令唐后期的诗人深情追忆而形诸笔端。

韦应物《骊山行》诗写安史之乱前后社会形势的变化，其中歌颂开元盛世："君不见开元至化垂衣裳，厌坐明堂朝万方。……英豪共理天下晏，戎夷詟伏兵无战。时丰赋敛未告劳，海阔珍奇亦来献。"

元稹《代曲江老人百韵》诗借一位老人之口回忆玄宗时的社会状况："万方来合杂，五色瑞轮囷"；"文物千官会，夷音九部陈。鱼龙华外戏，歌舞洛中嫔"；"山泽长孳货，梯航竞献珍。翠毛开越巂，龙眼弊瓯闽。"通过今昔对比，诗人们表达了对开元盛世的怀念和对安史之乱后江河日下的惋惜。

杨贵妃与唐玄宗的欢爱故事，出现在安史之乱后唐人的诗咏中，成为盛世的象征。杜甫《哀江头》诗云：

忆昔霓旌下南苑，苑中万物生颜色。
昭阳殿里第一人，同辇随君侍君侧。
辇前才人带弓箭，白马嚼啮黄金勒。
翻身向天仰射云，一笑正坠双飞翼。
明眸皓齿今何在？血污游魂归不得！

诗中回忆杨贵妃陪玄宗游猎的场面，表达了对盛世的怀念和对杨贵妃的同情：昭阳殿里第一夫人陪伴明皇观猎的景象已成往事，一个如花似锦的时代一去不复返了。这是诗人眼见当前的乱离景象发出的浩叹。

如果说李杨故事令诗人想起盛世繁华，那明皇与贵妃游幸的华清宫更是一个具体体现。华清宫，在诗人笔下已成为唐王朝的缩影和时代的象征。唐后期出现不少以华清宫、骊山为题的诗，最著名的当是杜牧的《过华清宫》三首绝句：

其一

长安回望绣成堆，山顶千门次第开。

一骑红尘妃子笑，无人知是荔枝来。

其二

新丰绿树起黄埃，数骑渔阳探使回。

霓裳一曲千峰上，舞破中原始下来。

其三

万国笙歌醉太平，倚天楼殿月分明。

云中乱拍禄山舞，风过重峦下笑声。

第一首咏一个众所周知的故事，写玄宗宠幸杨贵妃之深，为了满足她喜食南海荔枝的心愿，驿骑快马加鞭递送，讽刺之外，也让我们强烈地感受到诗人途经骊山远望华清宫时对盛世的缅怀。从长安回望葱翠如绣的骊山，骊宫千门万户次第开启，与长安巍峨的宫殿楼阁遥遥相对。千里而来的驿骑送来了新鲜的荔枝，引起贵妃嫣然而笑，这不正是一派令人向往的太平景象吗？第二首和第三首都在强调统治者的荒淫腐化葬送了一个万国笙歌的太平盛世，其中充满惋惜之情。

虽然经历了安史之乱，江河日下，国家残破，但诗人没有忘记玄宗君臣励精图治造就的辉煌盛世。

吴融《华清宫》云："中原无鹿海无波，凤辇鸾旗出幸多。今日故宫归寂寞，太平功业在山河。"其中表现出对玄宗功业的肯定。

李洞《绣岭宫词》云："春日迟迟春草绿，野棠开尽飘香玉。绣岭宫前鹤发翁，犹唱开元太平曲。"绣岭宫是华清宫的别称。李洞生活在晚唐时期，虽然已经过去一百多年，但人们仍然没有忘怀开元盛世。当李洞经过华清宫时，还能听到老人们歌咏开元年间太平盛世的歌曲。

薛能《过骊山》诗云："丹膝苍苍簇背山，路尘应满旧帘间。玄宗不是偏行乐，只为当时四海闲。"他不同意玄宗游幸骊山是追求享乐，认为玄宗骊山华清宫游乐是天下太平无事时的享乐，这就在肯定玄宗享乐的正当性。

安史之乱以后，失去了玄宗和杨贵妃光顾的华清宫日益冷落，许多诗人路经此处，万千感慨油然而生。因此，对盛世的缅怀，表现为对眼前荒凉冷落景象的哀叹，李贺《过华清宫》云：

春月夜啼鸦，宫帘隔御花。

云生朱络暗，石断紫钱斜。

玉碗盛残露，银灯点旧纱。

蜀王无近信，泉上有芹芽。

虽然是春天，却不见盎然春意和繁花似锦的景象，听到的是如泣如诉的"啼鸦"，看到的是云烟笼罩之下昏暗不清的朱漆的窗格，断石残垣之下紫色的钱形苔藓。那玉碗、银灯倒是故宫的残迹，但碗中盛的是残露，银灯是斑斑点点的旧纱。玄宗当年入蜀逃往成都避难，故称其为"蜀王"。给华清宫带来繁华的玄宗已经杳无音信，泉上已经冒出水芹的新芽。全诗都是在通过华清宫的荒凉写玄宗一去盛世不再。

华清宫虽然废弃，但并不是谁都可以进去的。卢纶《早秋望华清宫中树因以成咏》诗有云："翠屏更隐见，珠缀共玲珑。雷雨生成早，樵苏禁令雄。"可知华清宫仍然禁令森严。因此，可以认为李贺诗中那些具体的描写都是出于想象，这种想象是由远望所见华清宫的残破引起的。诗人笔下满目荒芜，慨叹之情意在言外。

华清宫日益荒凉，唐王朝也日益衰落，华清宫成为富有象征意义的建筑意象。

卢纶《华清宫二首》其一云："汉家天子好经过，白日青山宫殿多。见说只今生草处，禁泉荒石已相和。"其二："水气朦胧满画梁，一回开殿满山香。宫娃几许经歌舞，白首翻令忆建章。"

窦巩《过骊山》云："翠辇红旌去不回，苍苍宫树锁青苔。

有人说得当时事，曾见长生玉殿开。"青苔蔓延，苍苍宫树，封闭了一座昔日的离宫，诗人借昔日曾入宫的人追忆当年宫殿内的豪华壮丽景象，让人想到那逝去的盛世年华。

崔橹《华清宫三首》其一："草遮回磴绝鸣銮，云树深深碧殿寒。明月自来还自去，更无人倚玉栏干。"其二："障掩金鸡蓄祸机，翠华西拂蜀云飞。珠帘一闭朝元阁，不见人归见燕归。"其三："门横金锁悄无人，落日秋声渭水滨。红叶下山寒寂寂，湿云如梦雨如尘。"

还有崔涂《过绣岭宫》和无名氏《骊山感怀》，都是写凭吊华清宫的冷落生凄凉之感，流水依旧，面貌全非，秋烟荒草，歌钟声断。

目睹眼前的荒凉，追忆昔日的繁华，有的诗人通过今昔对比，表达今非昔比的感慨。骊山山顶有朝元阁，中唐诗人权德舆《朝元阁》云："缭垣复道上层霄，十月离宫万国朝。胡马忽来清跸去，空余台殿照山椒。"每年十月玄宗驾幸骊宫，各国使节到此朝谒，高高的楼台殿阁匝道回廊显示着帝国的威严，但如今再无那种繁华热闹景象。

王建《温泉宫行》云：

> 十月一日天子来，青绳御路无尘埃。
> 宫前内里汤各别，每个白玉芙蓉开。
> 朝元阁向山上起，城绕青山龙暖水。
> 夜开金殿看星河，宫女知更月明里。

武皇得仙王母去，山鸡昼鸣宫中树。
温泉决决出宫流，宫使年年修玉楼。
禁兵去尽无射猎，日西麋鹿登城头。
梨园弟子偷曲谱，头白人间教歌舞。

许浑《途经骊山》云：

闻说先皇醉碧桃，日华浮动郁金袍。
风随玉辇笙歌迥，云卷珠帘剑佩高。
凤驾北归山寂寂，龙旂西幸水滔滔。
贵妃没后巡游少，瓦落宫墙见野蒿。

这两首诗都是前半写开元盛世时玄宗携杨贵妃于华清宫沐浴温泉情景，是盛世繁华景象；后半写贵妃、明皇死后宫中的冷落荒凉。这样的写法是唐后期不少诗人咏李杨故事诗的惯常结构，又如温庭筠《过华清宫二十二韵》先写杨贵妃专宠，玄宗淫游，极力铺写当时的歌舞升平景象："忆昔开元日，承平事胜游。贵妃专宠幸，天子富春秋。月白霓裳殿，风干羯鼓楼。斗鸡花蔽膝，骑马玉搔头。……屏掩芙蓉帐，帘褰玳瑁钩。"后写安史之乱发生，玄宗入蜀，美人魂断，华清宫冷落，只有温泉宫的水呜咽流淌：

不料邯郸虱，俄成即墨牛。

剑锋挥太皞，旗焰拂蚩尤。

内嬖陪行在，孤臣预坐筹。

瑶簪遗翡翠，霜仗驻骅骝。

艳笑双飞断，香魂一哭休。

早梅悲蜀道，高树隔昭丘。

朱阁重霄近，苍崖万古愁。

至今汤殿水，呜咽县前流。

今昔对比，令人感慨莫名。顾嗣立评此诗引冯班云："此篇著意只在开元盛时，禄山乱后便略，与《华清》《长恨》不同。"这首诗与杜牧《过华清宫》和白居易《长恨歌》不同之处，在于更多地渲染安史之乱前的繁华和奢靡。

这种以今昔对比感叹唐朝衰败的诗，郑嵎《津阳门诗》最著名。这首诗长达二百句，借一位老翁之口述今昔变迁，前半大量篇幅写开元年间盛世繁华，后半篇写安史之乱以来的衰败，"开元到今逾十纪，当初事迹皆残黰"；"昔年光彩夺天月，昨日销熔当路岐"；"逢君话此空洒涕，却忆欢娱无见期"。

其他如杜甫《骊山》、王建《华清宫感旧》、皇甫冉《华清宫》、张籍《华清宫》、张祜《华清宫四首》、鲍溶《温泉宫》、杜牧《华清宫》、罗邺《骊山》《温泉》等，大都是路经骊山远望华清宫而作，包含着对繁华已去的感伤和对昔日盛世的怀想。唐代离宫别馆很多，凡有玄宗游踪之处，诗人们往往触景生情，忆昔伤今，如元稹《行宫》《连昌宫词》，韩愈《和李司勋过连昌宫》，王建《过绮绣宫》等，虽然写的不是华清宫，主旨却与上述诸诗相同，开元盛世成为唐后期诗人念念不忘的回归的梦想和一去不复返的时代。

三、诗人对姚崇的肯定和称颂

在唐朝一步步走向繁荣昌盛的道路上，姚崇具有独特的贡献。吴兢撰《开元升平源》写唐玄宗采纳了姚崇的十条建议，励精图治，铸造了开元盛世的辉煌。从小说的题目可知，作者将开元盛世的主要功绩归于姚崇。①虽然小说的内容未必完全符合史实，但主题却反映了唐人的观点，在唐朝走向开元盛世的进程中，姚崇功不可没，他也因此受到诗人的肯定和颂扬。

姚崇是以门荫入仕，初以挽郎解褐，后迁兵部郎中。武后万岁通天元年（696），契丹发动叛乱，侵扰河北，连陷数州，军务繁杂。姚崇剖析若流，表现出杰出的才干，得到武后赏识，擢为兵部侍郎、同平章事，又迁兵部尚书，列位宰相。

中宗神龙元年（705），姚崇协助张柬之发动"神龙革命"，清除张易之兄弟及其党羽势力，扶植中宗即位，受封为梁县侯。

---

① 《开元升平源》的作者，《新唐书·艺文志》作陈鸿，《宋史·艺文志》作吴兢。《资治通鉴》的作者司马光云："果如所言，则元崇进不以正。又，当时天下之事，止此十条，须因事启沃，岂一旦可邀！似好事者为之，依托兢名，难以尽信。"（《资治通鉴考异》卷一二）鲁迅说："疑此书本不著撰人名氏，陈鸿、吴兢，并后来所题。二人于史皆有名，欲假以增重耳。"（《唐宋传奇集·稗编小缀》）故鲁迅不以史书目之，而视之为小说，收录于《唐宋传奇集》。

因同情武则天，出任亳州刺史。睿宗时又入为中书令，兴利除弊，甚有作为。因不肯依附太平公主，出为申州刺史。玄宗亲政，入相，拜为兵部尚书、同平章事，迁中书令，封梁国公。他提出的"十事要说"为玄宗所采纳，可视为开元年间的施政纲领。他力主实行新政，推进社会改革；整顿吏治，选官得才；抑制权贵，发展生产，为开元盛世的出现奠定了政治基础和经济基础。他执政三年，被誉为"救时宰相"，与房玄龄、杜如晦、宋璟并称为"唐朝四大贤相"。

作为开元盛世的开创者之一，姚崇的才能、人格和政绩受到后人的称颂。

李巽《驳尚书右仆射郑珣瑜谥议又议》云："姚元崇、宋璟、刘幽求，或辅相一代，致理平之化；或忘身徇难，成中兴之业。"

崔群《论开元天宝讽止皇甫镈疏》云："玄宗初得姚崇、宋璟、卢怀慎、苏颋、韩休、张九龄则治，用宇文融、李林甫、杨国忠则乱。故用人得失，所系非轻。"

崔植《对穆宗疏》云："明皇守文继体，尝经天后朝艰危，开元初得姚崇、宋璟，委之为政。此二人者，天生俊杰，动必推公，夙夜孜孜，致君于道。"

《旧唐书·姚崇宋璟传》史臣论曰："履艰危则易见良臣，处平定则难彰贤相。故房、杜预创业之功，不可侔匹；而姚、宋经武、韦二后，政乱刑淫，颇涉履于中，克全声迹，抑无愧焉。"又赞曰："姚、宋入用，刑政多端。为政匪易，防刑益难。谏诤以猛，施张用宽。不有其道，将何以安？"

《新唐书·姚崇宋璟传》赞曰："姚崇以十事要说天子而后辅政，顾不伟哉，而旧史不传。观开元初皆已施行，信不诬已。宋璟刚正又过于崇，玄宗素所尊惮，常屈意听纳。故唐史臣称崇善应变以成天下之务，璟善守文以持天下之正。二人道不同，同归于治，此天所以佐唐使中兴也。呜呼！崇劝天子不求边功，璟不肯赏边臣，而天宝之乱，卒蹈其害，可谓先见矣。然唐三百年，辅弼者不为少，独前称房、杜，后称姚、宋，何哉？君臣之遇合，盖难矣夫！"

《资治通鉴》云："姚、宋相继为相，崇善应变成务，璟善守法持正，二人志操不同，然协心辅佐，使赋役宽平，刑罚清省，百姓富庶。唐世贤相，前称房、杜，后称姚、宋，他人莫得比焉！"

苏辙论姚崇云："玄宗初用姚崇、宋璟、卢怀慎、苏颋，后用张说、源乾曜、张九龄；宪宗初用杜黄裳、李吉甫、裴垍、裴度、李绛，后用韦贯之、崔群。虽未足以方驾房杜，然皆一时名臣也，故开元、元和之初，其治庶几于贞观。"又云："开元之初，天下始脱中、睿之乱，玄宗厉精政事，姚崇、宋璟弥缝其阙而损其过，庶几贞观之治矣。"

人们把开元盛世与贞观之治相提并论，同时把姚崇、宋璟与贞观贤相房玄龄、杜如晦并称，认为他们辅助明君治世，打造了大唐的盛世辉煌。

在开元盛世的天空中，围绕励精图治的玄宗皇帝聚集了一大批政治明星，姚崇是其中最耀眼的。对于姚崇的贡献，唐代诗人给予了充分肯定。他在世时受到武则天的赏识，武则天有《赐姚崇》一诗："依依柳色变，处处春风起。借问向盐池，何如游浐水？"诗作于长安二年（702），时姚崇按察蒲州盐池事返，武后赐以此诗，其中包含着对姚崇辛苦盐池事务的慰问。与姚崇同时代人韦元旦有《五言奉和姚元崇相公过楼岩寺诗》云："岩突金银台，登攀信美哉！白林丛万壑，珠缀结三台。应物尽标胜，冥心无去来。鍪明巾铁柱，长欲助盐梅。""盐梅"，盐和梅子，一味咸，一味酸，均为调味所需，比喻治理国家所需的贤才，此乃对姚崇的赞赏，说他以杰出才能常欲效命国家，助君王治世。姚崇去世，张说奉敕撰《姚崇神道碑》，其铭文是一首长篇四言诗，对姚崇一生功业进行了热情洋溢的赞颂：

　　源深自虞，派别从吴。避地鲁陕，居家洛都。神明远契，岳渎冥符。翊圣斯偶，生贤不孤。仁将勇济，孝与忠俱。学刃攒植，文锋迅驱。才安卑位，即骋长途。惟实惟有，若虚若无。再三军国，一二讦谟。戎柄尤重，王纶最枢。兼司任切，久政荣殊。黻藻弥焕，丹青靡渝。以宽容物，以鉴分区。外或行放，中恒礼拘。箴虽诚口，诤亦忘躯。但睹浑璞，谁详瑾瑜。伊皋尺寸，管乐锱铢。名正身遂，言诚愿孚。方辞汉禄，更辱齐租。既积而散，穷欢尽娱。川归东极，日去西晡。上恻旒扆，旁悲路衢。蓝田美玉，荔浦明珠。载广休庆，爰宏典谟。丰碑乃立，盛业其铺。帝念频轸，仙毫特纤。镌金刻石，凤篆龙图。七曜光动，三泉泽濡。铨能叙事，理郁词敷。求旧铭实，惭殚恧芜。缅思云雾，尚想江湖。有道之德，其何以逾。延陵之墓，空此呜呼。存没终始，遐哉邈乎！

姚崇并非完人，史载其子代人请托，收受馈遗，姚崇因此受人非议；其庇护中书省主书赵诲受胡人珍遗案，为唐明皇不悦。这里把姚崇写成了一位十全十美的君子，乃是碑志之类文字的体例特点，却也反映了姚崇在当时人们心目中的形象和地位，这可以说是用诗的形式对姚崇最全面的一个评价。其后人们不仅把姚崇、宋璟并称，把他们与创造了贞观之治的唐初宰相房玄龄、杜如晦并称，还把姚崇、宋璟与李林甫、杨国忠相比，用李林甫、杨国忠的奸佞衬托姚崇、宋璟等人的贤明。诗人称颂开元盛世，归功于姚崇、宋璟为相的政绩，而把安史之乱的祸源归结为李林甫、杨国忠的乱政。

元稹《连昌宫词》云："姚崇宋璟作相公，劝谏上皇言语切。燮理阴阳禾黍丰，调和中外无兵戎。长官清平太守好，拣选皆言由相公。开元之末姚宋死，朝廷渐渐由妃子。禄山宫里养作儿，虢国门前闹如市。弄权宰相不记名，依稀忆得杨与李。庙谟颠倒四海摇，五十年来作疮痏。"

在诗人笔下，是李林甫和杨国忠葬送了姚、宋创造的盛世局面。

晚唐诗人贯休仰慕姚崇的为人，有《续姚梁公坐右铭》一文。其《读玄宗幸蜀记》诗云："宋璟姚崇死，中庸遂变移。如何游万里，只为一胡儿。泣溻乾坤色，飘零日月旗。火从龙阙起，泪向马嵬垂。……因知纳谏争，始是太平基。"他们都把唐朝的兴盛归因于姚崇、宋璟的执政，把唐王朝由盛转衰和安史之乱的发生归因于李林甫和杨国忠的得势弄权。

后世不少诗人都曾在诗中赞美姚崇，如宋代欧阳修《答朱寀捕蝗诗》、田锡《华清宫词》、徐钧《姚崇》、曾丰《谢广东经略潘直阁席间分贶李济墨》、王十朋《次韵濮十太尉咏知宗牡丹七绝其三》、清代袁枚《再题马嵬驿》、张洵佳《秋斋杂感》等，这些诗里都有称颂姚崇的才能、人格和功业的内容，他们都为姚崇的离去造成唐朝的衰落感到惋惜，说明姚崇在唐朝历史上的重要贡献、地位和作用是古今共识。

4

从初唐到盛唐的烽火边关

——从杨炯《从军行》到王昌龄《出塞二首》

一、书生的边塞壮志

"初唐四杰"之一的杨炯，史书上并没有记载他有边塞之行，但有一首《从军行》却是一首边塞诗：

> 烽火照西京，心中自不平。
> 牙璋辞凤阙，铁骑绕龙城。
> 雪暗凋旗画，风多杂鼓声。
> 宁为百夫长，胜作一书生。

盛唐时的王昌龄也写了一些边塞诗，其中《出塞二首》堪称边塞诗杰作：

其一

> 秦时明月汉时关，万里长征人未还。
> 但使龙城飞将在，不教胡马度阴山。

其二

> 骝马新跨白玉鞍，战罢沙场月色寒。
> 城头铁鼓声犹振，匣里金刀血未干。

　　如果我们认真品读一下这三首诗的意境和情感，可以体会到诗人不同的心境和时代风云变幻。唐朝是世界公认的中国最强盛的时代之一，而军力强大正是初盛唐时代的一个鲜明特点。这一时期，其边防形势随国内外环境的变动发生了不少变化，战争形势也发生了变化，面对战争，人们的态度同样也发生了变化。这在众多诗人的边塞诗中就有所体现，杨炯的《从军行》和王昌龄的《出塞二首》分别写作于初唐和盛唐时期，通过他们的诗，我们透视这一时期唐代边防形势的变化，感受时代的脉搏。

　　杨炯的诗写的是将军出征取得胜利，激发了士人从军征战建功立业的热情。"烽火照西京"说明边防军情紧急，交代了整个事件展开的背景。"烽火"是报警的信号，唐代没有我们现代的通信条件，边境地区发生战争，靠点燃烽火传递情报。"西京"即长安，唐朝的首都。从边地到长安，沿驿道修建了无数的烽火台，遇有敌情，就通过一处处烽火从边疆不断地传到长安。

　　和平时期，从边地到长安的烽火一般是不启用的，只有边地军情紧急时，才启用。烽火有时是报敌情的，有时是报平安的。报平安的叫"平安火"。安史之乱发生时，安禄山叛军占领洛阳，进逼潼关。唐玄宗日夜关注着从潼关而来的"平安火"，有一天平安火没有传来，他便判断潼关失守了。杨炯的诗写的是报警的烽火，烽火一路传来，传到了长安，竟然照亮了长安的夜空，说明军情紧急，有敌人入侵。

　　"心中自不平"是写国家面临危难时人们的心理反应。"不平"是说心中激荡起波澜，按捺不住。这种不平既有对国家安危的关心，又有遇到机会跃跃欲试的激动。朝廷奖励军功，立功边塞是广大士人的追求。一听说边境发生了战争，人们没有畏惧，反而感到有了杀敌报国、立功边地的机会，对敌人的愤恨和对功业的向往让士人们热血沸腾。"心中自不平"是广大将士共同的精神状态的写照。

第三句"牙璋辞凤阙"，描写军队辞京出师的情景。"牙璋"为古代发兵所用之兵符，分为两块，相合处呈牙状，朝廷和主帅各执其半。这里指代执牙璋奉命出征的将帅。"凤阙"，阙名，汉建章宫的圆阙上有金凤，故以凤阙指皇宫。唐朝诗人习惯以汉代唐，这里实指唐朝首都长安。诗人用"牙璋""凤阙"两词，既说明出征将士怀有崇高的使命，又显示出师场面的隆重和庄严，侧面反映出朝廷对战争的重视。

第四句"铁骑绕龙城"，说明唐军已经神速地到达前线，并把敌方城堡包围得水泄不通。"铁骑""龙城"相对，渲染出龙争虎斗的战争气氛。一个"绕"字，又形象地写出了唐军包围敌人的军事态势。这两句反映了初唐时的战争形势。当边境发生了战争，将军率军从内地出发，到边境作战。而且，唐军以优势进取态势打击敌人。

第五、六句"雪暗凋旗画，风多杂鼓声"，表现出征将士冒雪同敌人搏斗的坚强无畏精神和在战鼓声激励下奋勇杀敌的悲壮激烈场面。"雪暗""风多"写出环境的艰苦。"旗""鼓"写出激烈的战斗场面。风雪弥漫中战旗猎猎、战鼓咚咚，仿佛让人看到战士们奋勇杀敌的场面。

诗的最后两句，"宁为百夫长，胜作一书生"，直接抒发作者书生从戎保边卫国的壮志豪情。艰苦激烈的战斗，更增添了他对这种不平凡的生活的热爱，他宁愿驰骋沙场，为保卫边疆而战，也不愿做置身书斋的书生。最后两句也暗示了战争的胜利。唐军将士得胜回朝，朝廷会论功行赏。就像《木兰诗》中写到的："归来见天子，天子坐明堂。策勋十二转，赏赐百千强。"凯旋的将士获得朝廷的封赏，激发了广大士人立功边塞的豪情，所以他们才感到战场立功远胜于埋首书斋靠读书获得功名。

唐前期，沿袭北朝以来的府兵制，全国共置折冲府约六百三十四个，基本上分布在中原。其中京师所在的关中即达二百六十一府，约占全国军府总兵力的百分之四十以上。这被称为"重内轻外"。之所以"轻外"，是因为当时周边没有强大的外敌，唐朝不需要在边境地区大量驻兵。唐朝建立之初，利用周边各政权之间或其内部的矛盾，采取安抚与进攻相结合的方针，逐渐安定了边疆。

唐太宗贞观年间，先后征服了吐谷浑、东突厥和西突厥。松赞干布虽然统一了西藏高原各部，力量迅速发展，但由于忙于内政建设，与唐保持着友好的"甥舅关系"。周边各族政权以及邻国，罕有能与唐朝相匹敌者。加之唐初统治者能居安思危，与民休息，所以边境无须重兵设防，除西域之外，边疆其他地区皆无重兵驻守。于是，就形成了所谓"举关中之众以临四方"的战略部署。大兵驻守边境，不仅将士承担兵役之苦，长期远离家乡，产生许多边塞内地阻隔家人离别的哀怨，而且国家也承担着沉重的经济负担。因此，当唐朝处于优势进取的时代，一般并不在边境地区大量地长期驻兵。一旦边境地区发生了冲突，朝廷只需临时调动府兵，任命一位统帅统率出征。战事结束，将军回朝任官，府兵回乡务农。当时称为"行军"，领兵统帅称为"行军总管""行军大总管"。这种"行军"作战具有临时性的特点。

杨炯的诗中"牙璋辞凤阙，铁骑绕龙城"的描写就是这种战争态势的反映。将士们出征是从内地出发，因此便产生送别征人远征的诗。如王勃《饯韦兵曹》："征骖临野次，别袂惨江垂。"高适《燕歌行》开头两句"汉家烟尘在东北，汉将辞家破残贼"，反映的也是这种战争态势。

二、亲历边事，以诗纪感

但是，我们再读王昌龄的诗，情景就大不相同了。《出塞二首》写的战争场面，发生在边城。"战罢沙场月色寒""匣里金刀血未干"的描写渲染了战争的惨烈，似乎就不像杨炯的诗那样乐观了。杨炯的诗着重写自然环境的恶劣，而王昌龄这首诗凸显出的是战事的惨烈。另一首写唐军将士久戍边关，又与杨炯的诗中临时出征不同。这首诗中"万里长征人未还"反映了盛唐时唐军长期驻守边境地区的边防形势。

王昌龄生活的唐玄宗时代，唐朝周边边防形势严峻，唐朝军队往往长期驻守，以应对周边势力的挑战。造成这种局面并不是一朝一夕之事，而是自唐高宗以来唐朝与周边势力关系和边防形势一步步演变而来的。首先看边防形势的变化。大约自高宗中叶起，边境军事形势开始恶化。当唐蕃友好关系的缔造者唐太宗、文成公主和松赞干布去世后，唐朝与吐蕃的关系恶化，大唐对外开拓疆域的战略与吐蕃奴隶主贵族扩张领土的要求形成了尖锐的矛盾，双方在唐高宗当政的永徽至弘道年间（650—683），围绕着对吐谷浑、西域的争夺，展开了拉锯式的军事较量。唐廷开始增强边防力量。其中主要是在西部和北部边境，"广置烽戍"，增加驻军，"凡在丁壮，征行略尽"。其"大军万人，小军千人，烽戍逻卒，万里相继，以却于强敌"。

唐太宗时征服的突厥，至武则天时又死灰复燃，反叛唐朝，史称"后突厥"。东北方的奚和契丹也与唐朝矛盾激化，时叛时和，造成东北地区边境局势紧张。高宗调露、永隆年间（679—681），吐蕃、后突厥曾多次侵扰北方和西北方边境。

其次是统治阶级穷兵黩武、开边扩张的政策。至玄宗开元后期，来自吐蕃和突厥的军事威胁已明显削弱，边境局势理应趋于缓和，可是不然。唐玄宗的骄奢心却在迅速滋长，以至在对待少数民族关系方面发展到了恃强凌弱的地步。唐玄宗日渐骄奢，好大喜功，乃至对周边一些少数部族滥用武力。为此唐廷继续扩大边防力量，盲目奖励军功，并且授予节度使愈来愈多的权力，从而更加速了军事上内轻外重局面的发展，以至出现失控的危险趋势。杜甫《兵车行》中"边庭流血成海水，武皇开边意未已"便是对这种政策的批判。由于与周边民族的矛盾激化，唐朝不得不在边境地区长期驻兵。这样，唐初的府兵制便日益瓦解。内地的兵府不能应对千变万化的边境形势，朝廷便招募士卒长期镇守，这样的士卒被称为"长征健儿"。朝廷要在边境地区设置军镇，将士轮番往戍，于是临时征行的"行军"制度变为长期镇守。

　　为了统一指挥这些长期设置的军镇，朝廷在边境地区设置大军区协调各军的行动。唐玄宗时在沿边设置十个大军区，其统帅称为"节度使"。据《资治通鉴》卷二一五"天宝元年"条记载："是时，天下声教所被之州三百三十一，羁縻之州八百，置十节度、经略使以备边。"其十节度、经略使为：

　　（1）安西节度使抚宁西域，统龟兹、焉耆、于阗、疏勒四镇，治龟兹城，兵二万四千；

　　（2）北庭节度使防制突骑施、坚昆，统瀚海、天山、伊吾三军，屯伊、西二州之境，治北庭都护府，兵二万人；

　　（3）河西节度使断隔吐蕃、突厥，统赤水、大斗、建康、宁寇、玉门、墨离、豆卢、新泉八军，张掖、交城、白亭三守捉，屯凉、肃、瓜、沙、会五州之境，治凉州，兵七万三千人；

　　（4）朔方节度使捍御突厥，统经略、丰安、定远三军，三受降城，安北、单于二都护府，屯灵、夏、丰三州之境，治灵州，兵六万四千七百人；

　　（5）河东节度使与朔方掎角以御突厥，统天兵、大同、横野、岢岚四军，云中守捉，屯太原府忻、代、岚三州之境，治太原府，兵五万五千人；

　　（6）范阳节度使临制奚、契丹，统经略、威武、清夷、静塞、恒阳、北平、高阳、唐兴、横海九军，屯蓟、妫、檀、易、恒、定、漠、沧九州之境，治幽州，兵九万一千四百人；

（7）平卢节度使镇抚室韦、靺鞨，统平卢、卢龙二军，榆关守捉，安东都护府，屯营、平二州之境，治营州，兵三万七千五百人；

（8）陇右节度使备御吐蕃，统临洮、河源、白水、安人、振威、威戎、漠门、宁塞、积石、镇西十军，绥和、合川、平夷三守捉，屯鄯、廓、洮、河之境，治鄯州，兵七万五千人；

（9）剑南节度使西抗吐蕃，南抚蛮獠，统天宝、平戎、昆明、宁远、澄川、南江六军，屯益、翼、茂、当、巂、柘、松、维、恭、雅、黎、姚、悉十三州之境，治益州，兵三万九百人；

（10）岭南五府经略使绥静夷、獠，统经略、清海二军，桂、容、邕、交四管，治广州，兵万五千四百人。

除此之外，还有长乐经略使、东莱守捉使、东牟守捉使等。这是一个完备的边防体系，有效地稳定了边疆局势。但这种临边镇守的边防体系也造成了那些被招募的士兵往往久戍不归。虽然朝廷规定有代换之期，但往往到期不能轮换。"万里长征人未还"就是这种边防形势的反映。将士们经久不归，引发一系列的社会问题：田地无人耕种，造成农业衰敝；丈夫出征在外，引起征夫思妇的哀怨。因此，盛唐边塞诗常写到征夫思妇念远的主题。

王之涣《凉州词二首》其一："黄河远上白云间，一片孤城万仞山。羌笛何须怨杨柳，春风不度玉门关。"

杜甫《月夜忆舍弟》："戍鼓断人行，边秋一雁声。露从今夜白，月是故乡明。有弟皆分散，无家问死生。寄书长不达，况乃未休兵。"

王翰《凉州词二首》其一："葡萄美酒夜光杯，欲饮琵琶马上催。醉卧沙场君莫笑，古来征战几人回？"其二："秦中花鸟已应阑，塞外风沙犹自寒。夜听胡笳折杨柳，教人意气忆长安。"

王昌龄《从军行七首》其一："烽火城西百尺楼，黄昏独上海风秋。更吹羌笛关山月，无那金闺万里愁。"其二："琵琶起舞换新声，总是关山旧别情。撩乱边愁听不尽，高高秋月照长城。"其四："青海长云暗雪山，孤城遥望玉门关。黄沙百战穿金甲，不破楼兰终不还。"

李白《关山月》："明月出天山，苍茫云海间。长风几万里，吹度玉门关。汉下白登道，胡窥青海湾。由来征战地，不见有人还。戍客望边邑，思归多苦颜。高楼当此夜，叹息未应闲。"

李颀《古从军行》："白日登山望烽火，黄昏饮马傍交河。行人刁斗风沙暗，公主琵琶幽怨多。野云万里无城郭，雨雪纷纷连大漠。胡雁哀鸣夜夜飞，胡儿眼泪双双落。闻道玉门犹被遮，应将性命逐轻车。年年战骨埋荒外，空见蒲桃入汉家。"可知王昌龄的这两首诗乃是一代诗人的共同主题。

王昌龄的诗写战争给戍卒造成的久戍不归的苦难，他把这种社会现象视为历史现象，因为战争给人民造成的痛苦不是一朝一代的事，所以第一句云"秦时明月汉时关"，从秦汉到大唐，前后跨越千年。千百年来，长城还是秦汉时的长城，关塞还是秦汉时的关塞，而敌人一再逼近边关，战争一直持续不断。这里的"人"既指秦汉以来已经战死边塞的士卒，也指唐朝还在戍守不能回归的士卒。"秦""汉"二字增加了诗的历史纵深感。"人未还"一是说明边防形势严峻，不得不派兵长期驻守；二是对士卒久戍不归表示同情。

王昌龄毕竟生活在盛唐时期，其时整个社会仍洋溢着积极进取的热情。虽然看到将士们遭受战争的苦难，诗人仍对胜利抱有希望："但使龙城飞将在，不教胡马度阴山。"诗最后两句，抒发了戍边战士巩固边防的愿望和保卫国家的壮志，洋溢着激情和自豪。两句写得气势豪迈、铿锵有力，同时又语带讽刺，这是苦难现实中的愿望，表现了诗人对朝廷用人不当和将帅腐败无能的不满。诗中表现的昂扬的斗志也与当时的边防形势有关。面对国家内部矛盾和边疆地区的危局，玄宗即位后励精图治，推行募兵制代替业已名存实亡的府兵制，通过改革军制来扩充兵源。在沿边重要地区设置了节度使，增强边兵力量；大兴马政，扩充骑兵，严格训练军队，提高军队的战斗力。通过一系列的军政改革，玄宗开始了对边疆地区的经略，并在一定程度上扭转了边疆地区的危局，一度出现"贞观之风，一朝复振。于斯时也，烽燧不惊，华戎同轨。西蕃君长，越绳桥而竟款玉关；北狄酋渠，捐毳幕而争趋雁塞""虏不敢乘月犯边，士不敢弯弓报怨"（《旧唐书·玄宗本纪下》）的局面。

王昌龄《出塞二首》写于唐玄宗开元十二年（724）的深秋，这一时期，吐蕃处于劣势，唐在对外战争中屡屡取胜，《出塞二首》就表现出这种悲壮而昂扬的精神面貌。

5

茫茫大漠，悠悠驼铃，
琵琶数曲
——吟咏丝绸之路的唐诗

　　唐代是丝绸之路的黄金时代，也是中国古典诗歌发展的黄金时代。富有诗意的丝绸之路，曾经引起唐代诗人的热情歌咏；从唐诗中生动形象的表现，我们领略到丝绸之路的无限风光。唐诗、丝绸之路这两个被人称颂的文化现象，互相映衬，熠熠生辉。长安是丝绸之路的起点，从长安出发，经关陇道、河西走廊进入西域，然后通向中亚、西亚的道路，被称为沙漠绿洲之路。唐诗中对这些交通路线的兴衰变化都有生动的描写。

一、长安：梯航万国来

　　唐代长安不仅是唐朝的首都，也是一个万邦来朝的国际大都会、国际贸易中心和文化交流中心。

　　日本学者吉川幸次郎曾动情地赞美唐都长安："在那个时代，美丽而充满生气的城市，并非仅有日本的奈良。在大海的彼岸，也有这样的城市，那就是中国的长安。不，如了解一下长安的规模、繁华和美丽，奈良便不足道了。""长安是奈良和京都的样板，长安是一个堪为样板的出色城市。""当时的长安在世界上是最大最美丽的都城。不仅胜于奈良、京都，连西方亦无堪相匹者。那时的西方，古代罗马帝国倾覆之后，正处于寂暗时期。英吉利、法兰西、德意志尚未立国，伦敦也好，巴黎也好，柏林也好，尚未成形。世界第一大城，就是中国的长安。"吉川幸次郎不仅赞颂长安的规模和美丽，还肯定了长安在世界上的地位："各地外国人，多远道来到长安。有的来自东面的日本、朝鲜，有的来自西面亚细亚以西地区，其中既有求学者，也有经商的。""唐代的中国是当时世界上最强盛的国家。说唐朝是当时世界的中心，或许有点过分，但至少可以说，它是当时亚洲的中心"。（《中国诗史》）

长安生活着大量的外国人，"梯航万国来，争先贡金帛"（王贞白《长安道》）。那些高鼻深目的外国人，特别是当垆卖酒招徕客人的外国美女，非常吸引诗人的眼球。"胡姬貌如花，当垆笑春风"（李白《前有一樽酒行二首》）；"胡姬招素手，延客醉金樽"（李白《送裴十八图南归嵩山二首》），这就是李白诗中那些美女的形象。

当外国人离开长安时，唐朝朋友则为之送行。唐朝与新罗的使节往还十分频繁。从618年唐朝建立至907年唐朝灭亡，新罗曾向唐朝派遣使团126次，唐朝向新罗派遣使团34次。两国之间外交往来频率远远超过唐朝与其他任何国家的往来。新罗国使节归国，唐朝君臣朋友往往写诗送行。

陶翰《送金卿归新罗》诗："奉义朝中国，殊恩及远臣。乡心遥渡海，客路再经春。落日谁同望，孤舟独可亲。拂波衔木鸟，偶宿泣珠人。礼乐夷风变，衣冠汉制新。青云已干吕，知汝重来宾。"

金卿是新罗国人，出使唐朝，来到长安。归国时陶翰写诗送行，而且预言他还会再来。日本遣唐使来到长安，再从长安归国。"日本晁卿辞帝都，征帆一片绕蓬壶。"——这是李白写日本人晁衡的诗。这里的"帝都"就是长安。

　　长安是丝绸之路的起点，是众多使节、商贾、僧侣和艺人的出发点和落脚点。唐朝与周边地区和域外的交通，德宗时宰相贾耽有详细考察，其中陆路以长安为中心。[①]当时与域外交往的陆路交通从长安出发四通八达，向北经今蒙古地区至叶尼塞河和鄂毕河两河上游（在今俄罗斯中部），折西达额尔齐斯河流域以西地区，是通向拜占庭之欧亚草原路。向西经陇右、河西，出敦煌、玉门关西行入西域，在新疆境内有三条路线分别越葱岭和天山而通中亚、西亚、南亚和小亚细亚。西南经青海至吐蕃，可达尼婆罗（今尼泊尔）、天竺（今印度），或经蜀道至益州（成都），南行至南诏、缅甸到天竺。向东经河东、河北、辽东可到朝鲜半岛，还可东行至登州（治今山东蓬莱），利用陆海交通至日本。还可陆行至明州（今宁波），而后渡海至日本；向南至广州、交州与海上丝绸之路联结。

　　很多外国人不远万里，来到中国，来到长安；很多中国人从长安出发，走向边塞，走向域外。"劝君更尽一杯酒，西出阳关无故人。"唐诗里留下了他们的身影。唐诗写出了长安作为丝绸之路起点城市的国际大都市风貌，写出了它的开放和包容，写出了它的美丽、浪漫和繁华。

---

① 《新唐书》卷四三《地理志》，中华书局1975年版，第1146—1155页。

二、客行登陇坂，长望一思归

从长安出发经过现在陕西、甘肃、宁夏进入河西走廊的这一段道路，史称"关陇道"。"关"指关中，指从长安西行路经的陕西和甘肃、宁夏的部分地区；"陇"指陇山。这一带在陇山周围，故称关陇道。唐诗里有大量作品写到这一带的自然环境、交通地理和中外交往活动。

陇山是"丝绸之路第一山"，从长安出发赴西域的道路上，遇到的第一座大山就是陇山。对于西行的人来说，越过陇山便有了背井离乡的漂泊之感，所以很早就有咏陇山的诗。远行的人登上陇山回首看长安，立刻就会悲伤起来。唐朝开拓西域，经过陇山西行的人很多，他们也有伤感："客行登陇坂，长望一思归"（王绩《登陇坂二首》）"陇头一段气长秋，举目萧条总是愁。"（无名氏《水调歌》）

但在初盛唐时，我们听到更多的是豪迈的歌唱。虞世南的《出塞》诗写道："扬桴上陇坂，勒骑下平原。誓将绝沙漠，悠然去玉门。"战士们敲着战鼓登上陇山，骑着骏马下到平原。发誓要打到大漠，豪情满怀地走向玉门关。这是多么豪迈的气概！岑参《送人赴安西》诗："上马带胡钩，翩翩度陇头。小来思报国，不是爱封侯。"从军边塞的人一点儿也没有畏难情绪，他们风度翩翩地骑马越过陇山。这就是盛唐时代人们的豪迈情怀。

唐朝在经营陇右、河西和西域的过程中，奉命出使吐蕃、西域的使臣、从内地赴西北前线的士兵、以文才效命将军幕府的文士都要经过陇山。从秦地入蜀有时也经过陇山。陇山在他们笔下有时是实景。

高宗时人徐珩《日暮望泾水》云："导源径陇阪，属汭贯赢都。下濑波常急，回圻溜亦纡。毒流秦卒毙，泥粪汉田腴。独有迷津客，怀归轸暮途。"诗写远行者的苦辛，眼望泾水，想到它导源于陇山，便触发了行役之悲。

岑参先后入高仙芝和封常清西域幕府，多次往来于陇山，他笔下的陇山往往是写实的。《赴北庭度陇思家》云："西向轮台万里余，也知乡信日应疏。陇山鹦鹉能言语，为报家人数寄书。"岑诗写的是自己翻越陇山时的感受，远赴轮台的行人来到陇山，陇山的鹦鹉告诫他，不要忘了经常给家人写信。这是唐朝势力进入西域之后的诗，此时陇山只是远赴西域途中经行之地。岑参笔下的张郎中赴陇右省父，经过陇山，其《送张郎中赴陇右觐省卿公（时张卿公亦充节度留后）》诗云："中郎凤一毛，世上独贤豪。弱冠已银印，出身唯宝刀。还家卿月迥，度陇将星高。幕下多相识，边书醉懒操。"岑参和这位张郎中都是实际经行陇山。

在唐诗中陇山是常用的意象，在送人赴边地想象其行程时往往写到陇山，陇山的景物被诗人用来渲染旅途的景况，陇山的树、云、水、风、月、鸟、花、草、雨、雪等都被写入诗中。陇山总是与这些景物构成组合意象，创造出幽深的意境。

如张仲素《塞下曲五首》其四云："陇水潺湲陇树秋，征人到此泪双流。乡关万里无因见，西戍河源早晚休。"

胡曾《咏史诗·回中》云："武皇无路及昆丘，青鸟西沈陇树秋。欲问生前躬祀日，几烦龙驾到泾州。"

周朴《寄塞北张符》云："陇树塞风吹，辽城角几枝。霜凝无暂歇，君貌莫应衰。万里平沙际，一行边雁移。那堪朔烟起，家信正相离。"这些诗都以陇树和陇山苦寒写旅人征途生活艰辛。

三、凉州七里十万家，胡人半解弹琵琶

河西走廊是中西交通的要道，这里的武威、张掖、酒泉、敦煌自古以来都是丝路交通的重镇。武威又是凉州州政府所在地，是唐朝西部地区的政治军事中心。唐诗里有不少以"凉州词"为题的诗，有不少写凉州的诗。凉州是一个胡汉交融的城市，很多从西域来的胡人聚居在凉州。"凉州七里十万家，胡人半解弹琵琶。"这是盛唐诗人岑参的诗，写他对凉州的印象，他最深的印象就是胡人弹琵琶。岑参到西域去，多次往返凉州，他对凉州的风情非常了解，他知道很多胡商通过丝绸之路来到凉州，在这里定居，在这里从事贸易活动。中唐诗人元稹《西凉伎》写当年哥舒翰担任河西节度使的时候，凉州一派安定繁荣。在哥舒翰举办的宴会上，人们表演着外来的杂技乐舞，接受外国的入贡："哥舒开府设高宴，八珍九酝当前头。前头百戏竞撩乱，丸剑跳踯霜雪浮。狮子摇光毛彩竖，胡腾醉舞筋骨柔。大宛来献赤汗马，赞普亦奉翠茸裘。"

　　安史之乱发生后，凉州陷于吐蕃，经过河西走廊的丝绸之路被阻断了。诗人们感到悲伤："凉州四边沙皓皓，汉家无人开旧道。边头州县尽胡兵，将军别筑防秋城。"（王建《凉州行》）

　　张掖在唐代有时称为"甘州"，唐代有一首乐曲叫《甘州曲》，非常流行。安史之乱后张掖陷于吐蕃，诗人们听到《甘州曲》就感到伤感，晚唐诗人薛能《醉中闻甘州》诗："老听笙歌亦解愁，醉中因遣合《甘州》。行追赤岭千山外，坐想黄河一曲流。"经过酒泉往西域的道路称为"酒泉道"，唐代的酒泉道是什么样子呢？我们只能从唐诗里看到具体的描写："燕支山西酒泉道，北风吹沙卷白草。"（岑参《过燕支寄杜位》）

　　敦煌是丝绸之路的咽喉之地，唐诗里写到敦煌的作品很多。唐诗里写到敦煌的官员："敦煌太守才且贤，郡中无事高枕眠。"（岑参《敦煌太守后庭歌》）这不是批评太守"躺平"，而是说太守治理有方，社会安定，所以他能够高枕无忧。唐诗里写到了莫高窟："雪岭干青汉，云楼架碧空。重开千佛刹，旁出四天宫。"（无名氏《敦煌廿咏》其三）写莫高窟的山很高，半山上的石窟建筑高大巍峨。

四、玉关尘卷静，阳关旧路通

　　玉门关和阳关，限隔中原和西域，出两关便进入西域。玉门关和阳关不仅是关隘，也是文化符号，唐诗很多作品写到玉门关和阳关，为两关赋予了深厚的文化意蕴。这些诗写出了玉门关和阳关在丝绸之路上的重要性，写出了诗人的豪情壮志。初唐诗人袁朗《饮马长城窟行》写道："玉关尘卷静，金微路已通。"玉关就是玉门关，金微就是金微山，今新疆的阿尔泰山，这里代指西域。第一句是说玉门关战争结束了，一派和平安定；第二句说通向西域的道路畅通无阻。

阳关是一个遥远的所在。王维的名篇《送元二使安西》："劝君更尽一杯酒，西出阳关无故人。"岑参多次路经阳关："二年领公事，两度过阳关。"（《寄宇文判官》）来到阳关，便产生远离家乡的思乡之情："发到阳关白，书今远报君。"（岑参《岁暮碛外寄元挼》）通过阳关赴西域的道路称为阳关道，阳关道路通畅，就是丝绸之路畅通。

耿湋《送王将军出塞》诗写道："绝漠秋山在，阳关旧路通。"阳关和玉门关是通向西域的两扇大门，走出两关，便进入西域。

五、无数驼铃遥过碛，应驮白练到安西

西域这个词有狭义和广义之分，狭义的西域大致指今新疆地区和葱岭东西。张籍《凉州词》诗写出了丝绸贸易的繁荣景象："无数驼铃遥过碛，应驮白练到安西。"碛是玉门关外的莫贺延碛，就是通常说的"流沙"；安西即唐朝在西域设置的安西都护府，治所在今新疆库车。

通过今天新疆地区的丝绸之路，分南道和北道。天山南麓、

塔克拉玛干大沙漠北缘的道路称为北道，昆仑山北麓、塔克拉玛干大沙漠南缘的道路称为南道。唐诗中写北道的诗比较多。因为南道是跟吐蕃对峙的前线，利用比较少。唐朝经营西域，其政治、军事中心都在北道。西域的白龙堆、楼兰、西州、安西都护府、铁门关、龟兹、疏勒等地名经常出现在唐诗中。如王昌龄的《从军行七首》其四："黄沙百战穿金甲，不破楼兰终不还。"岑参的《登北庭北楼呈幕中诸公》："大荒无鸟飞，但见白龙堆。"岑参写他在西域的行程："前月发安西，路上无停留。都护犹未到，来时在西州。十日过沙碛，终朝风不休。马走碎石中，四蹄皆血流。"（《初过陇山途中呈宇文判官》）

唐朝路经西域出使国外的使节，在边塞英勇奋战的唐军将士，都在唐诗里受到歌颂："玉塞已遐廓，铁关方阻修。东都日窅窅，西海此悠悠。卒使功名建，长封万里侯。"（张宣明《使至三姓咽面》）"火山六月应更热，赤亭道口行人绝。知君惯度祁连城，岂能愁见轮台月。"（岑参《送李副使赴碛西官军》）唐军在高仙芝将军率领下将远征中亚，李某从征。岑参写这首诗送行，鼓励他在战场上建功立业。

六、葱岭以西的道路

葱岭以西的中亚地区，地处丝绸之路枢纽位置，自古以来是沟通东西方文明的十字路口。由于诗人们的足迹一般没有越过葱岭，因此他们在西域的活动和创作基本上限于如今的新疆地区，他们诗中所反映的西域情况基本上也限于这一地区。但在唐诗中对葱岭和葱岭以西的丝绸之路经行之地也偶有描写。由于这些地方大多是诗人未曾到达的地方，所以往往出于听闻和想象，因此更少写实而具有更多诗歌意象的成分。

（一）葱岭

葱岭即帕米尔高原，当西域进入中原政权控制之下时，葱岭基本上是域内和域外的分界。丝绸之路西域道的南北两道都有路翻越葱岭而后进入中亚、西亚和南亚。葱岭常年积雪，因此诗人想象大雪是从葱岭而来。李贺《嘲雪》云："昨日发葱岭，今朝下兰渚。喜从千里来，乱笑含春语。龙沙湿汉旗，凤扇迎秦素。久别辽城鹤，毛衣已应故。"

唐诗里有时称它为"葱山"，那里是边塞极远之地和异域民族生存的地方，是边塞征战之地。沈佺期《塞北二首》其二云："紫塞金河里，葱山铁勒隈。莲花秋剑发，桂叶晓旗开。秘略三军动，妖氛百战摧。"

岑参《献封大夫破播仙凯歌六章》其二云："官军西出过楼兰，营幕傍临月窟寒。蒲海晓霜凝马尾，葱山夜雪扑旌竿。"

于鹄《出塞》其一云："葱岭秋尘起，全军取月支。山川引行阵，蕃汉列旌旗。转战疲兵少，孤城外救迟。边人逢圣代，不见偃戈时。"

韦庄《平陵老将》云："白羽金仆姑，腰悬双辘轳。前年葱岭北，独战云中胡。"此葱岭并非实指，而是泛指西北方边境地区。

从葱岭发源流入西域沙漠和绿洲有两条河被称为"葱岭河"，分南北两道，南名叶尔羌河，北名喀什噶尔河，皆在新疆西南部，为塔里木河支流，故又称西域道为"葱河道"。李白《战城南》云："去年战，桑干源；今年战，葱河道。洗兵条支海上波，放马天山雪中草。"

元稹《感石榴二十韵》云："何年安石国，万里贡榴花。迢递河源道，因依汉使槎。酸辛犯葱岭，憔悴涉龙沙。"唐人出使域外和中亚、西亚各国入贡都要经过葱岭。石榴万里而来，既然来自西亚，必然经过葱岭，元稹说它"酸辛犯葱岭"便是此意。

（二）热海

葱岭之西，引起诗人关注的首先是热海，即伊塞克湖，位于今吉尔吉斯斯坦境内，湖面海拔1600余米，湖水终年不冻。唐朝击灭西突厥后，中亚各国纷纷归属唐朝，唐朝在碎叶城设置军镇驻兵，成为安西四镇之一，热海位于碎叶城东南。伊塞克湖以其常年不冻引起中原地区人们的好奇，称之为"热海"。盛唐时，边塞诗人岑参亲临西域，他又是一位好奇的诗人，因此他写诗专咏"热海"。他在北庭大都护府任职时写的《热海行送崔侍御还京》云："侧闻阴山胡儿语，西头热海水如煮。海上众鸟不敢飞，中有鲤鱼长且肥。岸傍青草常不歇，空中白雪遥旋灭。蒸沙烁石燃虏云，沸浪炎波煎汉月。阴火潜烧天地炉，何事偏烘西一隅。势吞月窟侵太白，气连赤坂通单于。送君一醉天山郭，正见夕阳海边落。柏台霜威寒逼人，热海炎气为之薄。"

从诗的开头"侧闻"云云可知，诗人并未到过热海，他写的都是听闻。热海其实并不像岑参描写的那样"热"，诗的描述有很多想象成分，用的是夸张的手法，突出热海地区奇异的景致。岑参《武威送刘单判官赴安西行营便呈高开府》也写到热海："热海亘铁门，火山赫金方。白草磨天涯，湖沙莽茫茫。"这里是举出西域几个典型的地名极言其地荒远。

唐诗中有时称伊塞克湖为"西海"。张宣明《使至三姓咽面》诗云："玉塞已遐廓，铁关方阻修。东都日窅窅，西海此悠悠。"此诗题注云："宣明为元振判官时，使至三姓咽面，因赋此诗。时人称为绝唱。"三姓咽面乃西突厥残部，主要活动在伊塞克湖一带。张宣明奉命出使三姓咽面，其诗中提到的"西海"当指"热海"，即伊塞克湖。

高适《东平留赠狄司马（曾与田安西充判官）》云："万里赴知己，一言诚可叹。马蹄经月窟，剑术指楼兰。地出北庭尽，城临西海寒。"此"西海"指伊塞克湖，其地在北庭都护府辖区。

（三）碎叶

碎叶城位于中亚楚河流域，唐朝在此设置军镇，是唐朝最盛时在西部地区最远的边防军镇，也是丝路上一重要城镇，与龟兹、疏勒、于阗并称为"安西四镇"。碎叶城地处丝绸之路西域道南北两条干线的交汇处，中西商人汇集于此，是东西使者的必经之地，因此是一个重要的交通枢纽。从贞观十六年（642）到二十二年（648），唐军打败西突厥，攻取焉耆、龟兹等地，天山南路各小国纷纷摆脱西突厥的控制归附唐朝。唐西迁安西都护府于龟兹，在西域地区设置四个军事重镇，即龟兹、于阗、疏勒、焉耆。高宗时唐朝继续向西域进军，大食（阿拉伯帝国）也正在向中亚扩张。

调露元年（679），阿史那都支及李遮匐煽动十姓部落，联合吐蕃，侵逼安西。裴行俭以护送波斯王子泥涅师返国为由，路经西域时出其不意擒阿史那都支和李遮匐，平息了叛乱，在碎叶立碑纪功，副使王方翼留此镇守。

平息阿史那都支叛乱第二年，唐朝恢复了安西四镇的设置，以碎叶代焉耆。碎叶城位于碎叶川南岸，离西突厥牙地千泉不远，又当中亚交通要冲，商业繁盛，故唐朝以碎叶代焉耆，属条支都督府，划入安西四镇，作为经略中亚的军事基地。唐朝陇右道把陇右、河西、西域和中亚地区置于统领之下，这里设置的大军区称为安西都护府，安西四镇便是安西都护府下负责西域和中亚地区军事镇守的军事、边防单位。碎叶城地理位置优越，自然环境良好，水草丰美，宜牧宜农，地域辽阔，所在楚河流域峡谷、平原地带达近十万平方公里。沿楚河河谷出山，可以威胁中亚诸国。如果其地被西方势力控制，就会成为其进攻中亚东部及天山南北地区的通道。因此，唐朝征服西突厥后立即在此设置军镇，以达到保卫西域的目的。

诗人李白于武后长安元年（701）出生于碎叶城一个富商之

家。五岁时随父亲迁居四川。李白独特的性格和气质，由此造成的奇异浪漫的诗风，与他不同寻常的经历有关系。碎叶城四通八达，成为连接中国与中亚各国的交通网络中的枢纽城市，发挥着丝绸之路商贸城市的作用。碎叶镇的设立和丧失是时代变迁的标志。当唐朝在碎叶置镇之时，它是大唐盛世的象征，昭示着唐朝的强大国力。在诗人笔下它是西部边境的象征，诗人多有吟咏。遥远的碎叶是许多诗人足迹未至之处，因此诗中"碎叶"多是虚指。

安史之乱发生后，唐朝西北边防军内调，陇右、河西走廊和西域陷于吐蕃。至德元载（756），葛逻禄人灭突骑施汗国，在碎叶建都，唐朝彻底丧失对中亚的控制。碎叶城成为失地的象征，诗人们写到碎叶，流露出伤心和感叹。刘商《胡笳十八拍》第七拍云："龟兹筚篥愁中听，碎叶琵琶夜深怨。"

唐人对大唐盛世充满眷恋和向往，他们仍然幻想着收复失地，甚至重新把碎叶城纳入国家的版图。张籍《征西将》表达了这种愿望："深山旗未展，阴碛鼓无声。几道征西将，同收碎叶城。"碎叶与中原地区仍保持着贸易关系，丝绸是主要内容，从唐诗里我们甚至还看到其中的奴隶贸易。

戎昱《苦哉行五首》写一位被掳入回纥的汉地妇女自伤身世。这是一位洛阳的女子，在安史之乱中被回纥所掠，她不习惯胡地生活，日日登高望远，思念家乡。其三云："昔年买奴仆，奴仆来碎叶。岂意未死间，自为匈奴妾。"这位女子原先生活在洛阳一个富有的家庭，家里使用的奴仆是从碎叶贩买而来的。这虽然是诗的描写，应该也是当时社会生活的真实反映。

（四）大宛

大宛是中亚古国名，在今费尔干纳盆地。突厥强盛时，大宛地属西突厥。唐灭西突厥，臣属于唐。唐初称"拔汗那"或"钹汗"。高宗时始来朝贡，唐以其地置休循州，属羁縻州。

开元二十七年（739）助唐平吐火仙之乱，其王被唐朝封为奉化王。

天宝三载（744）改其名为宁远国，赐姓窦（玄宗外戚姓氏），并以和义公主嫁之。

天宝十三载（754），其王忠节遣子薛裕入朝，并留宿卫，学习唐朝礼仪制度，唐朝授予左武卫将军。在中亚诸国中，"事唐最谨"。大宛之地在古代中西方交通和交流中处于"文明十字路口"的地位。其地出良马，被中国人称为"天马""汗血马"。

唐代诗人喜欢使用李广利和汗血马的典故赞颂边塞立功的将军。岑参《献封大夫破播仙凯歌六章》其一云："汉将承恩西破戎，捷书先奏未央宫。太子预开麟阁待，只今谁数贰师功。"其《武威送刘单判官赴安西行营便呈高开府》云："都护新出师，五月发军装。甲兵二百万，错落黄金光。扬旗拂昆仑，伐鼓震蒲昌。太白引官军，天威临大荒。西望云似蛇，戎夷知丧亡。浑驱大宛马，系取楼兰王。"题目中的"高开府"和诗中的"都护"即高仙芝，时任安西副都护、安西行营节度使，开府仪同三司。诗歌颂高仙芝的战功，用贰师将军李广利获大宛汗血马作比。高适《送浑将军出塞》云："将军族贵兵且强，汉家已是浑邪王。子孙相承在朝野，至今部曲燕支下。控弦尽用阴山儿，登阵常骑大宛马。"浑氏乃唐军中蕃将，诗人用大宛马衬托其英勇无比。

安史之乱发生以后，丝绸之路被吐蕃人阻断，对于唐人来说，由大宛马引起的不是自豪，而是悲伤。诗人借大宛马表达对现实的感伤。

杜甫《秦州杂诗二十首》其八云："闻道寻源使，从天此路回。牵牛去几许，宛马至今来。一望幽燕隔，何时郡国开。东征健儿尽，羌笛暮吹哀。"

元稹《西凉伎》云："大宛来献赤汗马，赞普亦奉翠茸裘。"这首诗写唐前期哥舒翰为将，威震敌胆，边境和平，异域各国纷纷来朝，大宛国入贡汗血马。唐代诗人托物言志，常常写到大宛马。杜甫《房兵曹胡马》云："胡马大宛名，锋棱瘦骨成。"《秦州杂诗二十首》其五云："西使宜天马，由来万匹强。"

（五）月氏

月氏是古代游牧民族，唐代时月氏国早已不复存在，唐代诗人仍然使用这一典故，把月氏当作敌国的象征，用破月氏歌颂唐军在西域的胜利。

岑参《北庭西郊候封大夫受降回军献上》歌颂封常清的战功："如公未四十，富贵能及时。直上排青云，傍看疾若飞。前年斩楼兰，去岁平月支。天子日殊宠，朝廷方见推。"

王贞白《入塞》云："玉殿论兵事，君王诏出征。新除羽林将，曾破月支兵。"

王维《送平澹然判官》云："不识阳关路，新从定远侯。黄云断春色，画角起边愁。瀚海经年到，交河出塞流。须令外国使，知饮月氏头。"班超被封定远侯，此指平氏的主帅府主。诗人祝愿平氏跟随像班超一样的将军，立功异域。"知饮月氏头"也是用典，匈奴老上单于击败月氏，"杀月氏王，以其头为饮器"。月氏王头颅被用作饮器，是月氏战败的寓意。

曹唐《和周侍御买剑》云："见说夜深星斗畔，等闲期克月支头。"张友正《锦带佩吴钩》云："应须待（当作持）报国，一刎月支头。"这两首诗最后一句都是用这一典故。

李白《塞下曲六首》其二云："何当破月氏，然后方高枕。"于鹄《出塞》其一云："葱岭秋尘起，全军取月支。"这些诗都用"破月氏"表示对异族战争的胜利。

安史之乱发生以后，"月氏"形象在诗人们笔下发生了变化。象征敌国的月氏不再是打败和征讨的对象，而是成为强大对手和严重威胁，代指不断向唐朝进犯的吐蕃。

杜甫《偶题》写当时局势："圣朝兼盗贼，异俗更喧卑。郁郁星辰剑，苍苍云雨池。两都开幕府，万宇插军麾。南海残铜柱，东风避月支。"张籍《没蕃故人》云："前年伐月支，城上没全师。蕃汉断消息，死生长别离。无人收废帐，归马识残旗。欲祭疑君在，天涯哭此时。"杜甫的诗反映唐与吐蕃战争形势的逆转，唐朝失去了过去的优势，对敌手避之唯恐不及。张籍的诗怀念在对吐蕃战争中失去下落的朋友，朋友是死是活不得而知。诗人笔下的这场战争，唐军全军覆没，败于"月支"（吐蕃），他的朋友不知下落，在这场战争中要么已经战死，要么被敌人生俘。

（六）条支

条支是西亚古国，其地颇有争议，一般认为在今伊拉克境内底格里斯河和幼发拉底河之间，在中国文献中也写作"条枝"。公元前64年亡于罗马，所以中国人曾认为它是"大秦"（古罗马）的一部分。

公元226年，波斯萨珊王朝兴起后，领有条支故地，故《魏书·西域传》又称波斯为"古条支国"。

唐朝曾在今中亚地区设条支都督府，属羁縻都督府。龙朔元年（661）在谢飏国之地设置，位于今阿富汗中部。府治优宝瑟颠城，即鹤悉那城，在今阿富汗首都喀布尔（Kabul）南加兹尼（Ghazni）一带，领羁縻州九，属安西大都护府。

天宝十载（751）后其地归属大食（阿拉伯帝国）。因为《史记》中已经记载了"条枝"，因此很早就被诗人用作典故。南朝梁诗人刘孝威《雀乳空井中》云："远去条支国，心知汉德优。聊栖丞相府，过令黄霸羞。挟子须闲地，空井共寻求。辘轳丝绠绝，桔槔冬藓周。将怜羽翼张，唯辞各背游。"诗借"雀"既情恋汉德，又不得不远飞条支的无奈，表达两情相乖的痛苦心情，诗里"条支"作为西域意象只是远方的象征。由于唐朝曾置条支都督府，所以唐诗中的"条支"亦虚亦实，说其虚，因为条支一名早已虚化为一个意象，并不实指某地；说其实，唐代确有一个"条支都督府"

这样的地名。但无论虚实，在唐诗中大都泛指西域。

李白《战城南》云："去年战，桑干源；今年战，葱河道。洗兵条支海上波，放马天山雪中草。"

贯休《古塞曲》其一云："单于烽火动，都护去天涯。别赐黄金甲，亲临白玉墀。塞垣须静谧，师旅审安危。定远条支宠，如今胜古时。"

刘言史《代胡僧留别》云："此地缘疏语未通，归时老病去无穷。定知不彻南天竺，死在条支阴碛中。"从汉地回天竺并不经过条支之地，此条支阴碛指的就是西域沙漠。

总之，丝绸之路是唐朝一道亮丽的风景，唐诗是唐代社会生活和唐人思想情感的艺术反映。通过唐诗的描写，我们看到了丝绸之路的形象化的全息图景，看到了丝绸之路交通网络的全方位的发展变化，吟咏丝路的唐诗是丝路文化的重要内容。

6

安史之乱，帝王、官僚与叛军

——王维《凝碧池》

唐代诗人王维有一首七言绝句：

> 万户伤心生野烟，百僚何日更朝天。
>
> 秋槐叶落空宫里，凝碧池头奏管弦。

这首诗现在一般题为《凝碧池》，实际上没有题目，原来只有一个小序，说明写诗的背景："菩提寺禁，裴迪来相看，说逆贼等凝碧池上作音乐，供奉人等举声，便一时泪下，私成口号，诵示裴迪。"后人嫌这个说明字数太多，为之取名《凝碧池》。这是王维在安史之乱中写的诗，因为这首诗，王维免于被诛，可以说这首诗救了他的命。诗能救命，可知古人对诗多么重视。这让我们想起曹植兄弟的往事。据说，曹操曾想立才华横溢的曹植为世子，让长子曹丕很担心。幸而曹植饮酒不节，令曹操有点儿失望，改变了主意，立曹丕为世子。曹丕才有机会继位魏王，进而又代汉自立为帝，建立曹魏。曹丕即位后，一是怨恨曹植与自己争夺世子地位，二是对曹植猜忌，因此就想除掉曹植。在一次酒宴上，他竟提出一个荒唐的理由，要求曹植七步内吟出一首诗，否则杀头。曹植应声吟出了一首诗："煮豆持作羹，漉菽以为汁。萁在釜下燃，豆在釜中泣。本是同根生，相煎何太急？"结果"帝深有惭色"。曹植的诗感动了曹丕，令其念及兄弟手足之情，竟然放过了曹植。这件事虚构的可能性很大，曹丕想杀曹植，办法多的是，可以找一百种理由，无论如何也不会以这种低劣的手法杀人。这个故事建立在曹氏兄弟的矛盾斗争的基础上，只是反映了曹丕、曹植之间存在尖锐矛盾，其细节不值得推敲。那么，王维又是如何因一首诗获救呢？

诗序里提到诗作于诗人被禁于菩提寺时，好友裴迪来看望他，跟他讲了供奉人的故事，他口占一绝成此诗。唐代称菩提寺的佛寺有多处，此菩提寺指东都洛阳的菩提寺，这可是一座古老寺院，始建于北魏。据《洛阳伽蓝记》记载："菩提寺，西域胡人所立也。在慕义里。"凝碧池是东都洛阳禁苑中一处景点。所以诗作于东都洛阳。王维本来在长安做官，为什么到洛阳写诗呢？这就要从安禄山发动叛乱说起。

一、东都失陷，安禄山称帝

唐玄宗天宝十四载（755），唐朝建立后的第一百四十七年，一场酝酿已久的军事叛变在帝国的东北地区爆发。这年十一月九日，公元755年12月17日，身兼平卢、范阳、河东三镇节度使，又任河北采访使的安禄山，发动部下及罗、奚、契丹、室韦等部族兵马共十五万，号称二十万，反于范阳。安禄山集中优势兵力，一路南下，攥紧一个拳头，重拳出击。他公开举行誓师大会，十五万大兵一路南下，进军洛阳。

天宝十四载（755）十一月，安西节度使封常清入朝觐见，至骊山。玄宗问以讨贼之策，封常清信心十足地说："天下太平日久，人们望风畏惮。但事有逆顺，势有奇变。如果皇上允许我驰马至东京，开府募兵，北渡黄河，计日取安禄山之首献于阙下。"——我可以算好日子，把安禄山的头给陛下提来。他这番豪言壮语像一针兴奋剂，使忐忑不安的玄宗皇帝顿时感到一丝宽慰。玄宗立刻任命封常清为范阳、平卢节度使。封常清当天乘驿上路，赴东京募兵。十日内得六万人，断河阳桥，做守御的准备。

安禄山拿下博陵，派安忠志率精兵驻守土门，委任张献诚代理博陵太守，大军继续南下。又命其将李钦凑率兵数千守井陉口，以防备河东路兵马东出井陉口，切断来路。玄宗开始布置抵御和对叛军的反攻。以朔方右厢兵马使、九原太守郭子仪接替安思顺，为朔方节度使。以右羽林大将军王承业为太原尹，又任命程千里为潞州长史，加强西线防御。置河南节度使，任命卫尉卿张介然担任，领陈留等十三郡以加强东线防御，凡叛军进军途经之地都置防御使。

玄宗的布置照顾了东、西两线，其目的是拒安禄山于东都洛阳之北，并防止叛军西进。接着组织对叛军的反攻，任命荣王李琬为元帅，右金吾大将军高仙芝为副元帅，统诸军东征。高仙芝也是唐朝名将，在西域屡立战功。玄宗拿出内府钱帛，在京师募兵，编制十一万人，号称"天武军"，希望在十日内集合完毕。但这一意图没有实现，这些新兵都是平时养尊处优、游手好闲的市井子弟，缺乏基本的训练。高仙芝统兵出征时，所将飞骑、旷骑及新募兵、边兵之在京师者全数仅五万人，说明他并没有招满十一万之数。因此，高仙芝统率的军队不能构成反击的力量，仍然只能处于守势。

高仙芝带着这群乌合之众从长安出发。部队出潼关，至陕郡。玄宗又派宦官监门将军边令诚为监军。陕郡即今河南陕县，地处潼关与洛阳之间，过去皇帝往来于东、西两京，这里是重要的中继站和补给站，洛阳与长安之间的陆路运输、黄河漕运都以此为中转站。但周围无险阻，不具备军事防守的意义。玄宗的意图很明显，高仙芝的部队是作为封常清的后援部队派出的。不是守潼关，也不是守陕郡，而是东征。高仙芝在这里是临时驻扎。

第二天，安禄山率军自灵昌郡渡过黄河，灵昌郡的政府在今河南滑县。此时，天寒地冻，叛军用绳子连接破船及草木，横断河流，一夜间结冰如浮桥，于是顺利过河，直逼重镇陈留郡（在今河南开封东南）。安禄山的叛军不论步兵还是骑兵，都是散漫不成队列，因此，人们只看到遍地胡兵，不知其数量多少。叛军烧杀抢掠，所过之处，鸡犬不留。张介然刚到陈留没有几天，叛军就兵临城下。守军登城，望叛军声势，都胆战心惊，人无斗志，无法组织防守。十二月五日，陈留郡太守郭纳献城投降。

安禄山入陈留北郭（外城为郭），陈留郡投降的将士近万人，夹道迎接安禄山入城，安禄山却把这些放下武器的士兵全部杀掉，并斩张介然于军门。安禄山率军向荥阳进发，荥阳守军士兵都未曾见过战斗场面，登上城墙，听到鼓角震天，心胆俱裂，不少人从城头上掉下来。史书上用"自坠如雨"来形容，不免夸张，但也说明荥阳的守军其实是不堪一击的，因此安禄山轻而易举地拿下了荥阳。其时，叛军声势益振，安禄山命田承嗣、安忠志、张孝忠为前锋，继续向东都洛阳进发。洛阳城南有伊阙，北有邙山、黄河，西有潼关，东面在荥阳和洛阳之间，最险要的地方是虎牢关。封常清的目的是挑鞭过黄河，并不是守洛阳。因此已经从洛阳东出，率兵到虎牢关。叛军攻下荥阳西进，两军在虎牢关相遇。封常清招募的兵士只是一群乌合之众。这些士兵只过了十来天工夫就走上前线，哪有时间进行操练。两军一交锋，叛军以铁骑横冲直撞，唐军大败。

封常清整顿余众，向西撤退，虽在一个叫葵园的地方利用部队里一批来自中亚粟特称为柘羯的战士，进行了一下抵抗，但仍不能抵挡叛军精骑的进攻。唐军退至洛阳上东门内，进入了洛阳外城，上东门是外城东面三门最北的一门。在这里唐军又与叛军交战，结果又败。十二月十二日，叛军呐喊着从四门攻入城中，东都失陷，安禄山纵兵抢掠，繁华的东都第一次遭受破坏。洛阳，为叛军所有，安禄山实现了他的第一个战略目标。从范阳到洛阳一千六百里，叛军仅用了四十多天，便占领了作为唐朝东都的这座重要城市。安禄山的部队是以每天六十里，即两驿的路程行进的，在没有遇到任何抵抗，连续行军时，也需要大约三十天时间。这样一边打一边前进，只用了四十多天，说明他的部队一路上没有遇到实质性的抵御。只是陈留郡、荥阳郡制造一点儿小麻烦，封常清制造一点儿大麻烦，但都没有阻挡进军的步伐，只是稍有拖延而已。诗人李白，此时正在庐山隐居，听说洛阳失陷的消息，非常痛心，留下了千古流传的《古风》第十九首，其中有云："俯视洛阳川，茫茫走胡兵。流血涂野草，豺狼尽冠缨。"

天宝十五载（756）正月一日，安禄山鼓动东都一些僧人、道士、耆老、名士上表劝进，即请安禄山登基即帝位。安禄山并不推辞，接着便即皇帝位，国号大燕，自称雄武皇帝，建元曰圣武元年，置丞相以下官，封其子安庆绪为王，以达奚珣为侍中，张通儒为中书令，高尚、严庄为中书侍郎，其余文武皆有封官，以范阳为东都，免其百姓终身租赋，署范阳城东隅私第为潜龙宫。一个被唐朝称为伪朝的朝廷建立起来。

二、哥舒战败，潼关失守

东都洛阳和西都长安之间，只有一道屏障，就是潼关。老将哥舒翰奉朝廷之命，领兵驻守于此。玄宗便遣使催哥舒翰出战，进兵收复陕郡和洛阳。当此之时，朝廷上下和哥舒翰幕府中，皆有持战守不同意见者。哥舒翰认为应坚守潼关，天下有识之士大多看到了这一局面。杨国忠害怕哥舒翰谋害自己，极力主张哥舒翰出战。朝廷一次又一次地派中使督促哥舒翰出战。哥舒翰无奈，引兵出关。至德元载（756）六月七月，唐军东出潼关百余里，与崔乾祐军相遇于灵宝县西原，这里南边靠山，北边是黄河，战场就在七十里长狭隘的道路，崔乾祐据险以待。

唐军由王思礼率精兵五万居前，庞忠率其余十万人继后，哥舒翰又用三万人登黄河北岸的高地观望，鸣鼓以助军威。崔乾祐派出的士兵不到一万人，而且三三两两，散如列星，或疏或密，不成阵势，有的前进，有的后退，官军远望着叛军的阵容，都感到好笑。崔乾祐整饬精兵，在那些散兵游勇般的士兵之后布阵。双方刚交手，前方的贼兵便倒旗做出要逃跑的样子，官军放松了警惕，不加防备。及至散兵退尽，片刻间埋伏的精兵突然出现，他们登到高处，向下滚落木头、石块，砸死官军士兵无数。道中狭窄，唐军士兵密集，枪槊都挥舞不开。

哥舒翰以马驾毡车为前驱，想以战车冲击敌阵。此时太阳过了中午，东风迅急猛烈，崔乾祐把几十辆草车堵塞在唐军毡车之前，纵火焚烧，火焰和烟气熏得官军士兵都睁不开眼睛，以致自相杀戮。看到前面浓烟翻滚，兵士们以为贼兵在烟中，聚弓弩而射，直到日暮，箭射光了，才知道并无贼兵。崔乾祐命同罗精骑绕过南山，从官军后尾发起进攻，官军首尾骇乱，不知所备，于是大败。官兵们有的扔掉盔甲，逃窜藏匿到山谷间；有的互相拥挤掉进黄河淹死，叫嚣声震天动地。这时，敌人的骑兵出现了。敌人以骑兵践踏官军——叛军的精骑又展示了雄威，官军不少士兵死于马蹄之下。

哥舒翰守不住潼关，来到关西驿，贴出告示，召集逃散的士兵，想重新夺回潼关。他手下的蕃将火拔归仁等人来了，他们率一百多名骑兵包围了驿站。逼迫哥舒翰投降了叛军，他们都被送到洛阳。

三、玄宗出逃，长安沦陷

玄宗密切关注着潼关方面的形势，他知道一旦潼关失守，长安便向叛军敞开了大门。玄宗最关注的就是平安火，这天哥舒翰遣部下告急，当晚平安火不至，一个不祥念头便涌上他的心头：潼关完了。这时他才真正产生恐惧之感，召宰相商议对策，宰相们的意见是"三十六计，走为上策"，为了保证皇上的安全，车驾只能暂时离开长安"巡幸"——从京城逃出去，找个安全的地儿避难。那么驾幸何地呢？杨国忠首先提出驾幸剑南以避贼。这时长安已经人心大乱，士民惊扰奔走，不知所措，市里萧条。为了说动玄宗采纳幸蜀之议，杨国忠甚至派姐妹韩国夫人、虢国夫人入宫，劝说玄宗。

第二天，百官入朝者不到十之一二，玄宗决定西幸。但他深知此行关乎长安局势，因此放风要御驾亲征，虽然他知道也不会有人相信，因为没有可用之兵，皇帝亲征岂不是空话，但需要制造一种假象。他派京兆尹魏方进为御史大夫，兼置顿使，置顿使是安排皇帝出行途中食宿的临时职务。魏方进安排入蜀途中事宜，声称剑南节度大使颍王李璬赴镇，令本道作接应准备。玄宗自己当夜移幸大明宫，以便于次早出城。当晚，他命陈玄礼整比六军，厚赐钱帛，选取闲厩马九百余匹，作逃离长安的安排。

玄宗所以决定幸蜀，是由蜀中的各种有利条件决定的。首先，朝廷弃城而去，叛军有可能追赶流亡的朝廷，蜀道艰险，有剑门关险要的隘口，少量兵马足以阻止叛军的追击。其次，蜀中富庶，逃至成都可以过上一种优裕的生活。第三，蜀中是一个盆地，四围皆高山峻岭，远离各敌对政权的侵扰，比较安全；剑南又是十大军区之一，"剑南节度西抗吐蕃，南抚蛮獠"，统天宝、平戎等六军，屯益、翼等十三州，"治益州，兵三万九百人"（《资治通鉴》卷二一五）。杨国忠兼任这个大军区的司令长官——剑南节度使。有这样的军力，朝廷的安全没有问题。第四，从成都东下，还可走长江水道，再北上中原。就像杜甫诗中所说的"即从巴峡穿巫峡，便下襄阳向洛阳"（《闻官军收河南河北》），有回旋的余地。这些条件决定幸蜀比往其他几个方向逃命要好，比如经河西走廊逃到西域去，或出蓝关逃到襄阳去，等等。所以玄宗幸蜀应该是经过三思的——当然也是杨国忠迫切希望的。六月十三日黎明，玄宗与杨贵妃、贵妃姊妹、皇子、皇妃、公主、皇孙、杨国忠、韦见素、魏方进、陈玄礼及亲近宦官、宫人出延秋门逃出长安。

四、凝碧池的悲剧与王维的诗

安禄山没有想到，玄宗这么快就逃出长安，他命令崔乾祐兵留潼关。他大概觉得既然皇帝已离开长安，匆忙地进入长安也没有太大必要，所以直到十天后，才派孙孝哲率兵入长安，任命张通儒为西京留守，崔光远为京兆尹，派安守忠领兵屯于西京苑中，维持长安治安，并镇守关中。孙孝哲很受安禄山的宠幸和信任，特别专权，常与严庄发生权位之争。安禄山让他监关中诸将，张通儒等人都受孙孝哲的管制。孙孝哲生活豪侈，动不动就杀人，贼党对他畏之三分。

安禄山下令搜捕百官、宦者、宫女等，每抓到几百人，就作为一批押送洛阳。诗人王维就是这时被押送到洛阳的。那些扈从玄宗入蜀的大臣家留长安的，全家诛戮，连婴儿也不放过。陈希烈因罢相失职，对玄宗有怨言，张均、张垍也怨恨没受到玄宗重用，都投降了安禄山。安禄山任命陈希烈、张垍为宰相，其他朝廷官员都授以官职。安禄山当年到长安，观赏过玄宗举行的乐舞晚会，特别要求把朝廷的乐工押到洛阳。《明皇杂录》记载："禄山尤致意乐工，求访颇切，于旬日获梨园弟子数百人。"安禄山也模仿当年玄宗，举行盛大宴会招待群臣，地点选在凝碧池。凝碧池在东都皇苑最东边。隋朝大业年间，筑西苑时，在苑内造海，名积翠池，周十余里，其中造蓬莱、方丈等山，高出水百余尺，台观殿阁，环绕山上。唐时改名凝碧池，除楼阁外，池中有亭，名凝碧亭；有桥，名凝碧桥。这里是皇苑内风景最好的地方。

安禄山在宴会上安排了盛大的乐舞场面，表演各种乐舞。这个活动没有组织好，尤其没有做好演员的立场转化工作。那些梨园弟子都怀着故国之思，常常悲戚流涕，贼兵手把刀剑，紧盯着他们。在这样如临大敌般的看押下，谁还有良好心态进行表演？乐工雷海青忍不住悲愤，把手中的乐器扔到地上，向着蜀郡方向放声大哭。空气顿时像凝固了一样，安禄山大扫其兴，盛怒之下，他命令手下人把雷海青捆在试马殿前的柱子上，把这位有正义感的艺人支解了。支解，又称枝解、肢解，古代的酷刑，把四肢砍掉。

王维本来任给事中，门下省正五品官。唐代五品官就是"高干"，但这个级别没有资格跟玄宗逃出长安，所以唐玄宗逃出京城时并没有通知到他，因此为叛军俘获。根据王维自己的回忆，当叛军打到长安时，他也曾逃跑，但没有成功。他在《大唐故临汝郡太守赠秘书监京兆韦公神道碑铭》中回忆了这段不堪回首的经历：

> 君子为投槛之猿，小臣若丧家之狗。伪疾将遁，以猜见囚，勺饮不入者一旬，秽溺不离者十月。白刃临者四至，赤棒守者五人。刀环筑口，戟枝叉颈，缚送贼庭。

人怕出名猪怕壮，这次王维就是为名所累了。他的名气太大了，安禄山命人把他押送到洛阳，强迫他做官。王维跟李白是一年的人，比杜甫大十一岁。这十一岁之差，造成三位大诗人此时此地名望悬殊。李白早已名满天下，曾入朝任翰林供奉，只是他不能忍受朝廷官中的官场习气和后宫的窝囊气，离开长安周游天下去了。王维已经做到五品大员，特别是精通音乐、绘画和诗歌，也是名满朝野。杜甫则是刚任命一个右卫率府胄曹参军，而且还没有上任，战乱就发生了。那时安禄山可能还没有听说过杜甫的名字。所以，杜甫虽然也被抓到长安，但基本上没有人理会他，所以他还能在长安到处逛逛。王维就不同了，安禄山要利用他的名望，所以强迫他在手下做官。王维不干，因为安禄山建立的朝廷是伪朝，在伪朝任官就是"附逆"，他不干。当王维被叛军所囚时，为了拒绝安禄山的伪职，他先是绝食，"勺饮不入者一旬"，然后服药取痢，造成"秽溺不离者十月"，又伪称喑疾——又是拉肚子，又是装哑巴。但都不济于事，安禄山把他禁闭在菩提寺，不经他同意，就宣布了对他的任命，保留他给事中的原职。干不干不重要，安禄山要的就是他的名望。

安禄山重用王维，除了他官大，可能还因为他的艺术才华，特别是音乐方面早已名扬天下。他刚到长安时，就以音乐才能而知名。他能一举考中状元，据说还与他的音乐才能有关。《集异记》记载，王维妙能琵琶，为岐王所眷重，维方将应举，求应岐王，岐王令维着锦绣，赍琵琶，同至公主府。令奏新曲，声调哀切，满座动容。公主曰："此曲何名？"维起曰："号《郁轮袍》。"公主大奇之。弹完琵琶，王维又向公主献上自己的诗文十首，公主欣赏他的音乐和文学才华，出面举荐，王维才中了状元。王维踏上仕途，担任的第一个职务，就是太乐丞，这是他的祖父王胄担任过的官职，王维是音乐世家。太乐丞，从八品下，太常寺太乐署长官的副手。还有一个故事说明王维的音乐才能，据说有人得到一幅奏乐图，王维看了一眼说："这图中的人物正在演奏《霓裳羽衣曲》第三叠第一拍。"召来乐工来演奏，至此拍，果然正如图中所绘情景。这样的人才，安禄山当然不会放过。所以，强迫他接受伪职。

另一位诗人裴迪来看他，告诉他凝碧池演出的惨况，他听说雷海青之死，听说那些歌手一发声皆一时泪下，心情悲伤，手头又没纸笔，就口占一绝，即《凝碧池口号》，就是开头引的那首诗。裴迪大概跟杜甫一样，官职太小，只是担任尚书省一个七品小郎官，叛军并不太理会这小人物，所以跟杜甫一样能在洛阳到处逛逛。

此诗作于肃宗至德元载（756）八月。《旧唐书·王维传》记载："禄山陷两都，玄宗出幸，维扈从不及，为贼所得。维服药取痢，伪称瘖病。禄山素怜之，遣人迎置洛阳，拘于普施寺（普施寺当为菩提寺之误），迫以伪署。""禄山素怜之"——古汉语中"怜"是爱的意思，安禄山平时就很喜欢他——可知王维当时名气有多大。又据载，"天宝末，群贼陷两京，大掠文武朝臣及黄门宫嫔乐工骑士，每获数百人，以兵仗严卫，送于洛阳。……禄山尤致意乐工，求访颇切，于旬日获梨园弟子数百人。群贼因相与大会于凝碧池……乐既作，梨园旧人不觉欷歔，相对泣下，群逆皆露刃持满以胁之，而悲不能已。有乐工雷海清者，投乐器于地，西向恸哭，逆党乃缚海清于戏马殿，支解以示众，闻之者莫不伤痛"（郑处诲《明皇杂录》）。要知道，王维担任过太乐丞，对那些乐工是有感情的。此时，王维被拘禁在菩提寺，好友裴迪来探望他，谈及此事，王维听了悲痛万分，于是，作五绝、七绝各一首，此为其一。

在菩提寺，王维得到一个人的帮助。上文引用的《大唐故临汝郡太守赠秘书监京兆韦公神道碑铭》中的"韦公"叫韦斌，他先前为了活命投降了叛军，负责看管这些抓到的唐朝官员。他也是不得已，内心里对这些被抓的官员有同情心，对王维格外照顾，用王维的话说："推食饭我，致馆休我。"把自己的饭让给王维吃，又把自己的宿舍给王维住。可知在王维自毁了一段时间后，由于韦斌的照顾，生活得还不错。

据说安禄山当年到长安朝见唐玄宗，看到宫廷里的乐舞表演，他垂涎三尺。玄宗每次举行宴会，先设太常雅乐坐部、立部，接着是鼓吹、胡乐、教坊乐，还有府、县散乐、杂技；还在车上建造棚阁，缠绕着彩色的丝绸，做成山林层叠的样子，称为山车；还捆绑竹木做成船，也用五彩缤纷的丝绸装饰，上面坐人，用人抬着行走，称之为陆船。又让神仙般的宫女跳霓裳羽衣舞。还有马戏表演，上百匹的舞马，一边口衔酒杯表示祝寿，一边随着音乐舞蹈；最后是成群的犀牛、大象入场，它们在音乐的伴奏下，有的跪拜，有的舞蹈，非常有节奏。那场面真叫人目眩神迷。这种场面是安禄山来长安时看到过的，因为安禄山自开元末年至天宝时期多次到过长安。安禄山肯定强烈地感到，当皇帝原来比当军区司令好玩。我们在边境守大门，当皇帝的可以在朝廷如此享乐！所以安禄山打下长安，便迫不及待地把长安的宫廷乐舞人才押送到洛阳。王维这位曾担任负责宫廷乐舞的太乐丞，又能诗会画，精通音乐的人才是他特别重视的。

五、两京收复与对陷贼官的处罚

至德二载，即公元757年，闰八月二十三日，唐肃宗率领的唐军逼近长安。肃宗犒赏众将，谋攻长安。肃宗勉励天下兵马副元帅、收复两京的总指挥郭子仪说："成败在此一举！"郭子仪则向肃宗立下军令状："此行不捷，臣必死之。"郭子仪认为回纥的骑兵战斗力很强，劝肃宗向回纥借兵。根据肃宗的要求，回纥怀仁可汗派儿子叶护和将军帝德等人率四千精骑来到凤翔。肃宗盛宴招待叶护，又赏赐大量钱物，凡是叶护想得到的，无不满足。

九月十二日，天下兵马元帅广平王李俶率朔方军、西域兵、回纥援军共十五万，号称二十万，从凤翔出发，浩浩荡荡，向长安进发。李俶与叶护结为兄弟，叶护非常高兴，称李俶为兄。回纥兵来到扶风，郭子仪留他们在扶风住了三天，每天都举行宴会，让他好吃好喝。叶护非常感激。宴会结束，立刻出发。收复长安的战争异常残酷。叛军也早已作好了大战的准备，他们在长安城外、官军的北面布置了十万人的兵力，摆好了阵势。并且首先发起了挑战，官军出兵迎击，逼近敌人的阵地。贼军齐头并进，向冲过来的官兵压来，官军退却。敌人乘此机会，呐喊着汹涌而来，官军惊乱，丢弃轻重物品无数，敌人争着抢夺官军丢弃的财物。

李嗣业看到情势危急，脱掉上衣，手持长刀，赤膊立于阵前，他告诉大家："今天要是贪生怕死，就会全军覆没。"然后大喊着向敌群中杀去，但见他手起刀落处，血光四溅，敌人连人带马被他砍死几十个，官军阵势人心才渐渐稳定下来。接着李嗣业展开反攻，他的前军各执长刀而进，全军像一堵移动的城墙势不可挡，李嗣业身先士卒，所向披靡。原来敌人在阵东埋伏有精兵，想在官军过去后从后面包抄官军。侦察兵报告了这个情况，朔方左厢兵马使仆固怀恩作先锋，引导回纥兵向敌人的伏兵发起进攻，把他们全部消灭。回纥精骑展示了威力，敌人夹击官军的计划破灭，士气顿然衰落。李嗣业的前军又与回纥兵会合，从敌人背后包抄过去，与大军前后夹击。从午时至酉时，即从上午十一点至下午七点左右，杀敌六万人，敌兵大溃，残兵败将逃入城中，许多人被挤入护城壕而死。入夜，长安城里叫嚣声此起彼伏。仆固怀恩认为敌人要弃城逃走，向广平王李俶请命要率骑兵追击。可是李俶坚决地制止了他，让仆固怀恩回到自己的营房。仆固怀恩回去后又返回来，坚决要求出兵，一夜反复四五次，遗憾的是李俶始终没有同意他的要求。第二天天亮，谍报报告，叛军将领安守忠、李归仁、张通儒、田乾真等人都逃走了。

长安——失陷一年零三个月的大唐首都光复了！广平王举行了入城式，带仪仗队和一部分唐军进入长安，百姓不分男女老幼都夹道欢迎，他们欢呼悲泣，庆祝长安的克复。广平王在长安停了三天，做好安抚事宜，任命虢王李巨为西京留守，而后出城东门，率大军进取洛阳。敌人西京留守张通儒等人从长安东逃，收集余众退守陕郡。对于东征的唐军来说，过了潼关，陕郡是进兵东都的主要障碍；对于固守东都的叛军来说，陕郡失守，便等于向唐军敞开了大门。因此安庆绪调出洛阳的全部兵马，由他的御史大夫严庄亲自统领，与张通儒合兵，想把唐军拒于陕郡以西。这样叛军在陕郡布置的全部兵力达十五万。

十月十五日，广平王率兵至曲沃，回纥叶护派将军鼻施吐拨裴罗领兵搜捕敌人南山山谷中的伏兵，然后驻扎在岭北。郭子仪等人率军与敌人在陕郡城西的新店相遇，敌人依山布阵，郭子仪的部队初战不利，敌人下山追击。这时回纥兵从南山出动，袭击敌人的背后，黄埃弥漫处连发十余箭。敌人回头观望，有人惊呼："回纥兵来了！"叛军对回纥的骑兵向来存畏惧之心，听到这一喊，顿时溃散，不可收拾。郭子仪的部队掉头回击，官军与回纥前后夹攻，叛军大败，僵尸蔽野。严庄、张通儒等人放弃陕郡东逃，自陕郡至洛阳的道路上，到处是敌人丢弃的兵器甲仗。广平王与郭子仪整军入陕郡，仆固怀恩等将领分道追击逃敌。新店之战杀敌九万人，俘虏一万人。回纥精骑的声威已经达到令敌人闻风丧胆的程度。唐军引进了这样一支先进装备的部队，令敌人的骑兵遇上了克星。严庄先入洛阳，把新店之败告诉安庆绪，十六日夜，安庆绪率其部下从东都苑门逃出，奔往河北。临行，叛军杀了他们俘获的唐军将领哥舒翰、程千里等人。十月十八日，广平王进入洛阳，失陷一年零十个月的东都光复了。

　　像王维那样在安禄山伪朝担任官职的人，被称为"陷贼官"。长安、洛阳收复后，许多陷贼官被唐军抓获。陷贼为官者要进行处罚，有人建议全部杀掉。唐肃宗开始就是这样想的，当皇帝的都最恨叛国投敌的人。但朝廷里有明白人，考虑到叛乱还没有彻底平息，仍有为数不少的陷贼官在叛军中，如果皆处以极刑，那些人就没有任何出路，他们一定更死心塌地为叛军效劳。最终朝廷决定区别对待。虽然肃宗恨得牙痒痒的，但为了夺取战争的最后胜利，也只好网开一面。十月二十八日，肃宗驾临丹凤楼，下制宣布对他们的处分决定，分六等定罪，除了那些确实投降了叛军，并有劣迹处以死刑外，那些接受贼党官禄的士民百姓，曾为贼人所驱使者，令三司列举其行状上奏；因为战斗被敌人俘虏，或者与贼党有各种亲密关系，因而与贼党有来往的，要向朝廷自首请罪；他们的子女因为他们的投降，而接受过叛贼名号赐赠者，免于追究。结果是第一等的达奚珣等十八人被斩首于城西南独柳树下（唐朝长安的刑场，重大犯人在此斩首），第二等的陈希烈等七人赐自尽于大理寺（唐朝司法部门），第三等的在京兆府门被杖（即打屁股）一百下，第四、五、六等的，或流放或贬官。

至于王维，两京收复后，他被唐军囚禁。《明皇杂录》卷下记载："安禄山之陷两京，王维、郑虔、张通皆处于贼庭。泊克复，俱囚于杨国忠旧宅。崔相国圆因召于私第令画，各画数壁。当时皆以圆勋贵莫二，望其救解，故运思精深，颇极能事，故皆获宽典，至于贬降，必获善地。"王维可能也给崔圆画壁画了，宰相崔圆因此对王维施以援手。但他被宽宥的主要原因，却是《凝碧池》诗。因为他的诗流传很广，连北上灵武的肃宗都知道了，诗写国家破亡之哀，诗人以低沉鸣咽的语调倾诉其不幸又无奈的心境，充满悲愤与哀痛，显然表现出忠于大唐的心情。这首诗减轻了他的罪责。所以，许多陷贼为官的人都判了刑，唯有王维，不仅没有给予处罚，反而受到任用，任命了新官职。"禄山宴凝碧池，维潜赋诗悲悼，闻于行在。贼平，陷贼官三等定罪，特原之，责授太子中允，迁中庶子、中书舍人。复拜给事中，转尚书右丞。"行在就是肃宗未收复长安时的所在。太子中允的级别是正五品下，比原来的给事中降了半级。这首诗是怎样"闻于行在"的，不得而知，裴迪一定是立了大功，因为这首诗是王维跟他口耳相传，只有他知道，帮王维传出去，一直传到肃宗耳边。这首诗的"政治正确"获得了皇上的认可，肃宗从他这首诗知道他忠心耿耿，立场坚定，不仅没有处罚他，还任命他担任太子中允的官。王维又不干，他对世事心灰意冷，他决定摒弃人世，不再做官。当时被禁闭在菩提寺时，他还吟出另一首诗，题曰《口号又示裴迪》：

> 安得舍尘网，拂衣辞世喧。
> 悠然策藜杖，归向桃花源。

可见那时他已经决心归隐。所以当朝廷要他做官时，他不愿意接受，是朝廷"责授"，必须干，不干还不行呢。不仅要他干，后来又不断晋级，历任太子中允、太子中庶子、中书舍人后，又让他做了尚书右丞，正四品下，比安史之乱前的给事中还高了半级。这是王维一生中担任的级别最高的职务，故世称"王右丞"。

当然，王维没有被杀或流放，跟他弟弟王缙也有关系。王缙在平息安禄山叛乱中立有大功，其时在朝廷做国子祭酒（相当于教育部部长兼最高学府校长），请求朝廷削其官职以替哥哥赎罪。按照《唐律疏议》规定，唐律中有"官当"之法，以免除现任官职或历任官职等方式减免犯罪官员的刑事责任，犯一般罪行（十恶不赦之罪除外）的，可以用官职来抵罪，故王缙此举有法可依。王缙又是立过大功的人，在肃宗面前有面子。肃宗同意王缙由从三品降级为四品官，贬去蜀州任刺史。王维则从轻处理，官降一阶，去当正五品下的太子中允。

不杀不流，又任命为官，王维是众多陷贼官中仅有的一例，他那首《凝碧池》诗起了关键作用，特别是"万户伤心生野烟"表达了对战乱的痛恨，"百僚何日更朝天"表达了对唐王朝的向往。最后两句表达了对梨园弟子雷海青忠贞行为的赞美。总之，这首诗显示了他拥护大唐的忠心，证明他在伪朝任官是被迫的，不是自愿的，这些证明了他的清白。不然，仅仅是王缙的削官请愿，顶多是免其死罪而已。王维接受了朝廷的任命，对唐肃宗感恩戴德。于是，王维又写了一首诗，感谢皇恩浩荡，这就是《既蒙宥罪旋复拜官伏感圣恩窃书鄙意兼奉简新除使君等诸公》，诗云：

> 忽蒙汉诏还冠冕，始觉殷王解网罗。
> 日比皇明犹自暗，天齐圣寿未云多。
> 花迎喜气皆知笑，鸟识欢心亦解歌。
> 闻道百城新佩印，还来双阙共鸣珂。

"忽"写出了他的意外，身受伪职，没有受到处罚已经很意外了，现在又"还冠冕"，恢复了他的官职，这让他更加意外。"汉诏"是以汉代唐，即唐天子的诏命。第二句是对皇恩的理解。"殷王"指商汤。《史记·殷本纪》记载："汤出，见野张网四面，祝曰：'自天下四方皆入吾网。'汤曰：'嘻，尽之矣！'乃去其三面，祝曰：'欲左，左；欲右，右。不用命，乃入吾网。'诸侯闻之曰：'汤德至矣，及禽兽。'"这里借商汤的典故，歌颂唐天子行法尚宽，恩及天下。接下来三、四句用日、天作比，歌颂皇恩之深，祝愿皇上圣寿无疆。皇上的圣明比太阳还要亮，圣上的寿命比苍天还要长久。五、六句转入写自己蒙受皇恩的心情，仍然用比喻，写花、鸟其实是写人，是人迎喜气，故喜笑颜开；是人知皇上的欢心，故纵声歌唱。最后两句照应题目中的"奉简新除使君等诸公"。新除使君，即新任命的州刺史，王维与他们一起参拜皇上谢恩。"鸣珂"，显贵者所乘的马以玉为饰，行则作响。与这些新任刺史一起"还来双阙"谢恩，王维感到非常荣幸。这真是经历了一番人世艰险，原想将命殒黄泉，却意外获释，不仅获释，又意外得官，几日之内，王维的心情经历了过山车一样的由悲观绝望到欣喜若狂。所以金圣叹评此事云："既赦罪，又复官，若顺事各写，此成何章句！今看其小出手法，只将二事抟作二句，言我直至复官之后，始悟既已赦罪矣。便令前此畏罪之深，后此蒙恩之重，此前惊魂一片，后此衔感万重，所有意中意外，如恍如惚。无数情事，不觉尽出。此谓临文变化生心之能也。"此番评论见其著《金圣叹选批唐诗》卷三，可谓深刻体会了王维诗的意境。

7

残酷战争下的士兵与生民

——杜甫《悲陈陶》

一、陈涛斜之战

在安史之乱中，杜甫写过一首《悲陈陶》诗：

> 孟冬十郡良家子，血作陈陶泽中水。
> 野旷天清无战声，四万义军同日死。
> 群胡归来血洗箭，仍唱胡歌饮都市。
> 都人回面向北啼，日夜更望官军至。

陈陶是什么地方，杜甫为什么为它而"悲"呢？因为这里发生了一次关键性的战役，称为陈涛斜之战，此战唐军败绩。陈涛斜，在今陕西咸阳东。坚定地站在唐朝一边的杜甫因而悲伤。

陈涛斜之战发生于唐至德元载（756）十月，即诗中的"孟冬"。孟冬是阴历冬季第一个月，干支历的亥月，对应农历十月，又称小阳春。这次战役中唐军的总司令是宰相房琯，他当时的身份是"招讨西京兼防御蒲潼两关兵马、节度等使"。这个职务主要的是"招讨西京使"，西京是长安，房琯的任务就是收复长安。安史之乱发生后，玄宗逃往成都，长安被叛军占领，唐肃宗要夺回长安，发动了这次战役。但房琯率领的唐军在陈涛斜被叛军打得大败。

　　马嵬坡兵变后，唐玄宗怀着对贵妃的思念逃往成都，皇太子李亨分兵北上。天宝十五载（756）七月，太子即皇帝位于灵武（今宁夏灵武西南），是为唐肃宗，改元为至德，这一年又称至德元载。刑部侍郎房琯得知玄宗逃往成都，从长安一路追随而至，玄宗大为感动，拜他为吏部尚书、同平章事（宰相）。太子奉玄宗为太上皇，派人上奏玄宗，玄宗便派房琯前往灵武行册封之礼。这年九月，左相韦见素、文部尚书房琯、门下侍郎崔涣等奉玄宗逊位诏书、皇帝册书及传国玉玺等自蜀郡至灵武，完成禅让大典。从此肃宗担负起领导全国军民抗击叛军平息叛乱的重任。至德元载（756）十月初三，肃宗由灵武南下，抵达彭原（今甘肃宁县）。从成都刚到不久的宰相房琯上疏，自请为兵马大元帅，领兵收复两京。当时唐军士气低落，肃宗急于克复长安，打个胜仗，鼓舞士气，见疏非常高兴，立即任命房琯为招讨西京兼防御蒲潼两关兵马、节度等使，并赋予一个特权：准其自选将佐。

　　房琯以御史中丞邓景山为招讨副使，户部侍郎李揖为行军司马，给事中刘秩为参谋，组成一个临时性的决策机构。房琯是个从未带兵打过仗的书生，好高谈阔论，自以为除他之外，没有人能担当平定叛乱的重任。李揖、刘秩也都是书生，根本不懂军事，但都擅长夸夸其谈。后来虽补充了老将兵部尚书王思礼为副使，可房琯却把军务都委托给李揖、刘秩二人。房琯将兵分为南、北、中三军，命裨将杨希文率南军，自宜寿（今陕西周至）进军；刘贵哲率中军，自武功（今陕西武功西北）进军；李光进率北军，自奉天（今陕西乾县）进军，共五万人。房琯以中军、北军为前锋，十月二十日，进至长安西北的西渭桥。二十一日，中军、北军与叛将安守忠部在咸阳东面的陈涛斜相遇。

　　论口才，房琯无人能比，他口若悬河，比谁都更能吹牛，但是个空有理论的书生。他效法古代兵书上的车战法，以牛驾车，以牛车二千乘，两旁配以步兵、骑兵，摆开阵势，冲向敌阵。叛军顺风擂鼓呐喊，牛皆闻声惊骇。叛军又临阵纵火，迎头烧向唐军牛车军阵，吓破胆的牛不听号令，狂奔乱撞，唐军人畜大乱，牛踩马踏，你挤我推，不战而溃。叛军乘机掩杀过来，唐军死伤无数，杨希文、刘贵哲两位主将怕死投敌。房琯狼狈逃回，本想暂时坚守壁垒，却被监军使宦官邢延恩敦促反攻。监军使宦官代表的是皇帝，于是房琯又督率南军，与安守忠军战于青坂，再吃了一次大败仗。两次战役，死伤四万余人，残余者仅几千人。新朝廷刚刚召集起来的兵力损失将尽。

　　此战惨败，大家都归结于房琯不谙军务，临战又不分析战场的具体情况，只知照搬书本，泥于古法，因而招致惨败。他手下那些书生脑袋里灌了水，竟用牛驾车，对付叛军强大的骑兵。阿拉伯人有驼兵，南亚、东南亚有象兵，而用牛打仗的很少。我们知道战国时齐国田单曾用火牛阵战胜敌军，房琯等人可能就是借鉴了这一古法。要知道事过一千多年，战场形势已经发生巨大变化，泥古不化，怎么适应现代战争呢？但实际上房琯等人可能也是无奈之举。安禄山发动叛乱前，曾长期担任全国厩马使，负责全国军马饲养业。他利用这个身份，把大量优良战马调集到幽州，组成了战斗力极强的骑兵，称为"渔阳突骑"。房琯率领的唐军主要是步兵，在平原上作战，步兵对骑兵有很大的劣势。房琯等人想用战车冲击叛军的骑兵，又没有足够的战马，只能征发农民的耕牛驾车上阵，结果遭到惨败，不仅造成唐军重大损失，同时也给唐朝刚刚振作起来的一点儿士气浇了冷水。

二、路过陈陶的诗人

当时杜甫在干什么呢？他先是困居长安十年，混上一个右卫率府兵曹参军的小官儿，管理仓库的兵器。任命下来后，他到奉先县去接老婆孩子。到了奉先县，安史之乱发生了，玄宗逃走，长安沦陷，他不能返回长安任职了。奉先县离长安太近，时刻会遭到叛军的袭扰，他把家人安顿到鄜州，只身投奔朝廷。他听说太子在灵武即位了，就去投奔肃宗，却在半路上被叛军捉住，送到长安。

陈涛斜之战发生时，他正身陷长安。因为他名气还不大，所以并没有引起叛军的注意，所以，他还能在沦陷的长安城里游逛，看到玄宗逃走叛军占领后长安的惨象。昔日繁华的都市，如今一派冷落："少陵野老吞声哭，春日潜行曲江曲。江头宫殿锁千门，细柳新蒲为谁绿？"他逛到曲江岸边，曲江是长安最有名的游览胜地，昔日游人如织，而如今一片荒凉。他听说玄宗逃往四川途中发生了马嵬坡兵变，贵妃被赐死，因而想起开元盛世玄宗与杨贵妃的往事，记得玄宗皇帝出行狩猎的情景："忆昔霓旌下南苑，苑中万物生颜色。昭阳殿里第一人，同辇随君侍君侧。辇前才人带弓箭，白马嚼啮黄金勒。翻身向天仰射云，一笑正坠双飞翼。"那时贵妃的嫣然一笑是多么明艳动人啊！但如今"明眸皓齿今何在？血污游魂归不得"。他担心着玄宗的远行，眼看着长安城到处是叛军士兵，不知道如何是好，经常心慌意乱："清渭东流剑阁深，去住彼此无消息。人生有情泪沾臆，江水江花岂终极！黄昏胡骑尘满城，欲往城南望城北。"（《哀江头》）他在长安还看到一位没有来得及跟着玄宗逃出长安的"王孙"流落街头，他知道玄宗皇帝逃走是很仓皇的，连至亲骨肉都未能带走："腰下宝玦青珊瑚，可怜王孙泣路隅。问之不肯道姓名，但道困苦乞为奴。已经百日窜荆棘，身上无有完肌肤。高帝子孙尽隆准，龙种自与常人殊。"（《哀王孙》）光从小孩子的长相，他就判断是皇室小儿。他盼望着官军打回长安，收复京城，听说肃宗已经统兵打过来了，他等待着唐军收复长安的消息，却等来了唐军战败的不幸消息。打完仗归来的"胡兵"趾高气扬，让他伤心至极。他就是在这种情况下写下了沉痛的诗章《悲陈陶》。

　　陈陶，地名，即陈陶（涛）斜，又名陈陶泽，在长安西北咸阳县。这年十月，宰相房琯统兵收复京都，大败于陈涛斜，唐军四五万人几乎全军覆没。来自西北十郡（今陕西一带）清白人家的子弟兵，血染陈陶战场，景象是惨烈的。杜甫诗即为这次战事而作，痛悼阵亡烈士，"叙陈陶、潼关之败，直笔不恕，所以为诗史也"（《后村诗话》）。此诗前两句交代事件的发生时间，为冬季的第一个月，即阴历十月，来自十几个郡的士兵一夜之间悲壮牺牲，血水甚至染红了陈陶泽的水。三、四句描写战事结束后，郊外死一般的寂静，四万战士横尸战场的惨况仿佛历历在目。五、六句描写打败唐军后叛军在长安城内横行，他们唱胡歌，饮酒于都市，得意扬扬。最后两句描写长安城内的百姓则向着北方痛哭，期待着唐军重整旗鼓，收复长安。

这首诗是非常写实的。"孟冬"是十月。一年四季，每个季度的第一个月称为孟，第二个月为仲，第三个月为季。杜甫作诗，常常喜欢标明年月，这也是他创造的诗史笔法，以前未曾有过。《早秋苦热堆案相仍》诗云："七月六日苦炎热。"《送李校书》诗云："乾元二年春，万姓始安宅。"《北征》诗云："皇帝二载秋，闰八月初吉。"《上韦左相》诗云："凤历轩辕纪，龙飞四十春。"此诗作于天宝十三载（754），时玄宗在位已四十二年。"四十春"是举其整数。《草堂即事》诗云："荒村建子月，独树老夫家。"此诗作于上元二年（761）。是年九月，取消上元年号，并以十一月为岁首。十一月为子月，故称"建子月"。这句诗不用年号，又称"建子月"，一望而知是上元二年十一月所作。这些说明杜甫是有意把自己吟咏的事件与史实切合。

"十郡良家子"，注释者都引用《汉书·赵充国传》里的"六郡良家子选给羽林期门"这一句，其实不相干。杜甫所谓"十郡"与汉代的"六郡"不同。它是指长安四周的十个郡：扶风、冯翊、咸宁、华阴、新平等十郡，即所谓畿辅郡，不是汉代郡国的郡。隋代行政区域称郡、县，唐高祖建国后，改郡为州。

玄宗天宝元年（742）又改州为郡。肃宗乾元元年（758），又改郡为州，以后相沿不改。唐三百年间，只有玄宗天宝年间才有郡的名称。杜甫所谓"十郡"正是当时的行政区域名，而不是用汉代"六郡"的典故。"良家子"是汉代征召禁卫兵的人选标准。只有良家子弟，才能入选充当禁卫军。什么才是"良家"呢？首先是人民，不是奴隶。人民之中，还要排除巫、医、百工的子弟。事实上，只有士（文士、武士）和农两个阶级的子弟才算是"良家子"。唐代用府兵制，已不用这个标准。杜甫用这个名词，只是代替"兵士"而已。"四万"的数字，不用说了，也是写实的。

　　事件是写实的，态度却是主观的，这首诗鲜明地反映了杜甫的政治立场。称唐军为"义军"，称安禄山叛军为"群胡"，说明杜甫是坚定地站在朝廷一边的。实际上安禄山统率的军队是唐朝的边防军，主要是范阳节度使和平卢节度使下的唐朝军队，是唐朝的正规军。安禄山是唐朝边境地区的大军区司令。安史叛军与唐朝军队的矛盾是唐朝统治集团内部矛盾。但因为安禄山发动了叛乱，他本人又是胡人出身，唐朝朝廷为了宣示自己的正当性和安禄山叛军的僭伪性，把这场战争定性为"胡"与"汉"的战争，因此称叛军为"胡"。当时这是唐朝一方的统一口径，李白的诗也是这样写："俯视洛阳川，茫茫走胡兵。流血涂野草，豺狼尽冠缨。"（《古风》第十九）陈涛斜之战是一场唐军遭到惨败的战役，杜甫不是仅仅客观地描写四万唐军如何溃散，乃至横尸郊野，而是融入了自己的思想感情。第一句就用了郑重的笔墨大书这一场悲剧事件的时间、牺牲者的籍贯和身份，这就显得庄严庄重，使十郡良家子的牺牲给人一种重于泰山的感觉。因而，第二句"血作陈陶泽中水"便叫人无比痛心，乃至目不忍睹。这一开头把唐军的死写得很沉重，下面"野旷天清无战声，四万义军同日死"两句，不是说人死了，野外没有声息了，而是写诗人的主观感受，是说战罢原野格外空旷，天空显得清肃，宇宙间似乎连一点声息也没有了，好像天地也在沉重哀悼那四万义军，渲染出天地同悲的气氛和感受。

诗后四句从陈涛斜战场掉转笔来写长安，写了长安的两种人，一是胡兵，一是长安百姓。"群胡归来血洗箭，仍唱胡歌饮都市"，两句活现出叛军得志骄横之态，他们一边唱歌，一边饮酒，在长安街市上趾高气扬。长安百姓则抑制不住心底的悲伤，北向而哭，向着肃宗所在的彭原方向啼哭，更加渴望官军收复长安。一"哭"一"望"，而且中间着一"更"字，充分体现了人民盼望官军早日平定叛乱收复长安的情绪。这里"仍唱"和"更望"两个词语用意深刻，是杜甫炼字精工的例子。"仍唱"表现胡人从占领长安以来每天都是歌唱饮酒。"更望"表现人民已经望过许多次，官军虽然来到，却是不争气，没有能够解救人民，人民只得日夜地再盼望下去，而且这种盼望更加强烈。杜甫在长安听说肃宗在灵武即位，知道"天子"换人了，肃宗平叛的军队在北方。"昨夜东风吹血腥，东来橐驼满旧都。朔方健儿好身手，昔何勇锐今何愚。窃闻天子已传位，圣德北服南单于。花门剺面请雪耻，慎勿出口他人狙。"（《哀王孙》）新天子不仅即位，而且已经得到北方草原民族的援兵。"南单于"代指回纥可汗;"花门",山名,回纥的地盘,代指回纥。新天子的军队快要打回来了,所以他说:"都人回面向北啼,日夜更望官军至。"

陈陶之战伤亡是惨重的,但是杜甫从四万将士的牺牲,从大地的沉默气氛,从百姓的北向流泪,从他们对朝廷的盼望,仍然发现并写出了悲壮的美。他要给人们以力量,他要鼓舞人民为讨平叛乱而继续斗争。这首诗写出了人民的感情和愿望,表现出他在创作思想上达到了很高的境界。

三、"诗圣"与"诗史"

人们称杜甫为"诗圣",而其诗则是"诗史"。这自然离不开他以诗歌写史的特点。称杜诗为"诗史"说明它有重要的史料价值。在杜甫生活的年代中发生的重要历史事件,许多都能在他的诗中找到相应的印证材料。如天宝年间,玄宗对外发动掠夺性战争,人民负担沉重,杜甫写了《兵车行》;杨国忠任右丞相,杨氏兄妹骄奢淫逸,杜甫写了《丽人行》;"安史之乱"中唐军遭遇陈涛斜大败,继又败于青坂,杜甫有《悲陈陶》《悲青坂》;唐军收复两京,杜甫有《收京三首》;九节度兵围邺城,似乎胜利在即,杜甫有《洗兵马》;后来九节度兵败,沿途征兵,杜甫有"三吏""三别"。潼关失守、相州溃退、吐蕃陷长安、关中大旱、蜀中徐知道叛乱、官军收河南河北、湖南兵马使臧玠阶叛乱等,都一一被杜甫用诗歌记录下来。杜甫《三绝句》中记录了渝州、开州杀刺史的事，史书中未见记载，杜甫诗起到了补史不足的作用。

安史之乱是唐代历史上的重大事件，对唐诗产生了深远影响。然而在盛唐诗人的创作中影响最大的是杜甫的诗。杜甫亲身经历了这场战乱，并饱受其苦，他不少诗直接描写了这场战乱的面貌，反映其历史进程，写出了战乱给国家和人民造成的深重灾难。在这方面其他诗人无人能比。正像美国汉学家宇文所安所指出的："关于安禄山叛乱是唐诗重大题材的说法，几乎可以完全归因于杜甫，归因于他对叛乱中的战争及个人经历的描写。"（《盛唐诗》）安史之乱的社会现实为杜甫的创作提供了丰富的素材，杜甫通过写安史之乱成就了他伟大的人民诗人的称号，因此安史之乱也玉成了他，真是"国家不幸诗人幸"。

单单以诗写史，并不能造成杜诗这样震撼人心的效果。杜甫的诗歌具有强烈的现实主义精神，但并不是史书，并不直接叙述和分析历史过程和事件，而是通过鲜明感人的艺术形象打动读者，让读者自己回味和思考历史。例如《悲陈陶》中，杜甫并没有描写战争中唐军的惨败场景，也并没有写士兵们惨烈牺牲的神态，而是从侧面入手，写战后沙场的凄凉和清冷，以及叛军的志高气昂和百姓在绝望中的希望。这样更能够让读者从心底里感受到战争所带的痛苦和寒意。

杜甫诗歌中的人物形象多如群雨过江，然而个个鲜活生动，并且具有广泛的代表性。杜甫选取的形象不是随意的，而是以敏锐的眼光抓住了社会生活中最突出的矛盾，挑选了最具代表性的事象，经过高度概括而写成的。所以杜诗才能够不言史而为史，千百年来打动着无数人的心。他的这种手法可以说是以小喻大，以近求远，见微而知著。这是作者对事物观察的细致入微和内心世界壮阔博大相结合的产物。例如《悲陈陶》中就用沾满鲜血的箭反映国家人民的苦难。

这首叙事诗由几个场景连缀，蕴含了许多强烈的对比，士兵的血染红了河水，而叛军还用这血水洗箭，一面是士兵的惨死，一面是叛军的狂妄；长安城的市民绝望地等待唐军早日收复长安，而叛军在高歌饮酒，得意忘形。陈涛斜之战伤亡之惨重令人惊异，杜甫寥寥几笔，不但写出了死去的战士和苟延残喘的人民的悲哀，更能化悲愤为力量，鼓舞了那些绝望的人民和士兵。杜诗之所以有诗史的美称，正是因为杜甫以诗录史，并根据战争的正义性质，写出了人民的感情和愿望。

杜甫诗歌的风格总体上说是沉郁顿挫的。所谓沉郁，即基调悲慨深沉、哀婉忧郁；所谓顿挫，即语言含蓄婉转、反复低回。他对人民的苦难、自己的不幸悲从中来，其感情之强烈如大潮般在胸中澎湃，但由于地位的卑微和儒家传统忠君思想的禁锢而不能直言，于是其诗篇就如同一座座处于上峰压抑下的火山熔岩在燃烧涌动，但意会而不直言，点到为止，蓄机待发，表现出一种意在言外、语静情烈、若隐若现、反复缠绵的风格。

杜诗的出色除了思想内容和语言水平之外，还有一个重要的原因，就是常人难以企及的独特个性。细读杜诗，从实实在在的字里行间，读者仍能清晰地看到作者的影子，听到作者的心声。

他从不是站在远处和高处，以旁观者身份去照相般地写实，而是将全身心投入社会中，投入写作对象的感情中，与人民同呼吸、共命运，因为诗中人物的故事看似叙事，实则浸透作者的忧虑、欢喜、悲伤、批判等种种个性和感情。这也是为什么在读《悲陈陶》时，我们所读到的悲痛不是陈旧的、片面的，而是立体的、感同身受的，那是因为杜甫把自己的悲痛融入了其中，所以那种悲伤才显得真切。这就是"诗"与"史"的区别，也是不同于历史的文学之美之所在。多么有内容的诗歌，如果没有艺术魅力也难以打动人心，更不用说流传千古。杜甫诗歌正是兼具深刻的思想内容和感人的艺术魅力，才获得了众口一词的高度评价。

四、时代的悲歌

《悲陈陶》所写房琯的失败，对唐军军心士气的打击殊巨而且深远，其根本原因是在敌强我弱的情况下，不能坚忍持重而仓促应敌。《旧唐书·房琯传》中将战争失利的原因归结为"琯好宾客，喜谈论，用兵素非所长，而天子采其虚声，冀成实效。琯既自无庙胜，又以虚名择将吏，以至于败"。结合杜甫的诗和《旧唐书》的记载，可将其失败的教训总结为如下两点：首先是战略指导失误。安史叛军攻陷两京（长安、洛阳）后，郭子仪、李光弼等有远见的将领和谋臣李泌都认为，唐军应避敌锐气、持重坚守，然后北取范阳，直捣贼巢，可以取得彻底的胜利。可是肃宗急于求胜，急于收复两京，巩固自己的皇位。因为收复两京，皇帝才能回归，才是标志性的胜利。在这种情况下，房琯应和玄宗、肃宗的意图，上书"欲复两京，亦志大虑疏"，这不仅使唐军陈陶泽、青坂之役惨遭失败，而且致使整个平叛战争拖延了很多时日。其次是用人不当。房琯本是一介书生，虽然报国心切，但是他根本不具备军事统帅的素质，也不懂军事和战法。肃宗仅凭房琯"因言时事，词情慷慨"便任命他作军事统帅，实在是用违所长。房琯用人也失当，用一群夸夸其谈的书生指挥打仗，焉有不败之理。在陈涛斜之战中房琯食古不化，指挥失当，导致唐军惨败。

从以上可以看出，杜甫《悲陈陶》不仅仅是悲房琯这位朋友的罪责，更是悲唐朝的政治统治的腐败和军事战略的失误。

安史之乱与杜甫的关系十分密切，是安史之乱的爆发激发了杜甫内心对于现实社会的关心与思考，冯至说："杜甫生在唐代封建社会发生巨大变化的时代。他青年时期经历的'开元之治'和他中年以后，也就是安史之乱爆发以后社会秩序的混乱相比，俨然是两个截然不同的世界。国家的危机和人民的痛苦通过种种难以想象的、悚（耸）人听闻的事实呈现在他的面前。他面对许多残酷的事实，既不遑惑，也不逃避，而给以严肃的正视。他既有热情的关怀，也能作冷静的观察，洞悉时代的症结和问题的核心的所在。"（冯至《诗史浅论》）莫砺锋说："安史之乱前后的黑暗、动乱时代对我们的'诗圣'起了更重要的'玉成'作用。"（莫砺锋《杜甫评传》）在安史之乱爆发后，杜甫以时事入诗的作品开始多了起来，《悲陈陶》是其中的一首典型。在这首诗里，杜甫对于时事的关注和描写，是当时的时代写真，也体现了杜甫对于政治和社会以及人民的关心。陈涛斜兵败两天后，在距离陈陶泽不远的青坂，房琯又率南军即战，复败（《旧唐书·房琯传》）。杜甫有《悲青坂》一诗咏此事：

> 我军青阪在东门，天寒饮马太白窟。
> 黄头奚儿日向西，数骑弯弓敢驰突。
> 山雪河冰野萧飋，青是烽烟白人骨。
> 焉得附书与我军，忍待明年莫仓卒。

青坂，房琯军队驻扎的地方，应当离陈涛斜不远。房琯以北军、中军大败于陈陶之后，存留下来的士兵只有数千人。同年十月，房琯因为被肃宗所派来的监军所催促，便又率领南军和叛军作战，结果惨遭失败。这首《悲青阪》所写的就是这第二次大败。诗人在表示痛惜和悲恸的同时，提出应当审时度势，伺机而发，而不应该轻举妄动，否则会重蹈覆辙。诗中的感情甚为悲愤、低沉。杜甫嘱咐唐军不要急于求成，暂时忍耐一下，等到明年再来反攻。次年四月，杜甫逃出长安，到达凤翔，谒见肃宗，被拜为左拾遗，此时房琯正因兵败待罪。杜甫和房琯世家通好，是老朋友，便上疏营救房琯。肃宗大怒，诏令三司推问。幸有宰相张镐救助，才得无事。八月，放杜甫还鄜州省视家人。十月，随从肃宗还都。次年，乾元元年（758）六月，改官华州司功参军，这就是因为上疏救房琯，而被排挤出朝廷了。

8

安史之乱中的皇权之争

——李白《永王东巡歌》

一、永王李璘事件

永王李璘是唐玄宗的儿子,据《旧唐书》记载:"永王璘,玄宗第十六子也。……数岁失母,肃宗收养,夜自抱眠之。少聪敏好学,貌陋,视物不正。"

由此可知李璘是个苦孩子,早早就失去母爱。聪敏好学——正史中对亲王们通常都是这样夸奖的;貌丑,眼睛斜视。李璘从小失去母亲,是哥哥李亨把他抚养成人——这可能是李璘被肃宗李亨的军队干掉后,史官们对李璘的丑化和对李亨的美化之词。既然李璘后来因"谋反"被杀,行为有劣迹,他的长相就不会好。我们可以想象,李璘出身皇室,就其基因来说,长相很丑的可能性很小。李亨即后来的唐肃宗。李璘和哥哥后来兵戎相见,李亨对他那么好,他竟背叛这样好的哥哥,证明他就是忘恩负义。李璘被李亨的军队打败,并被杀头,关于李璘和李亨的故事,史书上的记载都是胜利者的一面之词。

开元十三年(725),李璘被封为永王,荆州大都督——这是有其名而无其实的职务,荆州大都督只代表了他的地位,他并不实际任职。他年龄还小,但因为他是皇子,所以就能获得这样的任命。实际上唐玄宗时已经没有荆州大都督的设置,这是一个虚号。

天宝十四载（755）十一月，安禄山发动了叛乱，占领洛阳、打破潼关。兵锋所向，直指长安。天宝十五载（756）六月十二日，长安将失陷，李璘随唐玄宗逃出长安。唐玄宗一路上惊慌失措，马嵬坡兵变又痛失爱妃，太子分兵北上，又担心叛军追来。直到过了蜀道上之剑门关，知道叛军并未追来，又有了剑门关之险，挡住叛军脚步，玄宗才放下心来，从而对当前局势进行布置。玄宗听从了房琯的建议，从平叛考虑将天下分为十三道，由各王分领，以迅速形成强大的抗敌之师，平息叛乱。这在当时无疑是一条应急的战略决策。

根据《资治通鉴》记载，永王李璘充山南东道、岭南、黔中、江南西道节度都使，以少府监窦绍为之傅，长沙太守李岘为都副大使。当时除了李璘实际领兵出动，其他诸王只是有其名号，并未实际领兵。李璘接受了任命之后，领兵到了江陵。但是出乎玄宗意料的是，在玄宗颁布这道诏命的前三天，即七月十二日，太子李亨在宁夏的灵武，即位为帝，改年号叫至德。一个月后，玄宗到蜀中成都才接到消息。他万般无奈，只好派宰相崔涣、左相韦见素、房琯奉上传国玉玺和册书到灵武，承认了这个擅立的唐肃宗。

朝廷的变化造成局势复杂化了，永王李璘的处境尴尬了。

一方面，永王当时奉玄宗之命，已经是江陵的大都督。他领得圣旨，以抗击叛贼、收复河山为旗号，从七月到襄阳招兵买马，到九月时在荆州，凭着人心向唐以及自己的威望，组织了数万人的义勇军队。李璘为了进一步扩大武装力量，又挥师东下，到自己管辖的江南西道的浔阳、宣城一带。

另一方面，他这支抗敌武装不被新上位的皇兄所认可。唐肃宗不认为永王的军队是一支消灭安禄山叛乱、收复中原的正义之师，反而将他视为对自己皇权的威胁，心中不安。新皇帝不能容忍老皇帝麾下还有一支强大的武装，十月份下诏命永王李璘朝太上皇于蜀郡。永王接到诏令，不甘心放下军队，半途而废，于是继续沿江东下，到江南东道自己的辖域，扩大这支生力军。这时，关于李璘继续东下的动机便有了不同的看法，他自己的说法是要北上抗战，肃宗皇帝则认为他不听诏令要谋反。因此，当肃宗听说永王继续率军东下，立刻下诏宣布永王为"谋反"，调动三路大军围剿。

永王的大军到了浔阳，听说大诗人李白在庐山上避乱，就派韦子春备上重金上山请他出山。李白当时正沉迷于炼丹，幻想长生。但骨子里还是向往建功立业，大济苍生。一听说一名亲王统兵出征，他便欣然前往。

到了至德二载（757）正月，永王想进一步到江南东道和淮南道继续扩大抗敌军队。随后，大军屯在丹阳郡的长江沿岸。李白也随大军到了丹阳，一路上军队战舰雄威的军容，令他赞叹，因此他报国的心情更加激奋，诗兴大发，用七绝一下子写了十一首赞美永王东巡的诗歌，把永王水军雄威气概表现得淋漓尽致，也高度赞扬了永王誓灭安禄山叛军、忠心朝廷的壮举。

二、李白入李璘幕府

李白的诗让我们看到了"我本楚狂人，凤歌笑孔丘"的狂妄不羁，看到了"五花马，千金裘，呼儿将出换美酒"的豪放洒脱，看到了"仰天大笑出门去，我辈岂是蓬蒿人"的自负旷达。

他就像是一个永恒的神话，他就是一个永远无法复制的经典。他的每一首诗总是能带给我们一份份久久无法忘怀的惊喜，一次次深深的心灵上的震撼。他的"长风破浪会有时，直挂云帆济沧海"鼓励着我们，让我们有直面困难、奋勇搏击的勇气和力量；他的"天生我材必有用，千金散尽还复来"安慰着我们，让我们在失意的时候可以泰然处之，永远保持属于自己的自尊和良知！"举杯邀明月，对影成三人"，可以让我们在纷繁复杂的现代社会中体会到"享受孤独"的美丽和幸福，让我们在高楼林立的世界森林里享受并保持着自己"内心花园"的纯净和清香。每次读到"人面不知何处去，桃花依旧笑春风""江畔何人初见月？江月何年初照人？"这些诗句时，我们总是能想到李白的"今人不见古时月，今月曾经照古人"那种对人生短暂、世事变化无常的感叹所表达出的无奈和悲伤。自唐至今，有多少人曾经为谪仙人的魅力所折服，阅尽千帆也不一定能尽收眼底，有心感受希望可以窥见一斑吧！

李白一生两次出仕，虽没有什么大的功绩和作为，而且都以失败告终，但他始终秉持着中国文人的传统思想，希望可以获取功名，兼济天下。在他一进长安被赐金放还之后，他还开始了漫游梁宋，东去吴越，探幽燕、走江南的远游。天宝十四载（755），安史之乱爆发，李白避居庐山。即使是在那时，他的胸中还始终存在着"退隐"与"济世"这两种矛盾的思想。

历史上的事件看似平行地发展着，看似不相关，但其实不然，历史上的一些事件总是在某一个点不期而遇，而且往往是这不期然的一遇成为让世人永远铭记的史诗。安史之乱中唐玄宗逃难途中，任命诸王为节度使，希望以此形成强大的抗敌正义之师，平息叛乱。在庐山避乱的"谪仙人"就这样遇上了惺惺惜惺惺的永王李璘。

当永王李璘的大军到达浔阳时，他听说大诗人李白在庐山上避乱，就派韦子春备上重金上山请他出山。当韦子春将一些情况告知给李白后，李白对永王抗敌的精神深表敬佩。除此之外，两个"白头人对白头人"谈得也很直率。李白也向韦秘书表明了自己的处世观点：隐居是为了更好地出山济苍生。如果隐居没有济世的心，独善一身有何用处？这点可以从李白的《赠韦秘书子春》中找到依据，有句"苟无济代心，独善亦何益"为证。韦子春也向李白诉说了自己的不幸遭遇，李白对韦子春的不幸遭遇很同情。李白亦写了"气同万里合，访我来琼都"来表达韦子春与自己意气万里相投，可见此时的李白还是很开心的，看来不管是隐于市还是隐于野，这位"楚狂人"还是要以物喜，以己悲。最后李白还表示要以王猛、四皓为榜样安社稷，愿意跟他出山到永王军中，功业成功后就去游五湖。有句云"终与安社稷，功成去五湖"。这位"青莲居士"遂下庐山，开始了自己的第二次为官生涯。

三、《永王东巡歌十一首》

　　李白下了庐山，到了永王水军幕府。永王见到仰慕已久的
"谪仙人"，心中大喜，立刻与诸侍御为他专设宴欢迎。李白在
宴会上激情昂扬，在大谈了安史反贼肆虐中原的危机形势后，向
永王和众文武官员表忠心，决心跟随永王，与大家共同抗击反
贼，甚至不惜牺牲自己的生命，建立鲁仲连一样的功劳。在这次
宴会上，他提笔赋成著名的《在水军宴赠幕府诸侍御》诗。在这
首诗中，李白写出了"英王受庙略，秉钺清南边。云旗卷海雪，
金戟罗江烟。聚散百万人，弛张在一贤"这样的诗句来赞美永王
李璘是统率军队的贤人，歌颂了永王大军英勇威武的气势。除此
之外，李白还用了"黄金台"这个意象，来比喻永王幕府能招纳
贤士。但是后来发生了一件事情，这件事情可以说彻底改变了李
白建功立业的志向。他又一次失败了，而且差点以生命为代价。
在十二月甲辰，玄宗下诏书，削去了永王的官爵，"降为庶人，
徙置房陵"。永王听到后，没有理会玄宗的诏令。到了至德二载
（757）正月，由于淮南道和江南东道的两道地方还没有组织民众
抗敌，况且淮南、江南是富庶之地，每年的租赋有巨亿之多，是
个供应抗敌军队的必需的重要物资的好基地，永王李璘反而想进
一步到江南东道和淮南道继续扩大抗敌军队。他要将大军移到江
南东道的丹阳郡，继续扩充军队，大军屯在丹阳郡的长江沿岸。
李白也随大军到了丹阳，一路上军队战舰雄威的军容，令他非常
赞叹，因此他报国的心情更加激奋，诗兴大发，用七绝一下子写

了十一首赞美永王东巡的诗歌，把永王水军英勇威猛的气概表现得淋漓尽致，同时高度赞扬了永王誓灭安禄山叛军并且始终忠心朝廷的爱国主义精神。这十一首七绝即《永王东巡歌十一首》。这十一首七绝，在李白创作的一千多首诗歌中，可以算是与当时政治形势联系最直接的诗歌了，除此之外，这组诗与李白本人后来的遭遇也有着极其紧密的联系。从《永王东巡歌》中，我们可以读到当时永王大军高昂的气势，也可以看到李白本人心情的振奋，以及李白想要建功立业、平定战乱的抱负。这组诗不仅具有很高的历史价值，还具有很高的文学价值。不难想象，当这组诗在永王李璘的幕府和军队中广为传播时，永王大军的气势会受到多大的鼓舞。

其一：永王正月东出师，天子遥分龙虎旗。楼船一举风波静，江汉翻为雁鹜池。"正月"是指至德二载（757）正月，"东出师"即指永王主力水师由当涂县移军润州丹阳郡。"天子遥分"指的是已是太上皇的唐玄宗，在遥远的蜀中分置四道之地归永王统治，表现了玄宗对永王李璘的信任和厚望，也写出了永王军是正义之师，他并不是擅自出兵，而是师出有名。"龙虎旗"来自天子所分，现在龙虎旗即是永王军的军旗。"雁鹜池"即野雁野鸭浮游的水池，通过比喻形容长江和汉江地域变小了，以此来表现永王大军屯在丹阳郡的长江沿岸时浩浩荡荡的气势。以此首诗开篇，用隐喻的方法描写了永王东巡时的情况，展开一幅绝美的"永王东巡图"。

其二：三川北虏乱如麻，四海南奔似永嘉。但用东山谢安石，为君谈笑静胡沙。这首诗是十一首诗中最著名的，历来备受人们关注。"三川"即黄河、洛河、伊河，这里指三水流经的河南郡（包括今河南黄河两岸一带）；"北虏"指安禄山叛军；"乱如麻"喻叛军既多且乱。"四海南奔似永嘉"，历史的惊人相似使诗人回想起晋怀帝永嘉五年（311），前赵刘聪的相国刘曜，攻陷晋都洛阳，陷人民于水深火热之中。西晋灭亡，晋室南渡，中原陷于战乱。诗人于前二句极写叛军之多且凶，国灾民难之甚且危，目的却在衬托后二句作者的宏图大略。局势写得越严重，就愈见其高昂的爱国热情和"一扫胡沙净"的雄心；气氛写得越紧张，就愈见其从容镇定地"挽狂澜于既倒"的气魄。这种反衬的蓄势之笔，增强了诗的力量。"但用东山谢安石，为君谈笑静胡沙"是本篇最精彩之笔，也是李白流传后世的经典名句。据史载，前秦苻坚进攻东晋，领兵百万，声势浩大。谢安被孝武帝任为征讨大都督，前线激战，他却弈棋自若，破苻坚大军于淝水，创造了历史上以少胜多的著名战例。诗人自比"东山再起"的谢安，只要自己一出山，谈笑间就能消灭强敌，还苍生一个朗朗乾坤。诗写出了李白的强烈自信，抒写了自己渴望建功立业、报效祖国、辅佐永王平定安史之乱的远大抱负，一种豪迈的气概、乐观的情绪和必胜的信念跃然纸上。胡沙前面的一个"静"字，更是凝练地概括出胡沙平息后的清平世界。"谈笑"写出了指挥的从容镇定，苏轼《念奴娇·赤壁怀古》写周瑜"谈笑间，樯橹灰飞烟灭"，应出自此诗。从艺术手法上看，全诗欲扬先抑，前两句极写敌军众多，形势危急，然而就在这危难之际，后两句却急转直下，在"谈笑之间"实现"静胡沙"的伟业，扭转乾坤，愈发衬托出诗人的雄心壮志，充满令人振奋的豪情。这首诗在语言上的特点，一是用典准确，一是比喻恰当。唐朝当时所处的严峻形势，只用"似永嘉"三字便一目了然。谢安石作为李白最钦佩的人物，不仅仅是因为他的儒雅风流，更在于他举重若轻、泰山崩于前而不变色的那种大将风范。他把自己比作"谢安石"，充分显示其不俗的性情与志向。

其三：雷鼓嘈嘈喧武昌，云旗猎猎过寻阳。秋毫不犯三吴悦，春日遥看五色光。此首赞扬了永王军队从江陵进发经过武昌县时的场景，战鼓喧天，云旗猎猎，经武昌，过浔阳，至三吴，一路上秋毫无犯，深受百姓爱戴。"五色光"是指军队上空的五色云彩，比喻永王兴兵，感应苍天，再一次申明永王出师的正义性。这首诗写永王的军队不仅师出有名，而且是仁义之师。

其四：龙盘虎踞帝王州，帝子金陵访古丘。春风试暖昭阳殿，明月还过�鹊楼。"龙盘虎踞"用来形容金陵地势雄壮。永王是玄宗的儿子，故称"帝子"。当大军从当涂浩浩荡荡到金陵后，永王只是到六朝的古都看了几处名胜古迹就走了。昭阳殿，在金陵台城内，为南齐太后所居之处。鸪鹊楼，在金陵城内，亦是南朝的重要官殿。

其五：二帝巡游俱未回，五陵松柏使人哀。诸侯不救河南地，更喜贤王远道来。"二帝巡游俱未回"，至德二载（757）正月，玄宗在蜀，肃宗在宁夏灵武，两个皇帝都未回到长安。因忌讳两帝逃亡，谓之西巡。五陵，唐朝五帝的陵墓，即唐高祖葬三原县献陵，太宗葬礼泉县昭陵，高宗葬乾县乾陵，中宗葬富平县定陵，睿宗葬蒲城县桥陵。这一带已为叛军占领，故以"五陵"代指关中沦陷区。"诸侯不救河南地"，用天下各地兵马不出兵抗敌来衬托永王的挺身而出。"更喜贤王远道来"表达了对永王顾全大局、为国为民的赤诚的爱国心的崇敬，也从侧面表现了军队对永王的支持和信任。

其六：丹阳北固是吴关，画出楼台云水间。千岩烽火连沧海，两岸旌旗绕碧山。"丹阳北固"，即润州丹徒县北一里的北固山，伸入长江之中，三面环水，高数十丈，其势险峻。丹阳郡领四县：丹徒、金坛、延陵、丹阳。"画出楼台云水间"，楼台山水如画一样美丽。因为永王数万军队部分驻扎在山岭之中，故山岩间到处是烽火，旌旗漫山遍野地飘舞，故云"千岩烽火连沧海，两岸旌旗绕碧山"。这首诗运用白描的手法，将永王军队驻扎在丹阳的情况细致、精彩地描写了出来。在战乱的情况下，李白还能用如此华丽、精致的辞藻，可见李白的浪漫主义本性。

其七：王出三江按五湖，楼船跨海次扬都。战舰森森罗虎士，征帆一一引龙驹。"三江五湖"泛指江南的江水和湖泊；"楼船跨海次扬都"，楼船跨海驻扎在扬州一带。跨海，古代扬州东不远是大海，故称跨海；次，驻扎。"森森罗虎士"指众多整齐罗列着的猛如虎的战士。"征帆一一引龙驹"，征帆下牵引着一个一个的战马龙驹。

其八：长风挂席势难回，海动山倾古月摧。君看帝子浮江日，何似龙骧出峡来。意谓长风挂帆奔腾之势很难转回，海动山倾能使胡虏摧毁。古月，胡字分解为古、月两字，指代安禄山胡兵。此处再一次用典，晋武帝咸宁五年（279）十一月，晋大举伐吴，遣龙骧将军王濬、广武将军唐彬率巴蜀之水军，浮江而出三峡。以"龙骧出峡"来拟"永王临危受命，出师江南"。

其九：祖龙浮海不成桥，汉武寻阳空射蛟。我王楼船轻秦汉，却似文皇欲渡辽。诗的前两句用典，祖龙即秦始皇。《三齐略记》记载：秦始皇欲浮海，于海中作石桥，海神为之竖柱。秦始皇欲见神，海神曰："我形丑，莫画我形，当可见。"秦始皇入海四十里见海神，左右莫动手，画工潜以脚画其状，海神怒说："帝负约，我速去。"秦始皇转身便还，前脚犹立，后脚随奔，仅得登岸保住了性命，画工溺死海中。据《汉书·武帝纪》记载，汉武帝元封五年（前106）冬，到江南巡狩，从寻阳浮江，亲自射江中蛟龙获之。前半部分写秦皇汉武，却突然笔锋一转，"我王楼船轻秦汉，却似文皇欲渡辽"，我们的永王李璘有高大的楼船，足以轻视秦始皇浮海和汉武帝射蛟的事。如果要有一比的话，永王却好像英武的唐太宗渡辽远征。据《新唐书》记载，贞观十九年（645）二月庚戌，唐太宗亲自统六军从洛阳出发伐高丽。四月癸卯，誓师幽州城南，大赏六军发兵。五月丁丑，驾车渡辽东。六月在安市城东打败高丽，九月班师回朝。这样来赞誉永王，将永王李璘与大唐太宗相比，暗指永王也一定可以剿灭反贼，班师回朝。

其十：帝宠贤王入楚关，扫清江汉始应还。初从云梦开朱邸，更取金陵作小山。玄宗宠爱永王，让他到楚关去，扫清江汉后就要回到朝中。初从云梦红色官府建立军队。永王是至德元载（756）七月受命到襄阳，九月募兵于江陵得数万。云梦指襄阳、荆州、江陵一带。朱邸指红色门户，这里代指永王开始兴兵的官府。再取金陵如取小山一样容易，表示对金陵不重视，对它并没有其他打算。此诗表现了永王军队的气势如虹，信心满满。

其十一：试借君王玉马鞭，指挥戎虏坐琼筵。南风一扫胡尘净，西入长安到日边。李白到永王幕府以后，踌躇满志，以为可以一展抱负，"奋其智能，愿为辅弼"，成为像谢安那样叱咤风云的人物。这首诗就集中反映了李白的这种心情。诗人一开始就运用浪漫的想象、象征的手法，塑造了盖世英雄式的自我形象。他敢于毛遂自荐，但又不是直接向永王要军权，李白的"当仁不让"更具有诗味。"试借"二字表现了诗人并不稀罕权力（玉马鞭）本身，不过借用一回的超脱心境。诗写自己指挥战争的从容自信，在他笔下自己好像一位军权在握的将军，正在指挥千军万马和敌人作战。他自己却不披坚执锐、冲锋陷阵，而是安然坐在酒席宴上，于觥筹交错之间，静待前方捷报传来。

其实当时诗人并没有得到兵权，他在军队里并没有那么重要的地位，甚至永王也并没有多少器重他，只是想利用他的大名罢了。就连永王李璘有叛变的嫌疑这件事，李白也并不给予多大的关注，他只是想用一腔热血、满腔抱负来筹划如何与叛军进行决战，甚至已经在憧憬胜利。当时政治形势十分复杂，李璘和皇兄李亨已经势同水火，李白却似乎一点儿也没有察觉，这说明李白的确不是"廊庙器"，缺乏政治头脑。他完全是书生意气，但这种意气却十分可爱。所以，后来李璘虽然兵败被杀，李白因"附逆"罪下了大狱，差一点儿被杀头，但他入永王幕府一事，并未被人们看成他一生的污点，反而让人们更加喜爱他的真诚与浪漫，而这十一首《永王东巡歌》也成为李白诗歌中最具个性色彩的代表作之一。

关于永王谋反之事，历史上众说纷纭。有一种说法是，永王是唐玄宗用来牵制肃宗的工具，以便以后东山再起。而据新、旧《唐书》，璘为山南、岭南、黔中、江南四道节度采访等使，璘至广陵，大募兵甲，有窥图江左之志，"璘反"。对于这一情况，我们也许得不出什么结论，但是可以知道的是，李白在政治上是过于天真的。他太不羁太单纯，"尝沉醉殿上，引足令高力士脱靴"；"尝月夜乘舟，自采石达金陵，白衣宫锦袍，于舟中顾瞻笑傲，傍若无人"（《旧唐书》）。他不懂得官场上的一套一套潜规则，尽管他才华横溢，还是没法挽救他于从政之路，他的自负狂妄更是会招来小人的中伤。他两次参政都没被重用，玄宗只是把他养在翰林院，让他写写诗、歌功颂德罢了，之后的永王也从未给过他实权。一言以蔽之，李白乃"天上谪仙人也"，"志气宏放"，却没法弄明白官场这门高深的学问，满腔报国保民的热情也随之化作泡影。

李白到底是个诗人，虽然经历了长安几年的宫廷生活，但他的官场经验和政治觉悟还是不高。在李璘事件中，他的政治上的天真表现得非常充分。当时李璘召聘的人，有人觉得这李璘不地道，就拒绝入幕，如刘晏、崔祐甫、萧颖士等人；李璘手下的一些文士呢，后来发现势头不对，这李璘不是北上抗战啊，他带领部队往东去干吗呀？而且，朝廷已经命令他返蜀，他怎么不执行命令啊？他是要反了。逃吧！于是不少人趁没出事儿的时候就逃走了，如鲍防、孔巢父等人。李白天真，他就一直跟着李璘走，直到李璘兵败了，他才想到逃命。那还逃得了，被抓后，以"附逆"处以死罪，关在浔阳郡（今江西九江）的大狱里。幸好他的夫人宗氏是老宰相宗楚客的孙女，有面子，到处奔走，救下了他一条命，朝廷把他流放夜郎，远赴在现在贵州的夜郎县，半路上遇赦东还。

9

由盛转衰，
在王朝命运的阴影下

——杜甫《忆昔二首》

人到老年，容易忆旧，杜甫也如此。一般人忆旧，常常是跟个人生活有关的人和事，杜甫作为一位忧天下之忧、乐天下之乐的伟大诗人，他的忆旧仍一如既往地与社会政治有关，并着眼于现实。杜甫有两首以《忆昔》为题的诗，是他对安史之乱中政局和安史之乱前唐朝盛世的回忆，也是对战乱根源和国家局势的深刻反省。所谓"忧国忧民""先天下之忧而忧"，正是无数像杜甫这样的仁人志士的写照。

一、"忆昔"之名的"讽今"之作

《忆昔二首》并非作于同时，据王嗣奭《杜臆》考证，第一首应作于代宗广德二年（764）。明末清初的杜甫研究专家王嗣奭在《杜臆》中说："此是既为工部郎后，追论往事也。故以《忆昔》为题，乃广德二年严武幕中作。吐蕃陷京，在去年之冬。"杜甫的"工部郎"职务并非实职，只是一个头衔。他的朋友严武任剑南节度使，为了照顾杜甫，给他安排了一个"节度参谋"的幕职，又给他向朝廷申请了一个"工部员外郎"的称号，代表他的级别。工部员外郎属朝廷官员，他远在剑南，怎么能从事这个职务呢？所以这是个虚衔。节度参谋是个幕府职务，就是严武的僚佐，这是实职，但是个闲散的职务，其最初的本义是"以朝廷官员参议谋划"，后来演变成幕府中的僚佐职务，因为没有实际事务，后来就废止了。所以，这就给杜甫更多"忆旧"的机会和写诗的时间。其间他写了不少回忆过去的诗。《忆昔二首》就是其中著名的作品，题目虽说是《忆昔》，其实有讽今之意。第一首云：

> 忆昔先皇巡朔方，千乘万骑入咸阳。
>
> 阴山骄子汗血马，长驱东胡胡走藏。
>
> 邺城反覆不足怪，关中小儿坏纪纲。
>
> 张后不乐上为忙，至令今上犹拨乱，劳心焦思补四方。
>
> 我昔近侍叨奉引，出兵整肃不可当。
>
> 为留猛士守未央，致使岐雍防西羌。
>
> 犬戎直来坐御床，百官跣足随天王。
>
> 愿见北地傅介子，老儒不用尚书郎。

诗回忆的是安史之乱后的朝廷政局。"先皇"指唐肃宗。安史之乱发生，唐玄宗逃往成都，途中发生马嵬坡兵变，杨国忠兄妹被杀。太子李亨带领一支人马北上，到灵武，即位为帝，即唐肃宗，奉唐玄宗为太上皇。他开始领导全国抗战，以平息安史之乱。肃宗率军从灵武进兵至凤翔时，杜甫从叛军控制的长安城逃出来，投奔朝廷和唐军，当时正是国家用人之际，唐肃宗立刻任命他为右拾遗，杜甫对肃宗是有感情的，所以深情地称肃宗为"先皇"。这首诗分为两部分，前九句为第一部分，写肃宗和代宗两代平息叛乱，为国事操劳，并探讨国家陷入乱局久久不能平息的根源，感伤肃宗的张皇后之失德和宦官之擅权。

"忆昔先皇巡朔方，千乘万骑入咸阳。"这两句是写肃宗的功绩。此时肃宗已经去世，故称其为"先皇"。天宝十五载（756）七月九日，李亨在杜鸿渐等人陪同下，抵达朔方军大本营灵武。经过一番布置与筹划，七月十二日，李亨在灵武城的南门城楼，举行了简单的登基仪式，改年号为至德，从而结束了唐玄宗的天宝年号。当年为至德元载，玄宗被推尊（架空）为太上皇。肃宗下制曰："朕治兵朔方，须安兆姓之心，勉顺群臣之请。"这句话的意思是说，他即位为帝，目的是安定人心，又是应群臣的请求才这样做的，"勉"表示自己本无此意，勉强顺从大臣之意。当天，肃宗就派使者前往四川，向太上皇报告这一消息。这两句赞叹当年肃宗军容之盛和功业之隆。咸阳代指长安。当时肃宗起兵灵武，收复长安，功莫大焉。

"阴山骄子汗血马，长驱东胡胡走藏。"这两句是写当时的大好形势。"阴山骄子"指回纥兵马，回纥人游牧于北方草原阴山脚下。"骄子"是用典，指代北方草原民族。《汉书·匈奴传上》记载："单于遣使遗汉书云：'南有大汉，北有强胡。胡者，天之骄子也。'"可知这是匈奴人自称。唐人喜欢以汉代唐，以匈奴代指北方草原民族，故称北方草原民族为"骄子"。初唐杨炯《奉和上元酺宴应诏》诗云："匈奴穷地角，本自远正朔。骄子起天街，由来亏礼乐。"安禄山担任"国字头"的厩马使，把天下优良的战马掌握在手，因此手下有一支强悍的骑兵，称为"渔阳突骑"，相比之下唐军处于劣势。为了弥补兵力之不足，朝廷便向北方草原民族回纥借兵。"汗血马"本来指从中亚所得到的大宛国良马，这里指回纥的精骑。唐军获得回纥骑兵的增援后，军威大振。据说临阵交战，回纥兵的鸣镝（带响哨的箭）射出，安禄山叛军一听到箭的哨声，便知道是回纥人射的箭，有人一喊"回纥兵来了"，叛军便不战而溃逃。"东胡"本来是汉代游牧于现在东北地区的草原民族，这里代指安禄山的叛军，因为安禄山任河东、范阳、平卢三镇节度使，驻扎在唐朝东北地区，他又是胡人出身，手下也有许多胡兵，故称为"东胡"。安禄山发动叛乱后，唐朝立刻把他定性为胡人作乱，本来是统治阶级内部矛盾，一下子转化为民族矛盾，这样也是为了聚拢人心，共同对敌。叛军占领洛阳，李白的诗称洛阳"茫茫走胡兵"，胡兵也是指安禄山的叛军。其实，安禄山的军队原本是唐王朝军事力量的一部分，是驻扎在河东、范阳、平卢三镇的唐朝的正规军。"长驱"形容回纥军威，叛军根本无力阻挡回纥骑兵的进攻，回纥兵是一路直下，势如破竹。结果打得叛军退出长安，又退出洛阳，龟缩于邺城。"走"是逃跑，"藏"是躲藏，形容叛军的狼狈。当时郭子仪任天下兵马副元帅，与回纥合兵进长安，叛军守不住长安，退保洛阳。唐回联军又进军洛阳，叛军守不住洛阳，又退保邺城。

关于这四句诗的理解，有人与我们不同。宋代史学家范祖禹评价说，肃宗至灵武称帝，此乃"太子叛父"，是"不孝"，也就是说，是一次未经玄宗许可的擅立。"千乘万骑"包含着对肃宗的贬低之意。汉灵帝末童谣："侯非侯，王非王，千乘万骑上北邙。"杜甫在唐玄宗时曾受到唐玄宗的赏识，对玄宗有一种感恩戴德之情，因此对太子即位为帝是有所不满的。加上肃宗时杜甫因替房琯说情，得罪过肃宗，被贬出朝廷，因此他对肃宗不太有好感。我们认为这范祖禹的解释不符合这四句诗的意思。这四句显然在称颂肃宗，写唐军的声势。

"邺城反覆不足怪，关中小儿坏纪纲。张后不乐上为忙，至今今上犹拨乱，劳心焦思补四方。"这里写相州兵败。相州治所在邺城，安庆绪退保邺城，唐军九支大军由九位节度使率领，围困了邺城，安庆绪余党已成"瓮中之鳖"，形势一派大好。当时安庆绪守邺城的兵力约六万人，唐朝大军十五万围困邺城，似乎拿下邺城在旦夕之间。然而史思明既降复叛，救安庆绪于邺城，唐军大败，故曰"反覆"。当安禄山率叛军南下时，命史思明留守范阳。安庆绪在危难中求史思明增援，并答应打败唐军后，就把皇位让给史思明。所以史思明率大军从范阳杀来，对唐军形成内外夹击之势。这时宦官李辅国操持朝政，唐军虽有九节度兵马，但未设统一的元帅，只让宦官鱼朝恩担任观军容使，众将军不服，因此人心不齐。加上史思明又极会用兵，结果唐军大败，形势反转。

本来在安禄山被儿子安庆绪所杀，安庆绪又兵败如山倒时，史思明已经向朝廷表示投降。但归降后，史思明"外示顺命，内实通贼"，不断招兵买马，引起唐肃宗警觉。乾元元年（758）五月，以乌承恩为副使，派到史思明军中"策反"，想伺机杀掉这个居心叵测的反贼。李光弼也对乌承恩严加嘱托，让他赶快行事。乌承恩晚上多次打扮成妇人，夜入诸将家里做工作。没想到这些蕃将出身的将领对史思明很忠心，转头向史思明告发。由于没有实证，史思明也下不了手。在宾馆之中，史思明在乌承恩床下埋伏两个人。夜间乌承恩与儿子密谈，说："吾承上命除此逆胡！"床下两人闻言突出，人证物证俱在。史思明马上带兵抓住乌承恩，搜出李光弼的书信以及写有应该诛杀的叛将名单。史思明等人大怒，大呼："我们都投降了，怎么还对我们这样！"乌承恩是个草包，咕咚跪下，说这些都是李光弼指使他干的。史思明大怒，杀掉乌承恩和他儿子以及从属两百多人，重新反叛。史思明的参谋耿仁智劝他不要反复，他却亲手用棍击碎这个跟了他三十多年的参谋的脑袋。史思明降而复叛，战争形势顿时大变，唐军不利。不过这些情节可能出于史思明的捏造，目的是激怒众将，让他们死心塌地跟自己干。

当时天下人都知道相州兵败是宦官李辅国、鱼朝恩造成的，杜甫说的"关中小儿"就是指宦官李辅国和鱼朝恩，让他们掌握朝政和统军是"坏纪纲"，结果朝廷自食恶果，导致唐军败绩。"关中小儿"指宦官李辅国，是有出处的。《旧唐书·宦官传》记载："李辅国，本名静忠，闲厩马家小儿，少为阉，貌陋，粗知书计，为仆事高力士。"《资治通鉴》胡注云："凡厩牧、五坊、禁苑给使者，皆谓之小儿。"可知"小儿"云云，并不是小孩子之意，而是官中那些从事杂役的小宦官。"乱纪纲"的说法也有出处。晋武帝泰始年间民谣云："贾裴王，乱纪纲。"当然，说李辅国乱纪纲，非止相州兵败一事，而是概括了李辅国在安史之乱中的种种表现。李辅国在唐玄宗年间入宫做宦官，因尽心侍奉太子李亨而成为太子的心腹。天宝十四载（755）安史之乱爆发，叛军所到之处，望风披靡，直逼京都长安，玄宗仓皇出逃。太子李亨则奉命在后安抚百姓，百姓们希望李亨留下抗击叛军，李辅国也劝说李亨留下抗敌，太子遂与玄宗兵分两路，北上灵武。李辅国又劝李亨迅速称帝，以安民心。至德元载（756），太子在灵武即位，是为唐肃宗。肃宗为人性格懦弱，此刻见李辅国衷心拥戴，便视其为左右臂，赐名"护国"，后又改名"辅国"，把军政大事都委托于他。肃宗在灵武即位为帝，李辅国是主谋，在唐玄宗还在的时候儿子即位为帝，在杜甫看来是篡逆，故说他"坏纪纲"。李辅国在安史之乱中先是拥戴肃宗，至德二载（757）十二月随肃宗回到长安，加开府仪同三司，封郕国公，设"察事厅子"，以侦察官员活动。当然也是乱纪纲。

收复长安后，玄宗从成都回到长安，开始还过着虽无所事事但尚算自由的生活。肃宗与李辅国都怕玄宗复位，因此在肃宗默许下，李辅国对玄宗严加限制，步步紧逼。先把玄宗喜欢的三百匹马收回大半，继则矫诏命玄宗迁到皇宫内宫，身边只留下几个老弱病残者，又把对玄宗一直忠心耿耿的心腹宦官高力士流放，强令玄宗的亲信官员陈玄礼致仕（退休）。玄宗重病，肃宗数次想去看望，都因李辅国的阻挠而未成行。李辅国大权在握，排斥异己，国家大事几乎全操纵于李辅国，朝臣奏事要先经他手，由他转告肃宗。为了掌握朝中大臣的动向，他派几十人专门负责监督官员的举动。李辅国根据自己的好恶处理讼案，却以皇帝的旨意为借口。地方上领兵的节度使也常常出于李辅国委派。李辅国炙手可热，权倾朝野，宰相及大臣想见皇帝，都须经过他的安排；皇帝的诏书下达，也要李辅国的署名才能施行，大臣们不敢提出异议。皇室贵戚尊称李辅国为"五郎"，宰相李揆甚至称李辅国为"五父"。对于李辅国的专横跋扈，宗室大臣李岘多次举报给皇上，然而在李辅国的操纵下，肃宗却把李岘贬出京城。一手遮天的李辅国企图做唐朝第一位宦官宰相，此举遭到宰相萧华的激烈反对。李辅国怀恨在心，在皇帝面前诬陷萧华，用自己的亲信元载取代萧华的相位，将萧华逐出京城。肃宗去世，李辅国又拥立代宗。李辅国"乱纪纲"的行为众人是看在眼里，恨在心里，其人险恶已是"司马昭之心，路人皆知"。杜甫当然也不例外。

李辅国之所以能够为所欲为，还得益于与肃宗皇后张氏的勾结。张皇后是个强势的女人，战乱中她护卫肃宗，每入室，必走在肃宗之前；睡觉时总是睡在外边，让肃宗睡在里面，肃宗问她为什么，她说如果有变，她将在前或在外以身遮挡肃宗，让肃宗有逃生的机会。肃宗对她很感激，很多情况下都听从她的意见。张皇后与李辅国内外相应，控制朝政。他们对不利于自己的人，无论是高官还是显贵都是除之而后快。肃宗第三子建宁王李倓聪明过人，尽心辅佐太子广平王李豫，深得皇帝的欢心。由于张皇后与李辅国的中伤，皇帝下诏赐死建宁王。为了各自的利益，李辅国与张皇后狼狈为奸。但在肃宗病重期间，李辅国与张皇后在决定由谁继承大位的问题上发生尖锐冲突。李辅国支持太子李豫，张皇后支持越王李系。宝应元年（762），玄宗忧郁而死，肃宗病危，皇后为了便于将来继续插手政局，密谋杀掉太子，策划越王继位。此举被李辅国发现，李辅国先把太子保护起来，然后冲进皇宫，抓获了越王及其支持者百余人。张皇后逃入肃宗寝宫，被李辅国抓住。重病中的肃宗因受到惊吓而驾崩。李辅国将张皇后、越王及参与者一并处死。太子李豫在李辅国的拥戴下即位，是为唐代宗。自此李辅国日益骄横，曾对代宗说："大家（宫中对皇帝的称呼）但内里坐，外事听老奴处置。"闻此僭君之言，代宗颇为不快，遂生杀李辅国之意。代宗表面上优待李辅国，尊之为"尚父"，封司空兼中书令，私下重用宦官程元振，以药子昂代元帅府行军司马，掌握禁军，夺取兵权。罢李辅国官职，进封为博陆郡王。不久派人于深夜将其暗杀，李辅国的头颅被扔到溷厕中。又刻木代其首级以葬，赠太傅，谥丑。

因此，在杜甫看来，造成朝廷乱局的还有张皇后。"张后不乐上为忙，至令今上犹拨乱，劳心焦思补四方"——张后，即肃宗张皇后。《旧唐书·后妃传》记载："皇后宠遇专房，与中官李辅国持权禁中，干预政事，请谒过当。帝颇不悦，无如之何。""今上"指代宗。肃宗死，代宗即位，杜甫写此诗时正是代宗在位。西晋傅玄《乐府》云："拨乱反正从天心。"其时安史之乱尚未平息，代宗仍然在为国操劳，为了安定四方而"劳心焦思"。《史记·夏本纪》记载，禹伤父鲧功不成，乃劳身焦思。杜甫用大禹的典故称颂代宗，说他继承父业，艰苦平乱。在杜甫看来，造成战乱未能平息，"关中小儿"李辅国和张后起了极坏的作用。有人认为这几句也是在批评肃宗，说他率回纥兵讨安庆绪，其才足以有为，乃任李辅国，宠张良娣，祸及父子，而身亦不免焉。故中兴之业，尚待继世也。"后不乐"，状其骄恣。"上为忙"，状其局踏。此分明写出惧内意。——这并不符合诗意。根据我们的分析，这几句批评的是宦官李辅国和皇后张良娣，对肃宗和代宗并无批评之意。北宋人王洙曾编《杜工部诗集》二十卷，认为这几句在歌颂代宗："拨乱，内平张后之难。补四方，外能经营河北也。"

后八句为第二部分，写杜甫对时局的观感。唐肃宗、李辅国和张皇后都已退出历史舞台，杜甫更关心的还是当下。安史之乱造成唐王朝内忧外患严重，他为此忧心忡忡。"我昔近侍叨奉引，出兵整肃不可当。"——诗人自己出场了。这是他对自己经历的回忆。安史之乱发生，杜甫把家人安置在鄜州羌村，投奔朝廷，被叛军抓获，困于长安。后冒险从长安逃出，投奔尚在"蒙尘"的肃宗朝廷，被任命为左拾遗，左拾遗级别不高，却是接近皇帝的职务，就是杜甫说的"近侍"。唐朝开始设置的拾遗官，分左、右拾遗，字面意思是捡起遗漏的东西，意思是帮助皇帝弥补过失，是谏官，主要负责向皇帝奏论政事、陈述得失。八品，比七品芝麻官县令的级别还低。拾遗官与皇帝接触的机会较多，故曰"近侍"。唐制，拾遗"掌供奉"，供奉官就是在皇帝身边服务的意思。第二句写代宗，当时代宗从狩灵武，拜天下兵马元帅。整肃、不可当，都是用典。《杜诗详注》仇兆鳌注引"《山涛启事》：'可以整肃朝廷，裁制时政。'陈琳檄文：'天下不可当。'"这分明是在歌颂当今皇上。

"为留猛士守未央，致使岐雍防西羌"——写当前的国防形势。"猛士守未央"翻用汉高祖刘邦《大风歌》语，感慨甚深。宝应元年（762）八月，郭子仪自河南入朝，程元振数谮之，子仪请解副元帅、节度使，留京师。明年十月，吐蕃大入寇。汉未央宫，《括地志》云："在长安故城中，近西南隅。"岐雍，唐凤翔以西关内地。《旧唐书·吐蕃传》记载："数年之后，凤翔之西，邠州之北，尽为蕃戎境。"由于宦官程元振的陷害，不用郭子仪为元帅，而让他留守长安，造成吐蕃临境，岐州、雍州这些近畿之地，都驻兵防御吐蕃入寇。更有甚者，吐蕃军队竟然进入长安城。"犬戎直来坐御床，百官跣足随天王"——犬戎指吐蕃，天王指唐代宗。这两句反映的史实是：为平息安史之乱，唐廷召回安西、北庭等地的边防军，吐蕃乘机蚕食唐朝疆土，并乘虚深入内地，占领今陕西凤翔以西邠州以北的十余州。广德元年（763）九月，吐蕃军大举入寇，边将再三告急，宦官程元振都压下不报。十月，投降吐蕃的泾州刺史高晖引导吐蕃军过邠州，寇掠奉天、武功（今陕西武功西北），逼近京师。代宗获悉此事，急命雍王李适为关内元帅，启用郭子仪为副元帅，出镇咸阳御敌。但为时已晚，吐蕃军队进入长安，代宗匆促逃离京城，到陕州避难。官民逃亡荆襄或藏匿在山谷中。吐蕃占领长安后，立广武王李承宏为帝，劫掠府库市里，纵兵焚闾舍，萧然一空。幸亏郭子仪巧妙与敌周旋，迫使吐蕃退出长安，代宗才于十二月返回长安。百官论奏程元振"专权自恣"，贻误军机，李豫遂罢免了程元振官爵，放归乡里，后又流配于江陵。杜甫诗用"坐御床"代指长安为吐蕃军占领。跣足即光脚，形容天子、百官逃走时的狼狈相。

那么，在这内忧外患的年代，杜甫的愿望是什么呢？"愿见北地傅介子，老儒不用尚书郎。"《汉书·傅介子传》记载，傅介子，北地人也，持节使楼兰，斩其王首，悬之北阙。尚书郎，尚书省郎官。《木兰辞》云："可汗问所欲，木兰不用尚书郎。"杜甫说，我老夫已不追求在朝廷做官了，只希望能有傅介子那样的勇士，斩敌酋首，保卫家国。这首诗回忆肃宗、代宗两朝天子时国家政治局势，揭示了当时宦官擅权、后党干政、外族入侵、朝廷用人不当等严峻形势。写肃宗的信任宦官和惧怕老婆，造成严重后果，目的是告诫代宗不要走肃宗的老路。杜甫感伤代宗不能振起。代宗初为元帅，出兵整肃，及程元振用事，使郭子仪束手留京，吐蕃入寇，而车驾蒙尘，一时御边无策，故慨然思傅介子焉。"老儒"句作者自叹不能为国靖乱而尸位素餐。钱谦益《杜诗笺注》认为《忆昔》之首章是讽刺代宗的。苏轼《东坡志林》云："关中小儿坏纪纲"，谓李辅国也。"张后不乐上为忙"，谓肃宗张皇后也。"为留猛士守未央"，谓郭子仪夺兵柄、入宿卫也。诗的后半部分批评朝纲不振，宦官专权，造成外敌入侵，君臣无策，表达的是对国家局势的深深忧虑。

二、衰老之躯，记忆与愿望

第二首作于离开蜀中，漂泊于南方时。诗云：

> 忆昔开元全盛日，小邑犹藏万家室。
> 稻米流脂粟米白，公私仓廪俱丰实。
> 九州道路无豺虎，远行不劳吉日出。
> 齐纨鲁缟车班班，男耕女桑不相失。
> 宫中圣人奏云门，天下朋友皆胶漆。
> 百余年间未灾变，叔孙礼乐萧何律。
> 岂闻一绢直万钱，有田种谷今流血。
> 洛阳宫殿烧焚尽，宗庙新除狐兔穴。
> 伤心不忍问耆旧，复恐初从乱离说。
> 小臣鲁钝无所能，朝廷记识蒙禄秩。
> 周宣中兴望我皇，洒血江汉身衰疾。

"江汉"即长江、汉水，从末句"洒血江汉"云云，知此诗当作于流落湖南、湖北时。诗分上下两段。上段十二句，下段十句。上段十二句追思开元盛世。开元盛世是玄宗统治前期出现的盛世。"全盛日"用鲍照《芜城赋》语典："当昔全盛之时。"在杜甫的观念中"开元全盛"首先表现为经济繁荣。唐代经济繁荣一个重要的表现是人口的增长，经济发展了，人口就会增加；人口增加了，有了更多的劳动人手，就能促进经济持续发展。所以他说开元年间全盛之时，"小邑犹藏万家室"——哪怕一个小镇上也有上万户人家。史载至开元二十年（732），全国有民户七百八十六万一千二百三十六（最多时逾千万），人口四千五百四十三万一千二百六十五，是唐初户口1.5倍多。经济发展了，人口增加了，却不愁吃、不愁穿，百姓衣食丰足："稻米流脂粟米白，公私仓廪俱丰实。"——无论是国家粮库，还是私人粮仓，都堆满了稻米和粟米。蔡邕《月令章句》云："谷藏曰仓，米藏曰廪。"物质丰富了，所以物价低廉。杜佑《通典》记载："至（开元）十三年封泰山，米斗至十三文，青齐谷斗至五文。自后天下无贵物，两京米斗不至二十文，面三十二文，绢一匹二百一十二文。"

经济的发展，促进了社会的安定。当时天下大定，因为人们都衣食无忧，因此就没有拦道抢劫的盗匪，很少有人违法犯罪。"九州道路无豺虎，远行不劳吉日出"——"九州"指全国，此用王融诗典故："澄清九州牧，道路无豺虎。""豺虎"指犯上作乱作奸犯科的罪人，出自王粲诗："西京乱无象，豺虎方遘患。"全国呈现出一派安定局面，没有战乱，没有匪患，人们可以放心出行，不用担心路上遇到战争，不用担心遇到拦路抢劫杀人越货的强盗。天下不太平时，人们害怕出门遇祸，出行前要占卜吉日良辰，现在用不着了。杜诗仇注引洙曰："开元间承平日久，四郊无虞，居人满野，桑麻如织，鸡犬之音相闻。时开远门外西行，亘地万余里，路不拾遗，行者不赍粮，丁壮之人不识兵器。"玄宗即位初期进行了各种政治改革，任用贤能，改革吏治，把武、韦及太平公主的余党都加以贬斥，把武后以及中宗和睿宗时大量任用的斜封官（非正式任命），试、摄、判、知官（非正职的冗官）予以裁撤精简，将宰相员额由睿宗时的十余人减少到两三人，从而提高了行政效率。用恩礼优待自己的同胞兄弟，而不给予实权实职，从而削弱了皇室内部发动政变的政治隐患。 对那些自恃有功而邀求权位的人（如刘幽求、钟绍京、王琚等）予以贬斥。对有才干的宰相任用不疑。开元初以姚崇为相，姚崇帮助玄宗推行开明政策，又沙汰僧尼，整顿吏治，这些都对政局安定起了积极作用。姚崇之后，宋璟、张说、韩休、张九龄等人皆为名相，政治上皆有建树。玄宗采取各种措施发展经济，促进了经济繁荣和人口增加，使农业生产出现了"高山绝壑，耒耜亦满"（《元次山集》卷七）的现象。关中地区由于新型农具曲辕犁的应用，又开凿"三白渠"，灌溉区域分布在泾阳（今陕西泾阳县）、栎阳（今陕西栎阳镇）、高陵（今陕西高陵）、云阳（今陕西云阳镇）、三原（今陕西三原县北）、富平（今陕西富平县）等区域，农业迅速发展。据《通典》记载："东至宋汴，西至岐州，夹路列店肆待客，酒馔丰溢。每店皆有驴赁客乘，倏忽数十里，谓之驿驴。南诣荆襄，北至太原、范阳，西至蜀川、凉府，皆有店肆，以供商旅，远适数千里，不持寸刃。"粮食布帛产量丰富，道路畅通，物价低廉，行旅安全，商业繁茂。古人远行，要卜吉日，担心途中遭遇不测。《楚辞》云："历吉日兮吾将行。"现在天下大定，路途上肯定是安全的，故不用去求神问卜。

"仓廪实则知礼节"（《管子》），经济的繁荣和发展、政治清明、社会稳定，人们的文明程度也提高了。"齐纨鲁缟车班班，男耕女桑不相失。宫中圣人奏云门，天下朋友皆胶漆。"齐纨、鲁缟是产于今山东地区的丝绸精品。《汉书·地理志》记载："其（齐）俗弥侈，织作冰纨绮绣纯丽之物。"颜师古注曰："冰谓布帛之细，色鲜洁如冰者也。纨，素也。"《汉书·韩安国传》记载："强弩之末，力不能入鲁缟。"《韵会》解释："缯精白者，曲阜之俗善作之，尤为轻细，故曰鲁缟。"《后汉书》记载："桓帝时京师童谣曰：'车班班，入河间，河间姹女工数钱。'"班班，是多而络绎不绝的样子。"车班班"，大路上一辆又一辆大车，满载着精美的丝绸驶向都城，驶向远方。或者是商贾不绝于道，或者形容入京进贡的车辆不绝于道。中国传统的生产方式是男耕女织。《吴越春秋》云："一男不耕，有受其饥。一女不桑，有受其寒。"男耕女织各不失其业，则生计无忧，夫妻和睦，家和万事兴。"宫中圣人"即唐天子李隆基。云门，乐舞名，周六乐舞之一，用于祭祀天神，相传为黄帝时所作。《周礼·大司乐》云："歌《大吕》，舞《云门》，以祀天神。"又记载："以乐舞教国子。舞《云门》《大卷》《大咸》《大磬》《大夏》《大濩》《大武》。"郑玄注云："此周所存六代之乐，黄帝曰《云门》《大卷》。黄帝能成名万物，以明民共财，言其德如云之所出，民得以有族类。"《旧唐书·音乐志一》记载："按古六代舞，有《云门》《大咸》《大夏》《大韶》，是古之文舞；殷之《大濩》、周之

《大武》，是古之武舞。"章炳麟《訄书·辨乐》云："古之作乐，各用其宫。"自注："如《大司乐》舞《云门》，则圜钟为宫。"可知，杜甫在这里把玄宗比作黄帝，黄帝时之乐舞《云门》《大卷》是歌颂黄帝"成名万物""明民共财""其德如云之所出，民得以有族类"。玄宗在文治武功方面达到了黄帝的水平。在这样一个文明昌盛的国度里，夫妇和睦，"四海之内皆兄弟"，大家和谐相处，如胶似漆。晋杨方诗云："情至断金石，胶漆未为牢。"此用此语典。

唐前期保持了长期的安定繁荣。杜甫说这样的时代已经一百多年了，"百余年间未灾变，叔孙礼乐萧何律"。这里的"灾变"语义双关，既指自然环境，风调雨顺，也指社会安定，没有政治动乱。这是从唐朝建立开始说的，从唐朝建立到安史之乱，已经一百四十多年。一百多年来，唐朝经济持续繁荣，政治稳定，先后出现了贞观之治和开元盛世，也带来了文化的繁荣。"叔孙礼乐萧何律"，是用汉代唐，歌颂唐朝的礼乐制度。汉叔孙通制礼仪。《资治通鉴》记载，开元二十年九月，新礼成，号曰《开元通礼》。《唐会要》记载，开元二十九年，太常奏所定雅乐。《汉书·刑法志》记载："萧何攈摭秦法，取其宜于时者，作律九章。"这里"礼乐"和"律"代指文化制度的各个方面。在文化上，唐朝采取科举取士，诗赋成为进士科主要内容。为了选拔人才，皇帝亲自在殿试考核吏部新录取的县令。对儒生十分优厚，下令群臣访求历朝遗书，共觅得图书近五万卷，使唐朝的文化事业迈向顶峰。诗歌、小说、书法、绘画、雕塑、乐舞等都取得成就。

杜甫忆昔是为了与今对比，用昔日之盛对比今日之衰。因此在盛夸昔日之盛后便落笔到当下。"岂闻一绢直万钱，有田种谷今流血。洛阳宫殿烧焚尽，宗庙新除狐兔穴。"——如今物价飞涨，民不聊生，繁华的洛阳变成一片废墟，开元盛世时是没有听说过这种情况的。那时候人有其田，春种秋收。现在呢？到处烽火，百姓流血。安史之乱中洛阳受战火摧残最为严重，两度被叛军占领，两度被唐军收复，参与平叛的回纥军队在此烧杀抢掠，洛阳的宫殿被焚烧殆尽，百姓之家尽被掠夺，宗庙被焚，一派荒凉，处处是狐兔之穴。这里又用了汉末时董卓的典故和颜之推的诗。《资治通鉴》记载，汉献帝初平元年三月，"董卓烧洛阳宫庙、官府、居家"。颜之推诗云："狐兔穴宗庙。"宗庙毁则狐兔穴除矣。长达七八年之久的安史之乱重创了唐王朝，使社会遭到了一次空前浩劫，人口急剧减少。《旧唐书·郭子仪传》记载，安史之乱后"宫室焚烧，十不存一，百曹荒废，曾无尺椽。中间畿内，不满千户，井邑榛棘，豺狼所嗥。既乏军储，又鲜人力。东至郑、汴，达于徐方，北自覃、怀，经于相土，人烟断绝，千里萧条"。整个黄河中下游地区一片荒凉。"有田种谷今流血"是这种战争惨剧的真实写照。面对如今乱离景象，杜甫特别伤心。"伤心不忍问耆旧，复恐初从乱离说。"——见到岁数大的人，不敢问他们为何伤心，担心他们又从安史之乱发生时说起，那会引起无限哀伤。

此时的杜甫流落至江汉一带，虽然曾被朝廷录用过，现在却漂荡江湖，年老体衰，无能为力，只能寄希望于当今天子中兴唐朝。所以他说："小臣鲁钝无所能，朝廷记识蒙禄秩。周宣中兴望我皇，洒血江汉身衰疾。"建安诗人刘桢诗自谦云："小臣信鲁钝。"这里用此语典。"蒙禄秩"指作者曾为右拾遗。周宣王承厉王之乱，复修文武成康之业，周道复兴。杜甫希望代宗皇帝能像周宣王一样，中兴王室。"古今极盛之世，不能数见，自汉文景、唐贞观后，惟开元盛时，称民熙物阜。考柳芳《唐历》，开元二十八年，天下雄富，京师米价斛不盈二百，绢亦如之。东由汴宋，西历岐凤，夹路列店，陈酒馔待客，行人万里，不持寸刃。呜呼，可谓盛矣！明皇当丰亨豫大时，忽盈虚消息之理，致开元变为天宝，流祸两朝，而乱犹未已。此章于理乱兴亡之故，反覆痛陈，盖亟望代宗拨乱反治，复见开元之盛焉。"（仇兆鳌《杜诗详注》）

　　第二首回忆开元盛世，目的在于鼓励代宗恢复往日繁荣，并不是为忆昔而忆昔。那时既庶而富，盗息民安，刑政平，风俗厚，制礼作乐，几于贞观之治，惜明皇昧持盈之戒，遂至极盛而衰耳。王嗣奭云："'百余年间'二句，尤为有识，盖法度之存亡，关乎国家之理乱，先叙此二语，而随用'岂闻'二字转下，如快马蓦涧，何等笔力！"仇兆鳌《杜诗详注》云："此痛乱离而思兴复也。自开元至此，洊经兵革，民不聊生。绢万钱，无复齐纨鲁缟矣。田流血，无复室家仓廪矣。东洛烧焚，西京狐兔，道路尽为豺狼，宫中不奏《云门》矣。乱后景象，真有不忍言者。孤臣洒泪，仍以中兴事业望诸代宗耳。"

　　杜甫有"诗圣"之称，其诗被誉为"诗史"，这不仅是由于他忧国忧民的情怀，更是和他的个人成长经历有关。杜甫出生于公元712年，而713年到742年就是开元盛世，杜甫生命中的前三十年，是在这种盛世中过着轻裘肥马的贵公子生活。经历天宝年间的盛世之后，安史之乱发生了，国家陷于战乱，在此期间，杜甫数次与家人分离，有"烽火连三月，家书抵万金"的感叹，安史之乱对他而言不仅仅是国破之痛，还有家人离散的酸辛。所以，在安史之乱终于结束后的代宗统治时，杜甫才会生发出"伤心不忍问耆旧，复恐初从乱离说"的悲叹。杜甫的《忆昔》诗二首，把安史之乱前后的唐代社会进行了鲜明的对比，见证了唐王朝的盛与衰，诗中的一言一语，虽是文学语言，却皆有史实作依据，是足可以证史的。诗不仅是唐代社会生活的反映，也是杜甫心态和唐人心态的反映。

10

安史之乱后,边关的归来者

——岑参的后期创作诗

提到岑参，给我们印象最深的是那些豪迈新奇的边塞诗。那都是安史之乱前岑参在西域写的诗，大唐盛世的气象洋溢于字里行间，飞沙走石成为战士们豪气干云的衬托，风雪严寒化为千树万树的梨花。那么，安史之乱发生后，岑参的境遇和他的诗又如何呢？文学史关于这方面的论述就比较疏略了，让我们走进岑参的世界，看看他后期的心态和诗作。

一、天涯孤望北庭诗

唐玄宗天宝八载（749），岑参入安西四镇节度使高仙芝幕府，开始了从军边塞的生涯。但在高仙芝幕府中，他似乎并不得意，写诗常常表示意欲归隐。天宝十三载（754），新任安西节度使兼北庭都护的封常清，表请他为安西北庭节度判官，他不再坚持自己不得意时归隐的誓言而欣然从命，再次赴边。岑参在北庭的几年，唐军处于优势进取的时代，捷报频传，边境基本安宁无事。天宝十四载（755），安史之乱爆发，封常清回朝，从事征讨安禄山叛军的战争，兵败被朝廷赐死。天宝十五载（756），岑参结束其边镇幕府生涯，返回中原。虽然岑参所在的北庭距安史之乱发生的中心区域有数千里之遥，但这次空前的大灾难其实已经深深影响了这位身在边境幕府的诗人。从他的诗里可以知道当封

常清去世后他的幕府僚佐们的处境。岑参《送四镇薛侍御东归》
诗云：

> 相送泪沾衣，天涯独未归。
> 将军初得罪，门客复何依。
> 梦去湖山阔，书停陇雁稀。
> 园林幸接近，一为到柴扉。

　　这首写于天宝十五载的诗有特殊的背景。天宝十四载（755）
十一月，安史之乱爆发，当年十二月，回朝的封常清参加征讨安
禄山的战争，兵败被处斩。薛侍御和岑参一样是封常清的下属，
这个时候薛侍御要离开边地了，眼看朝夕相处的同僚又少了一
个，岑参自然是形影相吊，倍觉孤单，于是挥泪写下了这首送
别诗。挥泪送别故人，远在天涯的西北边地，只剩下孤零零的我
一个人（可见当时离开北庭的人应很多）。三、四句便交代了原
因。封常清出师不利又因罪被杀，他的僚佐们（门客）失去了依
靠。幕府僚佐们对节帅具有很强的依附性，他们是被节度使奏聘
充职，不同于朝廷和地方官员，一旦将军失势或离世，他们便像
失去依托的乌鹊，无枝可依了。岑参跟从封常清再次赴边，在北
庭度过了三年畅意的时光，当时边境安定，仅有的一次较大的战
事便是封常清率兵破播仙，这次战争给岑参的创作提供了丰富的
素材，促使了他的诗歌达到整个唐朝边塞诗的顶峰。岑参第二次
出塞，封常清对其有知遇之恩，他生活得比较愉快，而安史之乱

导致将军得罪，树倒猢狲散，岑参失去了依靠，孤寒之感油然而生。"天涯"极言家乡之远，"独"写出了当时当地最强烈的感觉。梦回故乡而山川阔远，难以成行，"陇雁"是飞跃陇山传送书信的大雁，安史乱起，收到家中的信愈加困难了，所以说"陇雁稀少"。"园林""柴扉"都是指故乡的家园。这位薛侍御家和岑参家距离不远，所以他拜托薛侍御回到长安后到自己的家里看望。

安史之乱发生以后，北庭起初仍为唐军据守，直到德宗贞元六年（790）才被吐蕃攻占，因此岑参在北庭待了较长时间。这一时期，军中从边地回长安的人士很多，岑参也频作别诗。天宝十五载（756）春，岑参又作了《与独孤渐道别长句兼呈严八侍御》。"严八"即严武，岑参的好朋友，此时在朝廷御史台任侍御史。独孤渐从北庭回长安，岑参作此诗送别，并托他到长安呈严武。诗云：

轮台客舍春草满，颍阳归客肠堪断。
穷荒绝漠鸟不飞，万碛千山梦犹懒。
怜君白面一书生，读书千卷未成名。
五侯贵门脚不到，数亩山田身自耕。
兴来浪迹无远近，及至辞家忆乡信。
无事垂鞭信马头，西南几欲穷天尽。
奉使三年独未归，边头词客旧来稀。
借问君来得几日，到家不觉换春衣。

高斋清昼卷帷幕，纱帽接䍦慵不著。
中酒朝眠日色高，弹棋夜半灯花落。
冰片高堆金错盘，满堂凛凛五月寒。
桂林蒲萄新吐蔓，武城刺蜜未可餐。
军中置酒夜挝鼓，锦筵红烛月未午。
花门将军善胡歌，叶河蕃王能汉语。
知尔园林压渭滨，夫人堂上泣罗裙。
鱼龙川北盘溪雨，鸟鼠山西洮水云。
台中严公于我厚，别后新诗满人口。
自怜弃置天西头，因君为问相思否。

　　诗先交代送别的地点，是在荒远的边塞之地。轮台的客舍长满了青草，大家纷纷东归，留下来的人寥寥可数，不再有往日的热闹景象，客舍也空了。岑参早年以"颍阳归客"自称，此时也时有归意，故自称"归客"，他满腹牢骚，愁肠郁结，"颍阳归客肠堪断"，诗人痛苦的样子跃然纸上。人迹罕至的沙漠连飞鸟都不来光顾，回乡的路途太遥远，连梦中都懒得归去。恐怕并不是懒得归去，而是路途太远，想想都觉得可怕。可怜你是一个白面书生，饱读诗书万卷，而功名未就，从来不去攀附达官贵人（五侯，是权贵的代称）。自己耕种几亩山田，兴致来时，放浪漫游，不计远近，离家后又思念家乡的情况，没有事情做就手执马鞭任马而行，漫无目的地甚至要走到天边了（以上几句写独孤渐）。我在边地供职已有三年了，一直都不曾回家看看，很长时间以来，到边地来的文人很少了，由你来所花的时间可以推算出你到家的时日，送别时是春季，到家时春光已逝，是该换下春装的时候了。

以下六句写独孤渐归后的生活。在家中生活得懒散自在，白天连纱帽、头巾都不戴，一副闲适的样子。酒后可以一觉睡到日上三竿，夜里下棋可以到夜半时分，灯花都落了。盘中堆满了冰片，使人即便在五月犹感到凛凛寒意。西域的葡萄刚吐出新的枝蔓，武城的一种叫刺蜜的植物还不能吃呢。这两句写西域的气候特征，引出下文，表明置酒宴饮的时间，军中夜宴置酒，鼓声雷动，美丽的红烛照亮华丽的酒宴，此时月尚未行至天中。花门，指代西域少数民族，叶河蕃王并非实指，在唐代民族大融合的背景下，酒宴上不同民族的人都能毫无障碍地交流，此情此景多么令人愉快！我知道你家的园林靠近渭水，你的夫人可能正因为思念你而哭湿了红罗裙。下两句描写了渭水附近的风物，与"知尔园林压渭滨"相呼应。鱼龙川、盘溪、鸟鼠山、洮水，都是独孤渐归途景物，岑参由独孤渐即将别去，想到他一路经过的地方，表现出对朋友的牵挂和关切。最后，交代御史台任职的严武是好朋友，离别后不断写出好诗，为人传诵。拜托独孤渐回到长安，去看望严武。但写到自己，说可怜我仿佛被遗弃在天涯一角，在这遥远的西域，眼看故人一个个离去，心境陷于凄凉之境。

天宝十五载（756），岑参在北庭还作了《优钵罗花歌》，托物言志，抒发心中不为人识的愤懑之情。

白山南，赤山北，其间有花人不识，绿茎碧叶好颜色。
叶六瓣，花九房，夜掩朝开多异香，何不生彼中国兮生西
方？移根在庭，媚我公堂。耻与众草之为伍，何亭亭而独
芳！何不为人之所赏兮，深山穷谷委严霜。吾窃悲阳关道路
长，曾不得献于君王。

耻与众草之为伍，何亭亭而独芳，似乎又正是岑参自己的写
照。吾悲阳关道路长，曾不得献于君王，写花亦是写人。从距离
上看，从北庭到长安道路之远不用细表，而在岑参看来，得献于
君王的闻达之路更是渺茫不可寻。他自少年时代就一直追寻的东
西，到现在一直都是他心头的痛。来到西域，本来以为可以寻得
机会扶摇直上，毕竟封常清与自己关系亲密，本来指望他向朝廷
推荐自己，可是封常清获罪已死，还能靠谁来提携相助呢？诗里
流露出一种绝望之情。到了至德元载（756年下半年），岑参又作
了《首秋轮台》：

异域阴山外，孤城雪海边。
秋来唯有雁，夏尽不闻蝉。
雨拂毡墙湿，风摇毳幕膻。
轮台万里地，无事历三年。

首秋，即阴历七月。阴山、雪海都与轮台相距甚远，这里不
过是借以描写轮台地处遥远的边地而非实指。边境的气候与内地

迥异，秋天只有大雁飞来，夏天过去连蝉声都听不到了。此两句反映了岑参寂寞的心境。下雨时湿，大风摇动，膻气入鼻，生活不仅是艰苦，甚至是令人难以忍受的。在轮台这与长安相距万里的地方，他白白度过了三年的时光，无事可做，愈发寂寞。岑参此时应是归心似箭了。我们通常读到的岑参的边塞诗，都是表达豪情万丈、奇景奇情的诗。从这几首送别诗可以看到，由于中原战乱，西域局势不稳，个人前途渺茫，他的心情已经一落千丈。

二、兵荒马乱中，仓皇忆旧林

天宝十五载（756），唐王朝正面临着一场空前的大灾难。六月，安禄山攻陷长安；七月，李亨在灵武即位，改元至德，即唐肃宗。之后朝廷调集安西部分兵马赴内地作战，岑参的同事纷纷离开西域，岑参也待不住了，启程返回中原，来到肃宗所在地凤翔郡（治今陕西凤翔），从而结束了他的边塞幕府生涯。大约在至德二载（757）春，岑参已踏上归途，途中行至酒泉郡（治今甘肃酒泉），岑参作了《酒泉太守席上醉后作》：

> 酒泉太守能剑舞，高堂置酒夜击鼓。
>
> 胡笳一曲断人肠，座上相看泪如雨。
>
> 琵琶长笛曲相和，羌儿胡雏齐唱歌。
>
> 浑炙犁牛烹野驼，交河美酒金叵罗。
>
> 三更醉后军中寝，无奈秦山归梦何！

行到酒泉，离长安越来越近，又有太守相邀赴宴，心情应该是很愉快的，可是"胡笳一曲断人肠，座上相看泪如雨"。逢喜事乐事而愈悲，其中的辛酸只有诗人知道吧。即使是饮干杯中的葡萄美酒，醉卧军帐中，仍不免梦归秦山，真是无可奈何啊！不过总算离开北庭了，在前面似乎有一线曙光吸引着他快快回到中原去寻找一条新的出路。岑参《行军诗二首》深刻地反映了他这一阶段的生活和见闻：

其一

吾窃悲此生，四十幸未老。

一朝逢世乱，终日不自保。

胡兵夺长安，宫殿生野草。

伤心五陵树，不见二京道。

我皇在行军，兵马日浩浩。

胡雏尚未灭，诸将恳征讨。

昨闻咸阳败，杀戮净如扫。

积尸若丘山，流血涨丰镐。

干戈碍乡国，豺狼满城堡。

村落皆无人，萧条空桑枣。

儒生有长策，无处豁怀抱。

块然伤时人，举首哭苍昊！

其二

早知逢世乱，少小谩读书。

悔不学弯弓，向东射狂胡。

偶从谏官列，谬向丹墀趋。

未能匡吾君，虚作一丈夫。

抚剑伤世路，哀歌泣良图。

功业今已迟，览镜悲白须。

平生抱忠义，不敢私微躯。

　　这首诗是岑参一生中所写的寥寥无几的反映现实的诗篇之一，相对于从前所作的送别诗与边塞诗，具有更为重要的现实意义，其中也反映了作者对现实的关注和他所倾注的情感：我哀叹我这一生，现在我年已四十（确切的年龄是四十三岁），幸亏还没有老，一旦遇上乱世（指安史之乱），便惶惶不可终日，连自己都无法保全。安史乱军中多奚、契丹、突厥等少数民族的军士，故概称为胡兵。乱军夺取了金碧辉煌的长安城，宫殿被毁，野草丛生。叛军凶焰日炽，将士们将忠诚地打击叛乱者。昨天听说长安一战唐军战败，凶残的敌军把人都杀光了，尸体堆积如山，流出的血涨满了长安城（丰镐原来为周的都邑，此处指长安）。满城是虎狼一般的安史叛军，村落不闻人声，一片空旷寥落的凄凉景象。我这个儒生有好的策略，却没有地方施展壮志，一展宏图。孤独中忧虑国家而无处倾诉，只有昂首对天痛哭了。第二首写如果早知道要遇上安史之乱，从小就不会把读书奉为最首要的事情了，后悔没有学习挽弓射箭，可以射杀东来的胡兵。丹墀，古时宫殿前台阶上的空地涂成红色。接下来四句是说，自己从来不配当谏官，向丹墀朝觐皇帝，自己枉居谏职，不能为挽救国家的危难而出力，徒有大丈夫之名，实在是惭愧得很。按住腰间的宝剑哀叹世事艰难，国家遭遇灾难，人们生活在水深火热中，哀伤自己虽有很好的谋略却无法施展抱负。如今已经年迈，来不及建功立业，对镜为白发徒生而悲伤不已。向来都是满怀一腔忠义之情，一心只愿为国分忧，从来不愿顾惜自己的身体和性命。

岑参此时的心情是掺杂着失望的，在看不到未来的日子里，他一度想归隐山林，享受隐居之乐。至德二载（757）秋，他到达凤翔，在《宿岐州北郭严给事别业》诗最后两句云："君虽在青琐，心不忘沧洲。"青琐，这里指朝廷；沧洲，指隐者之居。同时作于凤翔的另一首诗《行军九日思长安故园》云："强欲登高去，无人送酒来。遥怜故园菊，应傍战场开。"九日，指阴历九月九日重阳节，古人在重阳节有登高饮菊花酒的习俗。时值重阳佳节，诗人很想去登高，可是没有人送来菊花酒。因重阳节而联想到了菊花，可长安仍是兵革战场，那故园的菊花，只能挨着战场盛开了。安史之乱后，岑参面临国家惨淡的未来，早年的壮志已消磨殆尽。归隐思想在心中滋长起来，多少年来追求的求仕成名的梦想已越来越遥不可及，这种情绪在他的笔下频频流泻，为他的诗注入了一丝哀愁。

三、晚岁宦情薄，行军欢宴疏

至德二载（757）二月，岑参才刚刚由边庭赶到肃宗的驻地凤翔。杜甫在他之前从沦陷区跑出来，被肃宗任为左拾遗，这时和同僚一同向肃宗推荐岑参。于是，岑参被任命为右补阙。右补阙是中书省谏官，职掌对朝廷的过失提醒补正，品阶为从七品上。所以岑参写了《寄左省杜拾遗》抒发自己任职的感受，表达失意之悲。杜拾遗，即杜甫，当时杜甫在门下省任左拾遗，亦为谏职，掌供奉讽谏，左省，即门下省。诗云："联步趋丹陛，分曹限紫薇。晓遣天仗入，暮惹御香归。白发悲花落，青云羡鸟飞。圣朝无阙事，自觉谏书稀。"五、六两句说自己已进入暮年，头发变白，悲叹时光易逝，春花又落，羡慕鸟儿得以高飞青云，慨叹自己不被重用。最后两句表面上说朝廷没有过错可以进谏，实则说自己的意见不被朝廷所重用，所以进谏的奏章少了。因为当时国乱未定，所谓的"无阙事"，并不是真实情况。岑参虽为朝廷官员，但朝廷处于"蒙尘"状态，两京没有收复，肃宗君臣正在行军征战中，岑参参加了军幕，只是由于客观与主观的原因，并没有投入到抗击安史叛军的战斗中。

虽然在行军中，他的心情却不像当年在西域封常清幕府中那样斗志昂扬。"晚岁宦情薄，行军欢宴疏。相逢剩取醉，身外尽空虚。"（《行军雪后月夜宴王卿家》）诗人其实并不算太老，但心力交瘁，做官的念头已很薄了。在行军跋涉中，宴乐的机会更少，欢乐难寻。与故人相逢尽情酣饮直至烂醉如泥，感觉世间的一切都如虚空不可捉摸不可把握。

在回纥兵的帮助下，官兵收复了京城长安，十月收复了洛阳，唐肃宗率领文武百官回京，岑参也随之到了长安，继续当他的右补阙。岑参在朝中任补阙，自己觉得干下去没有什么意思，而且皇帝也不想让他再干下去。肃宗乾元二年（759）三月，改任岑参起居舍人，这是掌管记录皇帝日常行动与国家大事的官。一个月后，又被调出京城，去任虢州（今河南灵宝）长史。当时岑参虽为官，实际情况是未受重用，想来小小一个谏官，并不会吸引上层多少注意力。当时国家的大事是平定叛乱，岑参是一个手无缚鸡之力的文弱书生，在这种情况之下是不可能不牢骚满腹的。更令他不安的是，他明显感觉到自己一天天衰老。在随后的两首别诗中他写道"吾兄应借问，为报鬓毛霜"（《送人归江宁》），"为报吾兄道，如今已白头"（《送扬州王司马》）。时光的易逝和现实的无所作为更令岑参痛苦不堪。这时的诗人该如何填补自己内心的空虚呢？岑参是因为杜甫等人的举荐在朝廷蒙难中任职的，杜甫等人因为替打了败仗的房琯说话，被肃宗疏远。岑参这一系列变动，应该也与此事有关。

岑参早年有道隐的一段生活。其《过缑山王处士黑石谷隐居》回忆起早年的道隐生活：

旧居缑山下，偏识缑山云。

处士久不还，见云如见君。

别来逾十秋，兵马日纷纷。

青溪开战场，黑谷屯行军。

遂令巢由辈，远逐麋鹿群。

独有南涧水，潺湲如昔闻。

作者早年一度隐居缑山，缑山是嵩山的一个分支，在河南府的缑氏县，即今河南偃师南缑氏镇东南。大约在天宝三载（744）由颍阳移家至长安后，他就不曾到过缑山。后面提到的黑石谷在嵩山少室之北。过去居住在缑山下，所以特别熟悉缑山的云。处士，有道德学问而隐居不仕的人。王处士很久不回来，见到了这云便如同见到了你本人。从我们分别到现在已超过十年了，如今正逢兵荒马乱之时，青溪也成了战场，黑石谷驻扎着行营，由于战乱隐士们躲入深山和麋鹿生活在一起。巢由，巢父和许由都是唐尧时的隐士，尧想把天下让给他们，两人都不接受。南涧，泛指隐居的地方。南涧水流的平和悠远与人世的熙攘纷争形成了鲜明的对比。在朝中为官的岑参，此时也想避开芜杂的世界，潜入南涧，安静地生活。

四、虢州凄凉地，酒醒泪如雨

乾元二年（759）五月，岑参出任虢州长史，在赴任途中写下了《出关经华岳寺访法华云公》诗："久愿寻此山，至今嗟未能。谪官忽东走，王程若相仍。欲去恋双树，何由穷一乘。月轮吐山郭，夜色空清澄。"他出潼关，在华山下路过华岳寺（即西岳庙）。唐人认为京官比较重要，而岑参出为虢州长史，到京外赴任，被认为是降了职，所以说是"贬官"。王程，是官家规定的期限。期限紧迫，一个日子挨着一个日子赶路，没有空隙。双树，指娑罗双树，相传释迦佛就是在娑罗双树下入灭的。这两句诗说，想离去却留恋佛家的涅槃境界，不知怎样才能穷尽《法华经》的教义。到了虢州之后，生活又是什么样子呢？乾元二年（759）夏，一首《初至西虢官舍南池呈左右省及南宫诸故人》道出了他心中的不平：

> 黜官自西掖，待罪临下阳。
>
> 空积犬马恋，岂思鵷鹭行。
>
> 素多江湖意，偶佐山水乡。
>
> 满院池月静，卷帘溪雨凉。
>
> 轩窗竹翠湿，案牍荷花香。
>
> 白鸟上衣桁，青苔生笔床。
>
> 数公不可见，一别尽相忘。
>
> 敢恨青琐客，无情华省郎。
>
> 早年迷进退，晚节悟行藏。
>
> 他日能相访，嵩南旧草堂。

"西掖"即中书省，岑参出为虢州长史前任起居舍人，此职唐时隶属中书省，故称"自西掖"。"待罪"，等待处分，是为官的谦称。"下阳"是邻近虢州的一个地方，此处代指虢州。犬马恋主，此以犬马自比，而以主人喻君。"鵷鹭"谓清官之列。他说自己向来怀有退隐江湖之意，由于偶然的机缘来虢州担任刺史的佐官。以下几句写景：白色的鸟飞上衣架，青苔长在笔架上，我远在此处不能见到你们，分别后恐怕都彼此忘却了。

"青琐客"，能够出入宫禁接近皇帝的人。"华省郎"即尚书省郎官。这两句埋怨左右省及南宫诸人不给自己写信。又写自己早年太痴迷于追求仕途，到了晚年才明白"用则行，舍则藏"的道理，此外用《论语·述而》的语典："子谓颜渊曰：'用之则行，舍之则藏，唯我与尔有是夫！'"日后如果有机会来访，请到嵩山隐居的旧草堂找我。在虢州的日子里，外面战事不断，但岑参却很少关心外面的战况，在这一时期的诗作中，很少提到安史之乱，这与杜甫的忧国忧民形成鲜明的对比。

乾元二年（759）冬，岑参作了《送裴判官自贼中再归河阳幕府》："东郊未解围，忠义似君稀。误落胡尘里，能持汉节归。卷帘山对酒，上马雪沾衣。却向嫖姚幕，翩翩去若飞。"自贼中，指裴判官在洛阳陷落后沦于贼中。河阳在今河南孟州市南，当时属怀州。东郊，指洛阳东郊，河阳在洛阳东，当时史思明自洛阳引兵围攻河阳。诗赞美裴判官被胡兵抓去，还能保持汉臣的节操。帘外是青山，帘内正置酒为裴判官饯行（帘外的山和帘内的酒相对），骑上马，雪花落在衣服上。裴判官策马投奔大将李光弼，翩翩身姿如同飞去一般轻快。嫖姚，霍嫖姚，借指李光弼。

在虢州的任上，岑参只是默默无闻的一个小官，虽然没有什么被提拔的机会，但他内心仍是一片热忱，胸怀未展的宏图，静待时机。可等来等去，不见一丝希望，残酷的现实，不啻当头泼来的一盆冷水。《题虢州西楼》诗云："错料一生事，蹉跎今白头。纵横皆失计，妻子也堪羞。明主虽然弃，丹心亦未休。愁来无去处，只上郡西楼。"西楼，在陕州的城西。时光白白过去，头发都白了，想尽了千方百计，连妻子和孩子都为我的无能感到羞愧，虽然圣明的君主抛弃了我，但我仍是一片忠心，无论何时都不会放弃。忧愁来临的时候，只有登上西楼可以遥望长安了。最后一句流露出作者对长安的依恋之情，他多么希望长安飞来一纸委任状，给他带来施展宏图的机会啊。可这是不可能的，他一无军功，二无所长，又不在皇上的身边，怎么会获得提拔的机会呢，在远离长安的虢州，谁能听到他的呼声呢？

上元元年（760）春，这是一个生机勃勃的春天，可在这个春天里，岑参的心情又是怎样的呢？《春兴思南山旧庐招柳建正字》云："终岁不得意，春风今复来。自怜蓬鬓改，羞见梨花开。西掖诚可恋，南山思早回。园庐幸接近，相与归蒿莱。"此时岑参在虢州，南山即终南山，岑参以前曾经隐居终南山，在终南山有别墅。"归蒿莱"是归隐之意。在这首诗中，岑参慨叹道，可怜我散乱的鬓发改变了原来的样子（添了白发），都羞于见到盛开的梨花了。朝廷毕竟值得留恋，但没有机会回去啊，我还是早些回到终南山去隐居吧。

岑参在这个时期，心情是十分矛盾的，他也从过去那种不切实际的幻想落到了现实里，进一步认清了自己所处的环境，对自己的境遇固然不满，但很少像刚到虢州时那样胸中之气郁郁不平了。在同一时间的诗作《稠桑驿喜逢严河南中丞便别》中写道："不谓青云客，犹思紫禁时。""青云客"指严武，"紫禁"是皇宫。严武当时居高位，是岑参羡慕的对象。岑参在中书省任职时，严武在门下省任给事中，两人会一起出入宫禁。诗的最后两句说："别君能几日，看取鬓成丝。"时间飞逝，世态常变，岑参对未来更多感到无奈和担忧。上元元年（760）四月，岑参写了一首非常具有现实主义精神的诗歌，《虢中酬陕西甄判官见赠》云：

> 微才弃散地，拙宦惭清时。
> 白发徒自负，青云难可期。
> 胡尘暗东洛，亚相方出师。
> 分陕振鼓鼙，二崤满旌旗。
> 夫子廊庙器，迥然青冥姿。
> 阃外佐戎律，幕中吐兵奇。
> 前者驿使来，忽枉行军诗。
> 昼吟庭花落，夜讽山月移。
> 昔君隐苏门，浪迹不可羁。
> 诏书自征用，令誉天下知。
> 别来春草长，东望转相思。
> 寂寞山城暮，空闻画角悲。

在岑参的创作中，这样的诗歌为数不多，所以格外难能可贵。散地，闲散之地。清时，政治清明之时。胡尘，乾元二年（759）九月之后，东京洛阳为史思明占据。我这样的无才之辈被皇上弃于闲散之地，头发已白，徒然对自己有很高的期望却无法达到。御史大夫（亚相）郭英义出兵抵抗史思明，军队击鼓进军，陕州的崤山都插满了旌旗。你（甄判官）的才能足以担当国家的重任，显然是直上云天（比喻得到高官）的风姿，在军中可以佐行军律，在幕下筹划妙计出奇制胜。你我分别已经很久了，春草长得很长了，向东遥望便又开始思念你。山城虢州的傍晚格外寂静，听到远处传来的角声，顿时觉得格外悲哀凄切。角是军中的乐器，吹奏以报时，其作用相当于今天的军号。

　　同一时期的诗作中，仍然贯穿着对隐居生活的渴望，毕竟高官厚禄在岑参此时的心中虽有吸引力，但那变成了只能在梦中想象的东西，渐渐地他的牢骚少了，习惯了这样的死水微澜的生活，心态也渐渐变得平静。人是未朽之木，却有一颗朽木之心。《郡斋南池招杨辚》诗写道："郡僻人事少，云山遮眼前。偶从池上醉，便向舟中眠。"《题山寺僧房》诗写道："勤学翻知误，为官好欲慵。"他表示他已经做好了过懒散的隐居生活的心理准备。他在《林卧》诗中写道："唯爱隐几时，独游无何乡。"此时，他唯一的快乐便是见见故人，饮酒赋诗，"见君胜服药，清话病能除"。"清话"便是清谈，他此时的意趣与魏晋名士甚为接近了。在《虢州送天平何丞入京市马》最后两句说："知君市骏马，不是学燕王。"自古以来"燕昭市骏"都是求贤的代称，而这里说何丞买马是为了习战和防秋，和燕昭王的目的是不同的，岑参是不是借古人求贤若渴的典故来抒发自己不遇伯乐的苦闷呢？

　　这一时期的作品主要是送别诗，再也没有什么比旧友辞别更能激发起岑参心中的情感了，阴郁的气息愈加凝重，自己心底的苦涩与别友的不舍之情融在笔下，一抹一画都是酽酽的苦味。上元二年（761）三月，《虢州郡斋南池幽兴因与阎二侍御道别》云：

> 胡尘暗河洛，二陕振鼓鼙。
> 故人佐戎轩，逸翮凌云霓。
> 行军在函谷，两度闻莺啼。
> 相看红旗下，饮酒白日低。
> 闻君欲朝天，驷马临道嘶。
> 仰望浮与沉，忽如云与泥。

河洛指黄河、洛水之间，此句指洛阳被史思明所据。戎轩，兵车。佐戎轩，指作战时乘属车跟从主帅以为二副。逸翮，善飞的翅膀，形容阎才高，能自致青云之上。朝天，朝见天子。浮与沉，比喻人的得意和失意。云与泥，比喻高下悬殊。岑参一直因为不得提拔屈困虢州而抱憾，而现在看来，隐居也不失为一种不错的选择，可惜连这个也做不到，岂不是处于进退两难的境地吗？阎二要去朝见天子了，这是岑参多年来渴望得到的，而现在眼看别人的荣幸，心里不免要发一番感慨。看着马儿在道上欢腾嘶叫的景象，想起他人的得意与自己的失意，感到两人间的悬殊像天上的云与地上的泥一样迥然不同，这种强大的反差，深深刺痛了他的心。

　　虢州实在是岑参的伤心之地，所以隐居的念头时时噬咬着他的心。《虢州送郑兴宗弟归扶风别庐》云：

> 佐郡已三载，岂能长后时？
> 出关少亲友，赖汝常相随。
> 今旦忽言别，怆然俱泪垂。
> 平生沧洲意，独有青山知。
> 州县不敢说，云霄谁敢期！
> 因怀东溪老，最忆南峰缁。
> 为我多种药，还山应未迟。

　　后时，落后于时人。看得出来，孤苦伶仃中的岑参对在自己仕途低谷中相伴左右的故人格外感激，没有他们的话，恐怕岑参要格外孤寂了。沧洲意，归隐的志向。岑参说自己向来怀有归隐的志向，这未必是实情，仕途不达而归隐青山是无奈之举。云霄，比喻高位，这两句的意思是，在州县为吏，官职卑微，其情难言，而高的职位，谁又能期望！缁，和尚，旧时和尚服缁（黑色）衣，故以"缁"指和尚。作者一度隐居终南，此时怀念终南的隐者和僧人。全诗都在咏叹诗人对归隐的渴望，怀念早年在终南山隐居的生活片段，最后说"为我多种药，还山应未迟"，可见此时岑参在官场已经是身心俱疲了。

　　上元二年（761）九月，岑参的诗中又出现了他在安史之乱后少有的豪迈气概。《九日使君席奉饯卫中丞赴长水》云：

节使横行西出师，鸣弓擐甲羽林儿。

台上霜风凌草木，军中杀气傍旌旗。

预知汉将宣威日，正是胡尘欲灭时。

为报使君多泛菊，更将弦管醉东篱。

"九日"即九月九日重阳节，使君，指虢州刺史，卫中丞是卫伯玉，原为安西将领，肃宗兴师靖难，伯玉归长安，领神策军出镇陕州行营，并破贼于陕东。霜威，比喻御史的威严。杀气傍旌旗，言军队杀气之盛。泛菊，把菊花放到酒里，使花瓣漂浮于酒上，古时重阳节有喝菊花酒的习俗。官军破敌，并且恰逢重阳节故人相聚，自然是举杯痛饮，不醉不归了。随后的《卫节度赤骠马歌》云：

草头一点疾如飞，却使苍鹰翻向后。

…………

男儿称意得如此，骏马长鸣北风起。

待君东去扫胡尘，为君一日行千里。

马在草地上奔驰如飞，仿佛蹄不沾地，只点着草屑一般，马行之速，连苍鹰都落在后面。诗中体现出的豪气和纵横千里的气象与他同期的其他诗作迥异，他借骏马壮士来抒发自己的理想，仿佛又回到了早年在边塞的时候。可是毕竟"盛年不重来"，现实毕竟是残酷的，所以这种带着他早年边塞诗浓烈气魄的诗作只此一次，如流星闪烁，之后便销声匿迹了。即使在他唯一的一首结合音乐写送别的诗中也透着愁苦和忧伤。《秦筝歌送外甥萧正归京》云："汝不闻秦筝声最苦，五色缠弦十三柱。怨调慢声如欲语，一曲未终日移午。红亭水木不知暑，忽弹《黄钟》和《白纻》。清风飒来云不去，闻之酒醒泪如雨。汝归秦兮弹秦声，秦声悲兮聊送汝。"红亭，是虢州水亭，红亭有水有木，虽在中午，也不觉得热，所以说"不知暑"。"清风飒来云不去"形容乐声美妙动听。归秦，归长安。诗人写音乐，"声最苦""怨调""酒醒泪如雨"，下笔处含情脉脉，表达了充沛的情感，看见外甥归京，又联想到自己的抱负不得施展，只有在琴声如诉中送人去自己渴望的地方。

五、虽思灞陵月，到底意难平

宝应元年（762）春，在虢州长史任上度过了三年的岑参被改授太子中允兼殿中侍御史，充关西节度判官。他离开虢州，来到京城。《潼关镇国军句覆使院早春寄王同州》云：

> 胡寇尚未尽，大军镇关门。
>
> 旌旗遍草木，兵马如云屯。
>
> 圣朝正用武，诸将皆承恩。
>
> 不见征战功，但闻歌吹喧。
>
> 儒生有长策，闭口不敢言。

昨从关东来，思与故人论。

何为廊庙器，至今居外藩。

黄霸宁淹留，苍生望腾骞。

卷帘见西岳，仙掌明朝暾。

昨夜闻春风，戴胜过后园。

各自限官守，何由叙凉温。

离忧不可忘，襟背思树萱。

安史余党史朝义的军队还没有完全被消灭，镇国军镇守关门，旌旗遍地，兵马如云，国家仍旧处于危难之时。朝廷正在对外用武，武将都倍受宠幸。不见他们征战的功劳，只听见营帐中一片歌舞升平。自己有平定叛乱的良策，但诸将得到皇帝的恩宠，权势正旺，自己虽有话也不敢说出来。王同州，你虽然有可以担当国家重任的才干，但在地方而非中央就职（唐人做官重内轻外，一般认为京职可以施展抱负）。"各自限官守，何由叙凉温"，各为官职所拘，不能互相叙问起居，令诗人感到隔绝的悲苦。诗人由自己的不如意联想到王同州的不被重用，同病相怜，相顾而叹，其情可惨！此时他的诗中，不时交织着对仕途不达的郁郁之愤，无奈而不平，"驱车到关下，欲往阻河广"（《潼关使院怀王七季友》）；"青云仍未达，白发欲成丝"（《送王七录事赴虢州》）。故而只有寄情山水，到仙道的无忧世界去寻找人生的快乐，"无心顾微禄，有意在独往。不负林中期，终当出尘网"（《潼关使院怀王七季友》）。尽管如此，他也很难真正洒脱起来，在转瞬即逝的仙道的梦境中片刻恍惚过后，依旧陷入思念故都的惆怅中："相思灞陵月，只有梦偏劳。"（《陕州月城楼送辛判官入奏》）思念长安，却只能在梦中归去了。此时是宝应元年（762）末，岑参在陕州为雍王行军元帅府掌书记。

广德元年（763），岑参到了长安，从他的诗来看，他先后与刘晏（当时的御史中丞、京兆尹）、刑部员外郎成贲、黄门侍郎严武、太子太保李光进等人来往甚密。他的心情在经历了最初的欢快和喜悦后，又陷入了不安中。《秋夕读书幽兴献兵部李侍郎》云："年纪蹉跎四十强，自怜头白始为郎。雨滋苔藓侵阶绿，秋飒梧桐覆井黄。惊蝉也解求高树，旅雁还应厌后行。览卷试穿邻舍壁，明灯何惜借余光。"从广德元年（763）开始，岑参为祠部员外郎。幽兴，即发幽闲之兴。作者当时四十九岁，头发斑白才当上员外郎，又称尚书郎，他的心情是低落的。次两句写初秋之景，梧桐萎落、苔藓长得旺盛是外力造成的，人的兴衰也是如此。下两句，厌后行，雁飞行时排列成整齐的队伍，连雁都嫌弃列位于末，何况人呢？作者的埋怨由此而生。尚书省下分六曹，吏部、兵部最前，户部、刑部居中，礼部、工部最末，祠部是礼部的四曹之一，所以说是"后行"。所以诗中含有不愿意在礼部为郎官的意味。最后两句化用西汉匡衡凿壁偷光的典故，有希望李侍郎提携自己的意思。岑参果真是用心良苦，他和达官贵人交往是带有明显的目的性的，但是结果会怎么样呢？把自己前途的希望寄托在别人身上，不用说，这是他在孤立无援的情况下的唯一选择，但前景的胜数又有几分呢？

虽然当了渴望已久的京官，但此时的岑参已经不再像往日那样怀有磅礴的大志了，"华省谬为郎，蹉跎鬓已苍"，他对为官生活的感受不过是"君王新赐笔，草奏向明光"（《省中即事》）。明光殿在东都洛阳，这里指唐尚书郎奏事之地。在过去多年的艰苦蹉跎中，被磨掉的青春和逝去的热情使他的心渐渐麻木。对于自己的遭遇，他心中时时涌起愤慨之情。《送张秘书充刘相公通汴河判官便赴江外觐省》："前年见君时，见君正泥蟠。去年见君时，见君已风抟。朝趋赤墀前，高视青云端。"原先张有才能但得不到施展，而今张已经得志，像大鹏一样扶摇直上，看到这样，岑参一定既为朋友高兴，又为自己仍旧原地不前而闷闷不乐。"因送故人行，试歌行路难。何处路最难？最难在长安。长安多权贵，珂珮声珊珊。儒生直如弦，权贵不须干。"《行路难》为古乐府曲，内容多为世路艰难及离愁别绪。下句表达了对权贵的不满，表明了作者感到不平。直如弦，指耿直，童谣："直如弦，死道边，曲如弓，反封侯。"另有"功曹善为政，明主还应闻"（《送蜀郡李掾》）。明主应闻，不用说是劝诫之意了，暗含明主该闻而未闻之意，这种话传到皇帝老子耳朵里，自然不会有好事。类似的句子，在岑参的诗中还有不少，他不是个善于掩饰自己真实想法的人，更不会去曲意奉承了。这种性格自然不会得到皇帝的欢心。

这一时期，岑参再次从军，关西节度使又称镇国节度，其节度府在华州（今陕西华县），主要任务是防守潼关。宝应元年（762）十月，雍王李适为天下兵马元帅，讨伐史朝义，岑参被征入他的幕府，仍作掌书记。第二年，即唐代宗广德元年（763），岑参终于再次入朝任祠部员外郎。这是尚书省礼部的下属官员，负责朝廷祭祀之类的事情，品阶为从六品上。此时到代宗永泰元年（765）的两年多的时间里，岑参一直在朝中为员外郎，其间数次改官，由祠部员外郎到考功员外郎（负责考察文武百官的任职情况及行为，品阶为六品上），到虞部郎中（尚书省工部属官，负责管理苑囿田猎之类的事情，品阶为从五品上）。

六、天涯羁旅客，命终一漂蓬

代宗永泰元年（765），岑参结束了朝官生涯，外放为嘉州（今四川乐山）刺史。此时正值蜀中大乱。十一月，赴蜀途中作《酬成少府尹骆谷行见呈》写出了他当时的心态："昨忆蓬莱宫，新授刺史符。"蓬莱宫即大明宫，这两句说作者被任为嘉州刺史。"深林迷昏旦，栈道凌空虚。飞雪缩马尾，烈风擘我肤"，极言天气恶劣。"浮名何足道，海上堪乘桴"是他最后的感悟。官场的虚名不值得留恋，乘木筏放浪于海或许才是最佳的结局。人在官场沉浮多年，少年的狂想早已褪色，留下的是他身心俱疲，老态龙钟。这种情况下，即使做官又有什么意义呢？

大历元年（766）春，岑参到了梁州，即今陕西汉中，写了《过梁州奉赠张尚书大夫公》一诗，这是岑参作品中篇幅比较长的诗篇之一。

汉中二良将，今昔各一时。

韩信此登坛，尚书复来斯。

手把铜虎符，身总丈人师。

错落北斗星，照耀黑水湄。

英雄若神授，大材济时危。

顷岁遇雷云，精神感灵祇。

勋业振青史，恩德继鸿私。

羌虏昔未平，华阳积僵尸。

人烟绝墟落，鬼火依城池。

巴汉空水流，褒斜惟鸟飞。

自公布德政，此地生光辉。

百堵创里间，千家恤茕嫠。

层城重鼓角，甲士如熊罴。

坐啸风自调，行春雨仍随。

芃芃麦苗长，蔼蔼桑叶肥。

浮客相与来，群盗不敢窥。

何幸承嘉惠，小年即相知。

富贵情易疏，相逢心不移。

置酒宴高馆，娇歌杂青丝。

锦席绣拂庐，玉盘金屈卮。

春景透高戟，江云彗长麾。

枥马嘶柳阴，美人映花枝。

门传大夫印，世拥上将旗。

承家令名扬，许国苦节施。

戎幕宁久驻，台阶不应迟。

别有弹冠士，希君无见遗。

张尚书大夫，即张献诚，安史之乱中降安禄山，受伪官。宝应元年归唐，拜官，兼梁州刺史。二良将，指韩信和张献诚。铜虎符，汉时发兵用的符信。张大夫您和韩信是汉中的两位良将，今与昔你们各自显赫一时，名震古今。韩信当年在此登坛拜将，如今您又在此手把铜符，主领大军，您像灿烂的北斗一样照耀着梁州，您的英雄气概如同天意神授，雄才大略救世于危难之中。近年来，雨前出现暗黑色的厚密的云彩，朝廷遭遇变故，但您仍旧可以获得神灵的护佑。此处指张由贼中安然来归并且得到皇帝赐给的官职，接受了皇帝赐给的特殊恩惠。羌虏，指吐蕃军队。羌是我国古代西北地区的民族，这里代指吐蕃。华阳指梁州，自安史之乱以来，吐蕃不断到梁州一带掠夺，给人民带来了无数苦难，梁州哀鸿遍野，一片凄惨之状。村落人烟稀绝，城池内鬼火闪现，汉中一带河水空流，褒斜谷一带（自陕西入蜀的道路上）只见鸟飞，没有人烟。自从您来到这里施布德政，此地被您的恩泽普照，重城又有鼓角声起，甲士威武雄壮。您闲坐啸咏这里便风调雨顺，人民一片和乐，麦苗青青，桑叶翠绿喜人，处处是生机勃勃的春意。游客争相来到这片乐土，盗贼慑于您的威望，不敢来这里作乱。我承蒙您的恩惠，您年纪不大，但我仍旧得到您的知遇之恩。诗的最后写道："如果您入为宰相，希望不要忘记我。"岑参渴望他人提携的意图昭然而示。虽然诗中不乏逢迎之意，但是岑参的失望也隐于纸背，张献诚本为伪官，都可以得到皇帝的原谅，并且被拜官，那么相比之下，岑参是主动回京参加到抗击反叛者的队伍中的，论功行赏的话，当然更应该加官晋爵了，可是如今两人的差别如此之巨，岑参还要屈节去请求张献诚这个曾经被唾骂的软骨头来提携，心里肯定是无比愤懑的。但无奈之中只有低三下四了。官场的法则是没有定论的，其中的奥妙也不是岑参这样的"儒生"所能理解的，毕竟他与八面玲珑的政客相当不同，官场的大门是否对他敞开，完全有赖于明君或者当权者的青睐，他自己的能力与才德反而被放在其次了。

处于不得意中的岑参，频繁与权贵来往，诗作中不少夸赞之词未必是发自内心的，违心的强作欢颜的岑参与"不为五斗米折腰"的陶渊明非常不同，他根本舍不得离开官场，即使这是一片给他带来颠簸的是非之地。这次入蜀虽然旅途无比艰辛，但他对官职毕竟抱有希望。一路上他也倾情于明山秀水的魅力，暂时忘却了羁旅之苦："钟鸣长空夕，月出孤舟寒"（《陪群公龙冈寺泛舟》）、"日影浮归棹，芦花胃钓丝"（《与鲜于庶子泛汉江》）、"江回两崖斗，日隐群峰攒。苍翠烟景曙，森沉云树寒"（《早上五盘岭》）、"夜猿啸山雨，曙鸟鸣江花"（《与鲜于庶子自梓州成都少尹自襄城同行至利州道中作》）。在这首诗的最后说："言笑忘羁旅，还如在京华。"不用愁蜀地遥远偏僻，道路艰险，用不了多久，任期就满了，可以重新回到京城长安。"此行为知己，不觉蜀道难。"（《早上五盘岭》）由此看来，岑参当时愿意出京入蜀，是因为他感觉到在外为官如果有功劳的话也不难引起皇帝的重视，并且可以在任期满后被召回京城。这可能是他远去蜀地为官的主要动机。尽管如此，还是"江路险复永，梦魂愁更多"（《赴犍为经龙阁道》）。他的心情并不乐观。在写给杜鸿渐的诗《奉和相公发益昌》中说："暂到蜀城应计日，须知明主待持衡。"这两句说，到蜀城任职的时间不会很长，须知明主正等待相公还朝为相呢。不知这是说好听的话给杜鸿渐听，还是安慰自己。可见，岑参随杜鸿渐入蜀，有点"政治投机"的动机。他还没有料到事情并不是向他预想和计划的方向发展。

蜀中军阀混战，岑参和新任成都少尹成贲已经在赴任途中，到了梁州，听说蜀中大乱，就又折回了长安。后来杜鸿渐离开成都，其幕府自然就解散了，岑参只好离开成都到嘉州去当他两年前任命的刺史，这时是唐代宗大历二年（767）。嘉州在成都的南边，属西川节度使管辖，比较凄凉，属于边远地区。此时岑参来这里时满心的不情愿。代宗大历三年（768），岑参的嘉州刺史任期已满，此时朝中是元载大权在握，此人勾结宦官，排斥忠良，岑参这样的雅正之士自然也在排斥之列。所以岑参在任满后即被罢官。这时四川又起了战乱，于是他乘船沿江东下，准备回到他的嵩南故居去。可是这一愿望又没有实现，船沿江下到戎州（今四川宜宾），被杨子琳一伙乱兵阻住。岑参被阻于戎、泸一带，直到秋去春来，仍是无法前进，只好掉头北上，于大历四年（769）春天到了成都，寓居在成都的客舍里。他没有想到，他就是在这样漂泊的窘境中走完了人生之旅。

　　纵观岑参后半生，他始终纠结于个人的穷通进退，并为此苦恼，犹豫彷徨。虽然曾有机会参与平叛战争，但他也一直为自己不得意而心灰意懒，提不起精神。与他同样为盛唐边塞诗人代表的高适，后半生颇为得志，仕途顺利，因此失去了早年批评现实的锋芒。岑参则沉湎于失意徘徊，两人诗歌创作都比前期表现出倒退的倾向。与杜甫相比，杜甫不论是在朝为官，还是漂泊江湖，忧国忧民之志始终不曾少衰，晚年的诗常常把个人的不幸与国家的不幸联系在一起，在个人失意流落中忧念国事，忧念苍生，这一点是岑参比不上的。

11

西域的遥远军镇，碎叶

——戎昱《塞上曲》

一、戎昱《塞上曲》中的碎叶城

唐代诗人戎昱《塞上曲》云：

> 胡风略地烧连山，碎叶孤城未下关。
>
> 山头烽子声声叫，知是将军夜猎还。

塞上，塞指边境险要之地，塞上指军事位置重要的边境地区，亦泛指北方长城内外。《塞上曲》即反映边境地区军民生活的曲子。"塞上曲"是唐代新乐府题名，源于汉乐府之《出塞》《入塞》。郭茂倩《乐府诗集》卷二一《横吹曲辞·出塞》题解云："《晋书·乐志》曰：'《出塞》《入塞》曲，李延年造。'曹嘉之《晋书》曰：'刘畴尝避乱坞壁，贾胡百数欲害之，畴无惧色，援笳而吹之，为《出塞》《入塞》之声，以动其游客之思，于是群胡皆垂泣而去。'按《西京杂记》曰：'戚夫人善歌《出塞》《入塞》《望归》之曲。'则高帝时已有之，疑不起于延年也。唐又有《塞上》《塞下》曲，盖出于此。"可知《塞上》《塞下》者，起于唐代。唐代产生的乐府题名，我们称之为"新题乐府"。盛唐时杜甫有《前出塞》《后出塞》，王昌龄有《塞上曲》。汉"横吹曲辞"是用鼓角在马上吹奏的军乐，因此内容多写征战行旅的内容，唐新题乐府诗《塞上》《塞下》继承了这一传统，多写边塞征战内容。戎昱这首诗正是如此。

诗写的是遥远的西域碎叶一带的边防形势。"胡风"点明地点，遥远的胡地。碎叶今在中亚吉尔吉斯斯坦，这里原为西突厥统治的地方。唐灭西突厥后归属唐朝，因此驻扎此地的唐军称这一带为胡地，风是胡风。在这遥远的胡地，深夜里劲风吹来，漫山遍野火光一片，火借风势，风助火威，烈火燎原，在边境地区这种情况令人惊恐。但碎叶城的守军并未将城门闩上，而是大开城门。守军为什么这么放心呢？从周围山头守卫烽火台的士兵（烽子）一声声的叫喊中，知道是将军夜晚出猎回城。诗人特别善于抓住读者的心理，一上来就让读者精神一下子紧张起来，以为是敌人大军压境呢。当知道是将军夜猎归城，顿时长出一口气，心情放松下来。将军夜猎反映的是社会安定，如果敌情严重，将军哪有心情"夜猎"啊。碎叶，这个万里之外的军镇和它周围的地区，牢牢地掌握在唐军手中，没有敌情，将军才能深夜出猎。这个生活场景是唐朝最强盛时的象征性的场景——但这已经不是现实，而是诗人对过去边防形势的回望，这种回望表达的其实是对当年国力强盛边境安宁的自豪感。

碎叶城，唐高宗调露元年（679）在此地设置军镇，至唐玄宗开元七年（719）撤镇，唐朝势力逐渐从中亚退出。戎昱，荆州（今湖北江陵）人，早年曾应举多次，终究登第与否，记述不一。大历元年（766）前后入蜀，曾见岑参于成都。他被荆南节度使卫伯玉聘为幕府从事，结识流寓江陵的杜甫，得到杜甫的赏重。大历四、五年间（769—770）在潭州刺史崔瓘幕中。此后几年客居桂林。德宗建中三年（782），受荐任监察御史。建中四年（783）出京，任辰州刺史。贞元七年（791）任虔州刺史。约在贞元十六年（800）后去世。他是从盛唐进入中唐时期的诗人。戎昱的时代，碎叶早已为唐军弃守。不仅碎叶弃守，连陇右、河西走廊和西域大片国土都已陷于吐蕃。因此，戎昱写唐军在碎叶城的耀武扬威、声势煊赫，既包含着对昔日国力强盛的追忆，也隐含着对当下国土丧失的忧伤，这是字面以外的意思。

　　从戎昱的生活时代来说，他是从盛唐到中唐的诗人。但从其诗风来说，批评界有不同的认识。南宋诗论家严羽《沧浪诗话》云："戎昱在盛唐为最下，已滥觞晚唐矣。戎昱之诗有绝似晚唐者。"清代刘云份《十三唐人诗》云："戎昱诗在中唐，矫矫拔俗……诸篇靡不深情远致，清丽芊眠。"翁方纲《石洲诗话》云："戎昱诗亦卑弱，《沧浪诗话》谓'昱在盛唐为最下，已滥觞晚唐'是也。然戎昱赴卫伯玉之辟，当是大历初年，其为刺史，仍在建中时，应入中唐，不应入盛唐。"近代宋育仁《三唐诗品》评戎昱诗："其源出于邱希范、庾子山，倩骨清言，达情婉至。律绝清新，自是中唐本色，而天然韵骨，含态生恣，大历之常词，乃晚唐之极思也。"我认为戎昱的诗不能一概而论，只从这首诗看，还是颇具盛唐气象的。

二、碎叶，一座历史名城

碎叶，一个令唐人自豪过，又最终令唐人伤心的所在。它经历了怎样的历史烟云而成为唐诗的一个神奇意象。笔者曾随"大唐西市丝路考察团"到访碎叶。

考察团从伊塞克湖返回比什凯克，途中考察碎叶城遗址。根据苏联考古发掘材料，英国学者克劳森（T.Clauson）最早提出碎叶城遗址在吉尔吉斯斯坦托克马克城西南八公里处之阿克-贝希姆（Ak-Beshim），苏联学者克里亚施托尔内和日本护雅夫赞同此说，所以又称阿克-贝希姆遗址。（参张广达《碎叶城今地考》，载《北京大学学报（哲学社会科学版）》1979年第5期）一场大雪刚过，遍地皆白，道路两旁的树木结满冰霜形成树挂，宛如仙境。在托克马克城用过简单的午餐后，大巴车便驶向托克马克城西南的阿克-贝希姆，时间已经是当地时间下午两点多。大家都怀着激动的心情，急切地盼望看到慕名已久的古城。汽车在被积雪覆盖的路面上行驶，非常缓慢，途中又绕道顺访布拉纳塔（Burana Tower）。下午四点半，才到了一片白茫茫的古城遗址。

下车后，大家踏着积雪急切地奔向高处，那就是古代的城墙。西边天空的云层隐约透露出夕阳的方向，往东边看去，隆起的古城墙遗址向大家展现出一个方城轮廓。据说，唐代碎叶城是仿长安城而建。据考古人员的勘测，古城周长达26公里。青年考古学者刘未飞快地在城址上转了一圈，回来向大家指点着古城的布局，古城址分为东城和西城两部分，我们站着的位置正在东城和西城之间的一道南北向的城墙上。东城西南角保存的遗迹最多，队员们都集中到那里观察，那是一带房屋基址。距此约100米处，还先后发现两处寺庙废址。从这里往西看，西城区一片平地，且被积雪覆盖，几乎看不出什么痕迹。有一种说法，认为这并不是真正的碎叶城。碎叶城是唐军镇将衙署所在，仿唐都长安而建，商业异常繁荣，后屡遭破坏，如今碎叶城已踪迹全无，这里只是当时一个兵营而已。但据我们观察，一个兵营大概不会有这么大的规模。站在这高处四下眺望，古城周围是辽阔的原野，雪地里露出一些枯枝和丛莽，昭示着这是一个适于放牧的草原。南北两面远处都是连绵的群山，似乎是天然的屏障。虽然看不到人烟，但从雪路上牛的蹄印和人的脚印，可以知道这并不是一个荒凉的所在。

由眼前的一切，思绪便不知不觉地飞向遥远的过去。想到千年前这一带曾有一座繁华的城市，城里有唐军驻守；周围是辽阔的牧场，牛羊成群。如今只剩断壁残垣，令人生斗转星移、物是人非之感。然而古城在历史上的地位却并没有被人遗忘。2014年6月22日，在卡塔尔多哈进行的第38届世界遗产大会宣布，中哈吉三国联合申报的丝绸之路"长安—天山廊道路网"成功申报世界文化遗产，包括33处遗址，吉尔吉斯斯坦境内有三处，碎叶古城遗址名列其中。

往事越千载。碎叶城始建于公元五世纪，作为丝绸之路要道上的城市，它的兴起显然是丝路贸易造成的。大唐法师玄奘途经此地，这样记载："清池西北行五百余里，至素叶水城。城周六七里，诸国商胡杂居也。"（《大唐西域记》卷一）这种商胡杂居的局面并不是玄奘时开始的，丝路古道上城市的出现，通常首先有一个驿站，或有一集市，因而有商胡聚落，逐渐发展为城市。碎叶城大概也不会例外。那时支配中亚局势的是嚈哒，但这个政权西面受到波斯萨珊王朝的威胁，东面受到突厥人的进攻。后来在萨珊王朝和西突厥的夹击之下，嚈哒灭亡，以阿姆河为界，萨珊王朝和西突厥瓜分了嚈哒的领土，阿姆河以南归波斯，以北归西突厥，碎叶所在地成为西突厥的属地。突厥自六世纪中叶兴起，发展很快。它"西破嚈哒，东走契丹，北并契骨"（《周书·异域传》），拓地万里。强盛时，东起辽东，西迄里海北岸，东西万余里。再后来，西突厥人继续南下，进占了几乎是原来嚈哒人的全部领土。唐贞观元年（627），玄奘西行取经，从跋禄迦国（今新疆阿克苏）出发，翻越凌山到他笔下的大清池（即伊塞克湖），又从大清池来到素叶水城（即碎叶城）。在这里他见到了从事畋猎的西突厥统叶护可汗。玄奘的弟子慧立撰《大慈恩寺三藏法师传》卷二记载：

　　循海（清池，即伊塞克湖）西北行五百余里，至素叶城，逢突厥叶护可汗。方事畋游，戎马甚盛。……既与相见，可汗欢喜，云："暂一处行，二三日当还，师且向衙所。"令达官答摩支引送安置。至衙三日，可汗方归，引法师入。可汗居一大帐，帐以金花装之……法师去帐三十余

步，可汗出帐迎拜……因停留数日……又施绯绫法服一袭，
绢五十匹，与群臣送十余里。

　　玄奘记载："素叶以西数十孤城，城皆立长，虽不相禀命，
然皆役属突厥。"（《大唐西域记》卷一）这"城皆立长"的
"数十孤城"，即粟特人昭武九姓国和其他中亚诸王国。这一带
属中亚楚河流域，楚河即中国古代文献中之素叶水，又称细叶
川、细叶水、睢合水、垂河、吹没辇、吹河。素叶水城，或碎叶
城即因此得名。突厥可汗牙帐在此，说明碎叶自然环境的优越
和地理形势的重要。关于碎叶城一带的自然和社会状况，玄奘记
载："土宜穈、麦、蒲萄，林树稀疏。气序风寒，人衣毡褐。"
（《大唐西域记》卷一）玄奘在这里见到唐朝的使节，还得到可
汗所赠法服一袭、五十匹绢及通行国书，并派一名通解汉语和其
他语言的少年随行，一路护送西去。玄奘在高昌得到高昌王的赞
助，这里又得到突厥可汗的赞助，这使他能够顺利经过中亚地区
到达印度。按照玄奘记载，从伊塞克湖到碎叶五百余里。我们今
天也是从伊塞克湖过来，乘大巴当日到达，玄奘大师则不能像我
们这样轻松快捷。

　　玄奘西行之际，新兴的唐王朝政权正与突厥展开激烈的军事
斗争。唐高祖时，由于内地战乱未息，无暇西顾，对东突厥采取
忍让迁就的态度，"赐与不可胜计"。但"颉利言辞悖傲，求请
无厌"（《旧唐书·突厥传》）。太宗即位以后，对东突厥采取
积极防御的策略，利用其内部矛盾，进行分化离间。突厥虽然土

地广大，人口众多，却是通过军事征服各族人民形成的，因此阶级矛盾、民族矛盾十分尖锐。由于突厥贵族对其统治下的各族人民进行残酷剥削和压迫，引起了各族人民的反抗。《旧唐书·突厥传》记载：东突厥"频年大雪，六畜多死，国中大馁，颉利用度不给，重敛诸部，由是下不堪命，内外多叛之"。贞观元年（627），阴山以北的薛延陀、回纥、拔也古等铁勒部相率起义，并在漠北建立起强大的薛延陀汗国。草原东部的奚、契丹等部也先后背叛突厥，归附唐朝。各族人民的起义反抗，动摇了东突厥贵族的统治基础，削弱了它的军事力量，促使突厥贵族内部矛盾激化。贞观三年（629），唐太宗乘东突厥内部分裂时，派李靖等为行军总管，统兵十余万，分道出击。击溃了东突厥。

西突厥尽有今新疆和中亚大部地区，处于中西交通要道上，对唐和印度、东罗马、伊朗等国的文化交流起过沟通作用。在所控制的西域地区，有许多以城郭为中心的小国，它们都已进入封建社会。立国在天山南路的高昌（今吐鲁番）、焉耆、龟兹（今库车）、于阗（今和田）、疏勒（今喀什噶尔）等是当时较著名的五个地方政权。这些国家在西汉时都已立国，属于汉西域都护府统辖的三十六国当中。经过长期的兴亡治乱，分裂合并，至隋唐时有四十余国。突厥兴起后，诸国都依附于突厥。突厥分裂为东西两部，则皆隶于西突厥。这些国家早就和内地有密切联系，唐朝建立后，他们都有恢复与内地的联系的愿望。高昌是两汉西域长史和戊己校尉的驻地。高昌王鞠文泰曾到长安朝见太宗。焉耆王也遣使请开碛路以通往来。但是这些友好要求由于西突厥的阻挠而不得实现。

西突厥在隋末唐初势力逐渐扩张，"控弦数十万，霸有西域"。西突厥可汗对西域诸国王都授予"颉利发"的称号，并遣"吐屯"一人监统之，督其征赋（《通典》卷一九九）。"颉利发""吐屯"都是西突厥大官名。唐朝与西域的联系被隔绝了。唐太宗一开始就有打通西域的意向，因此在消灭了东突厥后，便决心夺取西域的控制权。高昌在西域的东部，依仗西突厥的势力和唐朝对抗。唐朝的第一个目标就是高昌。

贞观二年（628），西突厥可汗统叶护在内乱中被杀，西突厥汗国发生分裂。在碎叶川（吹河）西南方者为弩失毕五部，在东北方者为咄陆五部，双方攻战不休，削弱了西突厥的军事力量，为唐王朝用兵西域造成了可乘之机。贞观十四年（640），唐军在名将侯君集的率领下进攻高昌。《新唐书·侯君集传》记载：

> 高昌不臣，拜交河道行军大总管出讨。……君集次碛口，而文泰死，子智盛袭位。进营柳谷。候骑言国方葬死君，诸将请袭之。君集曰："不可……"于是鼓而前。贼婴城自守。……进围都城。初，文泰与西突厥欲谷设（西突厥别部领兵者皆谓之设）约，有急相援。及是，欲谷设益惧，西走。智盛失援，乃降。高昌平，君集刻石记功还。

西突厥由于内乱而衰弱，不敢和唐军对抗。唐朝在高昌设置西州，又置安西都护府于交河城（吐鲁番西雅尔和卓）。接着唐军又进占浮图城（今新疆吉木萨尔），在此设庭州。于是唐军和西突厥正面展开了军事斗争。从贞观十六年（642）到二十二年（648）的六七年间，唐军接连打败西突厥，攻取焉耆、龟兹等地，天山南路各小国都纷纷摆脱西突厥的控制，归附唐朝。唐西迁安西都护府于龟兹（今库车），在西域地区设置四个军事重镇，即龟兹、于阗、疏勒、焉耆。由于他们都隶属于安西都护府，遂称为"安西四镇"，成为唐王朝控制西域的军事基地。安西四镇的设立，标志着唐朝在西域建立了牢固的统治，对西域的统一稳定和丝绸之路的畅通起了重要的保障作用。

唐高宗时，唐朝继续向西扩张。西突厥阿史那贺鲁胁持十姓部落起兵反唐。从永徽二年（651）至显庆二年（657），经过六七年激烈的战斗，唐朝击溃了贺鲁的军队，西突厥残余势力西迁。这样唐朝的势力就进入了中亚地区。唐朝在中亚碎叶川以东置昆陵都护府，以西置濛池都护府，皆隶属于安西都护府。唐高宗调露元年（679）置碎叶镇，派兵驻守，将军王方翼对碎叶城进行了改建。位于碎叶川南岸的碎叶城，离原来西突厥的牙地千泉不远，又当中亚交通要冲，商业繁盛，故唐政府以碎叶代焉耆，属条支都督府，划入安西四镇，作为经略中亚的军事基地。这时原来役属于西突厥的中亚诸国纷纷归附唐朝。

唐朝前期边境地区"道"（大军区）之下设置军、镇、守捉、城等军事与边防单位，与边防要害及交通要冲之处设置的关、津，都是外交使节或各类蕃客所首先接触或必经之处，在不同程度上担负着涉外事务之管理职责，构成为唐代庞大周密的边防体系和外交管理体系中的重要环节。唐前期陇右道把河西走廊、西域和中亚地区置于统领之下，这里设置的大军区称为安西都护府，安西四镇便是安西都护府下负责西域和中亚地区军事镇守的军事、边防单位。安西都护府和安西大都护府是唐朝管理碛西的军政机构不同时期的名称，其统辖安西四镇，最大管辖范围曾一度完全包括天山南北，并至葱岭以西达波斯。在武周时代北庭都护府分立之后，安西都护府分管天山以南的西域地区。

碎叶城曾是西突厥的可汗牙地所在，这里地理位置优越，自然环境良好，水草丰美，宜牧宜农，而且地域辽阔，所在楚河流域峡谷、平原地带面积近十万平方公里。从军事上说进可以攻，退可以守。沿楚河河谷出山，可以威胁中亚、西亚诸国。如果被西方势力控制，又可以成为进攻中亚东部及天山南北地区的基地。因此，唐朝征服西突厥后，立即在此设置军镇，以达到保卫西域的目的。后来西辽在此建国，改称虎思斡尔朵；成吉思汗进攻花剌子模，先取此地。喀喇汗王朝在此建都，改称八剌沙衮。都是以碎叶为基地称霸中亚。所以有人说，从战略眼光看，南面占有碎叶，北面占有叶密立（在新疆额敏县），整个中亚都在掌控之中。

唐朝在于阗以西、波斯以东的十六国之地，在乌浒河（阿姆河）以北的昭武九姓国之地（今乌兹别克斯坦境内），也划置了许多都督府和州。这些州府称羁縻州，是一种高度自治的行政单位。其长官由原来的统治者充任，其废立皆由自己决定，只是形式上要接受唐王朝的册封；唐王朝不向他们征收赋税徭役。高宗时在中亚地区设置的都督府最西者是波斯都督府，治所在疾陵城，即今阿富汗尼姆鲁兹省首府扎兰季，最南的是条支都督府，在今阿富汗南部。说明那时唐大体上将咸海以东的中亚广大地区纳入了自己的统辖范围，这在历史上是空前的。

据郭沫若考证，诗人李白就出生在碎叶城内一个富商之家。李白于武后长安元年（701）出生于碎叶城，五岁时随父亲离开这里，迁居四川。李白独特的性格和气质，由此造成的奇异浪漫的诗风，与他这不同寻常的早年经历和身世不能说全无关系。但我们站在这茫茫白雪覆盖的古城遗址上，无法判断出寒风中哪里曾经是我们这位伟大诗人生活的地方。

清同治元年（1862），为响应太平军入陕，陕甘回民发动了大规模的武装起义，清政府派兵镇压。一批回族为逃避报复逃到哈萨克斯坦，现在，这些来自陕甘的回民自称回民、回回、老回回、中原人，但当地人称其为"东干人"。经过一百多年的繁衍生息，东干人由最初的几千人发展到现在的十余万人，分布在哈萨克斯坦、吉尔吉斯斯坦和乌兹别克斯坦。我们在赴比什凯克的路上曾访问一家东干人开的饭馆，并在那里吃了大盘鸡，这家东干人都能说些简单的汉语。这些东干人通过李白发现了他们与祖国的联系，哈萨克斯坦东干人建立了一座李白的衣冠冢，在碎叶城西北18公里处，他们用铁栅栏将这个坟墓保护起来，寄托着他们对祖国和家乡的情结。

李白也成为加强中国与中亚国家友谊的一个纽带，据说吉尔吉斯斯坦政府曾想在碎叶城遗址建李白纪念碑或李白文化公园，因史学界有争议而未施行。2001年李白诞辰1300周年之际，在比什凯克，《李白诗集》吉尔吉斯文版本首次发行。2005年6月14日，在中国驻吉国大使馆的支持下，《李白诗集》中俄吉三种文字对照版第二部出版，在比什凯克人文大学举行了发布仪式，这本诗集收录了李白诗名篇100多首。吉前总统阿卡耶夫在纪念李白诞辰1300周年活动上讲话，说："在吉尔吉斯斯坦纪念中国伟大诗人李白诞辰1300周年，将成为吉中友好史册上的重要事件。古老的丝绸之路将吉中两国和两国人民紧紧联系在一起，唐代大诗人李白出生在碎叶城，这给两国传统联系和友谊赋予了新的内涵。碎叶城就在现在的吉尔吉斯斯坦，李白就在我们中间。"

三、连接起贸易与文化交流的地方

当唐朝置碎叶镇之际，阿拉伯人也正在向中亚扩张。大食（阿拉伯）、吐蕃和唐朝几大势力在中亚展开争夺，唐在中亚的统治日趋不稳。臣服于唐的西突厥十姓部落日益产生离心倾向，终于发生阿史那贺鲁叛乱，被唐平息。此后，西突厥突骑施部落首领乌质勒本为斛瑟罗之莫贺达干（突厥官名），能抚士，有威信，胡人顺附，由此崛起，置二十都督，各督兵七千，以楚河流域之碎叶城为大牙，伊犁河流域之弓月城（今新疆霍城西北）为小牙。辖境东邻后突厥，西接中亚地区的昭武九姓，尽有斛瑟罗故地，而服属于唐。在怛逻斯之战中被阿拉伯人俘虏的杜环，在碎叶城还看到交（金字之误）河公主的故宅上建了佛寺，称大云寺，佛寺还在。武则天于天授二年（691）三月，下令在全国各地修建大云寺，可见其时碎叶城仍奉唐之号令。

　　唐朝一直对中亚地区恩威并施，极力维持着对这一地区的控制。唐玄宗开元元年（713）唐任命突骑施部落首领苏禄为左羽林军大将军、金方道经略大使，赐号忠顺可汗。苏禄处于唐与后突厥、吐蕃之间，不愿意得罪任何一方。唐以阿史那怀道女为金河公主妻之，苏禄又娶于后突厥、吐蕃，三女并为可敦。后与唐安西都护杜暹有隙，结吐蕃兵掠安西四镇，围安西城，闻杜暹入为唐相，乃退去。复遣使入朝。唐军在碎叶城的驻守延续到唐玄宗开元七年（719），玄宗接受了汤嘉惠的建议，以焉耆镇取代碎叶镇，故开元七年以后的安西四镇又恢复为龟兹、于阗、焉耆、疏勒四镇。这个事件显示出唐朝的势力在中亚的退却。碎叶镇的设立和丧失，是时代变迁的标志。当唐军驻守碎叶置镇的时候，它成为大唐盛世的象征，显示着唐朝的强大国力，在唐代诗人笔下，它是大唐西部边境的象征，诗人多有吟咏。遥远的碎叶是诗人们足迹未至之处，因此唐诗中"碎叶"一词多是虚指和象征意义。王昌龄《从军行七首》之六："胡瓶落膊紫薄汗，碎叶城西秋月团。明敕星驰封宝剑，辞君一夜取楼兰。"张乔《赠边将》云："翻师平碎叶，掠地取交河。应笑孔门客，年年羡四科。"显然在这些诗人笔下，碎叶是唐朝的国土，唐军将士奉命守卫征战在这块土地上，为大唐赢得声望和安全。当然，碎叶远戍的将士也会思念家乡，在他们的琵琶声中往往流露出思亲念乡的情感，虽然这种情感有些苦涩，但他们是在遥远的边塞为国苦战，他们身后是一个强大的王朝，为国戍守、报效君王的志向压倒了个人的情感。这是盛唐气象的表现。

安史之乱发生，唐朝西北边防军内调。至德元载（756），葛逻禄人灭突骑施汗国，在碎叶建都，唐朝彻底丧失对中亚的控制。随着河西走廊和西域陷于吐蕃，唐王朝失去了中亚诸国宗主国的地位，碎叶城成为失地的象征。张籍《征西将》诗云："黄沙北风起，半夜又翻营。战马雪中宿，探人冰上行。深山旗未展，阴碛鼓无声。几道征西将，同收碎叶城。"张籍生活在安史之乱后的中唐，唐朝其时不仅无力收复碎叶，甚至连陇右、河西也不能不坐视沦陷于吐蕃。此前，唐朝不甘心在中亚宗主国地位的丧失，对于其地的离心和叛乱不断进行军事的征服。玄宗天宝时期，为了挽回颓势，唐曾数度出兵葱岭以西。根据杜环《经行记》的记载："碎叶城，天宝七载，北庭节度使王正见薄伐，城壁摧毁，邑居零落。"（《通典》卷一九三引）不久又发生著名的怛逻斯之战，唐将高仙芝率军进入中亚，与大食军队发生激战，败绩。怛逻斯之战后，唐朝势力继续从中亚退却，阿拉伯人继续向中亚扩张。安史之乱发生，唐朝西北方面的边防军内调，西域和河西走廊落入吐蕃人之手，昔日的安西四镇相继失陷。但碎叶城继续发挥着丝绸之路商贸城市的作用，而且四通八达，仍是连接中国与中亚各国的交通网络中的枢纽城市。中唐贾耽记载：

又四十里度拔达岭，又五十里至顿多城，乌孙所治赤山城也。又三十里渡真珠河，又西北渡乏驿岭，五十里渡雪海，又三十里至碎卜戍，傍碎卜水五十里至热海。又四十里至冻城，

又百一十里至贺猎城，又三十里至叶支城，出谷至碎叶川口，
八十里至裴罗将军城。又西二十里至碎叶城，城北有碎叶水，
水北四十里有羯丹山，十姓可汗每立君长于此。自碎叶西十里
至米国城，又三十里至新城，又六十里至顿建城，又五十里至
阿史不来城，又七十里至俱兰城，又十里至税建城，又五十里
至怛罗斯城。自拨换、碎叶西南渡浑河，百八十里有济浊馆，
故和平铺也。又经故达干城，百二十里至谒者馆。又六十里
至据史德城，龟兹境也，一曰郁头州，在赤河北岸孤石山。
（《新唐书》卷四三《地理志》）

　　其中以碎叶为起始点记载了到达中亚和中国新疆的各条道路
的路程。碎叶与中原地区仍保持着贸易关系，丝绸是主要内容。

　　公元十三世纪，蒙古人西征，碎叶城成为众多被毁的中亚城
市之一。

　　笔者在布拉纳塔博物馆购到吉尔吉斯斯坦出版的《丝绸之路
地图》（Silk Road Countries），从地图上可以看到，如今楚
河（古碎叶水）成为吉尔吉斯斯坦国和哈萨克斯坦的界河，楚河
河谷呈东西走向。在长约200公里的范围内，最宽处80公里，两
边雪峰平均海拔3700米，山里多温泉，谷地气候宜人，称得上
丝绸之路上的一个走廊地带。古代丝绸之路沿线国家的使节、商
人、僧侣和军队曾一批又一批在这条古道上奔行于楚河流域和西
域各国。在吉尔吉斯斯坦出版的地图上，丝路沿线都用驼队图案
标示，阿克-贝希姆特用红色字体，在阿克-贝希姆向东、向西

和向南的方向都有成群的驼队，在它的北方有一支驼队从伊塞克湖北岸向西行走，这些"驼队"通向丝路其他绿洲城市。从碎叶城往西便是粟特人地区，正如玄奘的记载："自素叶水城至羯霜那国，地名窣利，人亦谓焉。"（《大唐西域记》卷一）窣利，即《后汉书·西域传》中之"粟弋"，《北史·西域传》中之"粟特"。我们知道，粟特人商队长期活跃在丝路贸易中，玄奘所谓"诸国商胡杂居"应当包括粟特九姓胡人。考古工作者在碎叶城遗址曾发现四枚唐代钱币，分别为"开元通宝"和"大历通宝"。"大历"是唐代宗的年号，说明碎叶在安史之乱发生后相当一段时间内，仍与中国内地保持着某种联系。唐代中国与阿拉伯人发生过怛逻斯之战，但那是唯一一次兵戎相见，此后中国与阿拉伯世界长期保持友好关系。托克马克南方约15公里处有一个堡垒遗迹，现存东半部土丘。根据考证，应该是粟特人建立的，后来成为喀喇汗王朝的首都八剌沙衮。建于十一世纪的布拉纳塔就在这个堡垒的附近。《福乐智慧》一书的作者、喀喇汗王朝时期的作家玉素甫·哈斯·哈吉甫诞生在托克马克，于十一世纪时来到新疆喀什，最后在这里逝世。

　　在这里我们有幸看到一派雪景，一望无际的雪地和南北两面连绵的雪岭给我们呈现出一个银白世界，美得令人心醉。遗憾的是积雪的覆盖又使我们无法目睹古城遗址的真容，好在我们在比什凯克参观了吉尔吉斯斯坦国家历史博物馆和布拉纳塔博物馆，在博物馆里我们看到了这里出土的部分文物。

12

朱颜与寂寞，宫女们的生活和命运

——白居易《上阳白发人》

　　曾经傲立于世界东方的唐朝，疆土纵横辽阔，四夷百国来朝。长安、洛阳，帝国的两大都城，人来熙熙，皆为利来；人来攘攘，皆为利往。香车宝马，漫漫红尘，大道通天，绿树成荫，朝晖夕阴，如诗如画。然而在这个帝国伟岸的背影中，在巍峨壮丽的皇宫的幽深处，铺展着一代又一代宫女的血泪交织成的红绡纱，随着历史长河的潜流走向沉渊深处……

一、可怜上阳白发人

　　白居易有一首题为《上阳白发人》的诗。"上阳"是上阳宫，在东都洛阳。唐玄宗开元二十五年（737）以前，皇帝经常驾幸东都，上阳宫的宫女们有为皇帝服务的机会。开元二十五年以后，唐朝皇帝再不到东都来。东都虽然有一个朝廷机构，称为分司，但已不再行使职能，因而成为优贤养老之处。被任命到此任职的官员要么是年老失宠，要么是政治失意。东都的后宫也都成为冷宫。虽然是冷宫，宫中的妇女却不能随意打发出去。因此，她们只能在这里蹉跎岁月，等待着一天天老去，在寂寞无聊的生活中消磨时光。元稹《行宫》诗写那些寂寞的老宫女们的生活："寥落古行宫，宫花寂寞红。白头宫女在，闲坐说玄宗。"这是上阳宫老宫女的生活写照。在那无聊的日子里，她们一遍又一遍

地重复着老掉牙的话题，但除了玄宗之外，的确也没有别的话可
说了。《上阳白发人》更具体地展现了这一批被社会遗忘在一个
角落的女性群体的遭遇：

> 上阳人，上阳人，红颜暗老白发新。
>
> 绿衣监使守宫门，一闭上阳多少春。
>
> 玄宗末岁初选入，入时十六今六十。
>
> 同时采择百余人，零落年深残此身。
>
> 忆昔吞悲别亲族，扶入车中不教哭。
>
> 皆云入内便承恩，脸似芙蓉胸似玉。
>
> 未容君王得见面，已被杨妃遥侧目。
>
> 妒令潜配上阳宫，一生遂向空房宿。
>
> 宿空房，秋夜长，夜长无寐天不明。
>
> 耿耿残灯背壁影，萧萧暗雨打窗声。
>
> 　春日迟，日迟独坐天难暮。
>
> 宫莺百啭愁厌闻，梁燕双栖老休妒。
>
> 莺归燕去长悄然，春往秋来不记年。
>
> 唯向深宫望明月，东西四五百回圆。
>
> 今日宫中年最老，大家遥赐尚书号。
>
> 小头鞋履窄衣裳，青黛点眉眉细长。
>
> 外人不见见应笑，天宝末年时世妆。
>
> 　上阳人，苦最多。
>
> 少亦苦，老亦苦，少苦老苦两如何！

君不见昔时吕向《美人赋》，又不见今日上阳白发歌！

这是一首宫怨诗，写宫女们的不幸命运。白居易以上阳宫老宫女生活经历为主线，写到唐代宫女的采选、分配与结局，写到唐代宫女生活，包括日常生活、文体生活以及情感生活，可谓一代宫女生活的缩影。诗一开头就充满了哀怨激愤之情："上阳人，上阳人，红颜暗老白发新。绿衣监使守宫门，一闭上阳多少春！"这个开头，有统挈全篇的作用，它概括了全诗所要吟咏的基本内容，同时也以无限忧郁、哀叹的调子，弹出了全篇作品的主旋律。"红颜暗老白发新"表现了上阳宫宫女大好青春年华的被消磨和被埋没。"绿衣监使守宫门"是说她是没有人身自由的。"绿衣监使"指皇帝派去把守宫苑的官员，按照唐代宫廷制度，京都各宫苑都设监一人，副监一人，率兵丁看守，他们身着深绿色或浅绿色的公服。"一闭上阳多少春"是说这个宫女一关进上阳宫苑，就永无再出来的日子，遭到长期残酷无情的监禁。一个"守"字，一个"闭"字，就写出了上阳宫形同监狱的所在。"玄宗末岁初选入，入时十六今六十。同时采择百余人，零落年深残此身。"这几句是说这个上阳女子从青春年少到白发苍苍，在深宫内院已被幽禁了数十个年头。当时同时被选入宫的同命运的女子，如今都已春花秋草般地被摧折而凋零殆尽了，活在世上的只剩下她自己一人。从"残此身"的"残"字，写出多少个宫女的不幸命运，透露了一种十分悲苦之情。这是一位侥幸活下来的女子，在几十年的宫中生涯里，她见证了多少个宫女如花般的凋零。

接着八句，便借此老宫女之口，写她对往事的追忆："忆昔吞悲别亲族，扶入车中不教哭。皆云入内便承恩，脸似芙蓉胸似玉。未容君王得见面，已被杨妃遥侧目。妒令潜配上阳宫，一生遂向空房宿。"前四句写入宫以前，后四句写入宫之后。"忆昔"四句描写这个年方十六的妙龄少女，被迫离家的时候与亲人告别的悲恸场景。据记载，唐天宝末年，朝廷专门设有所谓"花鸟使"，而所干的却是到民间专为皇帝秘密地采选美女。这个上阳女，当然正是这样被无情地掠进宫中的。"皆云"二句写临行时候花鸟使们和亲族的话，是对她的劝导和安慰；而在她自己，当然也不失为一种希望。但结果如何呢？连君王的面也未得见，就遭到了专宠的杨妃的嫉恨。"侧目"指斜眼相视，是形象地写杨妃见到其他美女时那种蛮横嫉妒的情态。"妒令潜配上阳宫，一生遂向空房宿"，"潜配"是指好嫉妒的杨妃，瞒着皇帝把她们暗暗地驱送走了。一个十六岁的少女被安排到见不到君王的地方，一生独守空房的命运就这样决定了。

下面两节，极写上阳女子被幽禁的凄怨生活。诗人选了秋夜和春日两个时间，概括地表现了上阳宫女一年年的岁月是怎样度过的。先写秋夜："宿空房，秋夜长，夜长无寐天不明。耿耿残灯背壁影，萧萧暗雨打窗声。"秋夜是很长的，而对于满腹心事、痛楚难寐的人来说，就更是难挨，所以说"夜长无寐天不明"。"耿耿残灯背壁影"，是说夜已经深了，灯火将尽，但人还没有睡去，陪伴她的，只有那映在屋壁上的自己的孤独的身影。"萧萧暗雨打窗声"是说深夜独坐，两耳所闻，只是一片萧萧的秋雨敲打窗棂的声音。这里形象地写出了上阳女子秋夜无眠时的极为孤寂的处境和痛苦的心情。"春日迟，日迟独坐天难暮。宫莺百啭愁厌闻，梁燕双栖老休妒。"春天白日长，时光难以打发，因为心情愁苦，所以听着宫中黄莺的歌唱，反而令人更加苦恼，因此讨厌听；看到梁上的燕子双栖双宿，更反衬了自己的孤独难熬。

秋夜和春日是两个典型的环境，代表了这位宫女从十六岁到六十岁几十年漫长的岁月里孤独寂寞的生活和心情。她对人生的一切都放弃了追求和希望，每天只是眼看着天空的一轮明月计算时日，但因为年深岁久，月缺月圆，已经不知道多少次了。宫女自述身世之后，流露出一丝苦笑。"今日"以下六句是自嘲。"大家"是宫中对皇帝的称呼。她说，因为自己年纪最老，皇帝赐给一个"宫中女尚书"的称号。因为皇帝不在洛阳，是在长安，所以用了一个"遥"字。皇上是在远方的长安赐给她这个称号，她用一生的幸福换来这样一个空头衔，说这话时她不知该有多么辛酸和无奈。再看看自己的一身打扮："小头鞋履窄衣裳，青黛点眉眉细长。外人不见见应笑，天宝末年时世妆。"几十年过去了，社会风气已经大变，女人的装束早已换了花样，中唐时女人衣裳已经变为宽大，眉毛也画得宽而阔了，这位老宫女还是几十年前天宝年间的打扮，这在外人看来已经是古董级了。老宫女的苦笑简直比哭还让人同情和伤心。

诗最后几句是诗人站出来说话了，他指出这位老宫女的命运并不是她个人的悲剧，而是上阳宫中众多女子的共同命运。那些年轻的宫女何尝有幸福呢！他说，当年吕向曾写了一篇《美人赋》，写宫女们的痛苦，再看看上阳宫的宫女们，这些后宫的女人的命运并没有任何改变啊。吕向是天宝年间的文学家，当年因天下太平，玄宗皇帝渐趋于奢侈享乐，派中官使者到各地采择天下美女，以充后宫，时称"花鸟使"。吕向曾因此而作《美人赋》以讽谏，赋借一位宫女之口，写宫女之苦，并批评历史上贪图享乐的皇帝最终亡国。其中有云：

> 有美一人，激愤含颦；凛若秋霜，肃然寒筠。乃徐进而前止，遂抗词而外陈。曰："众妾面谀，不可侍君之侧。指摘背意，委曲顺色；故毁妍而成鄙，自崇谬而破直。妾异尔情，敢对以臆。若彼之来，违所亲，离厥夫；别兄弟，弃舅姑。戚族愧羞，邻里嗟吁；气哽咽以填塞，涕流离以沾濡；心绝瑶台之表，目断层城之隅。人知君命乃天不可仇，尚惧盗有移国、水或覆舟。伊自古之亡主，莫不耽此嫚游；借为元龟，鉴在宗周；众以为喜，妾以为忧。"

史载吕向因此得玄宗嘉赏，擢升为左拾遗。白居易用意在于表达对当今天子的讽喻，希望当今天子接受批评，解决这些身处冷宫的妇女的问题。

这首诗中明确批判的是唐玄宗的宫女制度，这位宫女是"玄宗末岁初选入"，结果一入深宫深似海，埋没了一生幸福。历史上历朝历代的皇宫中都存在成千上万的宫女，她们出身下层人民，在宫中过着奴隶般的生活。虽然有的皇帝表现出开明的态度，释放一些宫女，但与大量宫女的悲惨命运相比，只是沧海一粟。在这方面，唐代皇帝中玄宗是最不开明的。在他之前的高祖、太宗、高宗、中宗，在他之后肃宗、顺宗、宪宗都有遣散宫女的举措，玄宗没有。为了满足骄奢淫逸的生活，玄宗多次派人到民间拣选美女，甚至连自己儿子的妃子也不放过。杨贵妃就是从儿子寿王宫中选来的。玄宗选宫女已然到了扰民的程度。《大唐传载》记载："天宝中，天下无事，选六宫风流艳态者，名'花鸟使'。"《次柳氏旧闻》记载，玄宗诏力士下京兆尹亟选民间女子，力士复还奏曰："臣他日尝宣旨京兆阅致女子，人间嚣嚣然。"唐玄宗时宫廷机构相当庞大，"长安大内、大明、兴庆三宫，东都大内、上阳两宫，几四万人"（《梅妃传》）。可知，白居易《长恨歌》中所谓"后宫佳丽三千人"，绝不是夸张之词，实际的人数比这还要多得多。

此诗通俗明了，音韵灵活，句式错落有致，叙事写景抒情议论有机结合，极富感染力。这首诗选材十分典型，没有罗列众多宫女的种种遭遇，而是选取了一个终生幽禁冷宫的老宫女来描写，并重点叙写了她的垂老之年和绝望之情。通过这个具有典型意义的人物，高度概括了无数宫女的共同悲惨命运。该诗以人性之被摧残引起人们共鸣，也使作者所要表达的意义更加尖锐。读完这首诗，每个人的心里都会产生一种凄凉的感觉。

二、唐代宫女的命运和希望

白居易的《上阳白发人》讲述了一个美丽女子寂寞的一生，在上阳宫这个不见天日的地方静静地消磨了青春年华。从此诗追根溯源，可以窥见唐代宫女生活的方方面面。接下来，我们从这首诗写到的唐代宫女的采选、分配、结局和宫女们日常生活，包括劳动、娱乐、感情等方面对唐代宫女的生活进行介绍。

（一）唐代宫女的采选、分配和结局

按照《礼记·昏义》中的规定，帝王后宫应具备"三夫人，九嫔，二十七世妇，八十一御妻"，共一百二十名。除了这些有名分的嫔妃之外，还有大量的宫女。这些宫女人数众多，都是服侍皇帝、皇后和贵族妇女的奴婢。唐太宗即位初年，曾"出宫女三千人，后又出三千人"，足见隋朝后宫宫女人数之众。唐太宗时，根据谏臣所说，宫人数量已经达到数万。唐玄宗在位最久，妃嫔数量是唐代诸帝中最多的。《新唐书·宦者传》记载："玄宗承平，财用富足，志大事奢，不爱惜赏赐爵位。开元、天宝中，宫嫔大率至四万。"

这样庞大的宫女数量，究竟是从哪里来的？历史上宫中的妇女由各种不同的途径而来，主要包括采选、征求、配没、进贡。首先是采选，皇帝通过派遣使者等方式采选民间女子入宫，采选标准以容貌为主，入宫后也主要处于服役地位。玄宗时那些被派到各地选美女入宫的人被称为"花鸟使"。后来由教坊使、庄宅

使等担任这一角色，他们奉命出使，挑选有才艺、容色的女子入宫。这些花鸟使、教坊使、庄宅使都是由宦官担任。从玄宗时开始宦官就垄断了这种采选宫女的权力。《上阳白发人》诗中的宫女们就是被"采择"的，当时一起被采择进入上阳宫的一次就多达"百余人"。其次是征求。皇帝的妃嫔多是征求方式入宫，征求范围以良家子居多，以才艺容貌为主，这些女子入宫后容易得到皇帝的青睐。在宫中的地位除了本身的容貌才艺之外，家族地位也是非常重要的因素。除了妃子以外，宫中女官也有很大一部分是通过征求方式选入的。再次是配没。按照唐代法律，官宦人家犯了重罪，妻女被配没掖庭服役，这些妇女是宫女的最下层。这些官宦人家的女眷文化修养高，有的人才色双绝，容易得到帝王青睐成为妃嫔、赐给臣子作妻妾或成为宫中女官。最后是进贡。战争期间俘虏的女子，由军队将领或偏远州府进贡；在节日、妃嫔生日时公主、郡主等宗室进贡女子；或者外国四夷朝贡美女。

　　唐代宫女承担着繁重的劳役，为宫妃和皇帝的奢侈生活服务。朝廷花鸟使们却用花言巧语欺骗这些幼稚的女孩子，说入宫好像上天堂一样。正像《上阳白发人》诗中所写，"皆云入内便承恩，脸似芙蓉胸似玉"。根据品级不同，妃嫔们享受着数目庞大的随侍女官、宫女、针线妇、杂役、炊事宫女。一代新人换旧人。宫女们韶华流逝，华年不再，新的美貌女子又重新进入宫廷，这些年老的宫女的结局怎样呢？第一，如果在宫中去世，葬于宫人斜。宫人斜是专门埋葬宫女们的乱葬岗，这些宫女或死于后宫倾轧，或深宫寂寞郁郁而终，或死于暴病疾疫……便葬入宫人斜。这些宫女死后，会有一段公式化的墓志铭，寥寥几笔写尽一个宫女寂寞的一生，她们的生平、姓氏、经历、性格大多什么都没有留下，就像海边的沙，了无踪影。第二，留在皇宫内。老皇帝去世后，他的妃子和生儿育女的宫嫔能够留在后宫颐养天年。一些有特殊技艺的宫女、女官也可以留在宫中继续培养下一代宫女。第三，安置在别宫中。皇帝在长安、洛阳以及帝王出巡的地方都有行宫，这些行宫别院都有宫女太监。大部分人如同《上阳白发人》中的女子那样，终其一生都没有机会得到帝王的垂青，甚至没有看到皇帝一眼。第四，出家为尼或道姑。去世皇帝的妃嫔会集体出家，皇室会专门设置寺院。如唐太宗去世，才人武则天进入感业寺。第五，发配陵园，即到去世的皇帝的陵园里服役，具有惩罚性质，犯了错或有罪的宫女会罚去守陵园。宫廷政变、后宫斗争都会牵连大批的宫女。第六，赏赐群下。皇帝把年轻宫女赐亲王和朝廷大臣。肃宗、武宗的妃子大都是做亲王时天子所赐。第七，拣放。归近亲，择官配，任其所之。皇位交替之后，皇帝选择新的美丽女子充实后宫，原来的宫女则被放出宫。或者为了彰显天子厚德，放出宫女以示恩德；或者节省宫内开支而放出宫女。第八，逃走，这种机会很少。中宗景龙年间，元宵节宫女出宫观灯之时，许多宫女一去不返。安史之乱、黄巢起义中，宫女倾宫而逃。第九，殉葬。唐代时以宫女殉葬很少见，但是也发生过。懿宗爱女同昌公主去世，曾让宫女殉葬。

（二）唐代宫女的宫中生活

唐代宫女承担着皇帝、皇后和妃嫔们的衣食住行服务以及歌舞杂耍表演。王建《宫词》诗云："舞来汗湿罗衣彻，楼上人扶下玉梯。"这些宫女跳完舞，汗湿重衣，观舞的人却养尊处优，连下台阶都要人扶。唐代"内教坊"负责宫女的文化知识、音乐艺术、各种技能的培养。宫女中文化知识水平较高者担任宫廷教师的职务。

宫女的生活是单调寂寞的，因此宫中也时常举行娱乐活动，而且花样繁多，算是深宫中仅有的乐趣，有蹴鞠、马伎、马球、杂技、投壶、双陆、樗蒲、弹棋、围棋、宫棋、斗花、斗草、斗鸡等。蹴鞠白打是宫女的新玩法，两个人对踢，没有球门，主要比谁更有技巧。马伎，人骑在马上做各种表演，杂技的一种。马球是经常开展的体育运动，唐宫中有女子马球队。投壶，就是射箭的缩略版，投壶的人站在一定距离外，将箭投向壶中，投中多者优胜。双陆，类似于飞行棋和掷骰子。总而言之，宫女们的文体生活种类还算是较为丰富，在繁重的劳动中，也能进行放松。

宫女们的感情生活当然是寂寞的。宫女数量众多，平时无法得到君王的青睐，十分寂寞，由于宫规森严，又没有机会见到外面男子，因此相思无处。她们排遣情思寂寞的方式有哪些呢？第一，对食。宫女和太监组成一对"夫妻"，虽然是假凤虚凰，但是在深宫之中，起码可以聊作慰藉。第二，同性恋。史书中很少有关于宫女同性恋的记载，但从人情常理角度推断，这种现象应该也是存在的。在后代的史书中，宫女之间的同性恋行为被称为"磨镜"。第三，"红叶题诗""寒衣寄情"。"红叶题诗"是宫中女子寂寞难耐，将情思写在红叶之上，被宫外男子拾得，或成就姻缘，或人鬼殊途。"寒衣寄情"则是由于宫中女子在赶制边关将士的衣物时，将自己的愁思写在纸上放入衣物之中，后来或者是由皇帝成全，或者是终不能相见。这种情感寄托带有小说故事的性质，有着浪漫美丽的情节。红叶题诗的故事有三个版本，分别见于《本事诗·顾况》《云溪友议·题红怨》《北梦琐言·李茵》，其中年代不同，男主人公不同，故事情节大同小异。这两种故事反映的正是唐代宫女感情生活无所依托，浪漫的背后是深宫女子的寂寞愁苦。

三、守陵制度对宫女的摧残

在《上阳白发人》这首诗中，并没有一般化地罗列所谓"后宫人"的种种遭遇，而是选取了一个终生被禁锢的老宫女作为典型，通过对她一生境遇的描写，极形象而又富于概括性地揭示了"后宫佳丽"的悲惨命运，批判了封建帝王摧残无辜女性的罪恶行为。这首诗的语言具有"用常得奇"（刘熙载《艺概》）的特点，质朴平易，充分发扬了乐府民歌语言的优良传统。全诗以七字句为主，又时或掺杂三字句等，长短相间、错落有致。而"顶针"手法的运用，及音韵转换之灵活，则使诗读来朗朗上口，有一气流转之妙。在写宫女的幽闭生活时，叙事、抒情、写景三者结合，有浓郁的悲剧氛围。上阳人在孤苦凄凉中，不知挨过了多少漫长的岁月。在无休止的幽禁生活中，她只觉得春去秋来，年复一年地过去，不记得现在究竟到了哪一年，只知道在深宫中看到月亮东升西落，由圆而缺，由缺而圆已经四五百回了。"四五百回"的数字也揭示了宫女的生活和心理，她每夜里看月升月落，长年累月，彻夜不眠，在痛苦中煎熬。不论日常劳动抑或歌舞表演，都是十分辛苦的。白居易同情宫女命运的诗不止《上阳白发人》一首，同样题材的作品，在《新乐府》中还有《陵园妾》。那是一首揭露封建统治者让宫女终生为皇帝守陵墓的罪恶的诗：

> 陵园妾，颜色如花命如叶。
> 命如叶薄将奈何？一奉寝宫年月多。
> 年月多，时光换，春愁秋思知何限？
> 青丝发落丛鬓疏，红玉肤销系裙缦。
> 忆昔宫中被妒猜，因谗得罪配陵来。
> 老母啼呼趁车别，中官监送锁门回。
> 山宫一闭无开日，未死此身不令出。
> 松门到晓月徘徊，柏城尽日风萧瑟。
> 松门柏城幽闭深，闻蝉听燕感光阴。
> 眼看菊蕊重阳泪，手把梨花寒食心。
> 把花掩泪无人见，绿芜墙绕青苔院。
> 四季徒支妆粉钱，三朝不识君王面！
> 遥想六宫奉至尊，宣徽雪夜浴堂春。

雨露之恩不及者，犹闻不啻三千人。

三千人，我尔君恩何厚薄？

愿令轮转直陵园，三岁一来均苦乐。

　　这首诗写为皇帝守陵的宫女的生活。幽闭深宫已是宫女们
人生之大不幸，而如果被发配去为死去的皇帝守陵，则是更大的
不幸。这位陵园妾之所以被发配守陵，是因为她遭遇了谗害。当
她被送到陵园时，她的老母跟着过来，悲痛地呼天抢地。但负责
此事的宦官把她塞进陵园，把大门一锁便扬长而去。她从此便与
人世隔绝，过上了"活死人"的生活，每日与泪相伴。这些守陵
的宫人曾拥有青春美丽的容颜，不能在后宫得到皇帝的恩宠，长
年奉守陵园，在无尽的愁思中虚度年华，任凭红颜老去。告别亲
人，被宫中太监押送到陵园来，锁住的是大门和无望的青春。陵
寝前面植松为门，四周植柏筑墙，环境清冷寂寥，甚至阴森恐
怖。重阳节、寒食节，一年年的菊花黄、梨花白，泪落无人见。
长安大明宫的宣徽殿、浴堂殿曾经留有与君王欢聚的情景，但是
失宠或者从来就不曾得到君王眷顾的宫人千千万。这些宫人轮流
来守陵，分担这种凄苦无助。守陵制度始于西汉，皇帝死后要宫
女去陪他，皇后、太后下葬，也会安排一定数量的守陵宫女。吕
后妒恨刘邦的宠妃，刘邦死后，吕后便把那些没有生育子嗣的嫔
妃发配守陵。汉武帝后宫人数膨胀，他死后守陵的嫔妃宫女人数
更多。这是古代宫廷中最灭绝人性的制度之一。贞元二十一年
（805）春，唐德宗驾崩。太子李诵即位，是为顺宗。据说未生育

过的宫女都被遣往先皇陵墓守陵，这些守陵的宫女被世人称为陵园妾。妇女处于社会的底层，白居易除了关心宫女的不幸命运，还写过《井底引银瓶》《母别子》《议婚》《太行路》《缭绫》等诗，反映广大妇女的悲惨处境，为妇女的命运鸣不平。这是富有正义感的白居易诗歌创作中的一项重要内容，他笔下的宫女形象体现了他对罪恶的宫廷制度的深恶痛绝。这首诗的结尾，他甚至表达愿意替换这些守陵女子，解除她们的幽闭之苦。他的深刻的人道主义精神和进步的社会思想至今感人至深。

13

甘露之变，宦官、神策军与谋杀

—— 白居易《九年十一月二十一日感事而作》

　　唐诗是唐代社会生活的壮丽画卷，有的诗反映了唐朝的重大事件，这样的诗都可以说是诗史。我们读白居易的《九年十一月二十一日感事而作》，就是这样一首诗：

> 祸福茫茫不可期，大都早退似先知。
> 当君白首同归日，是我青山独往时。
> 顾索素琴应不暇，忆牵黄犬定难追。
> 麒麟作脯龙为醢，何似泥中曳尾龟。

　　这一天白居易为什么写下这首诗？这是他听说朝廷里发生了一件大事而写的，所以题目中称为"感事"，即有感于一件事。这首诗的题目交代了这件事发生的时间。"九年"是唐文宗大和九年（835），这一年十一月二十一日发生了什么事，叫他郑重其事地把时间记得这么准确呢？这一天，宦官仇士良等人劫持了皇帝，在长安杀死很多人，其中包括众多大臣。三天后，宰相王涯等人又被押送到西市和东市游街示众，然后在城西南角的独柳树下腰斩，又把头砍下来挂在长安城的兴安门外。独柳树是唐朝处决重大犯人的刑场。兴安门是长安城东北角的一个城门。几天里几千人死于非命。据说，长安那几天阴云惨淡，弥漫着一种末日气象，人人自危。这件事是唐朝历史上一次重大事件，一件非常血腥的事件，历史上称为"甘露之变"。白居易这首诗就是有感于这件事而作。

一、"甘露之变"的过程

这件事为什么叫"甘露之变"呢？这跟文宗皇帝的一场密谋有关。安史之乱后，宦官的势力越来越大，特别是唐德宗时让宦官掌管禁卫军，宦官的势力变得不可控制了。当时禁卫军主力是神策军，又分左右两部分，左神策军和右神策军，将领是神策军护军中尉，担任左神策军护军中尉的是仇士良，右神策军护军中尉的是鱼弘志。这是两名大宦官。因为神策军是保卫皇帝的军队，又是禁卫军中战斗力最强的，这支军队被宦官统领，等于掌握了皇帝的生杀大权。所以当时皇帝的废立都由宦官说了算。唐宪宗是被宦官陈弘志杀害的，唐敬宗是被宦官刘克明杀害的，唐文宗是另一个宦官王守澄立的。文宗虽然是宦官立的，但他对宦官专权却不满意。他任用了两个大臣——李训和郑注，让他们设法除掉宦官，把宦官一网打尽。李训想了一个大胆的计划。

大和九年（835）十一月二十一日清晨，文宗驾临紫宸殿，百官朝见。当大家站定，左金吾卫大将军韩约奏称："左金吾衙门后院的石榴树上发现有甘露降临，昨晚已通过守卫宫门的宦官向皇上报告。"然后行舞蹈礼，再次下拜称贺，宰相也率领百官向皇上祝贺。左金吾卫大将军是干什么的？金吾卫是禁卫军的一部分，分左金吾卫和右金吾卫，领兵的就是左金吾卫大将军和右金吾卫大将军，正三品官。皇帝出行，金吾卫护行，平时负责京城治安。甘露就是甘美的露水，但被神化了，甘露被神化有两层意义：一是古人认为"甘露降"是祥瑞的征兆，象征天下太平。天下为什么太平呢？皇帝当得好啊。二是认为甘露饮之可以长生。汉武帝当年专门铸造一个铜人，手捧一个铜盘，那个铜盘叫"承露盘"，接露水，以为饮之可以长生。这些本来都是骗人的，现在文宗和李训就是用这个骗那些宦官。不管真的假的，宰相李训、舒元舆乘机劝皇上亲自前往观看，以便承受上天赐予的祥瑞。这不是真正的目的，真正的目的是什么呢？是让宦官们去，皇帝走到哪里，宦官是要随行的。左金吾衙门已经埋伏了士兵，好把这些宦官一网打尽。这是文宗和宰相李训、舒元舆，左金吾卫大将军韩约等人的圈套。

文宗什么反应呢？他表示同意。那百官都退下吧，到含元殿等着。文宗乘软轿出紫宸门，到含元殿升朝，先命宰相和中书、门下两省的官员到左金吾后院察看甘露。这些人过了很久才回来。李训奏报说："启禀陛下，我和众人查过了，不像是真正的甘露，不可匆忙对外宣布，否则，各地就会向陛下致贺。"文宗说："还有这种事！那左、右神策军护军中尉仇士良、鱼弘志，你们二位率领诸位宦官再去左金吾后院看看吧，朕别人都信不过，还是相信你们这些奴才。"这才是正文，宦官们就去了。这个计划本来很周密，仇士良和鱼弘志是宦官队伍里权位最高的人，他们担任禁卫军护军中尉，皇帝禁卫军的兵权在他们手里。他们俩带着一群宦官去左金吾衙门后院去，就脱离了神策军。一到左金吾卫后院，他们就成了瓮中之鳖，只能束手就擒。两人离开后，李训急忙召集郭行余、王璠："快来接陛下的圣旨！"这两个人是干什么的，他们两个是将到藩镇赴任的，李训让他们招募士兵，说是带到藩镇，实际的目的是除宦官。王璠和郭行余也是有准备的，他们招募了一群新兵，都带来了，好杀宦官。一旦那边得手，抓住了仇士良和鱼弘志，他们好保护皇上的安全，防止神策军造反。这不是安排得很周密吗？

但想不到事情却办砸了。问题首先出在胆小的韩约身上，他领着宦官们往左金吾衙门去，一路上吓得打哆嗦，头上冒汗。仇士良就感到奇怪，说将军你这是咋了，咋浑身哆嗦啊，咋还出了这么多汗啊？这就引起了仇士良的警惕。正在仇士良感到奇怪的时候，他们来到了左金吾衙门，一阵风吹来，吹起了院子里帷帐的角，帷帐后边有成群的士兵，都携带着兵器。仇士良见状，大吃一惊，觉得大事不妙，扭头就往外跑，一群宦官都跟着他跑。守门的士兵正想关大门，被仇士良大声呵斥，门没有关上。仇士良等人急奔含元殿，向文宗报告发生兵变。李训看见，急呼金吾卫士兵说："快来上殿保护皇上，每人赏钱百缗！"宦官对文宗说："事情紧急，请陛下赶快回宫！"随即抬来软轿，迎上前去搀扶文宗上轿，他们没有从正门出去，而是冲断殿后面的丝网，向北急奔而去。李训拉住文宗的软轿大声说："我奏事还没有完，陛下不可回宫！"此时金吾卫的士兵已经登上含元殿，罗立言又率领京兆府担负巡逻任务的士卒三百多人从东边冲来，李孝本率领御史台随从二百多人从西边冲来，一齐登上含元殿，击杀宦官。宦官血流如注，大声喊冤，死伤十几个人。

仇士良扶着文宗的软轿一路向北往宣政门方向跑，一旦进入宣政门，文宗就落到宦官手里，宦官们也就安全了。所以李训拉住软轿不放，喊声更高。文宗呵斥李训："你把事办成这样！"宦官郗志荣挥拳痛击李训的胸部，李训被打倒在地。文宗的软轿被宦官们抬进宣政门，大门随即关上，宦官们大呼"万岁"。这时含元殿的大臣都吓坏了，一哄而散。接下来形势就变化了。

宦官跑进宣政门以后，立刻把神策军调过来，仇士良等人命令左、右神策军副使刘泰伦、魏仲卿等各率禁兵五百人，持刀露刃从紫宸殿冲出来，讨伐"贼党"。这时已经中午，宰相们在政事堂正要吃饭，忽然有官吏报告说："一大群神策军士兵从宫中冲出来了，见人就杀！"宰相王涯等人狼狈逃窜。中书、门下两省和金吾卫的士卒和官吏一千多人争着向门外逃窜。不一会儿，大门被关上，没有逃出的六百多人全被杀死。仇士良下令关闭各个宫门，搜查南衙各司衙门，逮捕"贼党"。各部门的官吏和担负警卫的士兵，还有正在里面卖酒的百姓、小商贩一千多人全部被杀，尸体狼藉，流血遍地。各司的大印、地图和户籍档案、衙门的帷幕和办公用具被捣毁，抄掠一空。

仇士良等人又命左、右神策军各出动骑兵一千多人，一边出城追击逃亡的"贼党"，一边在全城大搜捕。结果逃跑的和没有逃跑的，与这事儿有牵连的、没牵连的，很多人都被抓了。第二天都押到刑场，惨遭杀害。白居易诗里说他们是"白首同归"。这场斗争以宦官集团的完全胜利而告终。一场计划周密的行动，就这样来了一个大反转，一方蓄谋已久的行动，一方是毫无准备的迎战，结果有准备的一方惨败，没有准备的一方完胜。

二、白居易的心理震动

当时白居易在洛阳，长安离洛阳约360公里，消息当天不可能传到洛阳。当消息传到洛阳，白居易知道了这件事的时候，他很震动。他就想了想，自己那天是干什么来着，想起来是到香山寺游玩了，那天也没有同伴，是自己一个人去的，所以他在这首诗题目下面专门注明："其日独游香山寺。"大和九年（835）十一月二十一日，身在洛阳的诗人白居易一个人到香山寺玩了一天。那一天他玩得很尽兴，也很愉快。他不知道，这一天首都长安发生了惊天动地的大事。当他知道了这件事的时候，他绝不会无动于衷，但他说"其日独游香山寺"，是不是太冷静了。把很多人死于非命的时间跟自己一个人游香山寺放到一起，大家会感到白居易的一种什么心理呢？是一种侥幸。侥幸的是自己置身事外，没有被卷入政治斗争的旋涡之中。

白居易听说这件事，绝不会是侥幸，他的心情很复杂。这首诗就表达了他当时复杂的心情。他把这两件事作了一个对比，通过对比，他得出了一个人生的道理。什么道理呢？就是诗里所写的，人生，该急流勇退的时候，要急流勇退，否则就会有灾祸。"祸福茫茫不可期，大都早退似先知。"他说人生的祸福都是不可预期的，福和祸都是你想不到的时候就来了。很多人在灾祸没有发生的时候，就早退了，提前从矛盾斗争中退出了。所以为人处世啊，不能总是急流勇进，应该从矛盾斗争中早一点儿抽身远引，一个人要早做避祸远害的打算，该急流勇退的时候，就要急流勇退。他说，这是有历史教训的，什么教训呢？"顾索素琴应不暇，忆牵黄犬定难追。"这里用了两个典故，一个是魏晋时嵇康的故事。嵇康因为正直，得罪了司马氏集团，被杀害。"康将刑东市，太学生三千人请以为师，弗许。康顾视日影，索琴弹之，曰：'昔袁孝尼尝从吾学《广陵散》，吾每靳固之，《广陵散》于今绝矣！'"（《晋书·嵇康传》）嵇康临死的时候，索琴弹了一曲《广陵散》，然后说后悔没有把这支曲子教给袁孝尼。此处是说长安朝廷的那些官员被害，事情来得仓促，还不如嵇康呢，嵇康还能弹一曲《广陵散》，然后就刑，他们都来不及像嵇康那样弹一曲《广陵散》，就被杀了。另一个是秦朝李斯的故事。"二世二年七月，具斯五刑，论腰斩咸阳市。斯出狱，与其中子俱执，顾谓其中子曰：'吾欲与若复牵黄犬俱出上蔡东门逐狡兔，岂可得乎。'遂父子相哭，而夷三族。"（《史记·李斯列传》）李斯奋斗了一生，结果被诬陷，被杀，这时候他感到追悔莫及，如果不当官，在家乡牵着猎犬，打个猎，也不会有今天的悲剧啊。此处说朝廷中那些官员为求取功名利禄在京为官，招致杀身之祸而追悔莫及。

最后两句写自己的人生选择："麒麟作脯龙为醢，何似泥中曳尾龟。"麒麟和龙都是比喻飞黄腾达的人，脯是干肉片，醢是用鱼肉等所制的酱。飞黄腾达固然好，但被切成肉片，被剁成肉酱好吗？曳尾龟，拖着尾巴的乌龟，用的是庄子的典故。楚王派大臣请庄子做官，"庄子持竿不顾，曰：'吾闻楚有神龟，死已三千岁矣。王巾笥而藏之庙堂之上。此龟者，宁其死为留骨而贵乎？宁其生而曳尾于涂中乎？'二大夫曰：'宁生而曳尾涂中。'庄子曰：'往矣！吾将曳尾于涂中。'"（《庄子·秋水》）庄子在濮水钓鱼，楚王派两个官员去见他，请他做官，他们说："楚王要把国事托付于你，劳累你了！"庄子拿着钓竿并不回头，说："我听说楚国有一只神龟，已经死了三千年了，楚王用丝麻和竹器包裹，把它藏在太庙的殿堂。你们说，这只神龟，是死去留下骨骸被供到太庙里好呢，还是拖着尾巴在泥地中爬行好呢？"两位大夫说："宁愿拖着尾巴在泥地中爬行。"庄子说，好了，那你们走吧。神龟死后被供奉在庙堂，处于高贵的位置，却不如生活在泥沟里。麒麟被做成干肉，龙被做成了肉酱，哪里比得上泥塘里拖着尾巴的乌龟呢？这就是白居易的选择。

三、甘露之变中的众人命运

读了这首诗，颠覆了我们对白居易的认知。在我们的印象中，白居易可是一位敢于批评朝政、敢于揭露黑暗的诗人啊。可是这首诗中所讲的人生道理，却是劝大家急流勇退，这不是太消极了吗？那么多大臣，被邪恶的宦官势力杀害，他应该愤怒，他应该谴责。可是这首诗里是什么态度呢？他主要有两种表现：一是同情，二是庆幸。庆幸之余呢，更坚定了急流勇退的思想。为什么白居易听到这个消息是这种态度呢？这要从两个方面来看：一是朝廷那些被杀害的人都是些什么人，他们跟白居易什么关系；二是白居易宦海生涯的遭遇。

那些被杀的人，多是白居易认识和熟悉的，有的是朋友，有的是亲戚，也有他的对头。有的是与此事有牵连的，也有很多被滥杀的。我们看这个事件的几个主要人物，就能理解白居易此时此地的心情了。这件事的主谋有三个人：唐文宗、李训和郑注。

首先是唐文宗。唐文宗是唐朝第十五位皇帝，他是得到宦官扶持即位的。那他为什么还要杀宦官呢？因为他不想受宦官控制。他对擅权的宦官痛恨不已。他的爷爷唐宪宗死于宦官之手，他的哥哥唐敬宗也被宦官杀害。他要报仇！自己虽然被宦官拥立当了皇帝，却被宦官所控制，一切要听他们的，他对此非常不满。而且，宦官能立他，也能杀他，他不想步爷爷和哥哥的后尘。所以，他决心除了唐朝的这一个毒瘤。于是，他任命宋申锡为相，要除宦官，结果因为事情败露，宋申锡被杀。他又任命李训为相，任命郑注做凤翔节度使，内外呼应，要一举除掉宦官。一位二十七岁的小伙子，有这样的志向，精神可嘉，勇气可嘉。结果，甘露之变发生，又失败了。仇士良知道唐文宗参与其事，把他大骂了一通，从此，文宗被宦官软禁，完全成了傀儡。白居易跟文宗的关系如何呢？应该说是很好的。白居易因为眼病，辞去苏州刺史的职务，回到长安。文宗提拔他为秘书监，相当于国家图书馆馆长，且因为是朝官，能参与国家政事。而且唐文宗很欣赏白居易的学识和才华，让他当儒家的代表，跟佛教、道教人士论辩。又提拔他为刑部侍郎，正四品。刑部是中央三大司法机关（御史台、大理寺、刑部）之一。白居易因病免职，分司东都，文宗又提拔他为河南尹，东都地方长官，这也是一个实职、要职，说明文宗是很重用他的。应该说白居易是希望他能有所作为，除宦官的斗争能够胜利。对他的失败，白居易一定是惋惜的。唐文宗是皇帝，失败了，大家也不怪他，只是觉得他时运不济。

其次是李训和郑注。这两个人，后人的评价差别很大，有的说他们阴险狡诈，有的说他们人才难得。我们认为，这两种意见有一个共同点，就是他们都是有一定本事的。他们是失败者，所以关于他们的评价主要是负面的，但也不能完全否定。先说李训。李训是宰相李逢吉的侄子，李逢吉是个阴险奸诈的人，李训也阴险奸诈。阴险奸诈是一种本事。所以文宗重用他，就是想利用他的本事除宦官。他有个特长，就是精通《周易》，文宗身边没有人，就以李训给他讲《周易》为借口，跟李训谋划。所以，在接触中李训知道文宗想除宦官，就给他出主意。大和九年（835），文宗把他提拔为宰相。大家都认为文宗用人不当，但不知道文宗的真实意图。甘露之变所以失败，李训有很大的责任，因为他贪功，造成了失败。本来郑注出了一个主意，宦官王守澄被杀，他建议埋葬时，由皇帝下令，命宦官们都去城外送葬，他亲自带领几百士兵去，都手持木棒随从，等到宦官们进入墓室后，关闭墓门，用大棒打死这些宦官。为什么手持木棒呢？因为是送葬，不能带兵器。那时宦官们脱离了神策军，谁也救不了他们。在墓室里动手，外界谁也不知道。这是个好办法。本来商量好的事儿，李训担心这样干，郑注得到头功，他跟他的同党密谋说："如果这个计划成功，那么，诛除宦官的功劳就全部归于郑注，不如我们提前下手，在京城把宦官们杀掉算了，这样功劳就全归我们了。"但在京城动手，就得有兵，得能对付神策军，至少得有人把几百个宦官干掉，人少了绝对不行。李训也会想主意，命朝廷两名大员在京城招兵，一位是郭行余，一位是王璠。郭行余要任邠宁节度使，王璠任河东节度使，李训让他们以赴任为名，多招募一些壮士，作为私兵。又调动左金吾卫大将军韩约统领的金吾卫的兵，还有御史台、京兆府官吏和士卒。他要先于郑注一步，在京城诛除宦官，随后再把郑注除掉。郭行余、王璠、韩约、京兆少尹罗立言和御史中丞李孝本，都是李训所信用的官员，所以李训任命他们担任要职，李训只和这几个人以及宰相舒元舆密谋，其他朝廷百官一概不知。就这样，为了跟郑注抢功，他策划了甘露事件，结果失败。失败后，当神策军来抓人的时候，他脱下紫衣，换上绿袍，自称遭贬，逃奔终南山，这里有个和尚跟他关系好，就是宗密。他投奔宗密，宗密想把他藏起来，但宗密的门徒们不干，窝藏罪犯，是会给寺院带来灭门之灾的。李训无奈，只得逃往凤翔，半路上被擒获，械送京师。李训担心自己被宦官折辱，对押送者道："得我者能得重赏，不如携带我的首级前行，免得被别人夺取。"押送者于是将李训杀死。他的死，不会引起白居易的同情。

　　再看郑注，他也是失败者，所以关于他的评价，负面的也很多，说他本来是一位游医，能说会道，阴险狡诈，相貌丑陋，又近视。但我们从历史的记载中可以知道，郑注确实有点儿本事：一是医术好，二是有头脑，三是能说会道。这些不仅救了他的命，还让他飞黄腾达。在他的一生中有好几次遇到危机，都化险为夷，死里逃生。第一次，元和十三年（818），郑注作为江湖医生，游医游到了襄阳。襄阳节度使是李愬，患有痿病，肌肉萎缩，面临瘫痪。李愬是一员名将，如果瘫痪，一切都完了。郑注用偏方为李愬治好了病，李愬署其为节度衙推。李愬移镇徐州，郑注也随同前往，又任以职事，凡军政之事，李愬都与他参决。他也很有才干，"与愬筹谋，未尝不中其意"。郑注因医术受到李愬的重用，招致了非议，还有人说他"专作威福"。当时朝廷在藩镇都派有监军使，都是宦官担任，他们是皇帝的代表。徐州的监军使是王守澄，他闻知此事后要杀郑注。宦官在藩镇是太上皇，王守澄一声令下，就能要郑注的命。李愬说郑注是奇才，天下难得，劝王守澄考察一下。李愬给郑注出一个主意，他让郑注拜见监军。起初，王守澄还有些勉强，不太想见他，可是一与郑注交谈后，见他"机辩纵衡"，说的话都符合自己的心意，立马把他请入内室，促膝交谈，相见恨晚。王守澄调回京城，就带上了郑注，把郑注推荐给穆宗皇帝。穆宗很重用郑注，让他做到昭义节度副使。第二次，文宗即位后，他又遇到了危险。侍御史李款见郑注依附宦官，权势熏灼，向朝廷弹奏郑注罪行。王守澄把郑注藏到右神策军，保护起来。左神策军中尉韦元素、枢密使杨承和、王践言等人与王守澄不和，也讨厌郑注，左军将李弘楚与韦元素定计，诈称中尉有病，召郑注前来治病，乘机擒而杖杀。

郑注来了，口若悬河，侃侃而谈，韦元素越听越顺耳，"不觉执手款曲，谛听忘倦"——跟郑注拉着手谈话，听着郑注白话，一点儿倦意都没有了。李弘楚再三示意，韦元素皆不理睬，最后"以金帛厚遗注而遣之"——送给郑注钱和丝绸，放他回去了。郑注不仅没有丧命，还拉了一车东西回府。这不是一般的能言善辩。唐文宗有病，郑注又治好了文宗的病，因此特别受文宗器重，提拔他担任御史大夫。唐文宗把除宦官的希望寄托在他和李训身上，让郑注担任凤翔节度使，领兵驻扎在长安附近。他出了一个好主意，但李训没有采用，导致失败。郑注也被杀害，他的亲信、朋党、部下受牵连被杀一千多人。他的头被挂到城门上示众。李训和郑注虽然有计谋，但都不是正直的官员，他们在朝廷得势的时候，排斥异己、贪污受贿，有的正直的有能力的官员被排斥。所以失败后，没有受到大家的同情。

在这次事件中，宰相王涯、贾悚、舒元舆被逮捕下狱，遭到严刑拷打，被逼自诬谋反，都被杀害。其中舒元舆参与了谋划，而王涯并不知情。当皇帝和李训、郑注等人谋划诛杀宦官时，他完全蒙在鼓里，但也被杀害。人都不是绝对的好，也不是绝对的坏。王涯就是这种人，他有明显的缺点，也有明显的政绩。比如他建议"实边兵，选良将，明斥堠，广资储"，并特别建议朝廷应采取以回鹘牵制吐蕃的策略，都是很大的贡献。可是当年白居易因为批评朝廷得罪了权臣时，他落井下石，上书弹劾白居易"不孝"，把白居易贬为江州司马。他还"奏改江淮、岭南茶法，增其税"——这项措施直接加重了人民的负担，遭到百姓的反感。但诛杀宦官这件事，文宗却没有跟他商量，是秘密进行的。甘露事变发生，神策军到处抓人时，他躲进一个茶馆里，但还是被抓了。他被腰斩于子城西南角的独柳树下，全家遭诛灭，家产被没收，田宅入官。那白居易对他什么态度呢？想起来当年的事儿，白居易肯定对他有意见。但白居易是一位有正义感的人，知道在这件事上他是冤枉的，白居易也不会幸灾乐祸。

四、白居易的退隐

白居易痛心的是清除宦官的事件失败了，他对这次事件中遇难者是同情的。有人从他的这首诗说他是幸灾乐祸，我们不同意这种看法。从这个事件中，他获得的经验教训是消极的，他要急流勇退，避祸远害。这种人生态度是消极的，但又是可以理解的。为什么可以理解呢？这是白居易长期的官场生活造成的。白居易跟李白、杜甫都不一样，他一生做官。他的亲身经历让他认识到了官场的黑暗和险恶，他是经历了一次又一次宦海风波，才由一位急流勇进的人变成了急流勇退的人。

白居易出生于一个"世敦儒业"的中小官僚家庭，从小便有远大志向。为了实现政治抱负，他只有科举一条道路，所以他刻苦读书。读得口都生出了疮，手都磨出了茧，年纪轻轻的，头发全都白了。他先是考取进士，他是他那一届年龄最小的，三十岁。唐代是"三十老明经，五十少进士"，白居易算是年轻的了，少年得志。他写诗说："慈恩塔下题名处，十七人中最少年。"授校书郎，这是个很有前途的官职。又参加吏部才识兼茂明于体用科，及第，授盩厔县（今西安周至县）县尉。又任进士考官、集贤校理，授翰林学士。因为表现好，又任左拾遗，开始了他一生最辉煌的时期。左拾遗是谏官，负责向朝廷提批评建议，有很多表现的机会。他写了很多奏章，批评时政。"屡陈时政，请降系囚，蠲租税，放宫人，绝进奉，禁掠卖良人等，皆从之。"他多次上书朝廷，表达他的政治见解，建议减轻对监狱里囚犯的刑罚，减免百姓的赋税，把后宫的妇女放回家，禁止地方官向朝廷进献特产，禁止把百姓买卖为奴隶，这些都被朝廷采纳。为了配合他的斗争，还写了许多大胆揭露社会黑暗的诗，批评朝政。我们熟悉的白居易那些反映现实的诗，都是这时写的，每一首诗都引起轰动。他也因此得罪了不少人，受到打击。母亲去世，他丁忧三年。再恢复官职时，就被任命为太子左赞善大夫。这是一个闲职。这对他的情绪产生了很大影响。但他仍然对社会黑暗势力进行批评，朝廷认为他是越职言事，王涯又迎合权臣的旨意，趁机落井下石，说白居易母亲看花落井而死，可是白居易还写诗写井写花，是不孝。把他贬到江州。那时是偏远的地方，白居易认为自己是"天涯沦落"，他的政治热情消失大半。但这仅仅是开始。

后来他被量移到忠州，当刺史，提拔了。又把他调回朝廷，拜尚书司门员外郎，又迁主客郎中，知制诰。这时候，白居易又可以在政治上有所作为了。但朝廷里出现了牛李党争，以牛僧孺为代表和以李德裕为代表的大臣分成两派，长期斗争，许多人因此被贬官，被杀害。白居易不小心就会卷入其中。当时他是差一点儿就卷进来了。怎么这样说呢？这跟一场科举考试有关。

穆宗长庆元年（821），礼部侍郎钱徽主持考试，任主考官。当时录取进士十四人，其中有李宗闵的女婿、杨汝士的弟弟。李德裕、元稹与李宗闵有矛盾，又加上李绅三个人一起告到朝廷，说这次考试录取不公平。皇帝下诏，命白居易、王起重试。重试的结果，十四个人中有十个人被取消进士资格。穆宗很生气，把钱徽、李宗闵、杨汝士等人都贬到了边远地区。这样，李德裕和李宗闵就结仇了，这个事件成了导火索，从此朝廷大臣正式分为两派。这一派上台了，把对方打下去。那一方上台了，又把另一方打下去。这样翻烧饼，翻了四十年。李宗闵这一派后来出了一位叫牛僧孺的，事事跟李德裕对着干，所以叫牛李党争。这一次，显然白居易是站在李德裕一方了，如果他这样继续混下去，那就不免成为李党的成员。当时两派的斗争，越来越沦为权力的争夺，谁也不顾是非了，只看是不是自己的同党，是同党就支持，不是同党就反对，就打击。只要在朝廷里干，你就必须站队，总得倾向于某一派。你属于某一派，就有人支持你。即便一时失败了，还有出头之日。你这一派有人得势了，你也跟着占上风，一损俱损，一荣俱荣。否则呢？否则哪一派也不在乎你，你怎么干都不行。白居易一看这形势，他已经无法在朝廷急流勇进了，就开始给自己找后路了。什么后路呢？史书云："时国是日荒，朋党倾轧，两河再乱，民生益困，乃求外任。"——不在朝廷干了，到地方上去。他要求外任——朝廷任命他为杭州刺史。上有天堂，下有苏杭。他在杭州干得很开心，他很想在杭州一直干下去。但三年期满，朝廷把他调回来了。他自己要求到洛阳工作，因为洛阳有一个朝廷班子，都是闲职。朝廷任命他为太子左庶子分司东都。这是东宫的职务，但太子都不在洛阳，东宫的官都没有事干，就是闲着。但是朝廷知道白居易是个人才，又任命他为苏州刺史。又是天堂。但白居易眼病很严重，到苏州后什么工作都做不了，只好辞官。他对苏州的百姓感到惭愧。回到洛阳，开始没有再任职。这时朝廷出事了，宦官刘克明把敬宗皇帝杀了，宦官又拥立文宗即位。文宗立刻起用白居易，让他当秘书监，又转刑部侍郎。这时宦官专权、朝廷党争都达到了白热化的程度。而且党争的双方都有他的朋友，或者亲戚，哪一派失败，他可能都难脱干系。他不敢在朝廷干，托病要求免官，于是又被任命为太子宾客分司东都，又开始赋闲。朝廷不想浪费这个人才，又任命他担任河南尹。这是实职，干了三年，他又以病为由，再次提出免职，免职以后还是太子宾客分司东都。大和九年（835），白居易已经六十四岁，朝廷又想让他担任同州刺史，他没有接受。

他在洛阳过的是优哉游哉的生活，跟香山寺的和尚讨论佛法，跟一群已退休半退休的老头子喝酒、赋诗，游山玩水。他玩得已经对政治有点儿麻木了，不想现实又给他敲了一记警钟。这一年十一月二十一日，朝廷发生了甘露之变，朝廷里大臣很多人被杀。消息传来，他想了想这些年的人生，产生了一种侥幸的心理，心想，如果不是这些年急流勇退，一直在长安朝廷宦海沉浮的话，那天很可能也成了神策军的刀下之鬼了。他想起了嵇康，想起了李斯，他们没有逃脱厄运，而自己正是因为急流勇退，才活得这么安稳。王涯他们一群人在朝廷本来多神气啊，可是一日之间全都命归黄泉。所以写了《九年十一月二十一日感事而作》，同时特别说明："其日独游香山寺。"

这样我们就知道，白居易晚年放弃了自己"达则兼济天下"的政治追求，走上了"穷则独善其身"的人生道路，他本来也没有"穷"，却也独善其身了。这不是他的本愿，是时代和环境造成的。急流勇进和急流勇退，都需要一个"勇"字，急流勇进需要战胜敌人，战胜困难，为社会为百姓作贡献；急流勇退需要战胜自己，战胜自己的进取之心，战胜自己的各种欲望，才能随遇而安，明哲保身。白居易为了避祸远害，放弃了进取，他获得了身心的安稳。

14

中唐地方政治，
侵渔百姓的节度使和刺史

——元稹《使东川》和《东台去》

一、元稹使东川事件

唐代元和四年（809）春天，诗人元稹从京城长安赶往梓州，梓州州治在今四川三台县。当时的梓州是剑南东川节度使驻节的地方，是一个道的行政中心。唐后期的道相当于我们现在的省。这不是他最终的目的地，他的最终目的地是泸川县，在今四川泸州。他的这个行程所经过的就是我们都知道的蜀道，一路上高山大川，向来有"蜀道之难难于上青天"的说法。他为什么千里迢迢跋山涉水要到泸川呢？他是来调查一个贪腐案的。按说，从事这项工作的人，心情都比较紧张，因为涉及司法工作，不能稍出差错。可是元稹却很轻松，我们读一读他在路上写的一首诗，就知道他当时的心情。他路过百牢关时写了一首诗：

> 嘉陵江上万重山，何事临江一破颜。
> 自笑只缘任敬仲，等闲身度百牢关。

诗题下有个注释："奉使推小吏任敬仲。""奉使"就是奉朝廷御史台的命令出使而来。这个"推"是法律术语，就是推鞫、审问、审理。他是来审理任敬仲的案件的。他又特意说任敬仲是小吏。在唐代，官和吏是有区别的，官是入品的正式官员，官分九品，在九品之内的才算官。吏不在九品之内，不是正式官员，是不入品的小公务员，从事的是事务性的工作。"破颜"就是破颜一笑。"自笑"就是笑自己。他感到自己好可笑啊，为什么呢？为了一个任敬仲，一个不入品的小吏，你一个堂堂京官竟然不辞辛苦地远道而来。

元稹当时是什么职务呢？监察御史。他是以监察御史的身份，来调查这里的监官任敬仲的贪腐案的。这一路上要经过嘉陵江，而且要沿嘉陵江而行。这个任敬仲是个芝麻小官，小到连个官都不是，是个"小吏"，所以案子并不大，用我们现在的话说，就是只"苍蝇"，甚至连苍蝇都说不上，是只"蚊子"，连元稹自己都觉得自己一名堂堂京官，为这么个小芝麻官的腐败案件跑这么大老远，不值得。所以他没有多大压力，心情很轻松，特别一路上伴随着嘉陵江而行，两岸的风景美不胜收，所以他一路走一路写诗，写了好多诗。当路过百牢关时，他为自己跋山涉水风尘仆仆远道而来"拍苍蝇"感到好笑，就写了《百牢关》这首诗。百牢关是个地势险要的地方，山路必然是崎岖难行。当他艰难地走过百牢关时，他这种感受就越发强烈，他对自己的行为越发感到好笑。"等闲"这个词有两个意思：一是轻易、随便、寻常、平常；二是无端地，白白地。这里是第二个意思。即便把这个案子审理清楚，又怎么着呢，还不是让我白白地浪费光阴。所以一路上，元稹并不想这个案子的事，专注写诗，写了不少沿途风物的诗。白居易的弟弟白行简是个书法家，把元稹当时写的诗都一首一首地写出来，编成一本诗集，称为《东川卷》，一共三十二首。元稹自己选了二十二首，取名《使东川》，序言中这样交代：

> 元和四年三月七日，予以监察御史使东川，往来鞍马间，赋诗三十二章。秘书省校书郎白行简为予手写为《东川卷》。今所录者，但七言绝句、长句耳，起《骆口驿》，尽《望驿台》，二十二首云。

读这些诗，可以让我们知道元稹出使途中的心情。一是比较轻松，他一路上在欣赏美景。比如《骆口驿》："我到东川恰相半，向南看月北看云。"《清明日》："今日清明汉江上，一身骑马县官迎。"二是忆旧。因为心情轻松，老是回忆过去老朋友聚会的事儿，特别是想白居易，如《梁州梦》："梦君同绕曲江头，也向慈恩院院游。亭吏呼人排去马，忽惊身在古梁州。"三是遗憾，遗憾自己千里迢迢，只为处理一个小吏。如《南秦雪》："飞鸟不飞猿不动，青骢御史上南秦。"又《惭问囚》："那知今日蜀门路，带月夜行缘问囚。"这个"囚"就是任敬仲。这首诗说，自己堂堂朝廷御史，去审理一个小吏，不光跋山涉水，而且披星戴月。他为自己的这个使命感到不好意思，有榴弹炮打苍蝇的感觉。甚至感到朝廷真是有点小题大做。但令元稹想不到的是，他这次去审理任敬仲小吏的案子，竟然审出一个惊天大案，由一只苍蝇牵出一只大老虎，还有一群小老虎。

二、东川之行牵出的贪腐大案

监察御史元稹到了东川，这是剑南东川节度使管辖的地盘。他审理了小吏任敬仲案件。这一审理不得了，元稹发现这绝不是一件小案，而是一件要案、大案。原来任敬仲犯罪只是冰山一角，元稹调查发现了一件惊心动魄的特大贪腐案，这个案件足以震动朝野。

朝廷官员到地方来审案，当地涉案人员要么阻挠审理工作的进展，要么软硬兼施要求高抬贵手，大事化小。软的一手就是拉拢贿赂，硬的一手便是威胁。强龙还怕地头蛇呢，朝廷官员面临着严峻抉择：他可以借机谋取私利，替犯法者蒙混过关；也可以不顾个人安危，检举犯罪人员，维护国家和人民利益。元稹选择了后者。

他在震惊之余，愤怒地条疏剑南东川节度使严砺窝案和山南西道塌方式腐败，以"剑南东川详覆使"的身份向朝廷进行了弹劾，这就是留传至今的著名的《弹奏剑南东川节度使状》。剑南东川节度使即严砺，奏状先概括其犯罪的基本事实：

故剑南东川节度观察处置等使严砺在任日，擅没管内将士、官吏、百姓及前资寄住等庄宅、奴婢，今于两税外加配钱、米及草等，谨件如后：严砺擅籍没管内将士、官吏、百姓及前资寄住涂山甫等八十八户，庄宅共一百二十二所，奴婢共二十七人，并在诸州项内分析。

剑南东川节度使兼观察处置使，是朝廷方面大员，相当于现在省部级高官，说严砺是大老虎名副其实。"擅没"即擅自没收，是违法行为。他违法没收了八十八户人家的家产，包括一百二十二所庄宅和二十七名奴婢，转卖后而归为己有。这是与任敬仲直接有关的案件。所以，元稹交代发现这一案件的线索和事件的真相：

臣伏准前后制敕，令出使御史，所在访察不法，具状奏闻。臣昨奉三月一日敕，令往剑南东川详覆泸川监官任敬仲赃犯。于彼访闻严砺在任日，擅没前件庄宅奴婢等。至今月十七日详覆事毕，追得所没庄宅、奴婢。文案及执行案典耿琚、马元亮等检勘得实。据严砺元和二年正月十八日举牒云："管内诸州，应经逆贼刘辟重围内并贼兵到处，所有应接，及投事西川军将、州县官，所由典正、前资、寄住等，所犯虽经霈泽，庄田须有所归，其有庄宅、奴婢、桑柘、钱物、斛斗、邸店、碾硙等，悉皆搜检。"得涂山甫等八十八户，案内并不经验问虚实，亦不具事职名，便收家产没官，其时都不闻奏。所收资财、奴婢悉皆货卖破用，及配充作坊驱使，其庄宅、桑田，元和二年、三年租课，严砺并已征收支用讫。臣伏准元和元年十月五日制，"西川诸军诸镇刺史大将及参佐官吏将健百姓等，应被胁从补署职官，一切不问"，又准元和二年正月三日赦文，"自今日已前，大逆缘坐，并与洗涤"。况前件人等，悉是东川将吏百姓及寄住衣

冠，与贼党素无管属。贼军奄至，暂被胁从，狂寇既平，再
蒙恩荡。严砺公违诏命，苟利资财，擅破八十余家，曾无一
字闻奏。岂惟剥下，实谓欺天。其庄宅等至今被使司收管。
臣访闻本主并在侧近，控告无路，渐至流亡。伏乞圣慈勒本
道长吏及诸州刺史，招缉疲人，一切却还产业，庶使孤穷有
托，编户再安。其本判官及所管刺史，仍乞重加贬责，以惩
奸欺。

　　从这一段交代可知，严砺的这一犯罪事实是通过审理任敬
仲贪污案而获知的，也就是说是以任敬仲犯罪的事实为线索，顺
藤摸瓜，查到了严砺。其事件真相是：剑南西川节度使韦皋去
世，副使刘辟为留后，暂时代理节度使之职。刘辟不等朝廷新任
命的节度使到任，便想利用蜀道险阻，拥兵自重，自称节度使，
胁迫朝廷接受既成事实。刘辟还出兵攻占东川节度使地盘，但朝
廷不予承认，对他的擅权行为进行了指责。刘辟抗命，朝廷派兵
征讨，刘辟败亡。其后朝廷下诏赦免那些被刘辟胁迫的将吏、百
姓。严砺却违反诏命，仍然以追究那些将吏、百姓的罪责为名，
没收其家产、奴婢，变卖后中饱私囊，造成朝廷的恩德未能施及
相关将吏、百姓。用元稹的话说："岂惟剥下，实谓欺天。"下
刻剥百姓，上欺瞒朝廷，其罪可谓大矣。

　　但据元稹调查得知，严砺的贪腐之罪尚不止于此，他还有更
严重的犯罪行为。元稹访知，原来，严砺的贪腐并非偶尔为之，
而是在任期间长期存在的行为。因此，在向朝廷上的这道奏章

里，他又揭发了严砺的另外两条罪状。

（1）严砺又于管内诸州元和二年两税钱外，加配百姓草共四十一万四千八百六十七束，每束重一十一斤。

这是比上述罪状更严重的罪行，上述罪状只涉及八十八户人家、一百二十二所庄宅和二十七名奴婢，而这件事涉及其管内诸州各家百姓。剑南东川节度使下辖多少州呢？剑南东川节度使治所在梓州（今四川三台），辖区在今四川盆地中东部，领有梓州、普州、遂州、泸州、绵州、陵州、昌州、荣州、剑州、龙州、渝州、合州等十二州，相当于今四川盆地中部涪江流域以西、沱江下游流域以东和剑阁、青川等县地。这是祸害这一广大地区千家万户的罪状。元稹分析其罪状："臣伏准前后制敕及每岁旨条，'两税留州留使钱外，加率一钱一物，州府长吏并同枉法计赃，仍令出使御史访察闻奏'，又准元和三年赦文，'大辟罪已下，蒙恩涤荡，惟官典犯赃，不在此限'。臣访闻严砺加配前件草，准前月日追得文案，及执行案典姚孚检勘得实。据严砺元和二年七月二十一日举牒称：'管内邮驿要草，于诸州秋税钱上，每贯加配一束。'至三年秋税，又准前加配，计当上件草。臣伏准每年皆条，馆驿自有正科，不合于两税钱外擅有加征。况严砺元和三年举牒，已云准二年旧例征收，必恐自此相承，永使疲人重困。伏乞勒本道长吏，严加禁断，本判官及刺史等，伏乞准前科责，以息诛求。"严砺的这种行为，加重了百姓的负担，给苦难深重的东川百姓雪上加霜，即所谓"使疲人重困"。

（2）严砺又于梓、遂两州，元和二年两税外，加征钱共七千贯文，米共五千石。

这是涉及梓州和遂州两个州的经济犯罪，都是在朝廷规定的两税之外额外加征。元稹交代此案发现的过程："臣准前月日追得文案，及执行案典赵明志检勘得实。据严砺元和二年六月举牒称：'绵、剑两州供元和元年北军顿递，费用倍多，量于梓、遂两州秋税外，加配上件钱米，添填绵、剑两州顿递费用者。'臣又牒勘绵州，得报称：'元和二年军资钱米，悉准旧额征收，尽送使讫，并不曾交领得梓、遂等州钱米添填顿递，亦无克折当州钱米处者。'臣又牒勘剑州，得报称：'元和元年所供顿递，侵用百姓腹内两年夏税钱四千二十三贯三文，使司今于其年军资钱内克下讫，其米即用元和元年米充，并不侵用二年军资米数，使司亦不曾支梓、遂州钱米充填者。'臣伏念绵、剑两州供顿，自合准敕优矜；梓、遂百姓何辜，擅令倍出租赋？况所征钱米数内，惟克下剑州军资钱四千二十三贯三文，其余钱米，并是严砺加征，别有支用。其本判官及梓州、遂州刺史，悉合科处，以例将来。"严砺以绵州、剑州因地处自秦入蜀的驿道上，需要供应入蜀唐军驿路行军费用，费用倍多为由，从梓州、遂州加征税收以补绵、剑二州。元稹指出，按照朝廷敕令，绵、剑二州因供军在征税方面应该给予优惠，从轻征收，而实际上已经征收，完全不必在梓、遂两州加征。而加征所得并没有补贴绵、剑二州，却是"别有支用"。

显然，这两次"加配""加征"所得为剑南东川自严砺以下地方各级官员所贪污。这不是严砺一个人的犯罪，而是窝案，是剑南东川一道官员塌方式腐败，涉及严砺节度使僚佐和州县官吏许多人。

　　根据调查，元稹把这些贪赃枉法的官员及其所犯罪行一一罗列出来，"擅收没涂山甫等庄宅、奴婢，及于两税外加配钱、米、草等本判官及诸州刺史名衔，并所收色目，谨具如后"，其中涉及大小官员、节度使幕府僚佐十余人。（1）元举牒判官、度支副使、检校尚书刑部员外郎兼侍御史、赐绯鱼袋崔廷：都计诸州擅没庄共六十三所，宅四十八所，奴一十人，婢一十七人。于管内诸州元和二年、三年秋税钱外随贯加配草。（2）元举牒判官、观察判官、殿中侍御史内供奉卢诩：都计诸州共加配草四十一万四千八百六十七束。加征梓、遂两州元和二年秋税外钱及米。（3）元举牒判官摄节度判官监察御史里行裴澍：计两州加征钱共七千贯文，米共五千石。（4）梓州刺史、检校尚书左仆射兼御史大夫严砺，元和四年三月八日身亡：擅收涂山甫等庄二十九所，宅四十一所，奴九人，婢一十七人；加征三千贯文，米二千石，草七万五千九百五十三束。元和二年三万一千七百九十三束，元和三年四万四千一百六十束。（5）遂州刺史柳蒙：擅收没李简等庄八所，宅四所，奴一人；加征钱四千贯文，米三千石，草四万九千九百八十五束。元和二年二万四千五百三束，元和三年二万五千四百八十二束。（6）绵州刺史陶锽：擅收没文怀进等庄二十所，宅十三所，加征草八万八千六百八十八束。元和二年三万八千九十三束，元和三年五万五百九十五束。（7）剑州刺史崔实成：擅收没邓琮等庄六所，加征草二万一千八百一十七束。元和二年九千三十九束，元和三年一万二千七百七十八束。（8）普州刺史李忿：元和二年加征钱草六千束，三年加征草九千四百五十束。（9）合州刺史张平：元和二年加配草三千四百六十二束，三年加征草五千六百五束。（10）荣州刺史陈当：元和二年加征草九千四百三束，三年加征草五千四百二十七束。（11）渝州刺史邵膺：元和二年加征草二千六百一十四束，三年加征草三千七百二十七束。（12）泸州刺史兼御史刘文翼：元和二年加征草三千八百五十三束，三年加征草三千八百五十一束。其他还有资州元和二年加征草一万五千七百九十八束，三年一万六千二百二十五束。简州元和二年加征草二万四千一百四束，三年二万三千一百一十八束。陵州元和二年加征草二万四千六百六束，三年二万三千八百六十一束。龙州元和二年加征草八百九十一束，三年八百一十一束。

除了以上的贪官之外，还有两部分涉事官员未列入这份名单。一部分是因为朝廷平息刘辟之乱后，对剑南西川和剑南东川两道行政区划上有调整，有的原属东川的州县分出，隶属于西川，这一地区的官员没有列入；一部分是当时担任东川州刺史的官员有的已经停职，有的已经调出，有的已经升迁，不在原来的岗位上。所以他说："已上本判官及刺史等名衔，并所征收色目，谨具如前。其资州等四州刺史，或缘割属西川，或缘停替迁授，伏乞委本道长吏，各据征收年月，具勘名衔闻奏。"这是超越元稹此次东川之行的职责范围的，因此他要求朝廷命令涉事诸道长官进行调查，然后报告朝廷。

元稹出于对贪腐行为的痛恨，向朝廷痛陈严砺贪腐一案的严重后果，表达了强烈的愤恨之情，并对如何处理此案提出了建议：

> 伏以圣慈轸念，切在苍生。临御五年，三布赦令，殷勤晓谕，优惠困穷，事涉扰人，频加禁断。况严砺本是梓州百姓，素无才行可称，久在兵间，过蒙奖拔。陛下录其末效，移镇东川，杖节还乡，宠光无比。固合抚绥黎庶，上副天心，蠲减征徭，内荣乡里。而乃横征暴赋，不奉典常，擅破人家，自丰私室。访闻管内产业，阡陌相连，童仆资财，动以万计。虽即没身谢咎，而犹遗患在人。谓宜谥以丑名，削其褒赠，用惩不法，以警将来。其本判官及诸州刺史等，或苟务容躯，竞谋侵削；或分忧列郡，莫顾诏条。但受节将指挥，不惧朝廷典宪，共为蒙蔽，皆合痛绳。臣职在触邪，不胜其愤。谨录奏闻，伏候敕旨。

元稹的揭发和举奏，一时震动朝廷。经宰相商议，宪宗皇帝定夺，中书省、门下省下牒御史台，对此案做出了处理：

> 奉敕："籍没资财，不明罪犯；税外科配，岂顾章程？致使衔冤，无由仰诉，不有察视，孰当举明。所没庄宅、奴婢，一物已上，并委观察使据元没数，一一分付本主。纵有已货卖破除者，亦收赎却还。其加征钱、米、草等，亦委观

察使严加禁断，仍榜示村乡，使百姓知委。判官崔廷等，名
叨参佐，非道容身；刺史柳蒙等，任窃藩条，无心守职。成
此弊政，害及平人，抚事论情，岂宜免戾？但以罪非首坐，
法合会恩，亦以恩后加征，又已去官停职，俾从宽宥，重
此典常。其恩后加征草，及柳蒙、陶锽、李岱、张平、邵
膺、陈当、刘文翼等，宜各罚两月俸料，仍书下考。馀并释
放。"牒至，准敕故牒。

元稹举奏的大小官员一干人等，受到了法律的严惩。这是唐
宪宗时震动一时的贪腐大案。在破获严砺贪腐大案的过程中，监
察御史元稹厥功甚伟。

三、唐朝监察御史的职责

监察御史是御史台官员，也是御史台级别最低的职务。御
史台是古代官署，中央最高监察机构，东汉时开始设置。秦汉时
以御史负责监察事务。御史所居的官署称御史府，南北朝时开始
称御史台。隋唐时沿置，唐高宗时又称宪台，负责纠察、弹劾官
员，肃正纲纪。唐初御史台的职责只是把听说的违法犯罪活动上
奏朝廷，称为"风闻奏事"，没有司法权力。贞观年间，御史台
设置台狱，受理特殊的诉讼案件。开元十四年（726）后，专设受
事御史一员，以御史充任，每日一人轮流受理词讼。从此，凡重
大案件，御史台和刑部、大理寺组成三法司（简称三司）联合审

理。大理寺负责审讯、拟定判词，刑部负责复核，同时报御史台监审。御史台长官是御史大夫，权高职重，有"副相"之称。副长官是御史中丞，其下领侍御史、殿中侍御史、监察御史。因为御史大夫权力过大，中唐之后常常缺置，御史中丞成为实际上的御史台长官。唐朝光宅元年（684），改御史台为左肃政台，专管京官、军队的监察事务，地方监察事务另设右肃政台负责。稍后，左台也可以监察地方。两台每年春秋两季派出专使以四十八条巡察州县，春季派遣的称"风俗使"，秋季派遣的称"廉察使"。神龙元年（705），改成左右御史台。唐玄宗先天元年（712），废右台，次年复置，稍后再废。唐朝在洛阳也设置御史台，称东都留台。中唐以后，节度使往往带朝衔御史大夫，刺史等地方官也可带御史台官衔，称外台。

御史台的监察御史，职责是监察百官、巡视州县、纠正刑狱、肃整朝纲。这个职务是隋文帝时才开始设置的，以前叫检校御史。唐代御史台分为三院，监察御史属察院，品秩不高而权限广。《新唐书·百官志三》云："监察御史十五人，正八品下。掌分察百僚，巡按州县，狱讼、军戎、祭祀、营作、太府出纳皆莅焉；知朝堂左右厢及百司纲目。"这样重要的职务，品级仅正八品下，也就是说还在七品芝麻官县令的级别之下，出入朝堂只能由侧门进出，非奏事不得至殿廷。这个限制至开元初年才取消。唐代的谏官和监察官级别都不高，原因是一旦官职太高，任职者都会趋于保守。而年轻气盛的人级别不高，才会努力工作。谏官和监察官都是极容易得罪人的职务，没有点儿勇气或上进心的人可能成为"老油条"。所以这是朝廷有意为之，也可以说是个预防机制。

但因朝廷和地方官吏皆受其监察，监察御史权限甚广，很为百官忌惮。监察御史监察百官、巡视州县、纠正刑狱、肃整朝仪，官阶不高，但可以弹劾违法乱纪和不称职的官员，这就成为一个容易得罪人的岗位，搞不好便会遭人打击报复。贞观时期，唐太宗的儿子李恪打猎，影响了百姓的生活，被监察御史柳范弹劾。唐太宗把责任推到亲王府长史权万纪身上，要处死权万纪。柳范批驳说："权万纪上面还有宰相呢，宰相未能阻止陛下打猎，能只责备权万纪吗？"唐太宗接受了柳范的批评，召见柳范表扬了一番。但不是所有人都像柳范这样遇到唐太宗这样的皇帝。唐玄宗时的周子谅就没有这样幸运。开元年间，张九龄按察岭南，奏请周子谅充判官。张九龄为相，引为监察御史。开元二十五年（737），牛仙客为相，张九龄罢相。周子谅认为牛仙客滥登相位，指责御史大夫李适之坐观其事。李适之上奏，引起玄宗大怒，亲加诘问，杖于朝堂，周子谅被打得晕死过去。苏醒后被流放瀼州，行至蓝田而死。

元稹担任监察御史时，正是唐宪宗励精图治的时候。元稹当时三十岁，年轻气盛。他和白居易一样，都想为振兴唐朝而奋发有为。这次奉使东川，他就不畏权势，回到朝廷，大胆捅了严砺这伙贪腐官员的马蜂窝，将他们绳之以法，为百姓伸张了正义。但他的结局却令人扼腕叹息。《旧唐书·元稹传》记载："四年，奉使东蜀，劾奏故剑南东川节度使严砺违制擅赋，又籍没涂山甫等吏民八十八户、田宅一百一十一、奴婢二十七人、草千五百束、钱七千贯。时砺已死，七州刺史皆责罚。积虽举职，而执政有与砺厚者恶之。使还，令分务东台。"元稹出于正义，揭发了一大批贪腐官员，也得罪了一些官员。特别是严砺，身居高位，虽已死去，在朝官员和掌权宦官中举荐过他的，有利益输送的，曾受过其贿赂的，有亲密交往的，对元稹恨之入骨。元稹出使东川，完成这次举奏之后，朝廷就把他派到洛阳，分司东都。东都有一个朝廷班子，称为朝廷的"分司"机构，唐后期因为皇帝不再到东都去，这套班子都是闲职，派元稹到东都御史台去，将他投闲置散，以避免他继续举奏，扩大战果，也是对他的打击。

四、元稹纠劾严砺后的坎坷仕途

严砺（？—809），字元明，四川盐亭人。这个人品行有问题。严砺年轻时学佛，太守欣赏他的才干，表为玄武县尉。他之所以能爬上高位，跟他的从祖兄弟严震有关，严震是唐代名臣。严震任山南西道节度使，署严砺为牙将。就是在这时他遇到了机会。因为朱泚之乱，德宗逃难到这里，严砺负责馈饷而立功。贞元十五年（799），严震卒，以严砺权留府事，遗表举荐严砺才堪委任。当年七月，朝廷下敕，严砺被越级提拔为兴元府尹兼御史大夫、山南西道节度使、支度营田、观察使。当朝廷下达这一诏书时，引起一场很大的争论。谏官、御史台官员皆以为除拜不当。当天，谏议大夫、给事中、左右补阙、左右拾遗一众谏官和御史台官员集中到门下省共议，大家一致的意见是："严砺资历甚浅，人望素轻，遽领节旄，恐非允当。"当讨论此事时，大家都意见很大，以至于"既兼杂话，发论喧然"。也就是说，有人说出了很难听的话，群情激愤。拾遗李繁独奏云："昨除拜严砺，众以为不当，谏议大夫苗拯云：'已三度表论，未见听允。'给事中许孟容曰：'诚如此，不旷职矣。'"又云："李元素、陈京、王舒并见拯及孟容言议。"

这场争论引起朝廷重视，德宗派人诘问他们为什么妄议朝廷的任命。第二天，谏议大夫苗拯被贬为万州刺史，拾遗李繁被贬为播州参军。朝廷对严砺的任命不合理，引起谏官和御史台官员不满，结果这些谏官和台官们受到打击。这说明什么问题呢？说明严砺在朝廷中有后台，用现在的话说就是"保护伞"。严砺在节度使位上贪残，士民不堪其苦。他讨厌凤州刺史马勋，向朝廷诬奏之，马勋被贬为贺州司户。"纵情肆志，皆此类也。"刘辟叛乱，因严砺储备有素，其朝衔又被提拔为检校尚书左仆射，加节度东川。如元稹所弹奏，他擅没吏民田宅百余所，税外加敛钱及刍粟数十万。元和四年（809）三月，严砺卒，朝廷又赠他司空。他死后，监察御史元稹奉使两川按察，纠劾严砺在任日赃罪数十万。"诏征其赃，以死，恕其罪。"这种因死不加追究的处理，也证明朝廷里支持严砺的人还在。反而举奏严砺的元稹受到"分司东都"的贬降。在东都御史台的任上，元稹仍坚持正义，不畏权势，继续与腐败官员斗争。史载浙江观察使韩皋对湖州安吉县令孙瀚施以杖刑，孙于四日内死亡。徐州监军使孟昇去世，节度使王绍运送孟昇丧枢回京，持牒文乘坐驿车，便在驿站停放丧枢。上述两事，元稹一并据法启奏弹劾。河南尹房式做了违法之事，元稹欲加追究，房式擅自令其停职。飞表上奏之后，朝廷罚房式一月俸禄，便召元稹回京。途中宿敷水驿，内官刘士元后至，却与元稹争厅，刘士元怒，强行推门而入，元稹脚上只穿着袜子，慌忙退避厅后。刘士元追上去，用马鞭击伤元稹面部。执政官反认为元稹年轻属于后辈，却一味作威作福，便将他贬为江陵府士曹参军。

古人云诗穷而后工。意谓只有当诗人遭遇不幸时，他写的诗才动人。元稹聪明机智过人，年少即有才名，与太原白居易相友善。元、白工于作诗，善于描绘歌咏事物之风姿特色，当时论诗者以元、白并称。自士大夫学子，到闾巷俚俗之人，尽皆传诵，号称"元和体"。元稹因才华出众、性格豪爽，不为朝廷所容，流放荆蛮近十年。随即白居易也贬为江州司马，元稹量移通州司马。虽然通州、江州天远地隔，可两人来往赠答，计所作诗，有自三十韵、五十韵直至百韵者。江南人士于道途讽诵，一直流传至宫中，里巷之人互相传诵，致使市上纸贵。其诗表达流离放逐之心境，读者无不凄惋。元和十四年（819），当元稹从虢州长史任上被召回朝廷担任膳部员外郎时，宰相令狐楚素知元稹诗文造诣，对元稹说："曾览足下创作，遗憾的是所见不多，我等待您的作品很久了。希望能看到您所有大作，使我畅意开怀。"元稹因而献其诗作，又自叙道："我当初不好作诗文，只因入仕无别的门路，勉强经由科试。及至有罪遭贬之后，自以为废滞潦倒，不再写作文字给人看了。却不知好事者挑中我这粗疏之作，冒犯尊重。承蒙相公特意在朝廷言及我的诗句，昨又面奉教诲，令献旧作。战抖汗颜，羞愧难当。"他对自御史台被贬后的诗作了这样的说明："穑自御史府谪官，至今十余年了。闲散无事，于是专心写作诗章。日积月累，有诗千余首。其中见物感怀咏物寓意，有些能具备盲乐师讽诵之遗风。但言辞率直气势粗犷，惧怕获罪，根本不敢显露于人前。唯有杯酒景物之间，屡作小碎篇章，用以自抒胸臆。"令狐楚看了他的诗作之后深为赞赏，认为是当今之"鲍、谢"，把他和南朝鲍照和谢灵运相提并论。

五、分司东都与"穷通两未遂"

分司东都给这位血气方刚的年轻御史一个打击，也给他的政治热情浇了冷水。元穑很郁闷。离开长安赴任时，他有一首诗《赠咸阳少府萧郎》留别朋友萧某：

莫怪逢君泪每盈，仲由多感有深情。
陆家幼女托良婿，阮氏诸房无外生。
顾我自伤为弟拙，念渠能继事姑名。
别时何处最肠断，日暮渭阳驱马行。

从这首诗的描写可知，这位萧郎应与元穑有亲戚关系，所以元稹自称"弟",又说自己离开长安,萧某能继续照顾"姑",即元稹的母亲。元稹见萧郎,显然是萧郎前来送行,元稹临别有所嘱托。当两位表兄弟见面时,元稹竟"男儿有泪不轻弹"而伤心落泪。当交代了该交代的事情后,他说最令他伤心断肠的是天色已晚,而自己将驱马东行,离开长安到东都赴任。为了打击贪腐,年轻御史冒着极大风险打老虎,立下大功,本来应该得到奖赏和提拔,却分司东都而形同贬降,元稹的情绪一落千丈。好友白居易有一首诗《寄元九》回忆送别时元稹的心情:"今春除御史,前月之东洛。别来未开颜,尘埃满樽杓。蕙风晚香尽,槐雨余花落。秋意一萧条,离容两寂寞。"离别后两人都感到孤单冷落。

　　当时的元稹和白居易都是年轻气盛,立志有所作为的人,"欲为圣明除弊事",希望在政治上有所建树。经历这场风波之后,元稹自感怀才不遇,前途茫茫,心灰意冷,要放弃自我了。这在他的《东台去》一诗里表现得非常明白:

> 陶君喜不遇,予每为君言。
> 今日东台去,澄心在陆浑。
> 旋抽随日俸,并买近山园。
> 千万崔兼白,殷勤承主恩。

　　这首诗有个序言:"仆每为崔、白二学士话陶先生喜不遇之事,且曰:'仆得分司东台,即足以买山家。'"崔是崔群,白是白居易。陶君即陶渊明,曾作《感士不遇赋》,替历史上政治失意的文士鸣不平，当然也是为自己鸣不平。不过陶渊明正话反说，说对自己的不遇感到庆幸。所以元稹常对崔、白二人谈及陶渊明的事，说不遇是好事，政治上不再有追求，大可"躺平"，过舒心的日子，不是很好吗？现在我分司东台，正可以在山里买个房子，半官半隐，亦官亦隐，岂不惬意！诗里表达的也是这个意思。陆浑，山名，在洛阳。陆浑山是风景区，很多人喜欢在这里建别墅。唐初诗人宋之问有《寒食还陆浑别业》诗："洛阳城里花如雪，陆浑山中今始发。且别河桥杨柳风，夕卧伊川桃李月。伊川桃李正芳新，寒食山中酒复春。野老不知尧舜力，酣歌一曲太平人。"可见诗人对陆浑山美景多么喜爱。元稹说我今天到东都赴任，身在官场，心在陆浑，我要用我的俸钱在山脚下买一处庄园。你们二位在朝廷好好干吧，皇恩浩荡，你们好好打官腔接受皇上的恩惠吧。这是对政治的告别，但这当然是一时愤激之语。要知道这一年元稹才三十岁，他却要效仿隐士陶渊明，"澄心在陆浑"，这该是多么失望！

　　元稹在东都的心情很低落。这在他的《赠吕二校书》诗里可知：

> 同年同拜校书郎，触处潜行烂熳狂。
> 共占花园争赵辟，竞添钱贯定秋娘。
> 七年浮世皆经眼，八月闲宵忽并床。
> 语到欲明欢又泣，傍人相笑两相伤。

诗序云："与吕校书同年科第，后为别七年。元和己丑岁八月，偶于陶化坊会宿。"吕某在家族兄弟中排行第二，故称吕二。从诗序可知，元稹与他同年中举，同年拜官，同任校书郎，后分别七年不见。元和己丑岁即元和四年（809），陶化坊在东都洛阳长夏门之东第二街，从南第三坊。元稹于元和四年赴任东都御史台，八月里一天，意外地与吕某相遇，同宿于陶化坊。七年不见，有多少话要说，于是两人彻夜长谈，天快亮了，两个人一会儿高兴，一会儿悲伤，说着说着就哭起来了。这一年对元稹来说实在是黑暗的岁月，从揭发严砺案的意气风发，到分司东都的跌落失意，到不久前爱妻韦丛病故，这一连串打击令元稹苦不堪言。他写了一些悼亡诗，悼念韦氏。《夜闲》云：

感极都无梦，魂销转易惊。
风帘半钩落，秋月满床明。
怅望临阶坐，沉吟绕树行。
孤琴在幽匣，时迸断弦声。

这心中的凄苦实际上是交织着政治失意和爱妻亡故的多重忧伤的。在东都御史台，元稹郁郁寡欢。在《台中鞫狱忆开元观旧事呈损之兼赠周兄四十韵》诗末说："穷通两未遂，营营真老闲。"古人云：穷则独善其身，达则兼济天下。通就是达，现在令他难堪的是独善其身和兼济天下都做不到。

一个国家和社会要兴旺发达，需要具备自我调节和完善的机制，就像人体要有自我调节的机能，要有强大的免疫力一样，如果连自身调节的机能都丧失了，连免疫力都丧失了，那就只能一步步走向衰亡。唐朝设御史台，检举官员的违法行为就是这种机能，御史台官员的正常执法就是一种免疫力，御史台官员的举奏是革除弊端的良好机制，而元稹所遭受的打击正是这种机能日益衰退的表现。因此，也可以说此事虽小，却已见出唐朝走向衰落的端倪。作为一位士人，元稹个人的努力如螳臂当车，不能挽回政治衰退的大势。在那样的时代，他的正直敢言、兴利除弊的行为，给自己带来的反而是祸害。元稹虽有激愤之语，但他欲革除弊政的热情不减，所以遭受的打击连续不断。元稹的经历，典型地反映出法治与人治的较量。元稹是监察官，他是依法办事。但唐朝毕竟还是一个人治社会，他的胜利是在皇上支持下取得的胜利。虽然统治者强调依法治国，但实际人治大于法治，朝廷里执掌大权的大臣和宦官掌握着各级官员和百姓的命运。你执法，我整人，因为你触犯了我的利益。元稹便是因执法而被整的人。

15

永贞革新，
二王八司马的进取与蹉跎

——刘禹锡和柳宗元诗中的贬谪

一、"二王八司马"事件

安史之乱后，唐朝中央对地方的管辖失控，逐渐形成藩镇割据的局面。德宗时期，藩镇割据的形势日益严峻，藩镇之乱此起彼伏，迄无宁日。起初，德宗对藩镇采取强硬态度。建中四年（783）十月，泾原兵奉前卢龙节度使朱泚为主，大举造反，德宗被迫出奔奉天，转走梁州，直到兴元元年（784）七月，才得以重返长安。此后，德宗对藩镇让步，藩镇日益跋扈。在这种情况下，如何抑制藩镇势力，重建中央权威，成为唐王朝君臣必须正视的问题。

贞元二十一年（805）德宗去世，顺宗即位。在顺宗支持下，王叔文集团掌权，以韦执谊为宰相，颁布一系列明赏罚、停苛征、除弊害的政令，革除宫市、五坊小儿及进奉等，进展顺利，史称"市里欢呼""人情大悦"。为了统一事权、革除弊政，王叔文集团特别注意掌握财权和从宦官手中夺取兵权，乃以与刘禹锡有联系的宰相杜佑兼度支使及诸道盐铁转运使，王叔文为副使，韩晔、陈谏、刘禹锡、凌准判案，李谅为巡官，程异为扬子院留后。同时裁抑藩镇势力，谋夺宦官兵权。西川节度使韦皋妄图完全领有剑南三川，以扩大地盘的阴谋也未能得逞。王叔文乘势命宿将范希朝为左右神策军、京西诸镇行营节度使，韩泰为其行军司马，前去接管宦官手中的兵权。但因遭到宦官集团的强烈抵制，夺兵权的计划未能实现。

不久，唐顺宗中风，经过治疗后哑了，失去执政能力。而王叔文因为母亲去世，按例要告假丁忧回家守丧，王伾也突然中风，革新派失去了中坚力量。宦官俱文珍、刘光琦等和剑南西川节度使韦皋、荆南节度使裴钧、河东节度使严绶串通起来，共同抵制王叔文集团，策动神策军将官拒绝范希朝接权，又暗中策划宫廷政变；诸镇节度使纷纷上表，胁迫顺宗让太子监国。三月，顺宗立李纯为太子。顺宗久病失语，又遭宦官与藩镇激烈反抗，八月被迫禅位于太子。第二年的正月，顺宗李诵便因病去世。唐宪宗即位后，与王伾、王叔文一起推行革新的八个人都被贬到外地。

这件事被称为"二王八司马"事件。迫于当时政治上的压力，没有人敢给予他们正面的评价，这个集团的成员遭到政治上的抹黑。后世也有人称为"永贞革新"，认为这场斗争是革新与保守的斗争。从实质上说，王叔文等人利用顺宗即位的机会，试图对当时各种弊政进行改革，确有"革新"的性质。其内容主要为收夺宦官兵权，制裁藩镇跋扈，打击贪官污吏，废除宫市、五坊小儿及进奉等弊政，免除民间欠税和各种杂税，选拔德才兼备的人为官等。这些措施的确触及某些集团的利益，打击了藩镇和宦官的势力，减轻了人民的负担。但这次革新仅历时140余天，最后以彻底失败而告终，集团中人均被贬。这场风波也不排除朝廷内部争权夺利的因素，因为他们刚上台就被打翻在地。如果他们没有倒台，这些措施究竟是否实行，实行到什么程度，也很难说。

王叔文集团失败后，王叔文、王伾即遭贬逐。王伾被贬为开州司马，不久后病死；王叔文被贬为渝州司户，次年赐死。永贞元年（805）八月，太子即位，是为唐宪宗李纯。宪宗对王叔文集团成员继续打击，他们先是被贬到外地任刺史，半路上又改为远州司马。最终韦执谊被贬为崖州司马，韩泰被贬为虔州司马，陈谏被贬为台州司马，柳宗元被贬为永州司马，刘禹锡被贬为朗州司马，韩晔被贬为饶州司马，凌准被贬为连州司马，程异被贬为郴州司马。

对于统治阶级这种"翻烧饼"式的内部斗争，我从来不感兴趣。斗来斗去，不过是"你方下台我登场"的政治游戏。历来宣扬的王叔文集团的所谓革新措施，可能不过是当时一个新天子即位例行公事式的"德音"。顺宗皇帝即位是这样，别的"天子"即位也一样，总是想给人一个万象更新的印象。但到头来都是不了了之，所谓"革新"总是以失败或流产告终。但这件事涉及我们两位优秀的诗人文学家，就是刘禹锡和柳宗元，他们的遭遇特别令我感到痛心，所以要谈谈这个事件对他们的影响。

二、刘禹锡《酬乐天扬州初逢席上见赠》

刘禹锡是这次事件中的关键人物之一。《旧唐书·刘禹锡传》记载："贞元末，王叔文于东宫用事，后辈务进，多附丽之。禹锡尤为叔文知奖，以宰相器待之。顺宗即位，久疾不任政事，禁中文诰，皆出于叔文。引禹锡及柳宗元入禁中，与之图议，言无不从。转屯田员外郎、判度支盐铁案，兼崇陵使判官。颇怙威权，中伤端士。宗元素不悦武元衡，时武元衡为御史中丞，乃左授右庶子。侍御史窦群奏禹锡挟邪乱政，不宜在朝。群即日罢官。韩皋凭借贵门，不附叔文党，出为湖南观察使。既任喜怒凌人，京师人士不敢指名，道路以目，时号‘二王刘柳’。"从这个记载可以知道，如果王叔文集团在这场斗争中取得胜利，刘禹锡是候补的宰相人选之一。史书的记载多有对这个集团的贬低之词。

"永贞革新"失败后，刘禹锡先是被贬为连州刺史，行至荆南（今湖北江陵），又改为朗州司马。执政者对这伙人恨之入骨，认为对他们的打击还不够，所以加贬到更加荒远的地方，并进一步降低职级。古人云："诗穷而后工。"刘禹锡如果顺利成为宰相，可能勤于政务，就没有工夫写诗为文了，正是贬谪生活成就了他文学家的事业和美名。《旧唐书》本传记载："叔文败，坐贬连州刺史。在道，贬朗州司马。地居西南夷，土风僻陋，举目殊俗，无可与言者。禹锡在朗州十年，唯以文章吟咏，陶冶情性。蛮俗好巫，每淫祠鼓舞，必歌俚辞。禹锡或从事于其间，乃依骚人之作，为新辞以教巫祝。故武陵溪洞间夷歌，率多禹锡之辞也。"被贬朗州是刘禹锡政治生活的一个重要时期。身在远州，担任闲职，他的心情固然沉重，却无半点消沉。他时时期望能被召还，有机会再实现自己的理想。在政治上受挫，刘禹锡只好把诗文作为"见志之具"，以另一种方式来坚持自己的理想，并为之努力不懈。刘禹锡的大量诗文，都是他在被贬期间的发奋之作。"君子生非异也，善假于物也。"（《荀子·劝学》）失去了在政治上有所作为的机会，对于刘禹锡来说，真是"上帝为你关上一扇门，却又为你打开了一扇窗"，终究是"土里埋不住夜明珠"，坎坷的遭遇和流放地的风土人情让他的文学才华获得了释放的空间。"武陵溪洞间夷歌，率多禹锡之辞也"，他写下了大量民歌体的诗，这是他文学才华的结晶。贬谪成就了刘禹锡文学家的事业。

刘禹锡被贬荒远之地前后二十多年，面对多年的沉沦，他的心态如何呢？刘禹锡是一位性情豪爽、开朗乐观的人，二十多年的贬谪生活并没有使他意气消沉。这从他和白居易酬唱的诗中可以窥见一斑。他结束贬谪生活后应召回京，途经扬州，与白居易相遇。同是天涯沦落人，二人惺惺相惜。白居易在筵席上写了一首诗《醉赠刘二十八使君》相赠："为我引杯添酒饮，与君把箸击盘歌。诗称国手徒为尔，命压人头不奈何。举眼风光长寂寞，满朝官职独蹉跎。亦知合被才名折，二十三年折太多。"在诗中白居易对刘禹锡被贬谪的遭遇表示了同情和不平。刘禹锡写了《酬乐天扬州初逢席上见赠》诗回赠白居易：

巴山楚水凄凉地，二十三年弃置身。
怀旧空吟闻笛赋，到乡翻似烂柯人。
沉舟侧畔千帆过，病树前头万木春。
今日听君歌一曲，暂凭杯酒长精神。

　　这首诗显示了诗人对世事变迁和仕宦升沉的豁达襟怀，表现了他的坚定信念和乐观精神，同时又暗含哲理，表明新事物必将取代旧事物。

　　刘禹锡这首酬答诗，接过白居易诗的话头，着重抒写这特定环境中自己的感情。白居易的赠诗中，对刘禹锡的遭遇无限感慨，最后两句说："亦知合被才名折，二十三年折太多。"一方面感叹刘禹锡的不幸命运，另一方面又称赞了刘禹锡的才气与名望。这两句诗在同情之中包含着赞美，显得十分委婉。因为白居易在诗的末尾说到二十三年，所以刘禹锡在诗的开头就接着说："巴山楚水凄凉地，二十三年弃置身。"自己谪居在巴山楚水这荒凉的地区，算来已经二十三年了。一来一往，显出朋友之间推心置腹的亲密关系。接着，诗人很自然地发出感慨道："怀旧空吟闻笛赋，到乡翻似烂柯人。"说自己在外二十三年，如今回来，许多老朋友都已去世，社会发生巨大变迁，只能徒然地吟诵"闻笛赋"表示悼念而已。此番回来恍如隔世，觉得人事全非，不再是旧日的光景了。后一句用王质烂柯的典故，既暗示了自己贬谪时间的长久，又表现了世态的变迁，以及回归之后生疏而怅惘的心情，内涵十分丰富。

　　白居易的赠诗中有"举眼风光长寂寞，满朝官职独蹉跎"两句，意思是说同辈的人都升迁了，只有你在荒凉的地方寂寞地虚度了年华，颇为刘禹锡抱不平。刘禹锡在酬诗中写道："沉舟侧畔千帆过，病树前头万木春。"刘禹锡以沉舟、病树比喻自己，固然感到惆怅，却又相当达观。沉舟侧畔，有千帆竞发；病树前

头，正万木皆春。他从白诗中翻出这二句，反而劝慰白居易不必
为自己的寂寞、蹉跎而忧伤，对世事的变迁和仕宦的升沉，表现
出豁达的襟怀。这两句诗意又和白诗"命压人头不奈何""亦知
合被才名折"相呼应，但其思想境界要比白诗高，意义也深刻得
多了。二十三年的贬谪生活，并没有使他消沉颓唐。正如《酬
乐天咏老见示》诗中的最后两句一样，"莫道桑榆晚，为霞尚满
天"。他这棵病树仍然要重添精神，迎上春光。因为这两句诗形
象生动，至今仍常常被人引用，并赋予它以新的意义，说明新事
物必将取代旧事物。正因为"沉舟"这一联诗突然振起，一变前
面伤感低沉的情调，尾联便顺势而下，写道："今日听君歌一
曲，暂凭杯酒长精神。"点明了酬答白居易的题意。诗人也没有
一味消沉下去，他笔锋一转，又相互劝慰、相互鼓励了。他对生
活并未完全丧失信心。诗中虽然感慨很深，但读来给人的感受并
不是消沉，相反却是振奋。

　　总体来说，诗的首联以伤感低沉的情调，回顾了诗人的贬
谪生活。颔联，借用典故暗示诗人被贬时间之长，表达了对世态
的变迁以及回归以后人事生疏而怅惘的心情。颈联是全诗感情升
华之处，也是传诵千古的警句。诗人把自己比作"沉舟"和"病
树"，意思是自己虽屡遭贬谪，但新人辈出，却也令人欣慰，表
现出他豁达的胸襟。尾联顺势点明了酬答的题意，表达了诗人重
新投入生活的意愿及坚韧不拔的意志。刘禹锡在自己的人生旅途
上，所表现的坚定意志、刚毅性格是一以贯之、历难弥笃的。这
首很有特色的酬答诗，在立意上的卓尔不凡和表达上的精巧圆转

达到了相当完美的统一。

刘禹锡具有朴素的唯物主义哲学思想。他继承了荀子"制天命而用"的思想，提出"天人交相胜"的观点，认为天（自然）和人（人类社会）各有自己的特殊规律，存在着互相区别、矛盾又相互依赖、促进的辩证关系。这对他积极参加政治革新，并在长期贬谪中依然保持顽强乐观的精神面貌有着重要影响。刘禹锡的诗歌特别是贬谪期间的作品，表现出一种对新陈代谢的客观规律的清醒认识。如"芳林新叶催陈叶，流水前波让后波""沉舟侧畔千帆过，病树前头万木春"。因此他才能在备受打击的情况下，百折不挠，始终对人生充满信心和进取精神。著名的《元和十年自朗州承召至京戏赠看花诸君子》诗就是代表：

> 紫陌红尘拂面来，无人不道看花回。
> 玄都观里桃千树，尽是刘郎去后栽。

又《再游玄都观绝句》云：

> 百亩庭中半是苔，桃花净尽菜花开。
> 种桃道士归何处，前度刘郎今又来。

前一首写于被贬十年应召回京之时，诗中借桃花映射二王八司马事件后上台的满朝新贵，因为语涉讥讽，又遭贬谪。后一首诗是十二年后再度被召回京时作，作者仍以桃花为喻，嘲笑那些迫害过他的，政治舞台上昙花一现的匆匆过客。

　　刘禹锡一生中经受了太多的忧患与磨难，其《苏州谢上表》云："石室之书，空留笔札；金闺之籍，已去姓名。本末可明，申雪无路……臣闻有味之物，蠹虫必生；有才之人，谗言必至。"这些话表明，他自信清白，对他的打击是错误的，他是有才之人，才遭到谗害。对照他一生的遭遇，足以发人深思。刘禹锡二十四岁就"三登文科"，可说少年得志。他政治抱负远大，参与"永贞革新"，眼见仕途一片光明，却不料于三十四岁被贬，人生大半最美好的岁月都流离在外，待大和二年（828）回京时，已是五十六岁。严重的政治打击，给刘禹锡的命运带来了不幸，但在一定程度上却是他创作的源泉与动力，成就了他的文学高名。他是在中唐诗坛上独树一帜的诗人，他在文学作品中或抒贬谪情怀，或遣内心愤懑，或歌民情风土，丰富了文学的内在意蕴，拓展了文学的表现空间。而其坚持理想的高尚品格，以及革新进取的乐观豪情，并不因贬谪而受挫，不为困难所折服。他在《何卜赋》中说："蹈道之心一，而俟时之志坚。"这正表现了他对理想人格的坚持与自信。刘禹锡这种与众不同的达观性格和乐观精神，在他的诗里有突出表现："自古逢秋悲寂寥，我言秋日胜春朝。晴空一鹤排云上，便引诗情到碧霄。"（《秋词》其一）"莫道桑榆晚，为霞尚满天。"（《酬乐天咏老见示》）这就是刘禹锡，一位处处看到希望和光明的志士。

　　从"弱冠游咸京"到"三登文科"踏上仕途，从入杜佑幕习文武之道到结交有识之士成为"永贞革新"的核心人物，最后经历长达二十三年的贬谪生涯，刘禹锡始终怀抱关注现实、投身政治的入世情怀，在追求政治理想过程中刚健勇毅、百折不挠。虽有"巴山楚水凄凉地，二十三年弃置身"之悲惨命运，但他并没有因此而沉沦，而是拿起文学的如椽巨笔，凭借着他坚毅的性格，在中国诗歌史上写下了光辉亮丽的一笔。

三、柳宗元《登柳州城楼寄漳汀封连四州》

顺宗即位后，重用王伾、王叔文等人，柳宗元与刘禹锡一样在政治上遇到了一个施展才华的机会。由于与王叔文等政见相同，柳宗元被提拔为礼部员外郎，掌管礼仪、享祭和贡举。此时，在王叔文周围还有许多相同政见的政治人物，包括韩泰、韩晔、刘禹锡、陈谏、凌准、程异、陆质、吕温、李景俭、房启等人。但随着顺宗病情加重，以俱文珍为首的宦官集团、朝臣联合外藩一起向朝廷施加压力，逼王叔文等人引退。继而对这个集团的人进行贬谪，柳宗元先被贬为邵州刺史，半路上又加贬为永州司马。十年后，召回朝廷，又被贬为柳州刺史，更加偏远。

提到柳宗元，我们自然会想到他的山水游记。《永州八记》《游黄溪记》《柳州山水近治可游者记》等贬谪时期的作品具有极高的文学价值和审美价值。从这些山水游记中，可以看出柳宗元特别偏爱使用冷清而幽暗的冷色调色彩。如《始得西山宴游记》："萦青缭白，外与天际，四望如一""苍然暮色，自远而至，至无所见"。本来登到山之巅，心境应是开阔而明朗的，但在柳宗元眼里却是青、白、苍然。由此可看出，柳宗元心中长期存在的压抑感、沉重感、荒废感和被弃感都自然流露在他的作品中。

　　柳宗元怀着极高的政治热情参与革新，这是他一生政治生涯的顶点，可只持续了半年的时间，就以失败告终了。他被流放到偏远的永州，最使他心理上难以承受的应是人生的理想遭遇夭折，高远政治抱负和自我期望都被无情扼杀。永州的客观环境又是荒芜狭小，与繁华的都城形成了鲜明强烈的对比，使柳宗元从视觉到心理上都产生了限制感和压抑感。而朝廷法令对被贬谪官员的严厉打击更使柳宗元心中增添了幽怨之情。由于朝廷限制，当时的柳宗元就连母亲去世也不能离开永州相送，只能注视远去的灵车而暗自垂泪。

　　柳宗元怀着这样的心态，当然看不到阳光普照的大好河山，他只能以沉重的眼光来看待世界，用凝重的目光注视景物，写出的色彩也是青寒幽冷的，而非欢快明丽的。"以我观物，故物皆著我之色彩。"（王国维《人间词话》）诚然，永州和柳州的山水有它美丽动人之处，柳宗元游记中也包括对山水的向往和喜爱，可被贬谪蛮荒之地的遗弃感和虚度人生于山水中的荒废感，又无时无刻不在噬咬着他的心灵，他在创作中所选择的色彩与气氛就会与这种心境保持一致。柳宗元很可能是由于联想到自己的才华和改革热情被统治者弃而不用的经历与这些山水魅力奇特而不为人知的命运有相通之处，才对这些景物有所偏爱。《登柳州城楼寄漳汀封连四州》就是这样一首作品。

　　《登柳州城楼寄漳汀封连四州》是柳宗元于唐宪宗元和十年

（815）创作并寄与际遇相同的韩泰、韩晔、陈谏、刘禹锡的一首七律。因二王八司马事件，这些人都被贬为远州司马。"漳汀封连"就是当时四人被任为刺史的四个地方。《旧唐书·宪宗纪》记载，元和十年（815）三月，"以虔州司马韩泰为漳州（治今福建漳州）刺史，永州司马柳宗元为柳州（治今广西柳州）刺史，饶州司马韩晔为汀州（治今福建长汀县）刺史，朗州司马刘禹锡为播州（治今贵州遵义）刺史，台州司马陈谏为封州（治今广东封开县）刺史。御史中丞裴度以禹锡母老，请移近处，乃改授连州（治今广东连州）刺史。"柳宗元来到柳州，当他登上城楼远望时，无限忧伤之情涌上心头，写下这首诗寄赠予与他命运相同的其他四位刺史：

城上高楼接大荒，海天愁思正茫茫。
惊风乱飐芙蓉水，密雨斜侵薜荔墙。
岭树重遮千里目，江流曲似九回肠。
共来百越文身地，犹自音书滞一乡。

这首诗抒写思念朋友而难以见面之意，表现出一种真挚的友谊，虽天各一方，却有无法自抑的相思之苦。诗人写风雨侵飐、岭树遮挡，不仅仅是言自然现象，也蕴含了诗人遭贬以后忧恐烦乱的心境特点。当时同柳宗元在一起的革新派骨干，全都再一次贬到边远地区，都在南方沿海，当时被视为天涯海角。柳宗元刚到柳州，登上城楼，举目四望无边无际的荒野，更加怀念自己的战友。遥望远方，出于对战友的悬念，感觉愁思茫茫，似在海天盘旋。

一、二句表现了对难友们深厚的感情。三、四句言惊风、密雨吹打芙蓉、薜荔的眼前景象，以风雨喻谗人之高张，以薜荔芙蓉喻贤人之摈斥，犹楚词之以兰蕙喻君子，以雷雨喻摧残，寄慨遥深，不仅写登城所见，还暗喻保守派对革新派的疯狂迫害，赞美革新派的美好品质。颈联和尾联包含了两层意思：第一层表达对朋友的思念，望陆路，则山岭重叠；望水路，则江流纡曲，互通音讯十分困难，这就很自然地要归结到"音书滞一乡"。第二层"千里目"指革新派远大的政治理想，"岭树"指实现理想的重重障碍，"九回肠"是理想不得实现的忧愁，是再贬以后理想更难以实现的苦闷。表现了诗人关怀国家命运、坚持政治改革的高贵品质。七、八句是对保守派的抗议，抗议把革新派再次贬到边远落后地区分别禁锢。

"惊风""密雨""岭树""江流"这些意象颇具清幽寒冷之色，这也正是柳宗元内心的写照。柳宗元在他的作品中通过这些清冷的景物的选择和调配，沉重而凝重地为他的生命情调和悲剧命运涂上了永不可褪去的一抹色彩。仕途失意对踌躇满志的柳宗元的打击是沉重的。纵观他贬谪的经历、复杂的内心世界、恶劣的现实环境，这一切都使他难以从低沉感伤的情感氛围中走出来。他的诗是他内心世界的写照，在他的诗里处处可以感知他凄凉的心境："千山鸟飞绝，万径人踪灭。孤舟蓑笠翁，独钓寒江雪。"（《江雪》）"破额山前碧玉流，骚人遥驻木兰舟。春风

无限潇湘意，欲采蘋花不自由。"（《酬曹侍御过象县见寄》）
"无限居人送独醒，可怜寂寞到长亭。荆州不遇高阳侣，一夜春
寒满下厅。"（《离觞不醉至驿却寄相送诸公》）"十年憔悴
到秦京，谁料翻为岭外行……今朝不用临河别，垂泪千行便濯
缨。"（《衡阳与梦得分路赠别》）"海鹤一为别，存亡三十
秋。今来数行泪，独上驿南楼。"（《长沙驿前南楼感旧》）
在这些脍炙人口的诗中，我们感受到与《登柳州城楼寄漳汀封
连四州》所表达的同样的凄苦心情。即便他在贬所游山玩水，
美丽的自然风光也不能引起他兴奋的心情。在永州写的《永州八
记》散文中，他笔下的山水美景总是呈现出凄清冷落、令人心寒
的意境，"苍然暮色，自远而至""枕席而卧，则清泠之状与目
谋""以其景过清，不可久居，乃记之而去"，都是同样心境的
表现。

　　同样经历了那个惊心动魄的年代和凄风苦雨的日子，刘禹
锡和柳宗元都曾经成为政治斗争的牺牲品，又由于这段坎坷遭遇
成就了一番伟大的文学事业，得也，失也，其实也难以衡量。但
从两人的诗来看，刘禹锡性情开朗乐观，遇事都能放下；柳宗元
心小胸窄，始终不能从悲苦的阴影中走出。可见，忧也，乐也，
甜也，苦也，都在转念之间。情绪影响身体，刘禹锡活了七十一
岁，在"人到七十古来稀"的唐代可谓长寿老人。柳宗元则疾病
缠身，朝廷赦免的诏书未到而命归黄泉，只活了四十七岁，没有
等到被昭雪和重返朝廷的日子。还是要像刘禹锡那样，把一切都
看开吧，人生最珍贵的还是健康和生命。

16

元和年间的中兴与崇佛

—— 韩愈《左迁至蓝关示侄孙湘》

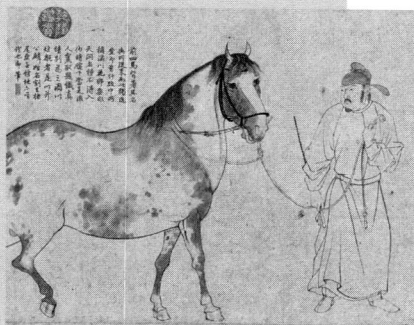

唐宪宗元和十四年（819）正月壬寅，首都长安忽然沸腾起来。

宪宗皇帝派宦官到扶风法门寺迎接佛指灵骨（佛教称为舍利）到长安城。皇帝先是留佛骨在宫中供奉三日，然后送到长安城中各大寺院，供士民瞻仰，一时长安官员百姓、士农工商"瞻奉舍施，惟恐弗及，有竭产充施者，有然香臂顶供养者"。长安大街上到处奔涌着赴寺院瞻拜佛骨的人流。

在从静安坊通往刑部办公楼的道路上，一位官员面对此情此景，眉头紧锁，忧心忡忡。他是韩愈，此时正担任刑部侍郎，反佛，一直以来是他坚持的政治态度。安史之乱后的唐朝，一直在走下坡路，近几年有了点儿中兴的气象。韩愈觉得机会难得，国家应该扶持儒学，打击不事生产、弃绝人伦的各种宗教，特别是佛教和道教。

眼看多年的努力，因皇上此一举动毁于一旦，他心痛不已。当天回到家里，韩愈奋笔疾书，完成表奏一章，第二天便举报给宪宗皇帝。

这道表称为《论佛骨表》，给他惹来了一场大祸。

一、唐宪宗崇佛事件

佛教传入中国以后，奉佛还是反佛成为意识形态领域持久的争论，唐代依然如此。唐代帝王对于各种思想文化采取一种较为开放包容的政策，儒、佛、道三教并重。他们对佛教的基本国策是扶持和利用，这种态度造成佛教的迅猛发展。佛教的迅猛发展对唐代政治来说是把双刃剑，对政治造成的危害引起有识之士的关注，因此，斗争不可避免。

唐代统治阶级对佛教的态度有一个发展变化的过程。大体说来，唐朝建立时，佛教发展迅猛。由于隋朝文帝和炀帝两位皇帝的崇奉，各地大建寺院，大量剃度僧尼，广写佛经，给国家财政造成了沉重负担，因此，唐高祖和唐太宗都想裁抑佛教。加上唐朝皇帝为了抬高自己的门第，认老子为祖先，抬高道教的地位。建唐之初，高祖便下过一道诏书沙汰僧尼。这一政策未及贯彻和落实，就发生了玄武门之变，李世民杀死哥哥李建成和弟弟李元吉，逼父亲退位，先当了太子，又当了皇帝。李世民忙于稳定人心，包括争取佛教徒的支持，这道诏书就搁浅了。唐初高祖、太宗、高宗都贯彻佛道并举但道先佛后的原则。

直到武则天称帝，不能接受老子是护国神的地位，她要在意识形态领域占据上风，便抬高佛教地位，压抑道教。她利用佛教神话宣扬其"女主临位"的正当性。她让佛教徒编撰《大云经》，到处建立大云寺。在佛教领域也一改太宗和高宗时崇奉玄奘等人创立的唯识宗的做法，而崇奉华严宗。于是在武周时期形成佛先道后的文化格局。武则天死后，李氏夺回政权，恢复唐朝国号，文化政策也拨乱反正。唐玄宗即位后又恢复道先佛后政策，但仍推行佛道并举。玄宗后期迷信道教成仙长生的说教，道教兴盛一时。

　　总体上看，唐前期虽然朝廷对待佛教、道教的态度时有抑扬，但基本上维持儒道佛三教并举多元互补的格局。安史之乱发生之后，道教优先的地位再次被打破，统治阶级在平叛过程中乞灵于佛教。肃宗、代宗时宫中设祠佛场所，称为内道场，请众僧念《仁王护国经》。这种崇佛至宪宗时达到一个高潮。唐宪宗是唐代帝王中崇佛最突出的一位。他一即位，就诏令天下有道高僧均赴京师长安，阐扬佛法。第二年，唐宪宗对僧尼管理机构进行改革，下令僧尼道士一同隶属左右街功德使，任命宦官吐突承璀等人为左右街功德使，僧人端甫为左街僧事，僧人灵邃为右街僧事。宦官与高僧一起管理佛教，进一步加强了朝廷与佛门的关系。

　　唐宪宗迎请法门寺佛指灵骨至宫中供养，把崇佛推向一个高潮。元和十三年（818）十一月丁未，功德使上奏朝廷，在凤翔法门寺的护国真身塔内，有佛祖释迦牟尼指骨一节。相传三十年一开，开则岁丰人（民，唐朝避李世民讳）安，来年应开，请迎之。十二月庚寅朔（初一），宪宗皇帝命宦官率一群和尚和宫女赴法门寺迎请佛骨。元和十四年（819）正月，迎佛骨的队伍到达京师，领头的宦官叫杜英奇，还有三十名宫人持香花跟随。在迎请佛骨的队伍进入大内时，宪宗皇帝、皇后亲自登上城楼观礼，并撒下香花。宪宗在宫中供养三天，然后交京城各寺院轮流供奉。于是，朝野上下一时崇佛的气氛热烈，王公士庶，奔走赞叹，人人如痴如醉。长安百姓为之癫狂，甚至有人不惜毁坏身体来表达虔诚。

针对唐宪宗痴迷佛教，迎佛骨入宫，闹得京城鼎沸，当时正担任刑部侍郎的韩愈挥笔写下了著名的《论佛骨表》，以触目惊心的事实、尖锐深刻的语言，严厉地批评了佛教，极力谏阻唐宪宗迎佛骨之举。他说把这种枯朽之骨迎入宫中，会污染皇宫的环境，生成不祥之气。他列举历朝佞佛的皇帝"运祚不长""事佛求福，乃更得祸"以说明佛不足以信奉的观点。韩愈的目的是"欲为圣明除弊事"，结果为自己招致一场大祸，差一点儿付出生命的代价。当时还有一个人无辜受到牵连，就是冯宿。宰相皇甫镈怀疑韩愈这道表是冯宿起草的。冯宿与韩愈是同年进士，又和韩愈一起任裴度讨淮西藩镇幕府的僚佐。这个推测实则缺乏说服力，但皇甫镈就是一位没见识的宰相，有这个疑心，便把冯宿贬为歙州刺史。所以史家批评说皇甫氏"亦可谓无识鉴矣，此表岂冯宿所能了耶？"但谁让皇甫镈是宰相呢，有权力就可以为所欲为，冯宿可谓一铁锤砸到脑袋上，不知道铁锤从哪里来，哑巴吃黄连，有苦说不出。

二、韩愈《论佛骨表》

唐宪宗迎佛骨入宫供养三日，引起长安轰动。韩愈听到这一消息，写下《论佛骨表》（有的版本作《谏迎佛骨表》），上奏宪宗，极论不应信仰佛教。宪宗接到谏表，龙颜大怒，要处死韩愈。在这道表里韩愈写了什么，竟惹宪宗龙颜大怒呢？

臣某言：伏以佛者夷狄之一法耳。自后汉时流入中国，上古未尝有也。昔者黄帝在位百年，年百一十岁；少昊在位八十年，年百岁；颛顼在位七十九年，年九十八岁；帝喾在位七十年，年百五岁；帝尧在位九十八年，年百一十八岁；帝舜及禹年皆百岁。此时天下太平，百姓安乐寿考，然而中国未有佛也。其后殷汤亦年百岁，汤孙太戊在位七十五年，武丁在位五十九年；书史不言其年寿所极，推其年数，盖亦俱不减百岁。周文王年九十七岁，武王年九十三岁，穆王在位百年：此时佛法亦未入中国，非因事佛而致然也。

汉明帝时，始有佛法，明帝在位才十八年耳。其后乱亡相继，运祚不长。宋、齐、梁、陈、元魏已下，事佛渐谨，年代尤促。惟梁武帝在位四十八年，前后三度舍身施佛，宗庙之祭，不用牲牢，昼日一食，止于菜果，其后竟为侯景所逼，饿死台城，国亦寻灭。事佛求福，乃更得祸。由此观之，佛不足事，亦可知矣。

高祖始受隋禅，则议除之。当时群臣材识不远，不能深知先王之道，古今之宜，推阐圣明，以救斯弊，其事遂止，臣常恨焉。伏维睿圣文武皇帝陛下，神圣英武，数千百年已来，未有伦比。即位之初，即不许度人为僧尼道士，又不许创立寺观。臣常以为高祖之志必行于陛下之手；今纵未能即行，岂可恣之转令盛也？今闻陛下令群僧迎佛骨于凤翔，御楼以观，舁入大内，又令诸寺递迎供养。臣虽至愚，必知陛下不惑于佛，作此崇奉，以祈福祥也。直以年丰人乐，徇人

之心，为京都士庶设诡异之观、戏玩之具耳。安有圣明若
此，而肯信此等事哉！然百姓愚冥，易惑难晓，苟见陛下如
此，将谓真心事佛。皆云："天子大圣，犹一心敬信；百姓
何人，岂合更惜身命！"焚顶烧指，百十为群，解衣散钱，
自朝至暮；转相仿效，惟恐后时，老少奔波，弃其业次。若
不即加禁遏，更历诸寺，必有断臂脔身以为供养者。伤风败
俗，传笑四方，非细事也。

　　夫佛本夷狄之人，与中国言语不通，衣服殊制，口不言
先王之法言，身不服先王之法服，不知君臣之义，父子之
情。假如其身至今尚在，奉其国命，来朝京师，陛下容而接
之，不过宣政一见，礼宾一设，赐衣一袭，卫而出之于境，
不令惑众也。况其身死已久，枯朽之骨，凶秽之余，岂宜令
入宫禁？孔子曰："敬鬼神而远之。"古之诸侯行吊于其
国，尚令巫祝先以桃茢祓除不祥，然后进吊。今无故取朽秽
之物，亲临观之，巫祝不先，桃茢不用，群臣不言其非，御
史不举其失，臣实耻之。乞以此骨付之有司，投诸水火，永
绝根本，断天下之疑，绝后代之惑。使天下之人知大圣人之
所作为，出于寻常万万也：岂不盛哉！岂不快哉！佛如有
灵，能作祸祟，凡有殃咎，宜加臣身。上天鉴临，臣不怨
悔。无任感激恳悃之至，谨奉表以闻。臣某诚惶诚恐。

　　韩愈虽有爱民忧国之心，而且《论佛骨表》切中肯綮，但所
用言辞十分激烈，因而触怒当朝皇帝。

我们在同情韩愈的同时，想一想宪宗所言也并非毫无道理："愈言我奉佛太过，犹可容。至谓东汉奉佛以后，天子咸夭促，言何乖剌邪？愈，人臣，狂妄敢尔，固不可赦。"（《新唐书·韩愈传》）——韩愈说我崇奉佛教太过分，尚可容忍；可他竟敢说东汉以来，崇奉佛教的皇帝都是短命的，怎么能说这荒唐的话呢？这不是在诅咒我吗？韩愈作为人臣，竟然狂妄到这个程度，怎么能赦免呢？这就为韩愈的罪行定了调，是"大不敬"。对皇帝的"大不敬"属于"十恶"重罪，按照唐代律法"十恶不赦"，应处以死刑。宪宗要治韩愈的死罪是有法可依的。

还有，韩愈此道表轰动朝廷。要知道宪宗当时正在兴头上，他要让长安百姓甚至全国臣民都知道，元和年间是一个国家繁荣昌盛的时代，而且还将要迎来新的兴盛局面。今年正赶上佛骨三十年一出的时候，不正是这种盛世的好兆头吗？因此，宪宗派人去迎取佛骨，斋戒沐浴，在宫中供养三天，可以想见他是多么兴致勃勃、热血沸腾。长安城全城官员百姓奔走相告，供奉唯恐不及，宪宗感到一种君民同欢的气氛。不想在这个兴头上，韩愈却这样不识时务地兜头给他一桶冷水，顿时让他感到在大臣面前特没面子。不治一治韩愈这种犟脾气，以后谁还拿我皇帝当回事儿啊！

宪宗要治韩愈死罪，还缘于两人的互不理解。一是韩愈不理解宪宗，二是宪宗没有理解韩愈，两个人的逻辑不同。韩愈说佛教没有传入中国时君王皆长寿，佛教传入中国后从汉明帝时起皇帝皆短寿，他想以此告诫宪宗，您要想长寿，就别信奉佛教了，没用，还不如斥佛教于域外，更可能长寿呢！韩愈想不到宪宗信佛的态度是那样坚定。但宪宗怎么想呢？他自己已经信奉佛教，觉得韩愈这样说就是在咒自己短命。他没有理解韩愈的苦心，把韩愈的一腔热血当成了驴肝肺。于是，宪宗要砍韩愈的脑袋。众位大臣顿时惊恐万分，急忙替韩愈开脱。由于崔群、裴度等大臣的求情，说他"内怀至忠"，应该宽恕，以鼓励忠臣提意见，宪宗稍解怒气。但死罪可免，活罪难逃，宪宗把韩愈贬为潮州刺史，让大臣知道，皇帝的威严是不可冒犯的。

三、韩愈《左迁至蓝关示侄孙湘》

韩愈上《论佛骨表》，触犯"人主之怒"，差点被定为死罪，最后由刑部侍郎贬为潮州刺史。韩愈大半生仕宦蹉跎，五十岁才因参与平淮而擢升刑部侍郎。两年后又遭此难，情绪十分低落，满心委屈、愤慨、悲伤。潮州在今广东省东部，距当时京师长安确有八千里之遥，那路途的困顿是不言而喻的。当韩愈到达离京师不远的蓝田县时，他的侄孙韩湘，赶来同行。韩愈此时，悲歌当哭，挥笔写下了《左迁至蓝关示侄孙湘》这首诗给韩湘：

> 一封朝奏九重天，夕贬潮州路八千。
>
> 欲为圣明除弊事，肯将衰朽惜残年。
>
> 云横秦岭家何在？雪拥蓝关马不前。
>
> 知汝远来应有意，好收吾骨瘴江边。

诗的大意是，一篇《论佛骨表》早上奏给皇帝，晚上就被贬官到八千里外的潮州去。本来想为皇上清除社会弊端，怎么会顾惜我衰朽的残生呢。贬谪路上，回望长安，阴云横出于秦岭，我的家在哪里？瞻望前途，大雪漫拥蓝田关，连我骑的马都不往前走。我知道你赶来一定有所打算，做好到南方的瘴气之地收拾我骸骨的准备吧。韩愈在贬谪途中，行至蓝田，适遇大雪，征马难行。诗人想到因忠获遣，激愤难平，加上客途艰辛，更感悲伤，满腹怨情无处倾诉。他的侄孙韩湘赶来同行，送他到贬所，诗人不胜感慨，于是悲歌慷慨，英雄洒泪而感赋此诗，把自己心中的不平、胸中的怨愤、眼前的困阻和对未来的失望，借助诗的形象概括，展示给自己的亲人。

首联直抒自己获罪被贬的原因。诗人落笔便紧扣"左迁"二字，开宗明义，把祸从天降一笔勾出，感慨万端。本为谏诤，却"朝奏"而"夕贬"，皇门九重，天威莫测；忠于朝廷却触怒皇上，得罪之迅速，被贬之遥远，令人怨愤，使人痛心。"九重天"指皇帝，而"九重天"又易让人联想到帝居高不可及，难通臣意民情。"路八千"形容由长安去潮州路途之遥远。诗人起笔写自己坎坷遭遇，叙述两件事实，列举两组数字，通过对比因果的联系，把皇帝的决断轻率、忠奸不辨、专断寡恩，以及内心难以平抑的激愤之情都强烈地表现了出来。他很有气概地说，这个"罪"是自己主动招来的，就因那"一封书"之罪，所得的命运是"朝奏"而"夕贬"，且一贬就是八千里。但是本着"佛如有灵，能作祸祟，凡有殃咎，宜加臣身"（《论佛骨表》）的精神，虽遭严惩亦无怨悔。前两句写"左迁"一事，"贬"的原因是"奏"，"奏"的本意是为国"除弊"，可见"贬"非其罪。然而"朝奏"而"夕贬"，处罚何其迅急！一贬就贬到八千里以外，处罚又何其严厉！那么"九重天"虽高而不明，也就意在言外了。

颔联写被贬之冤，在曲折委婉的口气中，把不平之愤作了更进一步的表达。"弊事"指迎佛骨之事。诗人称宪宗为"圣明"，圣明而有"弊事"，讽刺之意自现。除弊事岂惜衰朽残年？一股刚直之气，一副铮铮之骨。这两句说明，韩愈上表，绝不是一时冲动，而是他一直以来一贯的反佛立场在关键时刻的迸发，而且他对上表的后果也是有思想准备的。忠心为国得到的是贬谪远州，这是无过之贬，是极度不公的，让人不能不激愤。这两句是全诗的核心，理直气壮，义薄云天，然而感情却相当复杂，一方面表白自己为国衷肠，绝不考虑个人的生死安危；另一方面又觉得自己忠而获遣，在衰朽残年之时还要走上贬谪远地之途，心中有无限感慨。这种感情表现得又很含蓄。三、四句直书"除弊事"，认为自己是正确的，申述了自己忠而获罪和非罪远谪的愤慨。尽管招来一场弥天大祸，但他还是认为自己是对的，是自己老而弥坚，刚直不阿，为除弊端而招致此祸。虽遭此沉重打击，他没有丝毫悔意。韩愈上奏章时，是否意识到会遭杀身之祸呢？从这两句诗可知他是知道的，但为了革除弊端，他不肯惜命保身，勇敢上书。从这两句诗还可以知道，直到此时，韩愈并不认为自己做错了什么，反而仍然肯定自己的立场是对的，仍然认为像唐宪宗这样崇奉佛教是"弊事"，他的目的是要除此弊事。这首诗如果让唐宪宗看到，知道韩愈如此顽固不化，肯定会加以更进一步的打击。不过这首诗是"示侄孙湘"，当时只是给韩湘看，并没有外传。韩愈所以如此大胆，是跟赠诗的对象有关的，他是向自己的亲人倾诉衷肠。

颈联是诗人贬谪途中经蓝关时的观感。蓝关在长安南，在从长安出发南行的驿道上，出蓝关意味着出了关中，离开了长安。诗人到此不免回头远望，想再看一下家的方向，从此长别。上句先写回头望，但见秦岭连绵。"云横"，浮云横遮。"家何在"，思家望不到家。字里行间蕴含着为上表而付出的惨痛代价。诗人立马蓝关，回首秦岭，只见密云横陈，心中一片迷茫，不知家在何处。此句透露出诗人思家忧国之愁苦。下句写往前看，前面便是巍峨的蓝关。"马不前"写大雪盖路，征马踟蹰。这既是自然实景的描写，更是诗人内心的表现，写马实际上是写人，是人不愿再向前迈一步，因为走出蓝关，前途茫茫。此句表现出诗人对家的眷恋和对前途的担忧。眼前景与心中情的完美统一，抒写了自己无罪被贬的内心愤慨和痛苦。诗人借横云和大雪的眼中景，抒写了悲凉和抑郁的心中情。"横""拥"二字用得极精当，前者写秦岭之广，后者状积雪之高。"云横""雪拥"构成雄阔的境界，于失意中仍显露出英雄气概。这两句通过写景含蓄地表达了忠而获罪的怨愤。韩愈在一首哭女之作中写道："以罪贬潮州刺史，乘驿赴任，其后家亦谴逐，小女道死，殡之层峰驿旁山下。"可知他当日仓促先行，告别妻儿时的心情如何。韩愈为上表付出了惨痛的代价，"家何在"三字中有他的血泪和愤怒。此两句一回顾，一前瞻。"秦岭"指终南山，云横而不见家，亦不见长安，"总为浮云能蔽日，长安不见使人愁"（李白《登金陵凤凰台》），何况天子更在"九重"之上，岂能体恤下情？他此时不独系念家人，更多的是伤怀国事。"马不前"用古乐府"驱马涉阴山，山高马不前"之意。他前望蓝关，大雪寒天，联想到前路的艰险。"马不前"三字，露出英雄失路之悲。这两句扣题目中的"至蓝关示侄孙湘"。作者远贬，严令启程，仓促离家，而家人亦随之遭遣逐。当诗人行至蓝关时，侄孙韩湘赶到，妻子儿女，则不知尚在何处。作者在《女挐圹铭》中追述道："愈既行，有司以罪人家不可留京师，迫遣之。女挐年十二，病在席，既惊痛与其父诀，又舆致走道撼顿，失食饮节，死于商南层峰驿。"了解这些情况，便知"颈联纯作景语""境界雄阔"之类的赏析并不确当。"云横""雪拥"既是实景，又暗含象征意义。这一联情寓景中，寓意深长，遂成千古名句。

　　最后一联交代后事。作者本是抱着必死的决心上表言事，如今自料此去必无生还的希望，故对亲人安排后事，以"好收吾骨"作结。在章法上，又照应第二联"残年"云云，故语虽悲酸，却悲中有壮，表现了"为除弊事"而"不惜残年"的坚强意志。《左传·僖公三十二年》记老臣蹇叔哭师时说"必死是间，余收尔骨焉"之语，韩愈用其意，向侄孙从容交代后事，语意紧承第四句，进一步吐露了凄楚难言的激愤之情，而至死不改志向的坚定节操也隐约可见。

从思想内容上看，此诗与《论佛骨表》一诗一文，可称双璧，很能表现韩愈思想中积极进步的方面。就艺术上看，这首诗是韩诗七律中佳作，其特点诚如后人所评"沉郁顿挫"，风格近似杜甫。全诗叙事、写景、抒情熔为一炉，诗味浓郁，诗意醇厚。对于韩愈来说，一生大冤，莫过于此。韩愈在正月初被贬，次年春量移袁州，九月除官赴京，这一年零九个月左右，韩愈就此事件写了二三十首诗。这些诗记述了韩愈南行的行踪，抒写了哭诉无门的怨气。

四、文化史上的插曲

韩愈反佛是中国佛教史上的一个插曲，但这个插曲既有前奏，又有余响。两汉之际佛教传入中国，经过魏晋南北朝时期的发展，在隋唐时期达到高潮。从中国佛教的发展历程可以看出，隋唐佛教具有承前启后的特点。南北朝时期为隋唐佛教的发展作了准备，这一时期被称为"输入期"，此时佛教作为一种外来文化传入汉地，汉地则吸收融合佛教文化。隋唐时期是"建设期"，即在吸收融合的基础上，建立起独具特色的中国佛教，完成佛教的汉地化或中国化。宋以后的佛教，可以看作是隋唐佛教的余绪。隋唐佛教的兴盛与统治阶级的大力扶植和支持分不开，隋唐的帝王们虽然对佛教的看法不完全一样，但除唐武宗外，大都利用佛教来为其统治服务。

　　佛教传入中国，随之而来的就是佛教与中原传统文化的交融和碰撞。面对佛教，人们产生了截然对立的两种态度：一是拥护和欢迎，二是反对和拒斥。佛教从古印度经中亚、西域一路传来，高歌猛进，它为中华民族提供了本土文化所缺少而又为中华民族心灵所需要的营养成分，它还为统治者提供了新的统治工具和政治理念，因此很快在这里扎根、布叶、开花、结果。从西域国王跪地请高僧鸠摩罗什踩着脊背踏上讲坛说法，到南朝梁武帝四次舍身为寺奴，从普通大众顶礼膜拜，到大江南北佛寺林立，体现了中国人对这一外来宗教的高度热忱和倾心崇奉。然而从汉末牟融的《理惑论》可以知道，佛教传入汉地之始便受到种种质疑。顾欢的《夷夏论》曾掀起一波反佛的浪潮。历史上的"三武法难"更是统治者采取政治手段压制和打击佛教的典型案例。这种对佛教的崇奉和拒斥的斗争，既有政治层面的，也有文化层面的，而且源远流长，持续不衰，在历史上一次又一次掀起巨浪。韩愈的反佛就是这一长期斗争中的一丝涟漪。

　　历史的车轮进入隋唐，佛教在中国已经根深叶茂，但反对佛教的声音仍然不绝于耳。北周武帝的灭佛政策影响深远，但隋文帝即位，立刻大兴佛教。隋炀帝也是崇佛的，为晋王时就延请天台智顗大师到扬州，为他授菩萨戒，他也敬奉智顗"智者大师"的尊号。隋朝二帝兴建大批佛寺、佛塔，组织高僧从事佛学研究和佛经翻译，参加各种佛教法会活动，度人出家，修治佛像，修补经典，缮写经文。唐朝建立，唐高祖在位时欲裁抑佛教，下沙汰僧尼诏，因玄武门之变而落空。大臣傅奕反对佛教，而萧瑀则信仰佛教，两人在天子面前曾发生一次激烈的辩论。萧瑀辩不过傅奕，只好用佛教学说恐吓，说："阿鼻地狱就是为傅奕这样的人设的！"唐朝皇室认老子李耳为祖宗，抬高道教地位，相对地贬低佛教，从高祖到高宗，都把道教排在佛教之先。武则天建立武周，在文化政策上一反常态，打倒唐室的保护神老子，利用佛教压倒道教，因此规定佛在道先，大兴佛教。陈子昂曾写诗抨击当时大兴土木营建佛寺之举。

　　武则天下台，李唐王室重新登上帝位，唐玄宗开始拨乱反正，提倡道教，在政治上提倡清静无为，实现了开元盛世。然而安史之乱发生，面对乱局，唐统治者又乞灵于佛教。宪宗迎佛骨的行为正是这一波崇佛行为中的高潮。宪宗曾是一位有作为的皇帝，即位之初，虚心纳谏，打击割据的藩镇，削平叛乱，一时有"中兴之君"之望。然而不久他就倒退了，一方面不再听取大臣的直言进谏，一方面信仰佛教，幻想求得佛祖的护佑。迎佛骨入宫就是其表现之一。这时候韩愈有些不识时务，他还把宪宗视为明君，希望一纸谏书能令宪宗迷途知返，改邪归正，但现实给了他一记狠狠的耳光。平心而论，韩愈的谏表，在反佛的问题上并没有多少理论上的新意，只是佛教传入中国后许多反佛斗士们一贯的腔调，即佛教是夷狄之教，不适合中国的土壤，应该逐出中国。但韩愈反佛是有思想基础的，那就是他一贯的政治立场，他要推动王朝的中兴。他以此为己任，掀起古文运动，提倡儒学，辟佛反老，他为此进行了长期的舆论宣传工作。不想这种长期的努力却被皇上这一小小的举动摧毁了，这是韩愈不甘心的。这让他知道，要取得反佛斗争的胜利，皇上的态度才是最关键的，必须改变皇上的态度，而批评皇帝是冒着极大风险的，这一点他非常清醒。但他想挽回这一败局，不惜赌上了身家性命。这让我们看到，唐代士人确有见义勇为、拯物济世的家国情怀。

韩愈到了贬所后，第一件事就是上表悔罪。但我们要知道那看似恳切的承认错误，表达对皇上不杀之恩的感谢，并非肺腑之言，而是例行公事。当时凡从朝廷贬出京城的官员，如果还抱有生还的希望，到达贬所后必须上表谢罪，韩愈也不例外。《左迁至蓝关示侄孙湘》诗所透露的才是他真实的心态。

17

南方丝绸之路上的
蜀锦、织女与战争

——雍陶《哀蜀人为南蛮俘虏五章》组诗

　　唐代是中国古典诗歌的黄金时代，也是丝绸之路的黄金时代。丝绸之路丰富了唐诗的内容，唐诗反映了丝绸之路的发展变化。丝绸之路在唐诗中有生动的反映，唐诗是唐代社会生活的壮丽画卷，在这个画卷中丝绸之路是一道亮丽的风景。丝绸之路包括陆上丝路、海上丝路、草原丝路、南方丝路，每一条路线上都有精彩的故事，都有唐诗流传。我们讲一讲南方丝绸之路上的故事，并分析一下它与唐诗的关系。

一、成都：南方丝路的起点

　　南方丝绸之路的起点是成都。从成都到云南，从云南经过贵州再到广西、广州，或从云南到缅甸，再到印度，这样一个古代交通网络被称为南方丝绸之路，成都是起点。在成都附近的三星堆遗址立有一块碑，这个碑叫"南方丝绸之路零公里碑"，南方丝绸之路就是从这里开始的。成都为什么能成为丝绸之路的起点呢？有两个原因：一是交通方面的原因，成都是一个交通枢纽，通过蜀道和长江水道联结内地，又向南进入南方丝绸之路；第二个原因，也是更重要的原因，因为它生产丝绸，自古以来成都就是一个有名的丝绸生产基地。成都的丝织业有悠久的历史，这里很早就有中国最先进的蚕桑丝织技术，织出的锦被称为蜀锦，驰名中外。汉代朝廷派官员到成都管理丝织业，这些官叫"锦官"，所以成都有一个美称"锦官城"，又称"锦城"。说到这里，可能大家都能脱口而出背出两句唐诗：

锦城虽云乐，不如早还家。

这是李白《蜀道难》最后两句，是李白在内地写的，劝漂泊成都的人回来。还有：

晓看红湿处，花重锦官城。

这是杜甫的诗《春夜喜雨》最后两句，这是一首家喻户晓的诗。这首诗是在成都写的，是杜甫亲眼看到的。

讲到成都的丝绸，特别要讲到蜀锦在唐代的一个变化。初唐时有一个人叫窦师纶，对蜀锦工艺进行了改革。窦师纶曾经在秦王府干过，秦王就是李世民。他被朝廷派往成都，负责丝织工艺的改进。他在继承优秀传统图案的基础上，吸收中亚、西亚等地的题材和表现技法，创造出寓意祥瑞、章彩奇丽的各种新颖绫锦，其图案丰富，有双雉、斗羊、翔凤、游麟及其他神兽，在当时极为流行，因他被封陵阳郡公，这种纹样被称为"陵阳公样"。长安宫廷的仓库里，收藏有窦师纶所织的锦绫，这些锦绫被称为"瑞锦"及"宫绫"。唐朝延载元年（694），皇帝赏赐绣袍给三品以上的文武官，每一品阶的袍饰纹样都不一样。这种锦不光进贡朝廷，在市场上也非常畅销。

唐代成都丝织业发达，在唐诗里有生动的反映。我们读一首诗，就可以知道唐代成都丝织业多么兴盛。高骈《锦城写望》写道：

蜀江波影碧悠悠，四望烟花匝郡楼。
不会人家多少锦，春来尽挂树梢头。

高骈是晚唐名将，这个人文武双全，南诏军队侵犯四川，他率军到四川，把他们赶走，留下来镇守成都。这首诗就是他在成都看到的景象。题目中的锦城就是成都，"写望"就是描写他在成都远望所见。他对成都印象最深的就是家家户户树上都挂满了锦，不知道有多少。织好的锦要在江水里漂洗，洗完后要晾干，都挂在树上晾。这首诗前两句写景，首先是蜀江，流经成都的蜀江就是"锦江"。光看这个名字就是美的。波影就是阳光照耀下的波光，那江水波光粼粼，清澈见底，缓缓流动的样子非常动人。这还不够，郡楼的四面都是"烟花"。郡楼就是城楼，成都城的城楼，高骈现在就站在这城楼上。"匝"是围绕的意思，举目四望，都是"烟花"，轻烟袅袅，繁花似锦，城楼就在花的海洋里。你说这成都有多美啊。光这样还不够，读了三、四句，我们才知道，高骈并不是在写花。诗人仔细一看，哪儿是花呀，那都是锦，美丽的丝绸。家家户户的树上都挂满了美丽的丝绸，不仔细看，还以为都是花呢。既然是春天，当然也有花，但更多的是锦，锦和花共同装饰出成都的美丽。你看这样一位武将，写起诗来，心还真细。唐代的丝绸生产有官营和私营，官营的不用说了，官营作坊里有最先进的技术和最优秀的工人。从高骈的这首诗可以知道，成都私营的丝织业和以家庭为单位的手工业多么发达。

蜀锦不仅装饰了成都的美丽，更重要的是它的经济价值。高骈看到满树都是锦，对于成都人来说，那都是钱。蜀锦远销国内外，成都每年获得巨大的经济利益。所以成都是唐代最富庶的城市之一，当时有"扬一益二"的说法，有人对这个名次不满意，认为益州才是第一。钱也惹祸，眼看着成都人通过蜀锦年年赚大钱，有人眼红啊，特别是它的邻居。它的邻居是谁呢？就是南诏。南诏是唐代在今云南地区的一个少数民族政权，唐朝人称之为"南诏蛮"。南诏是一个独立于唐朝的政权。南诏的王府在太和城，在今云南大理。从成都往云南去的交通道路是"南方丝绸之路"的一部分。南诏人每年都要从成都买丝绸，结果出现贸易逆差。蜀锦太贵了，南诏没有多少商品用于交换，只能多花钱。于是南诏人就想主意了。

唐朝后期，南诏出了个"聪明人"——宰相嵯巅。他原来叫王嵯巅，担任南诏的节度使；又任清平官，相当于唐的宰相。他把南诏王杀了，立南诏王的弟弟做国王，这个新国王就赐给他国姓蒙，所以他又叫蒙嵯巅。嵯巅掌握着南诏的实权。他是个不按常规出牌的人，敢想敢做。他想，买蜀锦，太花钱了，不如抢，可是抢东西虽然比买省钱，但数量有限，用完了还得买，或者再抢，费事。不如自己织，可是自己织就需要大批的织工，而且这些织工还要培训。这也费事。成都有现成的织工和技术人员，如果把这些织工和技术人员抢过来，连培训费都不用花，有了技术，有了织工，自己织，就不用买也不用抢了，一劳永逸，不是更好吗？现在他又当了宰相，能调动全国的军队，有了实施计划的条件。唐文宗大和三年，也就是公元829年，一场以抢夺丝织技术和人才为目的的战争便发生了。

二、南诏抢夺成都丝织技术的战争

唐文宗大和三年，南诏举全国军队攻入成都，当时出动多少兵力，史书上没有记载，大约有十几万人，领兵的就是清平官嵯巅。唐朝本来在四川驻有重兵，剑南节度使统兵三万九千人，这不是全部，这是正规军，还有地方军、团练，数目不详。唐朝的守将是杜元颖，文士出身，不晓军事，平时不备战；还有就是不太明事理，做事糊涂，处事不当，常常把事搞砸。可是因为他出身名门，有文才，居然做到宰相。当宰相时他坏过一件大事，由于决策不当，导致河北藩镇脱离中央的统治。于是就把他派到四川担任剑南西川节度使。

一个文士，却让他掌兵。这叫嵯巅看到了机会。

杜元颖虐待士兵，减扣士兵衣粮，他的士兵只好到南诏地面去偷或者抢。南诏人抓住他们，不处罚他们，还优待他们，提供衣粮。这些人感谢南诏人的优待，就把唐朝的边防和成都的城防形势都告诉了南诏人。所以四川的军事防守情况，都被南诏人掌握了。从嵯巅当宰相以来，南诏一直在筹划着大规模的军事行动，不可能没有一点儿动静，边境地区的官员多次告知杜元颖，提醒他防备南诏，但杜元颖不信，从边境到成都，一路上防守松懈。嵯巅就等这一天呢，带领大兵打了过来。在南诏和成都之间，有三个州，两个关，即嶲州（治今四川西昌）、戎州（治今四川宜宾）、清溪关，过了清溪关是邛州（治今四川邛崃），邛州有一个关，叫邛崃关。清溪关和邛崃关，都建在险要的地方。一般情况下，只要这些地方布置了防守，南诏军队也不是那么容易就能打到成都的。问题是杜元颖没有设防。嵯巅一路上过嶲州，过戎州，过清溪关，都没有遇到抵抗，势如破竹。这时候杜元颖才匆忙派兵到邛州南抵抗，仓促应战，寡不敌众，唐军大败。本来邛崃关也很险要，守住关也能抵挡一阵。但杜元颖不会打仗，他让唐军出关应敌，遭遇埋伏，大败。南诏兵顺利通过邛崃关。

唐军抵挡不住，南诏兵迅速攻入成都外城，杜元颖领兵退守牙城，就是内城。成都内城是节度使机关所在地，四面也有城墙。外城又叫郭，环绕内城，百姓、作坊、市场都在外城。这时朝廷急调各地兵马救援成都，那时运兵的速度很慢，路途又远，这些军队没有赶到，南诏兵就撤了。南诏兵进入成都外城以后，纪律严明，在成都驻扎十天，不光不杀不抢，而且安抚百姓，城市秩序井然。

南诏人为什么如此"仁义"呢？史书上没有记载，但从南

诏人的做派来看，嵯巅发动战争的目的不是烧杀抢掠，他不是抢
东西，而是抢人，是为了获得成都的丝织技术力量。从哪里知道
嵯巅的目的是获取丝织技术呢？我们看一下嵯巅撤军时干了什么
就知道了。史载南诏军队占领成都十天后，"将还，乃掠子女、
工技数万，引而南"，就是把成都好几万的织工和技术人员俘掠
而去。接下来的事情就悲惨了："人惧自杀者不胜计。"成都的
百姓害怕被掠走，自杀的人不计其数，要知道那些人大部分是女
性。中国传统社会是男耕女织，从事丝织的大都是女性。

　　更大的悲剧还在后面。当唐朝的救兵追来时，嵯巅亲自断
后，挡住了唐军的追击，保证南诏的军队顺利地把成都的织工押
送回南诏。当行至大渡河时，嵯巅派人告诉这些成都人说："过
了河，南边就是我们南诏了，你们就要远离家乡了，允许你们大
哭一场。一旦进入南诏，就不许再哭了。再哭杀头。"一时哭声
震天，而且许多人号叫着投河自尽。据说这样的人占了十分之
三，有数千人死于这场灾难。可以说，这是南诏为了获取成都先
进的丝织技术和人才发动的战争。

三、唐人的感伤诗

　　这是唐代一件极其伤心的事件，诗人们听说这件事莫不悲
伤，因此在唐诗中引起强烈反响。唐代著名诗人徐凝《蛮入西川
后》诗就是写这件事的。徐凝这个人大家不是很熟悉，他是浙江
睦州分水县（今浙江桐庐县）人，与白居易同时而稍晚，当时名

气也很大。有人对他评价很高，明人杨基云："李白雄豪妙绝诗，同与徐凝传不朽。"（《眉庵集》卷五）在此诗中，杨基把徐凝和李白相提并论。《蛮入西川后》这首诗就不错，用诗写历史，可以称为"诗史"。这首诗也印证了我们的分析，南诏人就是为了得到成都的技术工人。诗是这样写的：

> 守隘一夫何处在，长桥万里只堪伤。
> 纷纷塞外乌蛮贼，驱尽江头濯锦娘。

诗的前两句写成都沦陷。形容险要的关隘，我们常说"一夫当关，万夫莫开"。这守关的"一夫"哪儿去了，让敌人长驱直入，诗在痛斥不能御敌守疆的将军。"长桥万里"代指成都。成都有一座有名的桥叫万里桥，这座桥有个典故。三国时，蜀国的费祎出使东吴，丞相诸葛亮在此设宴送行。费祎感叹说："万里之行，始于此桥。"万里桥由此而得名。所以"长桥万里"就是万里桥，代指成都。诗用了一个"伤"字写成都人的心情。当然也是诗人的心情，想到成都的万里桥，除了悲伤还是悲伤，诗人为成都沦陷百姓被掳而伤心。三、四句写敌人把成都的织工全都驱赶到南诏。"乌蛮贼"即南诏的军队。唐代时在洱海附近生活着两个部族，一个白蛮，一个乌蛮，所以称南诏军队为"乌蛮贼"。"纷纷"形容侵入成都的南诏军队数量多。"濯锦"是丝织的最后一道工序，即在江水中漂洗织锦。"濯锦娘"即工于蚕桑丝织技术的成都姑娘。"驱尽"就是把成都手艺娴熟的女工全都俘虏而去。可见在诗人看来，这场战争最大的损失是成都蚕桑丝织技术工人被掳走。

　　这是成都丝织业的重大损失，但战争造成了丝织技术的传播。这是南方丝绸之路历史上丝织技术传播的一个重大事件。那么，这些织工到了南诏以后怎样呢？南诏由于获得好几万成都织工和技术人员，引进先进的丝织技术，丝织业发展起来了，《新唐书·南蛮传》记载南诏"自是工文织，与中国埒"。文织就是有花纹的丝织品，就是锦。"埒"，相等、同等的意思。从此以后，南诏人就善于织锦，赶上了中原地区的水平。

　　反映这一重大事件的作品还有雍陶的诗。雍陶是唐后期诗人，他是成都人，又在四川做官，跟徐凝是好朋友，所以对这一事件特别关心。雍陶有一首诗更是真实地反映了当时的战乱和唐人的心情，他的《答蜀中经蛮后友人马艾见寄》诗云：

> 酋马渡泸水，北来如鸟轻。
> 几年朝凤阙，一日破龟城。
> 此地有征战，谁家无死生。
> 人悲还旧里，鸟喜下空营。
> 弟侄意初定，交朋心尚惊。
> 自从经难后，吟苦似猿声。

　　他的朋友马艾曾亲身经历了这场战争，在南诏人退走后，马艾写了一首诗寄给雍陶，雍陶写了这首诗又寄给他。马艾的诗没有流传下来，但他表达的感情可想而知。雍陶这首诗写战后大家的心情。"酋马"指南诏的骑兵，"泸水"是唐朝与南诏之间的一条河，当年诸葛亮就是"五月渡泸，深入不毛"。第二句是比喻，用飞鸟形容敌人的骑兵，形容敌人的进攻轻而易举。史载剑南西川节度使杜元颖不晓军事，武备废弛，因此敌人轻而易举地攻入成都。三、四句写南诏与唐朝的关系。多年以来，南诏臣服于唐朝，一直向唐朝进贡，朝见唐朝天子。现在竟然在一日之内侵入成都。"龟城"指成都，据说，成都城俯视状似乌龟，故称"龟城"。五、六句写成都人死亡之多，家家都有人死于这场战争。"人悲"四句写战后人们的心情。写"人悲"，用"鸟喜"来衬托。敌人退走后，避难的人回到家里，看到残破的景象，十分悲痛。而鸟却高兴异常，因为敌人退走后，军营空了，鸟儿可以自由自在地觅食飞翔了。意初定，心尚惊，写亲戚朋友都惶恐不安。最后两句写自己的心情，"吟苦"是写诗的心情，心情痛苦，吟诗的声音像猿猴的哀鸣。猿猴的叫声像人在哭，所以诗里常用猿的叫声形容痛苦的心情，如"巴东三峡巫峡长，猿鸣三声泪沾裳"。

雍陶还有《哀蜀人为南蛮俘虏五章》组诗，共五首，也是反映这场战乱的，也是写成都织工和技术人员被南诏人掳走的事件。这五首诗是按南诏人押送成都织工回南诏的行程来写的，从成都到南诏要路过大渡河、青溪关、越巂（巂州），所以五首诗从五个地方来写：成都、大渡河、青溪关、巂州、南诏（蛮城）。从初出成都写到南诏的王城，按其主要的途经之地顺序来写。第一首《初出成都闻哭声》：

> 但见城池还汉将，岂知佳丽属蛮兵。
>
> 锦江南度遥闻哭，尽是离家别国声。

城池，就是成都。汉将，指唐将。敌人退走了，成都又回到唐朝将军的治理之下。"佳丽"即美女，就是"濯锦娘"。"佳"和"丽"都是美好、美丽的意思。白居易的《长恨歌》有两句诗："后宫佳丽三千人，三千宠爱在一身。"城市倒是收复了，敌人退走了，但"佳丽"即"濯锦娘"被敌人掳走了，不光掳走了，还配给了南诏的士兵。可能嵯巅出兵前就许诺，打下成都，每个人配一个美女。这些织女南渡锦江，被迫走向南诏，已经走了很远很远，她们的哭声还回响在家人们的耳畔，那哭声中饱含离别家乡的悲伤。

第二首《过大渡河蛮使许之泣望乡国》云：

> 大渡河边蛮亦愁，汉人将渡尽回头。
>
> 此中剩寄思乡泪，南去应无水北流。

当南诏军队胁迫成都众多织工南行，来到大渡河时，那些织工全部回头张望，不肯前进一步。看到她们悲痛欲绝，蛮兵也为之哀愁，因为无法驱赶她们前行。于是只好允许织工们向北大哭。大渡河是当时唐朝与南诏的分界。所以嵯巅说，过了大渡河，就到了南诏的地盘，再让你们哭一场吧，以后就不许再哭了。到了南诏，她们连哭的权利和机会也没有了。于是数万人北望故乡，齐声大哭，其哭声动天地，泪水流入大渡河，大渡河水中充满了她们的思乡之泪。"南去应无水北流"，其实就是说这些织工永离故乡再无回乡的机会了。

第三首《出青溪关有迟留之意》云：

> 欲出乡关行步迟，此生无复却回时。
> 千冤万恨何人见，唯有空山鸟兽知。

清溪关，在黎州（治今四川汉源）西南百三十五里，其地连山带谷，夹涧临溪，倚险结关，恃为控御，南诏与唐朝交通往来，或双方发生军事冲突，南诏侵犯，此其必经之道。因此，清溪关曾是南诏和唐朝反复争夺之地。这首诗突出写一个"迟"字。"迟"写织工们行步缓慢，他们一步一回头，流连不舍。行步迟透露出心情的留恋。因再无回乡的机会，他们不忍心快步行走。但家乡已远，回望故乡，已隔着一道大渡河，看不到亲人，千冤万恨只有空山鸟兽知，意谓亲人永隔，再也得不到亲人的信息和关心了。

第四首《别嶲州一时恸哭云日为之变色》云：

> 越嶲城南无汉地，伤心从此便为蛮。
> 冤声一恸悲风起，云暗青天日下山。

诗中表达了蜀人陷身南虏的悲愤之情。越巂城南地区已被南诏所占据，蜀人被俘到此，自己也成了往日咒骂的蛮人，他们为此十分伤心。这种悲伤感天动地，诗中写随着蜀人的呼声悲鸣，风也充满悲伤之情，天空阴暗，太阳也落下了山。诗以质朴的词语直接表达了诗人的情感，没有夸张的修饰，给人一种真实而深刻的印象。通过描写云日变色和天地哀鸣的景象，诗歌充满了悲凉和哀怨之气，体现了古人对战乱所带来的人间惨痛的思考和探寻。

第五首《入蛮界不许有悲泣之声》云：

> 云南路出陷河西，毒草长青瘴色低。
> 渐近蛮城谁敢哭，一时收泪羡猿啼。

据说南方瘴气重，北方人不习此地水土。这首诗前两句就是写此地环境。但来到蛮地后，在南诏人的胁迫下，这些织工连哭也不敢了。她们只好擦干眼泪，接受命运的安排。她们多想放声大哭啊，可是只能忍气吞声。这时她们听到了猿猴的凄惨的悲鸣，她们觉得能像猿猴那样也好啊。这五首诗以简洁明快的语言揭示了蜀人被俘虏的悲惨遭遇，表达了雍陶对这一境况的深深痛惜和忧伤之情。通过对蜀人的悲痛描写，诗人传达了对战争带来的苦难的深切关注和对国家沦陷的忧愁。整首诗语言简练，意境深远，给人以沉重之感。雍陶还有一首《蜀中战后感事》诗：

蜀道英灵地，山重水又回。

文章四子盛，道路五丁开。

词客题桥去，忠臣叱驭来。

卧龙同骇浪，跃马比浮埃。

已谓无妖土，那知有祸胎。

蕃兵依濮柳，蛮旆指江梅。

战后悲逢血，烧余恨见灰。

空留犀厌怪，无复酒除灾。

岁积苌弘怨，春深杜宇哀。

家贫移未得，愁上望乡台。

从这首诗可知，雍陶早年经历了这场战乱，所以他说当时成
都残破，已不堪居留，但"家贫移未得"。唐代诗人李景让有残
句"成都十万户，抛若一鸿毛"，应该也与这一事件有关。诗斥
责统治者不关心百姓，在大难临头时一逃了事。在这一场血与火
的战争中，剑南西川节度使杜元颖及其属下诸军表现软弱，上述
诗中都包含着对他们的谴责，但个别将领也有立功表现，受到诗
人的赞扬。温庭筠有《赠蜀将》一诗云："十年分散剑关秋，万
事皆随锦水流。志气已曾明汉节，功名犹自滞吴钩。雕边认箭寒
云重，马上听筎塞草愁。今日逢君倍惆怅，灌婴韩信尽封侯。"
此诗题注："蛮入成都，频著功劳。"可见这首诗写的就是这场
战争中的一位将军，既赞美他的战功，也对他的坎坷失意给予同
情。

四、古代丝绸传播的主要途径

古代丝绸传播主要有这样几种途径：商业贸易、政治交往和战争掠夺。而唐代成都先进的丝织技术传入云南，是典型的通过战争手段实现的。这场战争在唐诗中得到生动的描写，丝绸、丝绸之路、战争、唐诗就这样联系起来。丝绸首先是通过和平方式传播的，战争不是主要的手段。和平的方式主要是商业贸易，蜀锦还被商贾贩运到全国各地，甚至域外。其次是作为礼品赠送和交换。作为商业贸易活动，唐诗中也有描写。元稹《估客乐》写一位南北奔波出入域外的商贾贩运的货物：

求珠驾沧海，采玉上荆衡。

北买党项马，西擒吐蕃鹦。

炎洲布火浣，蜀地锦织成。

越婢脂肉滑，奚僮眉眼明。

这位商人到沿海采购珍珠，到荆州、衡阳采购玉石，到炎洲采购火浣布，到蜀地采购蜀锦，还做奴隶生意，到越地采购婢女，到奚地采购娈童。其中到蜀地采购的就是锦，昭示成都不愧为南方丝绸之路的起点。

蜀锦通过进贡、贩贸和赠遗流播远近。蜀锦是地方入贡朝廷的贡物，皮日休《贱贡士》云："南越贡珠玑，西蜀进罗绮。"西蜀向朝廷进贡的物品就是丝绸。蜀锦在宫中被作为赏赐之物。

王建《宫词一百首》之三十写道：

春池日暖少风波，花里牵船水上歌。

遥索剑南新样锦，东宫先钓得鱼多。

前两句写宫中的风景，后两句写宫中的活动——钓鱼比赛。东宫是太子住的地方，这里指太子。太子钓得最多，所得的奖品是"剑南新样锦"，就是蜀锦的新品种。大量的蜀锦进贡到朝廷，朝廷又拿着蜀锦作为礼品赠送给周边民族和其他国家，实现了丝绸的传播。这个数量也是巨大的，唐初一次就赠帛三万段给东突厥处罗可汗，武则天曾以杂彩五万段赠西突厥。笔者在乌兹别克斯坦撒马尔罕看到他们古代的壁画，画唐朝的使节到他们国家去，手捧丝绸赠送给他们的国王。唐朝就是用丝绸来发展跟其他国家的友好关系，所以丝绸之路主要还是经济贸易之路和文化交流之路。

18

晚唐宦官专权下，
直谏与对策

——李商隐哭吊刘蕡诗

当一群鸟儿被猎人围困时，如果都保持沉默，等待死亡，那就真的会被全数捕获或消灭，同归于尽；如果大家齐飞出逃，纵然猎人开枪，有鸟儿中枪，大部分鸟儿会获得生存的机会。但如果大多数都畏惧猎人开枪，不敢动，只有一只鸟勇敢地叫出来，只要猎人不肯手下留情，这只鸟儿就必死无疑。晚唐的刘蕡就不幸成为这只出头的鸟儿。面对国家的衰亡，只要敢于大胆地喊出声来，就是这个社会的吹哨人。刘蕡——这个大唐帝国的吹哨人，倒在了他倾心热爱的土地上。那赞美这位吹哨人的诗，也值得我们研读细品。

一、刘蕡对策案

众所周知，唐朝的衰亡与藩镇割据、宦官专权是分不开的。然而在唐朝衰亡征兆将现未现之际，刘蕡却早已发现了威胁唐王朝生存的隐患，他直言极谏、刚正不阿，然而这样一位忠正贤良、才华横溢的人物却被淹没在历史洪流中，几乎被人遗忘，这是不应该的。

刘蕡，字去华，幽州昌平（今北京昌平）人。他留下一篇关于晚唐政治的长文，使他成为历史上著名政论家。《新唐书》有传，说他"客梁、汴间，明《春秋》，能言古兴亡事，沉健于谋，浩然有救世意"。《旧唐书》本传说他"与朋友交，好谈王霸大略，耿介嫉恶，言及世务，慨然有澄清之志"。又据《新唐书·王质传》记载，他与河东裴夷直、天水赵晢、陇西李行方都是一时之选，直言其为难得的栋梁之材。唐敬宗宝历二年（826），刘蕡进士及第。

刘蕡生活的时代正是藩镇割据、宦官张狂的时代，唐王朝大厦将倾。唐宪宗勤勉政务，着手削藩，于元和元年（806）讨平了剑南西川节度副使刘辟，元和九年（814）十月出兵讨伐淮西藩镇吴元济，元和十二年（817）十月淮西割据势力被消灭。宪宗于元和十五年（820）正月廿七日在大明宫中和殿被害死，年仅四十三岁。元和后，藩镇势力再次猖獗，宦官亦蠢蠢欲动。宦官神策中尉梁守谦和王守澄正是密谋刺杀宪宗者，而被他们扶植的穆宗、敬宗二帝，都没有办法除掉他们，普天之下路人皆知，甚感悲愤。"神策中尉王守澄负弑逆罪，更二帝不能讨，天下愤之。"（《新唐书·刘蕡传》）唐文宗即位，痛感宦官专权的危害，决定一洗"元和宿耻"并"翦落支党"，清除宦官势力。但要剪灭根深蒂固、势力强大的宦官之党谈何容易。《新唐书·刘蕡传》对当时的严酷形势有过准确的概括："方宦人握兵，横制海内，号曰'北司'，凶丑朋挺，外胁群臣，内掣侮天子。"刘蕡对此深恶痛绝。

刘蕡对策落第一事发生在唐文宗大和年间。唐敬宗宝历二年（826），刘蕡考中进士，同年十二月，唐文宗李昂登基。文宗看到朝廷权纲废弛，宦官当权，神策军中尉王守澄害死了唐宪

宗李纯，却经过穆宗李恒、敬宗李湛两朝，前后历时六年都未受
到制裁，十分气愤。他想逐步剪除宦官支党，洗雪元和宿耻，但
苦于身边缺少得力助手，于是在大和二年（828）颁诏，举荐贤
良方正。刘蕡平素关注朝政时局，对宦官手握兵权，横制海内，
外胁群臣，内擎天子的乱政恶行，慨然有澄清之志。此次举荐贤
良方正，文宗与刘蕡可谓不谋而合。刘蕡赶赴长安，写了一篇长
达六千余字的对策，指斥宦官乱政误国，痛陈兴利除弊的办法。
在场的谏官、御史听到刘蕡的侃侃宏论，激动得涕泗横流，把他
比作汉文帝时的晁错和汉武帝时的董仲舒，纷纷奏请朝廷重用刘
蕡。但是第策官左散骑常侍冯宿、太常寺少卿贾餗、库部郎中庞
严畏惧宦官的权势，暗中将刘蕡的对策压了下来。

　　当时，文宗为了剪落宦官党羽、重振唐室雄风，在朝廷之
上召集百余名儒士，以贤良方正与直言极谏问策取士，文宗皇帝
亲自主持这次策问。在策问中皇帝首先表达了自己想以古代明君
为楷模治理好国家的理想，接着分析了当前严峻的政治形势。然
后谦虚地说想要根除这些弊病，但心里没底，就像摸着石头过河
一样。因此命有关部门广招贤才，来启发我的无知，以期建成太
平盛世。希望参加这次对策考试的士人能提出对策，最后的考题
是：

　　　你们都博古通今，志在康济，到朝廷来回答问题，正合
　　我求贤若渴的心意，一定能指出治理不足、政令不当、法令
　　紊乱的地方，分析富国安民的当务之急。如何革除弊病？如

何造福百姓？怎样治理才能接近古代盛世？怎样才能使上下和谐？

　　显然皇帝是引导大家对现实存在的问题发表意见，提出自己的对策。刘蕡对策中，对当下时弊痛下针砭，在参加"策士贤良"的一百余人中，他是唯一一个没有遵循旧路老生常谈者。他切论宦官专权将危于社稷，纵论国事慷慨陈词，满腹经纶一腔热血地写下了著名的《对贤良方正直言极谏策》。史载"士人读其辞，至感概流涕者"（《新唐书·刘蕡传》）。刘蕡在对策中毫无保留地抨击了黑暗腐朽的朝政，对策云："今海内困穷，处处流散，饥者不得食，寒者不得衣，鳏寡孤独不得存，老幼疾病不得养。加以国权兵柄颛于左右，贪臣聚敛以固宠，奸吏因缘而弄法。冤痛之声，上达于九天，下入于九泉。"这一段陈述了触目惊心的现实：兵荒马乱，民不聊生，腐败严重，贪官污吏横行，冤假错案比比皆是。尤其是国家重大的权力（如兵权）掌控在奸吏佞臣手中，皇权被架空，江山社稷一片狼藉。策中又云："官乱人贫，盗贼并起，土崩之势，忧在旦夕。即不幸因之以病疠，继之以凶荒，陈胜、吴广不独起于秦，赤眉、黄巾不独生于汉，臣所以为陛下发愤扼腕，痛心泣血也。"流寇、盗贼，甚至反叛军都蠢蠢欲动，唐室危在旦夕。刘蕡的"痛心泣血"是真心实意的，从中我们可以看出一颗赤诚的心，看到一个青年才俊挥毫慷慨陈词，看到一个忧国忧民的文士泣血的呐喊。他预言了"天下将倾，四海将乱"的深重危机，并分析危机出现的原因与宦官乱政有极大的关系。对策云："奈何以亵近五六人，总天下大政，外专陛下之命，内窃陛下之权，威慑朝廷，势倾海内，群臣莫敢指其状，天子不得制其心，祸稔萧墙，奸生帷幄，臣恐曹节、侯览复生于今日，此宫闱将变也。"外专上命，下欺百姓，中间瞒骗无数群僚大臣，正是宦官专政的真实写照。

这篇宏论引经据典，欲扬先抑，层层推进，妙用春秋典故。在总体上阐明当前社会的各种弊端后，刘蕡反驳了策问所推崇的"夷吾之法"等还不是上圣之龟鉴，认为还有"系安危之机，兆存亡之变者"，继而引用春秋义理，"《春秋》以元加于岁，以春加于王，明王者当奉若天道，以谨其始也"，提出陛下要法于天，慎终若始。作者列出时弊后，通过层层推进，也是步步造势，已是到了其核心观点非说不可的地步。在将"宫闱将变，社稷将危，天下将倾，四海将乱"四个排比短句展现之后，刘蕡开始具体阐释这四个方面的"国家已然之兆"。在这里，刘蕡的洞见睿识充分展现，他纵论时局，预言将来，其所言不仅深中时弊，且在将来几乎一一实现，不仅当时读者为之心惊，至昭宗朝的罗衮等依旧为之震撼不已。在此策文中，刘蕡紧紧围绕着宦官擅权问题，提出了发人深省的观点。文章主要围绕宦官擅权、关切百姓、宦官不可主兵这些论点深入展开论述。

一是宦官擅权。刘蕡"极陈晋襄公杀阳处父以戒帝"："（陛下）忽而不用，必泄其言；臣下既言之而不行，必婴其祸。"此言正合乎大和五年（831）宋申锡冤案，因王璠泄密，宋申锡最终罹祸。策文还提到了敬宗的不幸下场，这是对文宗的严肃的提醒。刘蕡款款而谈，其文之直，以至于后来《新唐书》有如此评论："蕡与诸儒偕进，独讥切宦官，然亦太疏直矣。戒帝漏言，而身诵语于廷，何邪？其后宋申锡以谋泄贬，李训以计不臧死，宦者遂强，可不戒哉！"

二是关切百姓，刘蕡在此策文中流露出自己对百姓的深切关怀。"臣闻国君之所以尊者，重其社稷也；社稷之所以重者，存其百姓也。苟百姓不存，则虽社稷不得固其重；社稷不重，则国君不得保其尊。故治天下不可不知百姓之情。"而指出吏治腐败导致民生潦倒，盗贼纷起，预言民众起义，则表现了刘蕡强烈的现实关怀。"今海内困穷，处处流散，饥者不得食，寒者不得衣，鳏寡孤独不得存，老幼疾病不得养。加以国权兵柄颛于左右，贪臣聚敛以固宠，奸吏因缘而弄法。冤痛之声，上达于九天，下入于九泉，鬼神为之怨怒，阴阳为之愆错。君门万重，不得告诉，士人无所归化，百姓无所归命。官乱人贫，盗贼并起，土崩之势，忧在旦夕。即不幸因之以病疠，继之以凶荒，陈胜、吴广不独起于秦，赤眉、黄巾不独生于汉。"

三是宦官不可主兵，这也是此策文的犀利之处。他肯定了"法宜画一，官宜正名"的官制建设的理念，而目前的现实是"分外官、中官之员，立南司、北司之局，或犯禁于南则亡命于北，或正刑于外则破律于中，法出多门，人无所措，鬻兵农势异，而中外法殊也。"府兵制破坏后，导致"夏官不知兵籍，止于奉朝请；六军不主兵事，止于养阶勋……张武夫之威，上以制君父；假天子之命，下以御英豪。有藏奸观衅之心，无伏节死难之谊"。宦官典兵是宦官问题之所以棘手的根本原因。他们之所以能废立君主，擅威弄权，左右朝政，均是由于此。对此，司马光亦有深刻的论述："东汉之衰，宦官最名骄横，然皆假人主之权，依凭城社，以浊乱天下，未有能劫胁天子如制婴儿，废置在手，东西出其意，使天子畏之若乘虎狼而挟蛇虺如唐世者也。所以然者非它，汉不握兵，唐握兵故也。"（《资治通鉴》卷二六三）

刘蕡毫不避讳地指出："今忠贤无腹心之寄，阉寺专废立之权，陷先帝不得正其终，致陛下不得正其始。""陷先帝不得正其终"指的是敬宗被宦官刘克明杀害，"致陛下不得正其始"则指文宗实为太监王守澄扶植上台的。最后刘蕡得出的结论是要"揭国柄以归于相，持兵柄以归于将"，也就是说，把文官的权力归还给宰相，把武官的权力归还给将军，这样国家才能恢复正常，长治久安。这样的言论，自然激怒了在朝中正得势的宦官，刘蕡被权宦骂为疯子。宦官仇士良放言："奈何以国家科第放此风汉耶？"因此，尽管当时的考官非常欣赏刘蕡，但迫于宦官的压力，没有一个考官敢于录用他。当时群情激奋，一时物论喧然，许多大臣文人都为刘蕡鸣不平。

刘蕡之对策文，有胆有识又有才，议论精辟，词锋犀利，故能感人至深，动人肺腑，以其直指宦官，故为宦官所惧所憎。史书记载："如燕、许之润色王言，吴、陆之铺扬鸿业，元稹、刘蕡之对策，王维、杜甫之雕虫，并非肄业使然，自是天机秀绝。"（《新唐书》卷一七八《刘蕡传》）可见唐五代人对其对策文的肯定和重视。刘蕡对策文并不以文采风流、词藻华丽取胜，而是纯以讲别人不敢讲的真话，以犀利、质朴的语言，指陈唐王朝当前的政治弊端，提出解决的方案，引起了士林的震动。刘蕡落第，社会舆论掀起轩然大波。入选的二十三人"所言皆冗蹇常务，类得优调"。其中有一位叫李郃的人，时任河南府参军事，虽然被录取了，却自以为不如刘蕡，感到惭愧，说："蕡逐我留，吾颜其厚邪！"他自愿放弃自己的入选资格，而转让给刘蕡。他上疏曰：

> 皇上亲自到正殿来征求直言劝谏，人人感动。我本人胆小，才能平庸，不能评判古今是非，让皇上听到没听过的话，做没做过的事，我后悔反省，愧对神灵。刘蕡的对策敢于说出心里话，包括帝王的成败、皇上应警惕的事、当下政局的安危，毫不隐瞒自己的观点。又引证《春秋》做根据，从汉魏以后，没有能比得上他的。考官因为他触犯了权贵，不敢录取他。录取诏书颁下以后，舆论哗然，人们叹服他的真诚和正直而流下热泪，都说他指责了皇上的近侍，担心他们怀恨在心，打击报复他，做出不合常规的事，社会上都很担心。臣担心忠臣被害，法纪被破坏，汉末的故事又发生在今日。因为皇上仁德圣明，近侍因此没有杀害忠臣的计划；也因为祖宗有灵，近侍因此不敢自取灭亡。从这些结果看，为什么怕说直话？况且皇上设直言极谏科，号召士人应试，刘蕡直言答问，即使有冒犯也应有所宽容，即使有过错也应

给予奖励，载进史书，光耀万代。如果万一他遇事身亡，国人都会认为是朝廷杀害了敢于直言的人，与全国人为敌。忠诚正直的人都怕被杀，人心动摇，就没法挽救了。我的对答远远不及刘蕡，非常惭愧，虽然自认为是贤士，但人们会怎么说？我请求将任命给我的官职转给刘蕡，表彰他敢说直话。我则避免苟合取容的惭愧，朝廷可有公正的录取，皇上可避免国人的质疑，难道不好吗？

皇上没有采纳他的意见，刘蕡不可避免地遭受贬放。

刘蕡对策后七年，有甘露之变，殆如其在策论中所言的"宫闱将变，社稷将危，天下将倾，四海将乱"。刘蕡落第后，迫于宦官的压力，无人敢录用他。虽然令狐楚、牛僧孺礼遇他，仍难容于宦官，终被诬陷有罪，被贬柳州司户参军，卒。刘蕡是一位有经国济世之志并以抗言直谏著称的唐代名士。他在这次对策中，痛切指陈国事，针砭时弊，大声疾呼要选贤任能，拯救国运，因而轰动朝野，名重一时。文宗皇帝此时登基不久，恐怕为刘蕡一事得罪宦官，危及自己的帝位，竟然违背了举荐贤良方正的初衷，坐失国家栋梁，自导自演了一出叶公好龙的丑剧。同来应试的河南府参军李郃为此愤愤不平，上疏要求收回自己的官职，表彰刘蕡，被朝廷拒绝。这体现了当时"士志于道"的传统和精神依然有鞭策士子维护大道的影响力。自此以后，为了科举功名，或皓首穷经，或降尊屈就，或丧失气节等，"士气"开始发生了本质的变化，士人作为具有独立人格的社会阶层的性质逐渐发生了变化。

二、李商隐的共愤与同情

　　李商隐称刘蕡"平生风义兼师友"，这既是二人友谊的体现和写照，也是李商隐对刘蕡极高的评价。二人的友谊和情谊很大程度上是建立在共同的立场和共同的志趣上的。李商隐同刘蕡一样，憎恶宦官专权，怀抱远大理想，忧国忧民。这是二人友谊的基础，也是他们情感牢固的基石，也是李商隐写给刘蕡一系列诗歌的原因所在。《赠刘司户蕡》是一首酬赠诗，写在刘蕡生前。宣宗大中元年（847），李商隐奉郑亚之命出使荆南和郑肃通好。次年正月南返时，与被贬去柳州的刘蕡在长沙一带相遇，李商隐写《赠刘司户蕡》这一首诗相赠。据李商隐后来写的《哭刘蕡》诗，可知两人相遇的地点是黄陵庙，旋即在此分别。李商隐写此诗相赠：

　　　　江风扬浪动云根，重碇危樯白日昏。
　　　　已断燕鸿初起势，更惊骚客后归魂。
　　　　汉廷急诏谁先入，楚路高歌自欲翻。
　　　　万里相逢欢复泣，凤巢西隔九重门。

　　本诗由二人邂逅的地点黄陵庙写起。黄陵庙位于今湖南省湘阴县三塘镇渔场堤外的湘江东岸。唐代杜佑撰《通典》记载：

"黄陵即舜二妃所葬之地。"传说虞舜南巡，到过湘阴。《史记》记载："（帝舜）三十九年，南巡狩，崩于苍梧之野。"《淮南子》云："（帝）南征三苗，道死苍梧。"苍梧指洞庭湖之四野，湘阴地在上古为三苗地，也即苍梧之野的一部分。其时娥皇、女英二妃随舜帝南巡，闻帝崩，二妃哭于湘山，投于湘水，后人在黄陵山建庙祭祀。郦道元《水经注》云："二妃从征，溺于湘江……民为立祠水侧焉。荆州牧刘表刊石立碑，树之于庙，以旌不朽之传矣。"后世历代皆有修葺和碑记，路经此地的人们纷纷来此祭祀，"今之渡湘江者，莫敢不进礼庙下"。六朝以来，不少诗人吟咏黄陵庙、湘妃和黄陵山上的斑竹。元和十四年（819），韩愈因谏迎佛骨获罪，贬为潮州刺史。潮州位于南海之揭阳，他途经湘阴县，闻黄陵庙之名，乃谒黄陵，"是用有祷于神"，乞求神灵护佑。这年冬，他刚到潮州，就移刺袁州，第二年九月，又拜国子监祭酒。韩愈认为是黄陵庙二妃神力所致，"蒙神之福，启帝之心，去潮即袁，今又获位于朝，复其章绶，退思往昔，实发梦寐"（《祭湘君夫人文》），他以私钱十万托刺史王堪新修黄陵庙，并撰《黄陵庙碑》《祭湘君夫人文》。长庆元年（821），又托刺史张愉立碑篆其事。

李商隐诗开头写的"江"即湘江。黄陵山在湘江汇入洞庭的咽喉处，山峰兀立，水势奔腾。时间正是阴历正月，初春时节天气阴沉，山峰耸立，湘江水滚滚远逝，江风浩浩，浊浪翻涌，日暗天昏。看来好似"云根"一般的岸边山石和系船石墩，受到浪花的猛烈冲击，船上的桅杆在江中飘摇。这不仅是湘江惊涛骇浪的实景，更是晚唐政治局势动荡、朝政黑暗险恶的真实写照。诗人运用比兴手法勾画了陷刘蕡于如此惨境的社会背景。

颔联运用了比喻的手法，把刘蕡比喻成"初起势"、鹏程万里的北国鸿雁（刘蕡是燕人，祖籍幽州昌平，今北京昌平），然而他满腹的雄才大略还未施展，就"已断"双翼而夭折了，暗喻他刚刚要施展的雄图伟略夭折。这是指刘蕡应试未第这件事，他在策论中秉笔直书，虽然考官很赞赏他，但畏于宦官权势，未予录取，令其初试锋芒，就遭挫折。"更惊"一句指的是刘蕡被贬柳州。大和九年（835），山南东道节度使令狐楚、山南西道节度使牛僧孺相继把刘蕡接到兴元和襄阳，延聘他入幕府，授予秘书郎之职，待如师友。后来宦官们恨之入骨，诬告刘蕡致罪，使他被贬为柳州司户参军。他就像受谗而被放逐的"骚客"屈原一样，远贬他乡难回故土。前一"已"字，后一"更"字，将刘蕡生平中的两件大事紧密地结合起来，诗人用悲痛愤慨的笔调表达了对刘蕡遭遇的深厚同情。

颈联继续借用历史人物来抒发对刘蕡的深切情意、敬慕和同情。"汉廷急诏"指贾谊遭贬三年后又被汉文帝召回长安，拜为梁怀王太傅。诗人表面上说"谁先入"，实际意思就是"刘蕡不入谁可入"，这既是诗人对刘蕡的真心认可，也是对刘蕡的高度评价。"楚路高歌"指楚国狂人接舆，因此时刘蕡正好被贬楚地，和接舆的境况十分相似。"自欲翻"说自己愿翻新刘蕡的"高歌"，可谓是知己之间惺惺相惜、互相理解的理想境界。这两句诗其实也是李商隐的自伤身世。李商隐当时的处境与这两者亦无二致，他辗转于牛李党争的夹缝中郁郁不得志，此时是借刘蕡的遭遇"浇胸中块垒"，抒发自己的满腔愤激。

尾联"万里相逢欢复泣，凤巢西隔九重门"，写此次相逢的感受和对前途感到无望。"万里相逢"是二人"欢"的原因。两位挚友在远离家乡、远离帝京的地方不期而遇，其兴奋和喜悦之情，是可想而知的。这是"欢"的来由。然而为什么又"欢"而"复泣"呢？原来这意外相逢，是"同是天涯沦落人"的相合：他们一个是得罪被贬，一个是长期受排挤而万里投荒。大体相同的坎坷命运，又使他们不得不泣。"欢"不过是知音乍见时一刹那间的快事，而"泣"则是经过悲愤交加的长期酝酿。欢而复泣，感情复杂而沉痛，包含着个人的失意。但从诗的末句可知，其"泣"的原因还不止于个人的前途和命运。李商隐和刘蕡一样都是胸怀大志的人，都曾想施展才华为国效力，可是却报国无门，深为国家的前途和命运忧虑。其"泣"包含着对国运的忧心关切。末句中这一点表现得很显豁。凤巢，比喻贤臣在朝。《帝王世纪》记载："黄帝时，凤凰止帝东园，或巢于阿阁。"现在贤臣一时都已星散，远谪穷荒，备受排斥，"君门九重"，他们又如何可能竭忠尽智呢？诗人长期目击党争的翻云覆雨，又饱经天涯漂泊的生活，对唐王朝的黑暗现实的认识就更深切了。结尾的殷忧和愤懑，表面落在凤巢西隔、急诏无从上，但实际更和首联呼应。刘、李的遭遇，都是晚唐王朝"重碇危樯白日昏"的表现。对自身命运的悲叹，对不公平遭遇的控诉，对国家江山社稷的忧愤，使得他们二人不得不当街长泣。"九重门"暗指横于君王和贤士之间的黑暗势力，正是那重重叠叠的宫门，它遮蔽了一道又一道的忠言逆耳，直言极谏！贤臣想要为国尽忠竭智，根本只是痴心妄想。这首馈赠友人的佳作也因融合了对挚友的同情与欣赏、对自身命运的哀叹和对江山社稷的担忧而显得更加深邃。

《哭刘蕡》为李商隐初闻刘蕡病故的噩耗而作，作于上述赠诗的第二年，也就是849年。二人在黄陵山相遇，赠诗作别后，刘蕡便于次年秋天辞谢人世了。刘蕡是841年被贬柳州司户参军的，后与随人通明、通达缘资江而下，于宝庆（今湖南邵阳）境内隐居深山。其后不久刘蕡便客死浔阳。

听到噩耗的李商隐一时难忍悲痛之情，对于他来说，失去的并不仅仅是一个好友，更是一位志同道合的良师益友，一个惺惺相惜的知己。李商隐悲恸难忍一时激愤，接连写下了四首哭吊刘蕡的诗作，《哭刘蕡》便是其中之一：

> 上帝深宫闭九阍，巫咸不下问衔冤。
> 黄陵别后春涛隔，湓浦书来秋雨翻。
> 只有安仁能作诔，何曾宋玉解招魂？
> 平生风义兼师友，不敢同君哭寝门。

首联开篇便明言刘蕡是衔冤被贬，死不瞑目的。"九阍"指的是九重宫门，屈原的《离骚》中说"吾令帝阍开关兮，倚阊阖而望予"，宋玉《九辩》亦言"君之门以九重"，在前文《赠刘司户蕡》中李商隐也云"凤巢西隔九重门"，全都表达的是君

王身在宫闱深处，忠臣遭贬谪而君王却一无所知的意思。深宫闭
锁，连传说中的神巫巫咸也不到下界来体察人间疾苦，判明冤
情。诗人在此假借并不存在的上帝和其使者巫咸，一反儒家历来
倡导的"温柔敦厚"的诗教，实际把矛头对准了浑浑噩噩、昏庸
无能的帝王，对准了整个黑暗腐朽的统治集团。

　　颔联对仗工整，用词朴素却力度盎然，情感充沛，颇富深
意。前句写的是二人黄陵送别之后的情景。黄陵一别只隔一春，
二人却恰似被湘江春天的涛水阻隔，久久不能相见。而从溢浦
（即浔阳，在江西九江）传来噩耗的时候，已是秋雨翻飞的时
节。颔联融叙述、抒情于一体，一个"隔"字不仅写出二人地理
上的重重阻隔，还写出阴阳两界的天人永隔，自此诗人对于友人
那浓浓的情意，自然而然地更加深了一层。同理，"翻"字不仅
是描写秋雨翻飞之景，更细致地表达了诗人此刻内心翻滚、无处
排解的悲痛之情。

　　颈联诗人以"安仁""宋玉"自诩。安仁即潘岳，擅长写
悼念死者的诔文；而"宋玉招魂"指的则是宋玉为溺江而死的屈
原所作的《招魂》。此句看似大脱落，实则千斤四两之笔。对于
友人的屈死，自己无能为力，却只能作诗以示哀悼。李商隐此时
的伤痛欲绝，恰到好处地在此二句中体现出来，刺而不露，颇有
"柳藏鹦鹉语方知"之妙。

　　尾联诗人再也按捺不住满腔浓浓的情意和对友人的深深
思念，直抒胸臆地表达了对友人真挚的情感。"平生风义兼师
友"，是对刘蕡高尚品格的高度肯定，也是对二人之间肝胆相照

的真挚友谊的肯定。《礼记·檀弓上》说，死者是师，应在内寝哭吊；死者是友，应在寝门外哭吊。李商隐虽和刘蕡有多年的友谊，但又尊刘如师，所以不敢自居于刘蕡的同列而哭于寝门之外。对刘蕡的敬重和对友谊的珍视，总收于一"哭"字，真真一字一滴泪，一字一滴血之诗也。

刘蕡因对策被贬，丧失了政治前途，一生被压制，最后献出了生命。而李商隐在牛李党争的夹缝中，也是"虚负凌云万丈才，一生襟抱未曾开"（崔珏《哭李商隐》），故遇到刘蕡及闻刘蕡之死讯后，百感交集，为之伤悼不已。伤刘蕡，适足自伤也。李商隐《哭刘司户蕡》云："路有论冤谪，言皆在中兴。空闻迁贾谊，不待相孙弘。江阔唯回首，天高但抚膺。去年相送地，春雪满黄陵。"又《哭刘司户二首》其一云："离居星岁易，失望死生分。酒瓮凝余桂，书签冷旧芸。江风吹雁急，山木带蝉曛。一叫千回首，天高不为闻。"其二云："有美扶皇运，无谁荐直言。已为秦逐客，复作楚冤魂。湓浦应分派，荆江有会源。并将添恨泪，一洒问乾坤。"这些沉痛的诗句，既是伤悼刘蕡，又何尝不是对自己命运的自悼。

三、刘蕡、李商隐所反映的晚唐危机

平心而论，刘蕡对策所说的社会现实是有目共睹的，他只是说出了人人心中所有，人人笔下所无的事实。只是大多数人都保持沉默，而他则不顾个人利害大声喊了出来。1958年，毛泽东写下七绝《刘蕡》："千载长天起大云，中唐俊伟有刘蕡。孤鸿铩羽悲鸣镝，万马齐喑叫一声。"

唐王朝大厦将倾，已经日薄西山，危如累卵，君臣上下都心知肚明。但沉默能明哲保身，倡言则可能引火烧身。刘蕡作了唐王朝的第一位吹哨人，他在对策中毫无保留地触及了朝政的黑暗腐朽，挑明了唐王朝的严重危机。刘蕡的对策文紧紧围绕着一个主题展开，那就是宦官是唐室衰乱的主要根源，他们建置天子，威镇人主，长此以往，祸乱未已。他振聋发聩地提出："臣以为陛下所先忧者，宫闱将变，社稷将危，天下将倾，四海将乱。此四者，国家已然之兆，故臣谓圣虑宜先及之。"可谓发前人之所未发，而且为唐室之前途不得不发。

唐玄宗时李林甫为相，李林甫作恶多端，他深恐天下人揭露他的罪行，特别是那些谏官。他召集谏官们开会，说："当今天子圣明，大臣们都顺着皇上的旨意行事，不需要谏官们说三道四。"他指着马厩里养的仪仗队的御马，说："大家看到这些马了吗？平日里都是好草好料的养着，如果在仪仗队里乱叫一声，立刻就会被开除。"因此，对于统治阶级来说，他们只想听到天下太平的声音，即便天下不太平，也不想听那些刺耳的声音。特别是这些声音一旦危及既得利益集团的利益，那就不会管你说的是对是错、是真是假，必欲置你于死地而后快。刘蕡的对策就是这样的声音，他就是李林甫说的那种乱叫的仗马，因此他的下场就可想而知了。当然从长远来看，大家都保持沉默，官场越来越腐败，政治越来越黑暗，国家最终会走向败亡。

　　李商隐除了数量众多的爱情诗和无题诗之外，其反映时事的政治诗也是大放异彩的。在这些政治诗中，他直露自己的真性情，或者强烈批判藩镇割据，或者直讽懦弱的统治者，抒发自身抱负无由得以施展的抑郁愤懑。李商隐和刘蕡生活的年代正是李唐王朝江河日下、社会动荡不安、政治腐败的晚唐前期。社会病态纷呈，矛盾重重。宦官窃柄，扰乱朝纲，牛李党争，钩心斗角，人事纷纭，互相倾轧。李商隐一生被牵累在牛李党争的政治旋涡中，辗转幕途，仕途上一直找不到出路，"一生襟抱未尝开"。这种遭遇必然使李商隐对这个社会怀有强烈的不满。而在他的生命历程中，刘蕡可谓是一位志同道合、情同师友的人物。李商隐对刘蕡怀有深深的崇敬和同情，他们的友谊是以共同的政治理想为基础的。李商隐也有"欲回天地"（《安定城楼》）之志，也有忧国忧民之情，也对宦官乱政无比痛恨，也有对个人身世的感伤，从刘蕡身上李商隐看到的何尝不是自己的处境呢？正因为他们是志同道合的朋友，才有了李商隐给刘蕡的一系列诗歌。《赠刘司户蕡》《哭刘蕡》这两首诗就是诗人借友人的遭遇对统治当局的批判。晚唐时是昏庸、黑暗和专制的，各种社会矛盾尖锐，统治阶级沉溺于声色犬马、歌舞享乐、求仙问药；士人们也生活奢侈，追求享乐。李肇《唐国史补》云："自贞元侈于游宴，其后或侈于书法图画，或侈于博弈，或侈于卜祝，或侈于服食，各有所蔽也。"整个社会已是萎靡不振。李商隐的政治诗大量篇章中充满悲愤，激情澎湃、悲愤激切，充满崇高美。李商隐之所以强烈地同情和认同刘蕡，有其思想和身世遭际的依据。

跟刘蕡一样，李商隐其实是一个具有强烈的政治参与意识和关注现实的士人，他现存的六百多首诗中，直接抒写时事和用咏史的方式曲折反映现实政治的作品约占六分之一。政治诗在其全部创作中占较大的比重，他的政治诗，反映了唐代后期某些重大的社会政治问题和文武宣三朝一系列政治事件，形象地显示出唐王朝深重的统治危机，具有比较深刻的思想内容和认识意义。而且李商隐在诗文中透露的思考，与《春秋》新学有着一种潜在的关联性。《春秋》新学具有疑古辨伪的大胆怀疑精神，李商隐的讽喻诗和部分自出新意的文章，正是这种精神的体现。李商隐素以"济世""欲回天地"自期，对于宦官也是恨之入骨。因此这二人在政治观念和情感态度上都能达到互相认同的程度。

19

唐蕃甥舅之谊
与安史乱后的唐与回鹘和亲

——唐诗中的公主和亲

　　和亲，也称作"和戎""和番"，通常指中原王朝与周边民族或外国出于各种目的而达成的政治联姻，也指同一民族不同政权之间的政治联姻。和亲可以追溯到春秋战国时期。《左传·襄公二十三年》记载："中行氏以伐秦之役怨栾氏，而固与范氏和亲。"《吴越春秋》记载，吴王"不意颇伤齐师，愿结和亲而去"。西汉自汉高祖十一年（一说九年）与匈奴缔结和亲后，前期主要与匈奴和亲。《史记·刘敬传》记载："（高祖）取家人子名为长公主，妻单于。使刘敬往结和亲约。"和亲的目的都是维护友好关系，避免战争和冲突。唐朝与周边民族进行的和亲，影响较大并在唐诗里有所反映的主要是与吐蕃和回纥（回鹘）的和亲。

一、唐蕃之间的和亲

　　汉藏间远在公元前就存在密切联系，公元7、8世纪统一了青藏高原的吐蕃王朝与唐朝有着更为密切的关系。7世纪初，在松赞干布治理下的吐蕃成为一个统一而强盛的王朝，唐太宗治下的唐朝正处于如日东升的贞观时期，两个强大的王朝建立起血浓于水的和亲关系。在唐蕃和亲中，文成公主与松赞干布、金城公主与赞普赤德祖赞的两次联姻是汉藏民族关系史上的重大事件，影响深远。

贞观十五年（641），太宗以宗室女文成公主出嫁松赞干布。这一重大历史事件在绘画中有所表现，贞观时宫廷画家阎立本《步辇图》表现的就是唐太宗接见吐蕃求婚使臣的场景。那时没有摄影，这样重大的历史场面只能用绘画形式保留下来。中国绘画重神似而不重形似，因此绘画中的人物如唐太宗、禄东赞等都难以达到"写真"的程度。唐初诗风未盛，我们没有看到反映这一事件的诗作，不免令人遗憾。

中宗景龙四年（710）正月，金城公主沿着文成公主走过的道路入藏和亲，中宗率大臣送行，至始平县（今陕西兴平市）饯别。公主本名李奴奴，是中宗养女，生父为邠王李守礼。宴会上，中宗赋诗表达割慈远嫁爱女的挚情，令群臣赋诗奉和。这是一次饯别的宴会，也是一次盛大的诗会，因此流传下来不少奉和之作，除了十六首奉和送金城公主的诗之外，还有一首张说写的送随从公主入蕃的使臣的诗。这些诗见证了汉藏民族历史上亲密的关系和友谊，成为流传千古的诗坛佳话。

在这样的场合写奉和诗，诗人首先要歌颂中宗和亲的动机和行为，大部分作品重在从中宗角度写，称颂他作为一国之君从和戎安夷出发，为了国家利益而嫁爱女于远方，同时也赞美其慈父的仁爱情怀。崔湜《奉和送金城公主适西蕃应制》云：

> 怀戎前策备，降女旧因修。
> 箫鼓辞家怨，旌旃出塞愁。
> 尚孩中念切，方远御慈留。

顾乏谋臣用，仍劳圣主忧。

前两句说和亲是唐"怀戎"之"前策"，今以金城公主降于吐蕃是续修旧好，意谓这次和亲是延续文成公主入藏的前事。三、四句从金城公主说，她毕竟远嫁异域，乐曲不免流露出哀怨，旌旗颜色显出忧愁。五、六句写中宗的慈爱，因为金城公主年幼，中宗心中牵挂，不忍割舍。最后对自己不能贡献良策嘉谋而抱愧。又如韦元旦《奉和送金城公主适西蕃应制》诗："柔远安夷俗，和亲重汉年。军容旌节送，国命锦车传。琴曲悲千里，箫声恋九天。唯应西海月，来就掌珠圆。"前两句从夷、汉两个角度强调和亲的重大意义，三、四句写朝廷对此行的重视。五、六句同情公主远嫁，用了"悲"和"恋"两字写公主的心情。最后是对中宗和公主的安慰。李适《奉和送金城公主适西蕃应制》云："绛河从远聘，青海赴和亲。月作临边晓，花为度陇春。主歌悲顾鹤，帝策重安人。独有琼箫去，悠悠思锦轮。"这首诗五、六句最重要，第五句写公主眷恋故国，第六句写中宗以安人为重。徐彦伯《奉和送金城公主适西蕃应制》云："凤宸怜箫曲，鸾闱念掌珍。羌庭遥筑馆，庙策重和亲。星转银河夕，花移玉树春。圣心凄送远，留跸望征尘。"这首诗一、二句用"怜""念"写中宗的心情，写他是一位好父亲；三、四句写中宗筑馆远送，视国事重于亲情，是一位好皇上。五、六句写公主远去，七、八句写中宗眷念。张说《奉和圣制送金城公主适西蕃应制》云："青海和亲日，潢星出降时。戎王子婿宠，汉国舅家

慈。春野开离宴，云天起别词。空弹马上曲，讵减凤楼思。"诗
从唐蕃两家友谊角度赞美金城公主和亲，用"宠"和"慈"写双
方"子婿"与"舅家"的关系。薛稷《奉和送金城公主适西蕃应
制》云："天道宁殊俗，慈仁乃戢兵。怀荒寄赤子，忍爱鞠苍
生。月下琼娥去，星分宝婺行。关山马上曲，相送不胜情。"肯
定公主和亲是于双方都有利的政治行为，因为这种和亲可以安定
殊俗，结束战争，因此既是视远夷为赤子，又是割一己之爱而养
护百姓。最后写公主远去，众人情不能已。

在饯别的诗宴上也有人称颂中宗既深谋远虑，重视国事，
又割慈忍爱，情不能忍。崔日用《奉和送金城公主适西蕃》云：
"圣后经纶远，谋臣计画多。受降追汉策，筑馆许戎和。俗化乌
孙垒，春生积石河。六龙今出饯，双鹤愿为歌。""圣后"即圣
君，圣明的君主，指中宗。一、二句说和亲既出于皇上的深谋，
又出于众臣的"计画"。乌孙，代指吐蕃。虽然如此，亲人远嫁
仍是令人情不能忍，所以沈佺期《送金城公主适西蕃应制》诗
云："金榜扶丹掖，银河属紫阁。那堪将凤女，还以嫁乌孙。玉
就歌中怨，珠辞掌上恩。西戎非我匹，明主至公存。"诗一方面
肯定公主乃中宗掌上明珠，一方面写中宗为了国家嫁公主于吐蕃
的高尚无私，而"那堪"二字又写出中宗在情感上也难以承受。
武平一《送金城公主适西蕃》云："广化三边静，通烟四海安。
还将膝下爱，特副域中欢。圣念飞玄藻，仙仪下白兰。日斜征盖
没，归骑动鸣鸾。"诗先歌颂大唐盛世的太平安定，又赞美中宗
远嫁爱女以换取普天之下百姓的欢情。诗写中宗因"圣念"而赋

诗——"飞玄藻"；金城公主出嫁的队伍则在大家的目送中远行——"下白兰"。直到太阳西下，公主的身影隐没于地平线，中宗和送行的大臣才动身返回长安。这样，在众大臣的笔下，中宗不仅是一位以国事为重的明君，又是疼爱女儿的慈父。他就是在这样的双重心态下将金城公主远嫁的。

有的诗更侧重从金城公主写，有人同情她的远嫁。李峤《奉和送金城公主适西蕃应制》云："汉帝抚戎臣，丝言命锦轮。还将弄机女，远嫁织皮人。曲怨关山月，妆消道路尘。所嗟秾李树，空对小榆春。"这首诗虽然肯定中宗"抚戎臣"的良好动机，但在情感上主要感叹公主远嫁的嗟怨。阎朝隐《奉和送金城公主适西蕃应制》云："甥舅重亲地，君臣厚义乡。还将贵公主，嫁与耨檀王。卤簿山河暗，琵琶道路长。回瞻父母国，日出在东方。"诗从政治和民族大义上肯定和亲之举，但对公主远嫁异乡寄予同情。自从文成公主嫁松赞干布之后，吐蕃与唐朝就互称"甥舅之国"，中原地区和青藏地区就建立了血浓于水的关系。"卤簿"是仪仗队，即金城公主出嫁的队伍。一个"暗"字写出远行之人和送行之人的心情，因为心情惨淡，周围山川风物似乎也失去了光彩。"琵琶道路长"用乌孙公主的典故。汉嫁公主于乌孙，悲其路途遥远、旅途寂寞，专门组织了一支乐队随行，有琵琶师为其奏乐。"长"则表达了对金城公主远行的忧念。那时交通不便，从长安到吐蕃王城路途遥远，想到公主一路风尘，定然十分辛苦。唐远悊《奉和送金城公主适西蕃应制》云："皇恩眷下人，割爱远和亲。少女风游兑，姮娥月去秦。龙笛迎金榜，骊歌送锦轮。那堪桃李色，移向虏庭春。"说公主和亲远嫁吐蕃，像美丽的桃李移植到了"虏庭"。刘宪《奉和送金城公主入西蕃应制》云："外馆逾河右，行营指路岐。和亲悲远嫁，忍爱泣将离。旌旆羌风引，轩车汉月随。那堪马上曲，时向管中吹。"这首诗与唐远悊的诗都用了"那堪"的字眼，意谓公主远嫁令人难忍悲伤。马怀素《奉和送金城公主适西蕃应制》："帝子今何去，重姻适异方。离情怆宸掖，别路绕关梁。望绝园中柳，悲缠陌上桑。空余愿黄鹤，东顾忆回翔。"诗着意渲染离别的忧伤。徐坚《奉和送金城公主适西蕃应制》云："星汉下天孙，车服降殊蕃。匣中词易切，马上曲虚繁。关塞移朱帐，风尘暗锦轩。箫声去日远，万里望河源。"河源是公主入蕃途经之地，说她到了吐蕃后思念家乡，会不断地回望河源的方向。"风尘暗锦轩"想象公主远行途中的风尘仆仆的景象。"暗"既是写景物，也是写心情。这几首诗的主题都落脚在写公主的悲苦方面。也有的诗称颂她给国家带来了和平和安定。苏颋《奉和送金城公主适西蕃应制》云："帝女出天津，和戎转罽轮。川经断肠望，地与析支邻。奏曲风嘶马，衔悲月伴人。旋知偃兵革，长是汉家亲。""风""月"写其途中之艰辛，"悲"写公主的心情。但诗人强调的是唐蕃从此停止了战争，双方结为长久的姻亲关系，这就写出了金城公主和亲的重大意义。

　　陪公主入蕃的大臣奉命送亲，经年不返，是一个辛苦的差事，也是一次获取功名的机会。有人赞美送行大臣的行为，祝愿其送公主入吐蕃立功扬名。史载中宗始命纪处讷作送亲使，纪处讷以不练边事固辞。又命赵履温充使，赵履温又托关系辞去，最后命左骁卫大将军杨矩护送金城公主入蕃。张说有《送郑大夫惟忠从公主入蕃》诗："凤吹遥将断，龙旗送欲还。倾都邀节使，传酌缓离颜。春碛沙连海，秋城月对关。和戎因赏魏，定远莫辞班。"从张说的这首诗可以知道，送亲的队伍中还有郑惟忠，这一点可补史书之不足。"春碛"二句写道途的艰辛。送亲吐蕃是一个重要的外交使命，如果能够顺利完成送亲的使命，出使的大臣回朝有因功赏拔的机会，所以诗人说郑氏的功劳不减于东汉时立功西域的定远侯班超。

上述送金城公主入藏的君臣唱和诗，在思想内容上可以概括为如下几个方面：一是强调唐蕃友谊和甥舅关系，二是称颂中宗慈仁抚戎，三是赞美中宗割爱和亲，四是同情公主远嫁，五是肯定公主和亲的重大意义。这些诗表达了唐朝君臣送别金城公主时的依依惜别之情，"庙策重和亲"揭示了金城公主入藏的意义和原因，说明这不是一般的婚姻，而是具有政治意义的事件。金城公主出嫁的背景是太宗之后唐蕃双方关系发生了变化，"我之边隅，亟兴师旅；彼之蕃落，颇闻凋弊"。中宗的"庙策"是将自己的掌上明珠远嫁于吐蕃赞普，以结束双方之间的战争，恢复唐朝与吐蕃的友好关系。他说："金城公主，朕之少女……岂不钟念，但朕为人父母，志恤黎元，若允诚祈，更敦和好，则边土宁晏，兵役休息。遂割深慈，为国大计。"金城公主和亲进一步加强了唐蕃友谊，巩固了唐蕃间的"甥舅"关系。史载自中宗答应吐蕃方面的求亲，"自是频岁贡献"（《旧唐书》卷一九六上

《吐蕃传》）。金城公主入藏二十年后，赞普还向玄宗上表：
"外甥是先皇帝舅宿亲，又蒙降金城公主，遂和同为一家，天下
百姓，普皆安乐。"（同上）两位公主的入蕃联姻，同历代统治
阶级之间实行的和亲一样，主要是一种满足双方需要的政治行
为。唐蕃和亲促进了汉藏民族关系发展和经济文化上的交流。文
成公主博学多能，对吐蕃文化进步影响很大，不但稳定了唐朝西
陲边防，也把汉民族文化传播到吐蕃，吐蕃的经济文化借由大
唐文化的营养得到跃升。陈陶《陇西行四首》其四云："黠虏
生擒未有涯，黑山营阵识龙蛇。自从贵主和亲后，一半胡风似汉
家。"前两句写唐与吐蕃的战争，后两句写和亲的成果，反映的
就是文成公主和金城公主的和亲给青藏高原地区的文化带来的影
响。

　　文成公主致力于加强唐朝和吐蕃的友好关系，她热爱藏族同
胞，深受百姓爱戴。金城公主力促唐蕃会盟，为唐蕃和好贡献良
多。此间唐蕃虽有冲突，但往来频繁，以和好为主。开元二十二
年（734），唐蕃在赤岭定界立碑，相约互不侵犯，并于甘松岭
置互市，结束了持续数十年的战争。唐蕃会盟的促成，金城公主
功不可没。文成公主和金城公主在吐蕃受到尊重，被尊称为"赞
蒙"。吐蕃历史文书记载："及至狗年（睿宗景云元年，710
年）……赞蒙金城公主至逻些之鹿苑"①；及至兔年（玄宗开元

---

① 　王尧、陈践译注：《敦煌本吐蕃历史文书》（增订本），民族出版社1992年版，第
150页。

二十七年，739年）……赞蒙金城公主薨逝"②；"及至蛇年（玄宗开元二十九年，741年）……祭祀赞普王子拉本，及赞蒙公主二人之遗体"③。吐蕃中有"赞蒙"尊称而且去世后享受祭祀的女性是地位不低于吐蕃王后的人，文成公主、金城公主都获得这种尊重。自文成公主、金城公主先后入藏，历代吐蕃赞普多自认是唐朝皇帝的外甥，双方都强调和赞成这种舅甥关系。

这种舅甥关系在唐诗中受到颂扬。杜甫《近闻》云："近闻犬戎远遁逃，牧马不敢侵临洮。渭水逶迤白日净，陇山萧瑟秋云高。崆峒五原亦无事，北庭数有关中使。似闻赞普更求亲，舅甥和好应难弃。"杜甫《对雨》云："雪岭防秋急，绳桥战胜迟。西戎甥舅礼，未敢背恩私。"元稹《和李校书新题乐府十二首·西凉伎》回忆开元、天宝盛世，特意提到吐蕃的入贡："大宛来献赤汗马，赞普亦奉翠茸裘。"吕温出使吐蕃，其《吐蕃别馆和周十一郎中杨七录事望白水山作》云："夙闻蕴孤尚，终欲穷幽遐。暂因行役暇，偶得志所嘉。明时无外户，胜境即中华。况今舅甥国，谁道隔流沙。"诗乃作者观赏吐蕃雪山景色触景生情之作，从胜境相似天下一家的角度把唐蕃联系起来，以为唐蕃间的舅甥关系和传统友谊不会因"流沙"而分开。

由于文成公主和金城公主入藏，唐蕃关系更加密切。唐蕃友好关系在民间表现为传统的经贸往来和茶马贸易等经济文化的

---

② 王尧、陈践译注：《敦煌本吐蕃历史文书》（增订本），民族出版社1992年版，第153页。

③ 王尧、陈践译注：《敦煌本吐蕃历史文书》（增订本），民族出版社1992年版，第153页。

交流。内地商人有经商至吐蕃者。元稹《估客乐》云："估客无住著，有利身则行。出门求火伴，入户辞父兄。……求珠驾沧海，采玉上荆衡。北买党项马，西擒吐蕃鹦。炎洲布火浣，蜀地锦织成。越婢脂肉滑，奚僮眉眼明。通算衣食费，不计远近程。经游天下遍，却到长安城。"这位游贾东南西北进行贸易，也曾至吐蕃之地，贩买吐蕃物产，并把各地物产贩运至长安。吐蕃习俗也有传入中原地区的。白居易《时世妆》批评唐朝女性流行之妆受外来文化之影响："时世妆，时世妆，出自城中传四方。时世流行无远近，腮不施朱面无粉。乌膏注唇唇似泥，双眉画作八字低。妍蚩黑白失本态，妆成尽似含悲啼。圆鬟无鬓椎髻样，斜红不晕赭面状。"白居易《城盐州》说吐蕃闻唐城盐州，"君臣赪面有忧色，皆言勿谓唐无人"。《旧唐书·吐蕃传》记载，文成公主入藏，"恶其人赭面，弄赞令国中权且罢之，自亦释毡裘，袭纨绮，渐慕华风。仍遣酋豪子弟，请入国学以习《诗》《书》。又请中国识文之人典其表疏"。陈寅恪考证白诗中之"赭面"妆来自吐蕃人妆容，"白氏此诗所谓面赭非华风者，乃吐蕃风气之传播于长安社会者也"。

二、唐朝与回鹘之间的和亲

唐与回纥和亲开始于安史之乱中。为了平叛，唐朝向北方草原民族政权借兵，派人出使回纥，要求和亲，"以修好征兵"。回纥怀仁可汗有心助唐平乱，把女儿嫁给李承寀，又遣使入唐求娶唐公主，建立起和亲关系。可汗率兵与唐军元帅郭子仪共破叛军中同罗等部。第二年二月，可汗又派太子叶护和将军帝德等人率兵四千助唐平乱。回纥两度派兵助战，唐朝多次将公主嫁回纥可汗和亲，"参天可汗道"成为和亲之路。

　　嫁入回纥见于唐诗的首先是崇徽公主。崇徽公主是唐朝名将仆固怀恩之幼女，为了使回纥助唐平叛，她的两个姐姐已经先后远嫁回纥。其中一位嫁给牟羽可汗（后称登里可汗）移地健，大历三年（768）病故，移地健指名续娶仆固怀恩的女儿为妻，代宗便将怀恩幼女封为"崇徽公主"，第二年嫁与登里可汗。崇徽公主与移地健生有一女，称"少可敦叶公主"或"叶公主"。崇徽公主经太原道入回纥，唐诗中提供了证据。雍陶《阴地关见入蕃公主石上手迹》诗云：

> 汉家公主昔和蕃，石上今余手迹存。
> 风雨几年侵不灭，分明纤指印苔痕。

此公主即崇徽公主。晚唐时李山甫有《阴地关崇徽公主手迹》诗：

> 一拓纤痕更不收，翠微苍藓几经秋。
> 谁陈帝子和番策，我是男儿为国羞。
> 寒雨洗来香已尽，澹烟笼著恨长留。
> 可怜汾水知人意，旁与吞声未忍休。

据此可知，崇徽公主入回纥曾途经阴地关。阴地关在长安至太原的驿道上，山西省灵石县西南五十里。因冷泉关在其北，故俗称阴地关为南关。李山甫还有《代崇徽公主意》诗："金钗坠地鬓堆云，自别朝（一作昭）阳帝岂闻。遣妾一身安社稷，不知何处用将军。"其用意仍在于借此批评朝廷无能。宋人欧阳修有《唐崇徽公主手痕和韩内翰》诗："故乡飞鸟尚啁啾，何况悲笳出塞愁。青冢埋魂知不返，翠崖遗迹为谁留。玉颜自古为身累，肉食何人与国谋。行路至今空叹息，岩花涧草自春秋。"北宋对外软弱，屈辱事敌，上层统治集团以权谋私，不恤国事，欧阳修借古讽今，用意与李山甫诗同。

其次是咸安公主。咸安公主是德宗第八女，即燕国襄穆公主，始封咸安公主。贞元三年（787）九月十三日，回纥武义成功可汗派将军合阙献方物，请和亲。德宗让合阙在麟德殿见咸安，把咸安画像赐与可汗。第二年十月十四日，回纥派宰相、公主率庞大使团纳聘迎亲，德宗于延喜门接见。可汗上书甚恭。二十六日，德宗下诏按亲王标准置咸安公主府，册命可汗为"汩咄禄长寿天亲毗伽可汗"，公主为"智惠端正长寿孝顺可敦"，同时应可汗请求改回纥为回鹘。十一月，任命李湛然为婚礼使，关播、赵憬等持节护送咸安公主入番。德宗赋诗相送，其诗不传。贞元五年（789）七月，咸安公主至回鹘牙帐。天亲可汗死，其子忠贞可汗立；忠贞可汗死，其子奉诚可汗立；奉诚可汗死，回鹘人立宰相为怀信可汗，按照传统咸安依次嫁与这四个可汗。咸安公主在回鹘二十一年，宪宗元和三年（808）卒，回鹘遣使告哀，宪宗废朝三日，追封为燕国大长公主。按说德宗曾赋诗送行，群臣亦应奉和，但这些诗都没有留传下来。唐诗中咏及咸安和亲的只有一首，即孙叔向《送咸安公主》诗：

> 卤簿迟迟出国门，汉家公主嫁乌孙。
> 玉颜便向穹庐去，卫霍空承明主恩。

诗讽刺将军无能而以公主和亲安国，显然不是朝廷送行时所写的诗，当是目睹咸安出嫁时的场面有感而发。咸安公主去世的消息传至唐廷，白居易奉命代宪宗撰写了《祭咸安公主文》，祭文以诗一般的语言赞美咸安公主和她的和亲之举：

> 柔明立性，温惠保身，静修德容，动中规度。组纴之训，既习于公宫；汤沐之封，遂开于国邑。及礼从出降，义重和亲；承渥泽于三朝，播芳猷于九姓。远修好信，既申协比之姻；殊俗保和，实赖肃雍之德。方凭福履，以茂辉荣；宜降永年，遽归长夜。悲深讣告，宠极哀荣。爰命使臣，往申奠礼。故乡不返，乌孙之曲空传；归路虽遥，青冢之魂可复。远陈薄酹，庶鉴悲怀。

可以看作一首颂咸安公主的诗篇。

与回鹘最后一次和亲的真公主是太和公主。太和公主，宪宗第十女，从回鹘归国后晋封定安大长公主。长庆元年（821），穆宗许以亲妹永安公主嫁回鹘可汗。同年可汗死，永安公主未下嫁回鹘，后来出家为道士。同年，继位的崇德可汗派都督、叶护、公主等数百人入唐迎婚，穆宗将太和公主册为"仁孝端丽明智上寿可敦"嫁之。太和公主出嫁的礼仪空前隆重，穆宗亲送至通化门，文武官员在章敬寺前送别，长安城百姓倾城出动。唐诗中有三首写送太和公主和亲的作品。杨巨源《送太和公主和蕃》云："北路古来难，年光独认寒。朔云侵鬓起，边月向眉残。芦井寻沙到，花门度碛看。薰风一万里，来处是长安。"花门山在居延海北，代指回鹘。王建《太和公主和蕃》云："塞黑云黄欲渡河，风沙眯眼雪相和。琵琶泪湿行声小，断得人肠不在多。"张籍《送和蕃公主》："塞上如今无战尘，汉家公主出和亲。邑司犹属宗卿寺，册号还同虏帐人。九姓旗幡先引路，一生衣服尽随身。毡城南望无回日，空见沙蓬水柳春。"这三首诗皆为送太和公主之作，主要写赴回鹘一路上环境的恶劣，想象公主心境的悲伤。

太和公主的经历十分坎坷，反映了唐朝与回鹘的复杂关系和回鹘后期的命运。她经灵关道入回鹘，吐蕃发兵侵扰，被盐州唐军击退。回鹘派一万骑兵出北庭，一万骑兵出安西，抗拒吐蕃侵扰。唐朝发兵三千赴蔚州（今河北蔚县）护送，回鹘派七百六十人将驼马及车至黄芦泉迎候。公主到达回鹘牙帐，崇德可汗以隆重的礼仪迎接公主。数日后唐使胡证等人返国，公主在帐中宴送，痛哭失声，流连眷慕。太和公主自长庆元年（821）远嫁回鹘，先后嫁给三位可汗为可敦。

　　唐朝与回鹘的关系和贸易因公主和亲而重新活跃，但好景不长。回鹘连年饥荒、瘟疫流行，各派势力争权夺位，矛盾激化，四分五裂，局势动荡。长庆四年（824），崇德可汗死，其弟昭礼可汗立。大和六年（832），昭礼可汗被部下杀死，其侄彰信可汗立。开成四年（839），回鹘宰相掘罗勿荐公，招引沙陀突厥进攻彰信可汗，可汗兵败自杀。开成五年（840），回鹘将军句录末贺引黠戛斯十万兵马进攻回鹘，杀掘罗勿荐公。会昌元年（841），昭礼可汗之弟乌介自立为可汗，率残余部落南迁至唐朝边境的错子山。在回鹘与黠戛斯的冲突中，太和公主为黠戛斯军所俘。黠戛斯人欲结好唐朝，送公主归唐。乌介可汗抢回太和公主，以太和公主名义表请唐朝册封。唐朝遣使前往乌介驻地慰问，许借米三万石，并封其为可汗。乌介继续借粮借兵，要求唐朝助其复国。唐朝不能完全满足其要求，乌介遂挟持公主南下，侵掠大同、朔州、天德、振武等地。乌介的侵扰给边地百姓造成极大灾难，晚唐诗人杜牧《早雁》诗反映了这一史实：

　　　　　　金河秋半虏弦开，云外惊飞四散哀。

　　　　　　仙掌月明孤影过，长门灯暗数声来。

　　　　　　须知胡骑纷纷在，岂逐春风一一回。

　　　　　　莫厌潇湘少人处，水乡菰米岸莓苔。

　　武宗会昌二年（842）八月，乌介率兵南侵，边民纷纷向南方逃亡。杜牧时任黄州刺史，感时伤世，写下此诗。诗采用比兴象征手法，借写雁反映时事，写流离失所的百姓的痛苦。

会昌三年（843），唐朝河东节度使刘沔率兵突袭乌介可汗驻地，乌介仓皇逃命，未及带上太和公主。丰州刺史石雄途中遇太和公主帐幕，因迎归国。太和公主被唐军护送回太原，当年三月公主回到长安。公主在回鹘生活了二十二年，返回长安后不久去世。唐军战胜乌介，平安迎回太和公主，是一件可喜可贺之事，当时诗人写了不少歌咏其事的诗，把太和公主还朝比作蔡文姬归国。迎回公主的石雄将军又是一位画家，护送公主回长安的途中曾绘《射鹭鸶图》，后在长安出示，白居易大加赞赏，他把石雄的武功和太和公主还朝两件事一起咏叹，《河阳石尚书破回鹘迎贵主过上党射鹭鸶绘画为图猥蒙见示称叹不足以诗美之》诗云：

> 塞北虏郊随手破，山东贼垒掉鞭收。
> 乌孙公主归秦地，白马将军入潞州。
> 剑拔青鳞蛇尾活，弦捾赤羽火星流。
> 须知鸟目犹难漏，纵有天狼岂足忧。
> 画角三声刁斗晓，清商一部管弦秋。
> 他时麟阁图勋业，更合何人居上头。

潞州即上党，从太原经潞州、河阳可至洛阳，太和公主是从这条路回长安的。又如许浑《破北虏太和公主归宫阙》云："毳幕承秋极断蓬，飘飘一剑黑山空。匈奴北走荒秦垒，贵主西还盛汉宫。定是庙谟倾种落，必知边寇畏骁雄。恩沾残类从归去，莫使华人杂犬戎。"诗把破回鹘和迎回公主的胜利归功于武宗的决策和唐军将领的骁雄。刘得仁《马上别单于刘评事》诗："庙谋宏远人难测，公主生还帝感深。天下底平须共喜，一时闲事莫惊心。"此诗题注云："时太和公主还京，评事罢举起职。""单于评事"即在单于都护府任从事，其朝衔是大理评事。刘某放弃长安应举，将赴北方边地任职，诗人写此诗送行。诗把迎回太和公主一事视为天下恢复太平的象征，当时惊心动魄的斗争被诗人视为"一时闲事"，意谓对强大的唐朝来说，此乃等闲之事。张祜《投河阳右仆射》诗云："黠虏构挽抢（应作'欃枪'或'搀枪'），将军首出征。万人旗下泣，一马阵前行。对敌枭心死，冲围虎力生。雪霜齐摄甲，风雨骤扬兵。指点看鞭势，喧呼认箭声。狂胡追过碛，贵主夺还京。黑夜星华朗，黄昏火号明。无非刀笔吏，独传说时英。"诗颂扬迎回公主的石雄将军。顾非熊《武宗挽歌词二首》其一："睿略皇威远，英风帝业开。竹林方受位，薤露忽兴哀。静塞妖星落，和戎贵主回。龙髯不可附，空见望仙台。"他把迎回太和公主作为武宗的功绩之一加以颂扬。也有的诗人对公主的坎坷身世表示同情。李频《太和公主还宫》云："天骄发使犯边尘，汉将推功遂夺亲。离乱应无初去貌，死生难有却回身。禁花半老曾攀树，宫女多非旧识人。重上凤楼追故事，几多愁思向青春。"李敬方《太和公主还宫》云："二纪烟尘外，凄凉转战归。胡笳悲蔡琰，汉使泣明妃。金殿更戎幄，青袪换毳衣。登车随伴仗，谒庙入中闱。汤沐疏封在，关山故梦非。笑看鸿北向，休咏鹊南飞。宫髻怜新样，庭柯想旧围。生还侍儿少，熟识内家稀。凤去楼扃夜，鸾孤匣掩辉。应怜禁园柳，相见倍依依。"昔日的"参天可汗道"，后来的"入回鹘道"，承载了唐朝和亲公主多少辛酸和痛苦，承载了唐朝多少光荣和屈辱！

三、唐代诗人对公主和亲的不同态度

唐代诗人对公主和亲的认识和态度是不同的。从总的倾向看，唐前期在国家强盛时与周边民族的和亲促进了双方友好关系，诗人虽然也同情公主远离家国远赴异域的遭遇，但对她们和亲的意义持肯定的态度。如中宗时金城公主和亲吐蕃，朝廷大臣奉和之作。安史之乱后的和亲，是作为争取对方军事援助的条件，因此诗人们有屈辱之感，大多持否定态度。他们认为安定国家，朝廷不应该以此作为国策，而应该任用良将战胜敌人。杜甫《喜闻盗贼蕃寇总退口号五首》其二：

> 赞普多教使入秦，数通和好止烟尘。
> 朝廷忽用哥舒将，杀伐虚悲公主亲。

大历二年（767）冬，吐蕃被唐军击退。杜甫认为要避免战争，获得边境安定，需要朝廷的英明决策。当年玄宗任命哥舒翰为将，导致唐蕃间战争连绵不断，葬送了唐与吐蕃和亲的成果，公主悲伤远嫁实在是徒劳。《柳司马至》云：

有使归三峡，相过问两京。

函关犹出将，渭水更屯兵。

设备邯郸道，和亲逻些城。

幽燕唯鸟去，商洛少人行。

衰谢身何补，萧条病转婴。

霜天到宫阙，恋主寸心明。

逻些即今拉萨。安史之乱后唐朝无与吐蕃和亲之事，此以文成公主、金城公主和亲吐蕃代指与回鹘的和亲。当时杜甫在三峡，从出使到长安归来的柳司马那里了解北方的信息，把和亲回鹘视为令人伤心的事之一。

陈陶《水调词十首》其八云：

瀚海长征古别离，华山归马是何时。

仍闻万乘尊犹屈，装束千娇嫁郅支。

郅支是汉代北匈奴单于，这里也代指回鹘。

戴叔伦《塞上曲二首》其一："军门频纳受降书，一剑横行万里余。汉祖谩夸娄敬策，却将公主嫁单于。"此诗以汉代唐，讽刺唐朝和亲的失策。

项斯《长安退将》云：

塞外冲沙损眼明，归来养病住秦京。

上高楼阁看星坐，著白衣裳把剑行。

常说老身思斗将，最悲无力制蕃营。

翠眉红脸和回鹘，惆怅中原不用兵。

这位病退长安的老将军悲伤的不是个人身世，而是敌强我弱的局面。眼看公主入回鹘和亲，朝廷无心用兵，令他伤心难过。还有的诗人借写公主之悲苦愁怨渲染和亲的失策。前引张籍《送和蕃公主》诗写入蕃公主生还无望，思念家乡。白居易《听李士良琵琶》云："声似胡儿弹舌语，愁如塞月恨边云。闲人暂听犹眉敛，可使和蕃公主闻。"此诗写李士良琵琶乐曲感人，一般人听了已经悲伤得难以忍受，公主听到只会更加不堪，意谓入蕃公主的痛苦更深。悲公主远嫁，为朝廷软弱感到屈辱，是自汉朝与匈奴和亲以来文学中的传统主题。唐朝诗人的这类诗既有对此文学传统的继承，也有对唐后期和亲回鹘的感慨和悲伤，也有"为大国羞"的民族情感和愤慨。

20

王朝末年的起义与动乱

——从黄巢赋菊到韦庄《秦妇吟》

时节已是深秋，唐都长安依然宫阙巍峨，但一种肃杀之气笼罩着整个都城。一位年轻人踽踽独行于街头，心里泛起一阵阵寒意。这时里坊墙角、街边路旁一簇簇怒放的菊花引起了他的关注。本来，失落的情绪令他满怀失望、满脸惆怅，但此时沮丧的心情忽然消失，一种怒不可遏的情绪涌上心头。朝廷黑暗如此，个人落魄如此，如果见到那些得意忘形的达官权贵，真想一个个宰了他们，以解心头之气。此时那满眼的黄花，忽然幻化成一片身穿黄金盔甲的战士，在他的号令之下，冲入长安，杀光了贪官污吏。眼见那浩浩荡荡的队伍和自己的战士，他脱口吟出：

待到秋来九月八，我花开后百花杀。

冲天香阵透长安，满城尽带黄金甲。

这个年轻人就是参加科举考试名落孙山的黄巢，后来成为唐末农民大起义的杰出领袖。这首诗见于《全唐诗》卷七三三。黄巢从家乡一路艰辛来到长安，抱着极大的希望参加科考。对于没有背景和靠山的士人来说，科考是他们唯一的出路。黄巢自认为个人才能不在他人之下，凭自己的学问才华应该能够在科考中脱颖而出。却不想朝廷放榜，给他兜头一桶凉水。他失魂落魄地走上街头，才有了刚才的情景。这首诗的题目就是"不第后赋菊"。金黄的菊花竟然幻化成"黄金甲",可知一旦有机会便起兵造反的思想已经在黄巢心里萌芽。

当年轻人转身离开长安,踏上归途时,回望长安的巍峨宫阙,可能他心里默念着:长安,再见!我还会回来的。但那时就不是抱着诗书来赶考,而是携万钧雷霆。

这种思想不期成为现实,多年后果然发生了史书上记载的"黄巢起义"。"黄巢起义"指的是唐僖宗乾符二年(875)至中和四年(884)由黄巢领导的农民起义,他继承王仙芝义军的余部,是唐末民变中历时最久、地域最广、对后世影响最深远的一场农民起义。唐末农民起义的战火延及唐朝半壁江山,导致唐末国力大衰,从公元859年裘甫发动的浙东起义开始,到公元884年黄巢起义被平定而结束,这场变乱共历时二十五年。黄巢起义的农民军席卷今山东、河南、两江、福建、浙江、两广、两湖、陕西等地,沉重地打击了唐朝的统治,极大地动摇了唐帝国的根基,加速了唐朝的灭亡。黄巢起义虽然最后失败了,但在镇压其起义的过程中强大起来的藩镇,是唐朝再也无法控制的军事力量,唐王朝也名存实亡了。这场官逼民反的战争,有人称之为"黄巢之乱",把唐末社会动乱归因于黄巢起兵反叛,无视统治者的暴政和恶政给百姓造成的深重灾难是战乱的根本原因,我们是不赞成的。

一、黄巢其人及其起义始末

黄巢起兵推翻封建统治者暴政的军事行动,是不被统治阶级和官方史书所认可的。因为认可这种军事行动，无疑是给自己挖坑，鼓励人民造反。《旧唐书》卷二百下史臣赞中对唐朝末年的形势有这样一段描述："天地否闭，反逆乱常。禄山犯阙，朱泚称皇。贼巢陵突，群竖披攘。征其所以，存乎慢藏。"其中"贼巢陵突"指的就是唐末黄巢领导的农民起义，骂黄巢为"贼"，可见他们对黄巢的恨之入骨。

唐朝末年，政治腐败，藩镇割据，宦官专权，朋党倾轧，以及连年战争，使社会生产力遭到严重的破坏。封建统治阶级变本加厉地进行剥削和掠夺，极力扩展庄园经济，大肆兼并农民耕地，土地日益集中，以致"或富者有连阡之田，贫者无立锥之地"（《旧唐书·懿宗纪》）。统治者还巧立名目，横征暴敛，加在课户身上的各种赋税更为苛重。这时的唐王朝已是百孔千疮，凋敝不堪，连年的灾荒更加重了农民负担，无数农民倾家荡产，四散逃亡。残酷的压迫剥削，必然引起强烈的反抗。小规模的农民起义此伏彼起、连续不断，终于发展成为唐末农民大起义，这股不可逆转的时代洪流最终击垮了唐朝政权。公元859年，袭甫在浙东领导起义；868年，庞勋领导徐泗戍兵在桂林起义。这两次起义虽然被唐朝镇压下去，但却鼓舞了人民群众的斗志，为唐末农民大起义拉开了序幕，黄巢起义是其中浓墨重彩的一笔。黄巢起义是中国历史上一次规模空前巨大的农民起义，义军攻占唐朝京都，建立农民政权。虽然最终归于失败，但对历史发展仍然起了积极的推动作用。

乾符元年（874），先是发生了王仙芝在长垣领导的起义。

接着，山东曹州冤句人黄巢也聚众数千人响应之。此后，黄巢与王仙芝"攻剽州县，横行山东，民之困于重敛者争归之，数月之间，众至数万"。起于一股流民的小规模农民起义，在短短数月之间扩充到万数之多，可见当时唐朝政权大失民心。

关于黄巢，官方的史书中有关他的记载多污蔑之辞。《旧唐书》中把他放入最后一卷，与安禄山、史思明、朱泚、秦宗权等人并列。《新唐书》也是放在最后一卷《逆臣列传》中。关于黄巢的出身，说他"本以贩盐为事""世鬻盐，富于赀"。这种说法是值得质疑的。史书上关于他的出身根本不追根溯源，先是说他"以贩盐为事"，接着又说"世鬻盐"，把他从事的活动说成家庭出身，是有意贬低他的说法，是站不住脚的。幸亏黄巢有《不第后赋菊》诗传世，说明他参加过科举考试，这就说明他不是盐商家庭出身。唐朝限制商贾进入官场，不允许出身商人家庭的人参加科举考试。唐太宗李世民曾有明敕，商人可以致富，但从政是不被允许的。李白极想从政，但苦于出身商人家庭，并无参加科举考试的机会。如果黄巢"世鬻盐"的话，他是没有资格参加科举考试的。唐代商人虽然可以家财万贯，但却是被社会轻视的群体。在"士农工商"阶层分化的社会里，"商"是排在最末的。在重农抑商的社会中，人们对商人没有好感。官方史书说他出身贩盐世家，是有意抹黑他，贬低他的身份和地位。黄巢是历代封建统治者最恨最怕的人，必须把他踩在脚下，让他遗臭万年。但他的诗至少说明他是有资格参加科举的"良家子"。我们估计，黄巢参加科举考试，名落孙山，政治上没有出路，生活无着，才从事贩盐的走私活动。这是他后来的职业，而不是他的家庭出身。

但这种职业却为他起兵造反创造了有利条件。首先，贩盐使其家"富于赀"，有钱才能聚集苦难的民众，才能招兵买马。其次，在唐代，贩卖私盐是明令禁止的，一旦被捕入狱，将受到酷刑惩罚。在这种环境之下，以黄巢为首的盐商集团会集武装力量，武装保护贩盐活动，同唐朝当局相对抗，这就容易使黄巢手下有一支武装力量。黄巢可能是出于保护自己的贩盐生意的目的，喜欢交结那些勇敢善战的人士。《新唐书》本传说他"善击剑骑射，稍通书记，辩给，喜养亡命"。这个评价从才能说是一种中性的评语，说他善于骑马射箭，有一些学问，有口才；而在道德方面则是负面的，喜欢拉拢和资助那些亡命之徒。"善骑射，喜任侠"（《资治通鉴》卷二五二）也是他能起兵造反的个人条件。

王仙芝发动起义后，黄巢聚众响应，起义军进军顺利。乾符二年（875），起义军剽掠淮南十余州。在淮南，起义军"多者千余人，少者数百人"。在王仙芝攻陷汝州，俘虏了刺史王镣后，唐东都大震，士民挈家逃出城。接着，皇帝下令"赦王仙芝、尚君长罪，除官以招谕之"。（同上）但是王仙芝等并没有选择招安道路，而是继续进攻。在俘虏了上层统治者中的人物王镣后，王仙芝和黄巢等人受其影响，接受了"敛兵不战，许为之奏官"的条件，但由于唐政府只授予王仙芝官职，黄巢却没有获得一官半职，因此黄巢大怒，与王仙芝分道扬镳，王仙芝也未接受招

安。乾符四年（877），僖宗发布《讨草贼诏》再次招安："如王
仙芝及诸贼头领能洗心悔过，散卒休兵，所在州府投降，便令具
名闻奏，朝廷当议奖升。如诸贼顽傲不悛，凶强自恃，即宜令诸
道兵师掎角诛剪。"但唐朝统治者言行不一，对接受招安的起义
军大肆杀戮，使本来想投降的义军不再对唐王朝抱有任何幻想，
反对唐朝统治者的势头更强。

乾符五年（878）二月，王仙芝在黄梅（今湖北黄梅西北）
兵败，被曾元裕部斩杀，余部奔亳州（治今安徽亳州市）投靠黄
巢，推黄巢为黄王。黄巢自称"冲天大将军"，转战黄淮流域，
又进军长江下游一带。之后黄巢大军南行，在当地居民的配合
下，一举攻占广州。由于岭南气候湿热，黄巢军多患瘴疫死者，
诸将"劝请北归，以图大利"，黄巢乃决意北还，挥师北上。

广明元年（880）三月，唐朝淮南节度使高骈派骁将张璘渡
江南下，狙击黄巢，黄巢退守饶州（治今江西鄱阳）。五月又北
上，击毙张璘于信州。六月，相继攻克池州（治今安徽池州）、
睦州（治今浙江建德）、婺州（治今浙江金华）和宣州（治今安
徽宣城）等地。七月强渡长江，兵势甚盛。八月，黄巢军击败曹
全晸，渡过淮河，淮北相继告急。唐僖宗效仿当年的唐玄宗，在
长安岌岌可危时逃往成都。十二月，黄巢军进入长安，唐朝金吾
大将军张直方率众迎接黄巢大军进城。黄巢即位于含元殿，建立
了大齐政权，年号金统。

中和二年（882），在四川的唐僖宗反攻，大齐军连连败
北，同州、华州相继失守。黄巢于中和三年（883）四月撤出长

安，匆匆逃入商山。中和四年（884），唐朝用兵连败大齐军于太康、汴河等地，黄巢手下李谠等人投降朱温，大齐军军心溃散，残部向东北逃亡，又遭遇李克用的大军于封丘（今河南封丘）。时遭大雨，黄巢集散兵近千人奔兖州，"克用军昼夜驰，粮尽不能得巢，乃还"（《新唐书·逆臣列传下》）。是年六月十七日，"黄巢入泰山，徐帅时溥遣将张友与尚让之众掩捕之。至狼虎谷，巢将林言斩巢及二弟邺、揆等七人首，并妻子皆送徐州"（《旧唐书·黄巢传》）。黄巢死后，黄巢的侄子黄皓率残部流窜，号"浪荡军"，在湖南活动，昭宗天复初年为湘阴土豪邓进思所败。

黄巢的大齐政权倒台之后，唐朝又苟延残喘了二十多年，所谓"百足之虫，死而不僵"。朱温建梁（史称"后梁"），才彻底从历史上抹掉了它。朱温原为黄巢旧部，有勇力且善投机，中和二年（882）投降唐朝并成为剿灭黄巢的唐军主力之一，后来中原逐鹿并最终得鹿（建立后梁）。梁之建立，使中国历史进入一个新时期，即武夫跋扈而文人偷安的五代十国。黄巢起义前的经历，以及起义军攻入长安的战乱，在唐诗里都有生动的反映。

二、黄巢《菊花》《题菊花》诗

黄巢对菊花情有独钟，他流传开来的两首诗都是写菊花的。除了上引参加科举考试未被录取的失意诗，他还有一首《题菊花》，可以说都是咏菊的上乘之作。这两首诗说明黄巢绝不是一个鲁莽武夫，而是有思想、有情感、有才华的人。史书上强调黄巢的盐商身份是有恶意的。如果有进入官场的资质和条件，黄家必然对子孙参加科举考试抱有期望。唐代文化上有儒释道并重的趋向，但科举考试（不管明经还是进士）主要内容却是儒经。由此黄家子孙必然学习儒经，并准备科考。黄巢"粗涉书传"，说明他颇有文采，但却"屡举进士不第"（《资治通鉴》卷二五二）。从司马光的记载可知，黄巢应的是进士科，但是在唐朝末年政治极端腐朽、科举制度充满腐败的环境下，没有靠山的士子难有登第入仕的机会。屡试不第的黄巢心情愤懑，社会的黑暗和腐败使其丧失入仕之心，悲愤之下赋咏菊花，抒发其内心不平之气。

菊花一直是历代诗人吟咏的对象。自屈原始，菊花以其早植晚发、生性耐寒、色泽纯正、芳香淡雅的生物属性，成为人们种种道德品格的象征。在历代诗人的笔下，菊花迎霜傲放，是娴雅不俗、品格高洁和超凡脱俗的代表。如《离骚》："朝饮木兰之坠露兮，夕餐秋菊之落英。"陶渊明《饮酒》诗云："采菊东篱下，悠然见南山。"孟浩然《过故人庄》："待到重阳日，还来就菊花。"但在黄巢的诗中则完全不同，他为菊花晚开抱不平，他笔下的菊花充满着杀机和霸气。

（一）《菊花》

关于《菊花》这首诗，有一段故事。宋人张端义《贵耳集》卷下记载："黄巢五岁，侍翁、父为菊花联句。翁思索未至，巢信口应曰:'堪与百花为总首,自然天赐赭黄衣。'巢之父怪,欲击巢。乃翁曰:'孙能诗,但未知轻重,可令再赋一篇。'巢应之曰:"飒飒西风满院栽,蕊寒香冷蝶难来。他年我若为青帝,报与桃花一处开。"张端义于诗下注道:"跋扈之意,已见婴孩之时。加以数年,岂不为神器之大盗耶!""赭黄衣"即龙袍,说要穿龙袍,这是杀头的话,所以他爸爸要打他。宋人之话未必可信,但也从侧面反映出黄巢少年时心中涌溢不平之气和气贯长虹的抱负。五岁能诗可能出于传说,据学者考证,《菊花》和《不第后赋菊》都应为黄巢不第后之作,只是具体时间不好确定。

第一句写满院菊花在飒飒秋风中开放。"西风"点明节令,引起下句;"满院"极言其多。"栽"字给人一种挺立劲拔之感,写菊花迎风霜开放,以显示其劲节。但是因为它在秋天天气已寒的季节开放,那爱花的蝴蝶只在春天翩翩而来,秋风已至,蝴蝶早已销声匿迹。常言蝶恋花,菊花得不到蝴蝶的怜爱,蝴蝶也无由欣赏菊花的美艳。从菊花和蝴蝶各不得其时,诗人看到了自己的身影。诗歌前两句既是对菊花晚发的生物属性的客观描述,又暗寓着诗人对"蝶难来"即难以及第的不满与怨愤之情。唐代社会对进士科极为看重,进士及第就意味着身份地位的彻底改变,被视为"鱼跃龙门"。但每年上千人参加考试仅录取二三十人,特别是唐末社会混乱,宦官乱政,高官权贵控制举场,社会环境极为恶劣,很多寒士历数十考仍不得一第,正可谓"西风满院"。菊花迎风霜开放,固然显出它的劲节,但时值寒秋，"蕊寒香冷蝶难来"，却是极大的憾事。在旧文人的笔下，这个事实通常总是引起两种感情：孤芳自赏与孤子不偶。作者的感情有别于此。在他看来，"蕊寒香冷"是因为菊花开放在寒冷的季节，他自不免为菊花的开不逢时而惋惜，而不平。

三、四两句正是上述感情的自然发展，揭示环境的寒冷和菊花命运的不公平。作者想象有朝一日自己做了"青帝"（司春之神），就要让菊花和桃花一起在春天开放。这样，菊花和蝴蝶岂不是"两相欢"了？这一充满强烈浪漫主义激情的想象，表达了作者要求公平的强烈愿望和力图改变命运的宏伟抱负。黄巢洞悉现实，看到当时社会已无可救药，并没有过多地针砭时弊，也没有把希望寄托在统治者的身上，而是大胆地、叛逆地设想自己就是掌管百花的"青帝"，要使菊花、桃花一起开放。从诗中的确可以见到他的"跋扈之意"，那不是温柔敦厚的怨刺、满腹牢骚的低吟，而是重整现实、扭转乾坤的美好愿望和雄心壮志，是敢怒不敢言的寒士们内心深处的呼唤和呐喊。

（二）《不第后赋菊》

《题菊花》又称《不第后赋菊》，由题目就可得知其为黄巢参加科举考试不第后之作。一开篇用"待到"二字，从字面意义上理解是要待到菊花开时，深层的内涵是要待到时机成熟以后。"九月八"是为了协调音律，将"九月九"略加变通而来。结合下文可知，这不只是诗人盼望重阳佳节那么简单，还暗暗透露出诗人内心长远的目标和宏大的理想。"我花开后百花杀"是吟咏菊花晚发。历代诗人多以此为出发点来赞美菊花不畏严寒，象征诗人坚贞不屈的气质和品格。到了黄巢手中，菊花越过了顽强不屈的界限，而显得那么霸道，"我花开后百花杀"，似乎百花的凋残都与之相关，百花在其面前相形见绌，不过尔尔。

第三句"冲""透"是用夸张的手法渲染一种不可一世的气势，与末句用"满""尽"营造花开遍地的环境氛围互相辉映，豪气冲天。诚如清人刘熙载所言："咏古咏物，隐然只是咏怀，盖其中有我在也。"（《艺概·词曲概》）黄巢不羁的个性给咏菊诗注入了新的活力，他不同于晚唐苦吟诗人，不是为写诗而写诗，纯粹是内心愤懑、不满以及变革现实的豪情汹涌喷发，化而为诗。他为菊花抱不平更是为自己、为广大困顿举场的寒士、为社会底层的民众申诉。从这两首诗歌来看，他在落第时隐隐然已有起事的念头。他想象菊花香透长安，透露诗人率领士卒占领长安的决心。"满城尽带黄金甲"，更是携带着雷霆万钧之势、摧枯拉朽之威扭转乾坤夺取胜利后的喜悦。

黄巢的诗歌在中国诗歌史上堪称另类，其中凸显的意蕴，不是爱国忠君和讥讽时弊，而是不可抑制的反叛、愤怒仇恨和令人生畏的权力欲望，是推倒现实、重整天下、凌驾万有的雄心壮志。这位黄姓的诗人似乎对菊这种经霜不凋、绽放黄花的植物格外青睐，所有现存的诗句均为咏菊之作。他的诗迸发出一股磊落不平之气，欲飞冲霄，翻天覆地。由黄姓及黄菊，由黄菊至黄衣、黄金、黄甲，从黄巢的联想、隐喻与逻辑的延伸，证之以黄巢起义史，可知黄巢对"黄"字的特殊迷恋与执着。如果说文字之诗是以笔墨著于纸上，那么黄巢领导的反叛则是刀光剑影、生死杂糅、幅员千里的史诗。

中国古代诗歌讲究"怨而不怒"，诗人可以表达对社会的不满，但不要表达反抗的思想。你可以向统治者进行怨刺，但要归于温柔敦厚，批评是为了朝廷进行改良，而不是号召拿起武器推翻腐朽政权。黄巢的诗却是怨而且怒，他要像菊花一样，不仅要自己开放，还要把那些霸占了春天的恶花恶草杀光，让群芳争艳，满城飘香，也就是建立一个公平合理的国家和社会。是什么触发了他如此强烈的怨恨之情？从这首诗我们可以知道，直接的原因就是科举制的腐败。唐代科举制度为国家选拔了优秀人才，为下层知识分子提供了一个进身的机会，让众多才士看到了一线希望，历来受到人们的赞扬。但这只是事实的一个方面。我们看到科举在引起无数士人的幻想和希望的同时，也给众多士人带来失望和绝望，带来落第的失意、悲伤、怨望、彷徨、愤怒和惆怅。唐代的选官制度不只有科举，还有门荫、军功和流外入流等。科举中最为人所关注的是进士科，每年通过进士科登第获得入仕资格的，不过十几人或数十人，在整个官僚队伍中占比很小，因此是"千军万马过独木桥"。"三十老明经，五十少进士"，多少人白首穷经，终不能鱼跃龙门，而只是望洋兴叹。这还不是主要的，科举中的营私舞弊造成的不公最令士人愤恨，由于请托拉关系，往往考试还没进行，头名状元已经内定了，考试只是过场。晚唐时眼看唐王朝大厦将倾，那些多次参加科举而无成、怀才不遇的人纷纷走上反抗朝廷的道路，他们以才华效命于藩镇，成为唐王朝的掘墓人。唐末不少文士以名第之失而依托方镇。唐代实行科举制度，曾经为不少才士提供了进身机会，但在唐后期这一制度本身已经流弊重重，具有真才实学的人未必能以此踏上仕途，实现个人的政治理想。当他们试图通过这一途径轻敲仕宦之门时，却遭到沉重的碰壁。在他们凭科举谋求出路的幻想破灭的同时，他们一方面加深了对当时政治腐败的认识，一方面在苦闷彷徨之余不得不另谋出路。其中有的人就是因此走上对抗朝廷的道路，例如李山甫富有才干，"咸通中，数举进士，被黜，依魏博乐彦桢幕府。内乐祸，且怨中朝大臣，导彦桢子从训伏兵杀王铎，劫其家"。王铎曾任唐朝宰相、义昌节度使。又如李巨川"有笔述，历举不第"，于是"方天下崩骚，乃去京师，河中节度使王重荣辟为掌书记"，遂为对抗朝廷的藩镇所用。又如李振，年轻时屡次参加科举考试不第，后投靠朱全忠（温）。朱全忠手下的人抓了唐朝大臣，李振出于科举失意的怨愤，教唆朱全忠说："此辈自谓清流，宜投于黄河，永为浊流。"朱全忠接受了他的建议，把这些人全部投入黄河。黄巢也是屡试进士科不第而产生怨愤之情的，也是在那时，他心中埋下仇恨的种子。当然，科举制的腐败只是唐后期各种社会问题之一，晚唐社会的黑暗腐败才是唐末大乱的根源。

　　王仙芝死后，黄巢得以独统全军，自称黄王，号冲天大将军，改元王霸。"冲天"二字显然取自描摹菊花的"冲天香阵透长安"之句，而大破长安、兵革光鲜的义军正是他诗中"满城尽带黄金甲"的写照。黄巢的反抗之心早在其不第之诗中便初见端倪。黄巢的诗融合着作者对生活的独特感受与理解，体现了他对所处的环境、所遭的命运的愤懑不平和立志要扭转乾坤的志向，那豪迈的语言体现了下层人民的领袖人物推翻旧政权的决心和信心。这一点正是一切传统文人所不能超越的铁门槛。这首诗所抒写的思想感情是非常豪壮的，它使生活在封建社会中的文人学士表达自己胸襟抱负的各种豪言壮语都相形失色。但它并不流于粗陋，仍不失蕴藉。

三、大唐哀歌

黄巢军入长安，实现了他的"满城尽带黄金甲"的梦想。而黄巢军占领长安时的景象如何呢？通过官方史书对当时乱象的描述，我们可以知道进入长安的黄巢义军的浩大声势。

唐朝到僖宗时已经乱象丛生，各种腐败黑暗现象日益严重，各种社会矛盾日益尖锐。雪上加霜的是又连年灾荒，百姓饥馑，饿殍遍地。饥民无以为生，纷起反抗，地处中原的河南道尤其严重。在作乱的队伍中，王仙芝、尚君长为首的一支声势最大。尚君长的弟弟尚让有一支人马进入嵖岈山，黄巢兄弟八人率众数千依之。一个多月后，这支队伍发展到数万人，攻陷汝州，"又掠关东，官军加讨，屡为所败，其众十余万"。

本来是一群手无寸铁的灾民和流民，却打得官军落花流水，很重要的原因是统治阶级自身的腐败、政治的黑暗和国家政权的腐朽。此时唐王朝就像一堵千疮百孔的老墙，一场轻微的地震足以令其土崩瓦解。史载：

> 时天下承平日久，人不知兵。僖宗以幼主临朝，号令出
> 于臣下，南衙北司，迭相矛盾，以至九流浊乱，时多朋党，
> 小人谗胜，君子道消，贤豪忌愤，退之草泽，既一朝有变，
> 天下离心。巢之起也，人士从而附之。或巢驰檄四方，章奏
> 论列，皆指目朝政之弊，盖士不逞者之辞也。巢徒党既盛，
> 与仙芝为形援。

王仙芝的队伍活跃在今豫西南、湖北，黄巢的队伍活跃在今豫东和山东，互相呼应，震动朝野。朝廷诱使王仙芝投降，王仙芝派尚君长等人去谈判，尚君长等人被杀害。王仙芝复仇，大败官军。朝廷派宰相王铎统兵征讨，收复荆州，王仙芝阵亡。黄巢军占领沂州，王仙芝旧部都归附黄巢，黄巢成为当时最大的一支义军的领袖。

朝廷措置失当，迫使黄巢义军辗转作战，攻城略地。黄巢南下攻取交州、广州，然后托人上奏朝廷，要求朝廷任命他为天平军节度使，朝廷大臣商议，不许。黄巢又要求任命他其他官职，朝廷又不许。最后朝廷许其投降，可以任命他为率府率，即太子东宫卫队长。率府，是古官署名。秦时设，后世因之。西晋时有五率府，即左卫率、右卫率、前卫率、后卫率和中卫率。南北朝及隋迭有因革，唐代有十率府，皆太子属官，掌东宫兵仗、仪卫及门禁、徼巡、斥候等事。黄巢此时拥有十数万大军，却让他担

任太子的警卫，而且一失兵权，随时会成为朝廷刀俎上的鱼肉，这就是一个笑话，就是对黄巢智商的侮辱，他怎么可能接受。朝廷派人到黄巢军中宣布诏命，黄巢大怒，痛斥朝廷执政大臣。又向朝廷要求担任安南都护、广州节度使，朝廷不答应。

黄巢决定割据岭南，把这里作为基地，向朝廷讨价还价。但是黄巢的部下大都来自北方，不习南方水土，"是岁自春及夏，其众大疫，死者十三四。众劝请北归，以图大利。巢不得已，广明元年（880），北逾五岭，犯湖、湘、江、浙，进逼广陵，高骈闭门自固，所过镇戍，望风降贼"。当黄巢义军北上时，朝廷命令拥重兵镇守广陵的高骈堵截，高骈为了保存实力，不听朝廷诏命，任由黄巢的军队北上，所以义军势如破竹，渡淮河，陷洛阳，而后西进，"攻陕、虢，逼潼关，陷华州"，直指长安。洛阳与长安之间有潼关之险，但潼关北有一山谷，称为禁谷，可以穿越。守军疏于防守，黄巢的军队穿过禁谷，夹击潼关，官军大溃。潼关失守，长安便向义军敞开了大门，朝廷再无御敌之策，于是僖宗仓皇出逃，又效仿当年的唐玄宗，逃往成都避难。十二月五日，黄巢军占领长安。

黄巢义军初入长安，注意民心，因此并不扰民。由于打了不少胜仗，军队当时都有战利品，也有打土豪杀贪官获得的财物。他的士兵沿途向穷人发放物品，"遇穷民于路，争行施遗"。黄巢的军队举行入城式，从春明门进城，长安百姓聚集街道两旁围观，尚让慰晓市人说："黄王为生灵，不似李家不恤汝辈，但各安家。"士兵们纷纷把手中的物品投给围观的百姓。十三日黄巢即皇帝位，国号大齐，改年号为金统，并大赦天下。黄巢向百姓宣布符命："唐帝知朕起义，改元广明，以文字言之，唐已无天分矣。'唐'去'丑''口'而安'黄'，天意令黄在唐下，乃黄家日月也。土德生金，予以金王，宜改年为金统。"黄巢任命了朝廷百官，皆依唐朝旧制。可知，黄巢义军进入长安后，起初长安是颇为安定的。用黄巢的诗"冲天香阵透长安"形容这时的局势比较贴切，但不久情况便发生了变化。

黄巢大军进入长安，首先必须拥有充足的粮草，军不可三日无粮。然而当时的情况是，长安周围的百姓避乱山中，在山谷里筑寨居住，已经好几年不从事耕耘，没有人能够供应军粮。因此黄巢军占领的不过是一座空城，长安城中"谷食腾踊，米斗三十千"，一斗米就要三十贯的钱，城中发生吃人现象。黄巢军中的粮食很快便被耗尽，倒是有一些钱财，但都不能吃不能喝。这时城外的官军和城内的黄军开始做一种生意。官军要用食物交换黄巢军队的金钱，但官军既无钱也没有食物，他们有一种资源——山中避乱的百姓，官军捉住山中的百姓卖给黄巢的士兵，一个人可以卖到数十万钱。饥荒和恐惧笼罩长安。黄巢占领的不仅是一座空城，还是一座孤城，长安四面八方，都是唐朝官军。尚让率军出城，想扩大战果，攻占长安周围更大的地盘，但被唐将郑畋击败。郑畋号召天下藩镇出兵勤王，于是"诸侯勤王之师，四面俱会"，困守长安的黄巢军"悚骇"，开始不安。

黄巢对唐朝官员给予优待，三品以上大官罢免，四品以下留任。唐朝的这些官员也生活无着，有的以卖饼为业，乘机出逃。这时发生了一件事儿，令黄巢和他的军队改变了态度。僖宗皇帝逃走时，宰相崔沆、豆卢瑑扈从不及，藏在别墅里，黄巢的士兵搜索潜逃的朝廷官员，眼看要藏不住了，两个人换上百姓的服装，偷偷地进入长安城永宁里张直方的家中。当时许多权贵都躲到张直方家里逃避黄巢军的搜捕。人数太多，目标太大，有人告发其事，说"张直方谋反，接纳朝廷亡命大臣"。黄巢军攻入张直方家，果然捕获许多被通缉的官员。张直方被灭族，包括崔沆、豆卢瑑在内躲藏在他家里的数百人被杀害。这个事件惹怒了黄巢和他的军队，"自是贼始酷虐，族灭居人"。黄巢命令故相驸马都尉于琮出来做官，这位皇帝老儿的女婿觉得让他效命于草莽有辱家门，坚决拒绝，说："吾唐室大臣，不可佐黄家草昧，加之老疾。"黄巢毫不犹豫地把他杀了。他的夫人是广德公主，号啕大哭，说："我是天子女，丈夫殉节而死，我也不独活，愿与相公俱死。"黄巢毫不犹豫地成全了她。

黄巢军队开始对百姓大开杀戒，则是中和二年（882）。唐朝的将军王处存率军与忠武军会合，在城外打败了黄巢手下最得力的干将尚让，又乘胜进入长安，黄巢的长安守军逃走。王处存受到长安百姓的欢迎，他以为万事大吉，不加防备。黄巢军夜袭官军，又杀回城，王处存吃了败仗。黄巢军"怒坊市百姓迎王师，乃下令洗城，丈夫丁壮，杀戮殆尽，流血成渠"。史载杀死八万人，长安进入最黑暗的日子。此后，军情越发不利。黄巢军中的将领朱温降唐，唐军各勤王兵马开始对黄巢军进行围剿。中和三年（883）四月，在与唐军的多次交锋皆失利的情况下，黄巢军弃守长安。"十日夜，贼巢散走。诘旦，克用由光泰门入，收京师。巢贼出蓝田、七盘路，东走关东。天下兵马都监押杨复光露布献捷于行在，陈破贼事状。"（《旧唐书·黄巢传》）

黄巢军在长安的杀戮行为，唐朝官军的恶行，史书的记载寥寥数语，那些腥风血雨的惨状隐没在字里行间。关于黄巢军进入长安后，唐都长安遭受的劫难，有一首诗描写最为详细和生动。晚唐诗人韦庄有一首长诗描写了当时长安的战乱景象，就是《秦妇吟》。这是韦庄创作的一首长篇叙事诗，这首诗与汉乐府中的《孔雀东南飞》、北朝乐府《木兰诗》并称为"乐府三绝"。全诗238句，1666字，是现存唐诗中篇幅最长的叙事名作，也是唯一一首正面反映黄巢起义广阔现实的诗。该诗为我们认识黄巢起义时的唐末现实提供了生动可信的史料，诗人以亲身经历为基础，比较客观地记述描写了当时发生的重大事件，从而达到了以诗为史、有史可证的程度。《秦妇吟》这首诗后来失传，人们只能从宋人笔记的引述中看到两句："内库烧为锦绣灰，天街踏尽公卿骨。"有幸的是人们在敦煌藏经洞的唐代文书中发现了这首诗，王重民收录于《补全唐诗》中，让我们知道了这首诗的完整内容。这首诗获得人们很高的评价，在唐末诗坛上绝无仅有。当时韦庄因此被称为"秦妇吟秀才"（孙光宪《北梦琐言》卷六）。今人施蛰存说："它是反映唐代政治现实的最后一首史诗。正如杜甫的《北征》是盛唐最后一首史诗。"（《唐诗百话》）这首诗所反映事件的重大、真切和所体现的对社会、人生的关切，在古代诗歌史上都是杰出的。全诗情节丰赡确实，形象生动鲜明，结构严密完整，气度从容劲健，堪称一篇艺术完美的叙事诗史。《秦妇吟》在唐代叙事诗中，是继杜甫"三吏""三别"及白居易《长恨歌》《琵琶行》之后的第三座丰碑。

这首长诗通过叙述一个女子在战乱中颠沛流离的遭遇，展现了黄巢起义大混战、大动乱时期长安及其周围的悲惨景象，为我们深入了解这一时期的历史提供了比正史记载更丰富的信息。僖宗广明元年（880），黄巢军攻入长安，僖宗出逃成都，韦庄因应试正留在城中，他目睹了长安城内的变乱，兵中弟妹一度相失，又多日卧病。离开长安的第二年，在东都洛阳，他将当时耳闻目睹的乱离情形，通过一位从长安逃难出来的女子之口，即秦妇的"自述"，写成这首长篇叙事诗。诗写唐中和三年（883）春天，诗人独自漫步在"花如雪""路人绝"的洛阳城外，意外见到一位衣装不整而"独向绿杨阴下歇"的"如花人"，便向前"借问女郎何处来"。接下来全为这位"女郎"向诗人诉说"三年陷贼留秦地"的痛苦经历。秦妇的诉说以时间为序，从黄巢义军攻入长安起，到路逢诗人为止，先述起义军如何攻入长安城内，她如何被掳身陷军中，目睹了起义军的"烧杀淫掠"，之后黄巢又如何称帝建国，与唐军反复争夺交战，以致最终城困绝粮，城内充斥着起义军以人肉充饥的悲惨景象。最后讲述了她如何逃离长安，经三峰路、杨震关、新安而流落到洛阳，以及沿途中所见唐军占领区的情况。

在这场大混战中，不管是造反者的黄巢军，还是征讨者的唐军都有越轨的恶行。韦庄对叛乱的黄巢军加以谴责是意料中事，可贵的是他对唐军的罪行也没有隐瞒粉饰。秦妇本是一位美丽、善良的贵族姬妾，一场突如其来的战乱把她推入了苦难的深渊。她的性格由懦弱渐渐变为坚强，战乱逼得她不得不四处漂泊，她的思想也由不谙世事转入深味人间苦涩。从诗中不难看出，秦妇作为一名遭受战争迫害的女性，她的经历具有代表性。作者既可以托己寓妇，通过秦妇的颠沛无依，寄托个人前半世的辛酸；又可以化众为一，借助秦妇的含辱忍垢，表达广大百姓在战争年代所遭受的种种不幸。

特别是《秦妇吟》用浓墨重彩为我们描绘了一幅长安城在被黄巢军攻占后，由昔日的繁荣昌盛走向残破、毁灭的乱离景象。长安的混乱是从皇帝逃走、黄巢军入城开始的：

> 适逢紫盖去蒙尘，已见白旗来匝地。
> 扶羸携幼竞相呼，上屋缘墙不知次。
> 南邻走入北邻藏，东邻走向西邻避。
> 北邻诸妇咸相凑，户外崩腾如走兽。
> 轰轰昆昆乾坤动，万马雷声从地涌。

这篇长诗既然是在亲身经历的基础上创作而成，作者又尽可能采取实录的态度，那么诗中涉及的有关事件就应该是确实发生过的。如诗人描写起义军攻占长安的气势"轰轰昆昆乾坤动，万马雷声从地涌"，这多半是诗人的真实感受，这正是"满城尽带黄金甲"的景象。接着便是长安陷入混乱：

火迸金星上九天，十二宫街烟烘炯。

日轮西下寒光白，上帝无言空脉脉。

阴云晕气若重围，宦者流星如血色。

紫气潜随帝座移，妖光暗射台星拆。

家家流血如泉沸，处处冤声声动地。

舞伎歌姬尽暗捐，婴儿稚女皆生弃。

············

四面从兹多厄束，一斗黄金一斗粟。

尚让厨中食木皮，黄巢机上刲人肉。

东南断绝无粮道，沟壑渐平人渐少。

六军门外倚僵尸，七架营中填饿殍。

长安寂寂今何有？废市荒街麦苗秀。

采樵砍尽杏园花，修寨诛残御沟柳。

华轩绣毂皆销散，甲第朱门无一半。

含元殿上狐兔行，花萼楼前荆棘满。

昔时繁盛皆埋没，举目凄凉无故物。

内库烧为锦绣灰，天街踏尽公卿骨！

············

霸陵东望人烟绝，树锁骊山金翠灭。

大道俱成棘子林，行人夜宿墙匡月。

　　诗细致而全面的描写宛如一支神奇的画笔，穿越时间与空间的界限，将千百年前的战乱景象呈现在我们眼前。到处在杀人，到处在流血，千家万户，妻离子散，家破人亡，人相食，城荒芜。宫殿被焚，公卿被杀。我们仿佛可以亲眼看到昔日繁花似锦的大唐都城变成了如今荆棘成林、狐兔出没的一片死城。不仅城内，长安城外方圆数百里间，人烟断绝，兵荒马乱。韦庄是长安当地人，又是长安失陷的整个过程的目击者，他写这首诗的时间距离黄巢第二次攻陷长安仅有一年零一个月，诗中这些与正史、野史大体相吻合的描述应是相当可信的。诗人用写实手法对这一历史事件所做的细腻描述完全可以对这一段历史起到佐证的作用，《秦妇吟》的纪实性就表现在"纪当时事，皆有据依"。

　　诗中渲染起义军的"暴行"，集中体现在对四邻女子悲惨遭遇的叙写。其中东邻美女被掳去强迫缝制军旗，西邻"仙子"反抗"相耻""红粉香脂刀下死"，南邻某女"昨日良媒新纳聘"，今"仰天掩面哭一声，女弟女兄同入井"，北邻少妇试图乱妆逃难而"已闻击托坏高门，不觉攀缘上重屋……烟中大叫犹求救，梁上悬尸已作灰"。《资治通鉴·唐纪》记载："车驾既去，军士及坊市民竞入府库盗金帛"，"巢馆于田令孜第，其徒为盗久，不胜富，见贫者，往往施与之。居数日，各出大掠，焚市肆，杀人满街，巢不能禁"，"庚寅，黄巢杀唐宗室在长安者无遗类"。可知唐僖宗仓皇出逃后，黄巢起义军攻入长安，长安城完全处于无政府的失控状态。当时既有不法军士、无赖市民的强盗行为，又有起义军破城后对唐宗室、官吏的屠杀，还有起义军失控后的烧杀淫掠。这种种惨象被韦庄描述为"家家流血如泉沸，处处冤声声动地"。诗中描写的四邻女子和"秦妇"，形容其容貌"如花人""倾国倾城""真仙子",描写她们的装束和居处则有"凤侧鸾欹""香闺""红粉香脂""翡翠帘间"等,可以看出她们显然是官宦人家的子女或家眷,这也与韦庄诗词中一贯关注的女性对象相吻合。再看《秦妇吟》诗中对起义军的"丑化":

> 衣裳颠倒言语异,面上夸功雕作字。
> 柏台多士尽狐精,兰省诸郎皆鼠魅。
> 还将短发戴华簪,不脱朝衣缠绣被。
> 翻持象笏作三公,倒佩金鱼为两史。

如果不过分专注于诗人嘲讽的语气,这几句诗无非说黄巢的士兵个个形象言语怪异、衣着行为可笑。《资治通鉴·唐纪》记载:"壬辰,巢即皇帝位于含元殿,画皂缯为衮衣,击战鼓数百以代金石之乐。"一群奋起于乡野中的草莽流民,试图称帝建国、入礼乐之道,无奈时间过分仓促,十二月五日攻入长安,十三日就建立大齐政权,难免会闹出许多笑话。连黄巢登基用的礼服都是画的,礼乐竟是战鼓齐鸣,其他则可想而知。

至于诗中揭露唐军残害百姓、趁火打劫的强盗行为,更能体现此诗实录的精神。诗中借老翁之口道出:

> 千间仓兮万斯箱,黄巢过后犹残半。
> 自从洛下屯师旅,日夜巡兵入村坞。

匣中秋水拔青蛇，旗上高风吹白虎。

入门下马若旋风，馨室倾囊如卷土。

　　身负保家卫国重任的官军竟然比"贼军"更令人发指，他们进入百姓之家，把室中财物抢劫一空。韦庄诗的描述相当客观，都是比较真实的，面对唐末那场旷日持久的战争劫难，诗人充当起了历史记录者的角色。而且，韦庄全面叙写了这个宏大的篇章，比起一般的史书显得更加客观，也更加真实而完整。从纵的层面，《秦妇吟》揭露了黄巢起义军给平民百姓带来的杀戮、毁灭和劫掠，相当触目惊心。在横的层面，诗人不但记述了长安坊市居民被屠杀，也描写了长安周边乡村被屠村；写了贼兵的为非作歹，也写了官军的无恶不作；写了市民的惨遭毒手，也写了农民的罹受浩劫。在深的层面，诗人还将矛头直指当时的最高统治者和藩镇军阀，抨击他们贪生怕死和唯利是图，他们将无辜百姓推向水深火热的战争深渊。《秦妇吟》是一首真实、深刻、全面反映唐王朝崩溃的诗史，诗人将史笔与诗情糅合在一起，记述了黄巢起义军占领长安及以后的重要历史，反映了百姓在战乱中承受的苦难，展现了战火中整个社会生活的广阔图景。为什么这么好的一首诗，竟然不为世人所记录以至于失传呢？据说，此诗一出，韦庄名闻天下，被称为"秦妇吟秀才"。这首诗为人们口耳相传，流布很广，甚至很多人家把诗句刺绣在屏风和幛子上。但是这首诗写出了像"天街踏尽公卿骨"之类达官贵族们的可悲下场，还写了唐朝官军趁乱骚扰百姓的情状，这是官方不敢承认的恶行。他们要把罪状都记到黄巢头上，怎能容忍归罪于官军呢？

据说，看到韦庄诗大胆的描写，"公卿垂讶"——那些公卿大臣们都感到非常吃惊。前蜀皇帝王建正是当年进军长安的官军将领之一，故后来韦庄自己也讳言此诗，想法使它消失，在《家诫》内特别嘱咐家人不许垂《秦妇吟》幛子，后来编诗集时也未收入，世上也就没有流传，最后随着敦煌藏经洞的发现这首诗才重见天日。

但在当时，《秦妇吟》何尝不是大唐的一曲哀歌！